Óttar Martin Norðfjörð

DAS SONNENKREUZ

atb aufbau taschenbuch

Óttar M. Norðfjörð, geb. 1980, studierte Philosophie, Spanisch, Deutsch, Französisch und Arabisch an Universitäten in Island, Schottland, Deutschland und Frankreich. Seine Bücher sind Bestseller in Island und erscheinen auch in Holland, Frankreich und Spanien. Er lebt in Reykjavík.

Richard Kölbl, geboren 1967, Studium der Geologie in München, Reykjavík und Kiel; Promotion an der TH Karlsruhe. Er arbeitet als Software-Entwickler und lebt in der Nähe Münchens.

Sie haben keine zwölf Stunden, den brutalen Plan zu verhindern, der die Welt verändern soll: Am Tag der Frühjahrs-Tagundnachtgleiche wird die Doktorandin Embla von der Kripo ins Haus ihres Professors gerufen. Der Archäologe ist verschwunden, und alle Spuren deuten auf ein geplantes Blutbad hin. Ein Opfer für Odin, den obersten heidnischen Gott? Embla befürchtet, dass noch am gleichen Tag auf isländischem Boden das spektakulärste Opfer einer Reihe nordeuropaweiter Ritualmorde geschieht, um einen alten Wikingerbund aufleben zu lassen – den Sonnenkreuzorden.

Óttar Martin Norðfjörð

DAS SONNENKREUZ

Thriller

Aus dem Isländischen von Richard Kölbl

atb aufbau taschenbuch

Die Originalausgabe mit dem Titel »Solkross« erschien
2008 bei Sögur, Reykjavík.

Die Übersetzung wurde finanziell gefördert von:

Bókmenntasjóður
The Icelandic Literature Fund

FSC
Mixed Sources
Product group from well-managed forests and other controlled sources
Cert no. SA-COC-001819
www.fsc.org
© 1996 Forest Stewardship Council

ISBN 978-3-7466-2735-9 | Aufbau Taschenbuch ist eine Marke der Aufbau Verlag GmbH & Co. KG | 2. Auflage 2011 | Umschlaggestaltung morgen, Kai Dieterich unter Verwendung eines Motivs von plainpicture/go2ooma und zwei Motiven von iStockphoto: © Peter Zelei, © Todd Keith | Typografie Renate Stefan, Berlin | Gesetzt aus der Stempel Garamond und der LL Rubber durch Greiner & Reichel, Köln | Druck und Bindung Moravia Books, Pohořelice | Printed in Czech Republic | www.aufbau-verlag.de

DAS SONNENKREUZ

DAS SONNENRAD
im Verwaltungsbezirk Rangárvallasýsla

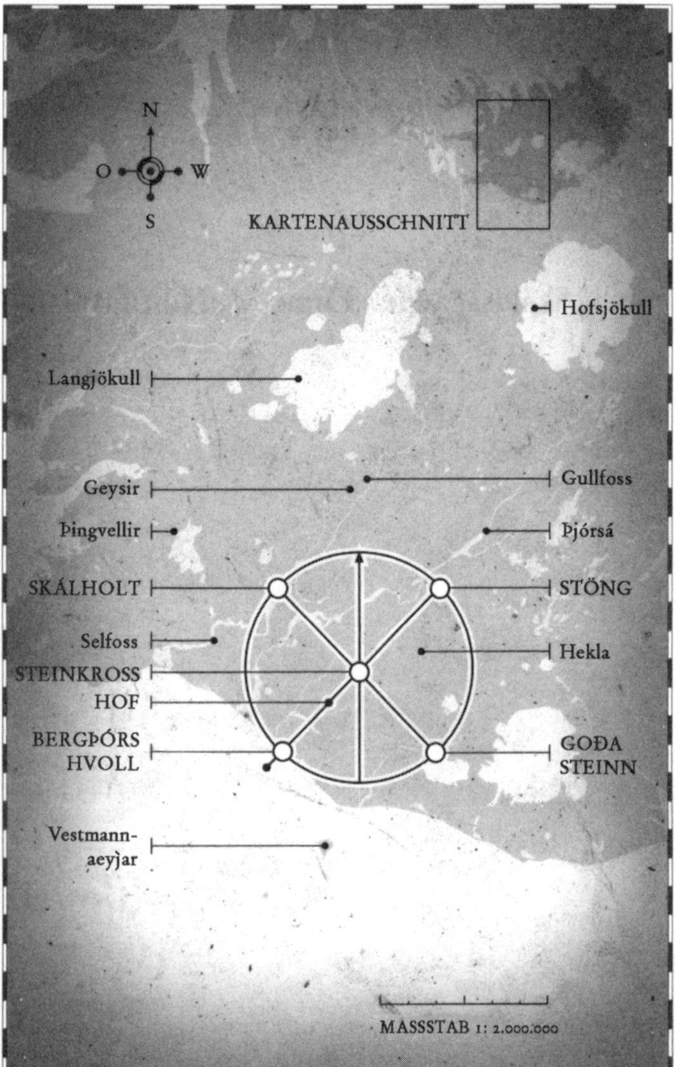

PRÆLUDIUM

Reykjavík Weststadt, Mittwoch, 21. März 2007

Mit einem Schlag herrschte Ruhe im Haus. Der ungebetene Besucher lockerte den Griff um den fahlen Hals des Mädchens. Der Aufprall des leblosen Körpers auf dem Holzboden hallte durch die Totenstille im Flur.

Der Eindringling riss die Sturmhaube vom Kopf, wischte sich den Schweiß von der Stirn und atmete kräftig durch die Nase aus. Es war nicht vorgesehen, Baldurs Hausmädchen umzubringen, aber sie war zur falschen Zeit am falschen Ort gewesen. Also war es nun mal passiert.

Der Mörder kehrte in Baldurs Arbeitszimmer zurück. Dort war er nur wenige Minuten zuvor gewesen, als das Dienstmädchen aufgetaucht war. Der Kampf mit Baldur Skarphéðinsson, dem bekannten Archäologen und Bewohner des Hauses, hatte ein großes Tohuwabohu hinterlassen. Eine mit Eintragungen vollgekritzelte Karte Südislands, eine zerbrochene Brille mit Goldfassung, eine Tabakspfeife aus Holz und ein Aschenbecher, Relikte aus der Wikingerzeit, Bücher, Notizzettel und vieles andere waren wild durch das Arbeitszimmer geflogen. Jetzt lag das Opfer bewegungslos am Boden. Dunkelrotes Blut sickerte aus einer Halswunde auf das helle Eichenparkett. Neben ihm lag das blutbeschmierte Mordinstrument, ein Ledergürtel.

Während des Kampfes war es Baldur gelungen, seinem Angreifer am rechten Handrücken eine blutende Kratzwunde zuzufügen. Der ungebetene Besucher war sich darüber im Klaren, dass ihm die zum Problem werden konnte. Mit solcherart Beweismaterial wusste die Polizei sehr wohl umzugehen. Deshalb betrachtete er die Leiche und untersuchte genauestens ihre Finger.

Was zum Teufel mache ich jetzt damit?, dachte der Eindringling, aber er schob diesen Gedanken beiseite. Hauptsache, Baldur war tot. Seinetwegen musste man sich den Kopf jetzt nicht mehr zerbrechen. Ebensowenig wegen des Geheimnisses, hinter das der Archäologe gekommen war. Auch das ruhte nun wieder im Dunkel der Vergangenheit, so wie es sein sollte.

Er atmete tief durch und wandte sich einem ausgefransten Leinensack zu, den er mitgebracht und an der Tür zum Arbeitszimmer abgelegt hatte. Höchste Zeit, das eigentliche Werk zu vollenden. Danach konnte er sich Gedanken machen, wie er die Leiche loswurde.

Der Mörder durchtrennte die Schnur und öffnete den Sack. Acht tote Katzen kamen zum Vorschein, alle mit umgedrehtem Hals. Er nahm das oberste Tier heraus, schnitt ihm den Schwanz ab und machte sich an die heilige Zeremonie.

VOR TAUSEND JAHREN

Die Sonne blinzelte über den schneeweißen Gletscher und beschien Lachs-Ketills abgemagertes Gesicht. Wieder einmal erhob sie sich über diesem abgelegenen Eiland hoch im Norden. Zwei Winter hatte Ketill hier zusammen mit seiner Frau Ingunn und seiner Schiffsbesatzung verbracht. Obwohl er seine Heimat im norwegischen Naumudalur vermisste, wusste Ketill, dass er niemals mehr zurückkehren konnte. Nicht, nachdem er die Söhne Hildiríðurs erschlagen hatte. Sie waren nicht nur die Steuereintreiber des Königs Haraldur Schönhaar in der Provinz Hálogaland gewesen, sondern auch gute Freunde des Herrschers. Es machte die Sache auch nicht besser, dass Ketill ihr enormes Vermögen mitgenommen hatte. Auf eine so gut wie unbesiedelte Insel im Nordmeer einige Tagesreisen westlich von Norwegen. Der norwegische Auswanderer Ingólfur Arnarson hatte dort die vorangegangenen Jahre in Wohlergehen gelebt, trotz ihres Namens. Sie hieß *Ísland* – Land des Eises.

»Worüber denkst du nach?«, fragte Ingunn. Sie hielt ihren wenige Monate alten Sohn Hrafn im Arm. Der kalte Wind spielte mit ihrem blonden Haar, das zu einem Zopf geflochten war.

»Über nichts«, antwortete er, den Blick auf die feuerrote Sonne hinter dem Gletscher geheftet. Erinnerungen vom Angriff auf die Söhne Hildiríðurs jagten durch seine Gedanken. Die Feuerpfeile, die auf ihren Hof zuflogen, die Angstschreie, als sie da drinnen verbrannten, der Geruch versengten Fleisches.

»Norwegen?«, fragte Ingunn. Sie sah es in den Augen ihres Mannes.

»Nein, über den da denk ich nach«, log Ketill und legte die Hand auf den Kopf des Kindes.

»Eine prächtige Schar ist das«, lächelte Ingunn. Vor ihrer Flucht hatte sie ihm bereits vier Söhne geschenkt: Stórólfur, Herjólfur, Helgi und Vestar.

»Hrafn wird sich machen«, meinte Ketill und streichelte den Säugling. »Er wird wahrhaftig ein großer, bedeutender Mann werden. Du wirst schon sehen.«

Ingunn küsste ihren Mann auf die Wange. »Wie sein Vater.« Sie ging zurück in das Langhaus zu den Übrigen, die dort beim Essen saßen. Die Bewohner im Haupthaus des Gehöfts waren an diesem Morgen in aller Frühe erwacht, denn der heutige Tag war ein besonderer. Heute sollte der Grundstein zu ihrem Tempel gelegt werden. Zu diesem Anlass trugen die Männer volle Kampfausrüstung, die Frauen waren in bunte Kleider und Umhänge gehüllt und schmückten sich mit Perlenketten und Broschen.

Auch Lachs-Ketill stand aus diesem Grund heute auf der Hauswiese vor seinem Gehöft. Er hatte seinen Helm aufgesetzt und das Schwert umgegürtet, in der einen Hand hielt er eine Axt, in der anderen einen hölzernen Schild. Dieser war rund und besaß auf der Vorderseite vier von der Mitte ausgehende Furchen, die Ketill über Kreuz eingeritzt hatte: Das zauberkräftige Sonnenrad sollte seinen Feinden entgegenstrahlen. Dieses uralte Symbol bezeichnete den jährlichen Lauf der Sonne über das Firmament. Nach der Zählweise der Wikinger begann das Jahr im Monat *Þorri*. Er war der vierte und letzte Wintermonat und begann immer an dem Freitag, der im gregorianischen Kalender zwischen den 18. und 24. Januar fiel. Das Sonnenradsymbol hatte Ketill schon von Kindesbeinen an in seinen Bann geschlagen. Als Junge hatte er angefangen, mit verschiedenen Verfahren und Messgeräten den Lauf der Sonne zu bestimmen. Daher wusste er am besten von allen, dass in kurzer Frist die Tage wieder länger als die Nächte würden. *Skinfaxi*, der Hengst *Leuchtmähne*, hatte den Sieg über *Hrímfaxi*, den Nachthengst *Reifmähne* davongetragen; der lichte Sommer verschlang die finstere Nacht. So beschrieben es die Mythen in seiner nordisch-heidnischen Vorstellungswelt.

Die Sonne löste sich allmählich von dem himmelhohen Gletscher ab, der über dem Südland thronte. Er markierte die südöstliche Grenze des Landbesitzes, den sich Lachs-Ketill im Süden Islands angeeignet hatte: das Gebiet zwischen den beiden reißenden Strömen des Südlandes, die jetzt Þjórsá und Markarfljót hießen. Seinen Söhnen und Schiffsleuten hatte er Land im Umkreis zugewiesen. Für sich selbst hatte er das Grasland westlich des Berges Vatnsdalsfjall zu seinem Hauptsitz erwählt. *Hof* hatte er ihn genannt – das bedeutete in seiner altnordischen Sprache »Tempel«. Nun war es an der Zeit, die Opferstätte selbst zu erbauen, die Óðinn geweiht würde. Das Heiligtum bekräftigte zugleich, dass Ketill sich für immer auf dieser Insel im Nordmeer niedergelassen hatte. Hier würde er mit anderen Landnehmern, die vor der Tyrannei des Königs Haraldur Schönhaar geflohen waren, am Aufbau einer neuen Gemeinschaft teilhaben. Es sollte eine Gemeinschaft von freien Männern und Frauen sein, in der es keinen König und keine Zentralgewalt gab. Die Landnehmer herrschten über ihr Gebiet als eine Art Gemeindevorsteher mit richterlicher Befugnis. Zudem standen sie dem Tempel in ihrem Landbesitz als sogenannte Tempelgoden, also Priester, vor. Wer einen Tempel besaß, der war in der Regel wohlhabend, aber außerhalb ihres Gebietes hatten die Goden so gut wie keinen Einfluss.

Obwohl Ketill schon vor zwei Wintern nach Island gekommen war, stand ihm die Überfahrt immer noch lebendig vor Augen. Der Sitz der Söhne Hildiríðurs im norwegischen Torgar stand noch in hellen Flammen, als Ketill und sein Ziehbruder Baugur jeder in sein bis an die Reling beladenes Wikingerboot sprangen. Mit sechzig Mann Besatzung fuhren sie auf der Suche nach Island in Richtung Westen. Nach schwierigen neun Tagen auf See erreichten sie die Südküste der Insel und gingen östlich der Þjórsá an Land. Von den Bergen bis an den Strand war das Land trotz der sicherlich großen Kälte bewaldet. Davon abgesehen war Ketill überzeugt, die richtige Entscheidung getroffen zu haben. Trotz der Schwierigkeiten, die das Leben in dieser Wetterhölle mit sich brachte, war er hier frei – anders als in Norwegen, wo Haraldur über alles und jeden herrschte.

»*Halur er heima hver*«, zitierte der Tempelgode halblaut einen Vers aus den Aussprüchen Óðinns: »Zu Hause herrscht jeder als eigner Herr.« Er blickte über das

Land, das er sich geweiht hatte, wie er die Zeremonie der Landnahme nannte. Er schaute auf die Berge, die ihn umgaben, auf die dunklen Felsgipfel, die sein Weltbild abmaßen und die himmlische Ordnung der Götter auf Erden widerspiegelten. Dies war der rechte Moment, einen Tempel für Óðinn zu bauen. Ketill wusste es. Die Schatten in den Bergflanken zeigten es an. Nun hob *Einmánuður* an, der Monat des Rabengottes und der letzte des Winters. Ketill wandte sich um und schritt mit wehendem königsblauen Umhang auf das Haupthaus seines Gehöfts zu. Es war an der Zeit, seiner Frau und den Hausleuten zu gebieten, das Silber und die säulenförmigen Götterstelen herauszubringen. Die Säulen standen zu beiden Seiten seines Hochsitz genannten Stuhles, dem Zeichen seiner Godenwürde. Sie waren reich geschmückt und mit metallenen Nägeln, den Götternägeln, beschlagen. Nun sollte der Bau des Tempels unverzüglich beginnen.

Bevor Ketill die Tür zu seinem Haus öffnete, wandte er sich noch einmal kurz nach Südosten um und blickte auf den hoch aufragenden Gletscher. Ein Sonnenstrahl ließ den Nasenschutz seines Helms und die Schneide des Schwertes aufblitzen. Ein goldener Bogen umgab die Sonne. Sie berührte in der Ferne eben noch den hartgefrorenen Firn. Doch im Aufsteigen verwandelte sich der Bogen in gleißende Sonnenstrahlen – in ein funkelndes Sonnenrad hoch oben am Firmament.

Gáttir allar,
áður gangi fram,
um skoðast skyli,
um skyggnast skyli
því óvíst er að vita
hvar óvinir
sitja á fleti fyrir.

Alle Eingänge,
bevor er eintritt,
sollt er durchspähen,
sollt sich umsehen,
denn schwer ist's zu wissen,
wo schon Feinde
auf der Hausbank hocken.

(*Hávamál* – Des Hohen Reden, Vers 1)

1. KAPITEL

»Zwei Tage Wochenende nur«, seufzte Embla, während sie einer Schar kreischender Kinder voran die Treppe in den ersten Stock des Nationalmuseums Þjóðminjasafn hinaufstieg. Im Stillen verwünschte sie ihr Schicksal, zehnjährige Grundschulkinder durch die Ausstellungsräume dirigieren zu müssen. Sie war das, was in Island als Museumspädagogin bezeichnet wurde, und führte ausschließlich Schulklassen durch die Ausstellungen.

»Ich habe ja bloß zwölf Jahre Uni hinter mir.« Embla sah die aufgeregte Klasse und setzte ein mattes Lächeln auf. Vielleicht hatte ihr Vater doch recht gehabt. Medizin hätte sie studieren sollen, wie ihre ältere Schwester, anstelle der Archäologie. Dass ihre nur vier Jahre ältere Schwester bereits verheiratet war und zwei Jungs hatte, trug ebenfalls nicht besonders zu einer Steigerung ihres Selbstbewusstseins bei. Embla dagegen war unverheiratet und hatte deswegen noch mindestens neun Monate bis zu einem ersten Kind vor sich.

»Also dann, Kinder.« Sie wischte alle Grübeleien über die Irrwege des Lebens beiseite, mit denen sie ohnehin viel zu viel Zeit verschwendete und positionierte sich vor der ersten Vitrine mit der berühmten Þór-Statue. »Diese Statue aus dem 10. Jahrhundert stellt den Donnergott Þór dar, mit seinem Hammer Mjöllnir in der

Hand. Die Gestaltung des Hammers erinnert sehr deutlich an das sogenannte Anch-Kreuz, das die ägyptischen Pharaonen trugen und das ein Hinweis dafür sein könnte, wie ein Motiv von weit aus dem Süden herauf bis auf unsere kleine Insel gelangt ist.«

Ganz offensichtlich war den Kindern dieses Informationshäppchen herzlich egal. Embla hatte hingegen gehofft, damit ihre Aufmerksamkeit zu gewinnen. Aber die Kleinen rannten bloß umher, schubsten und neckten sich kichernd.

Embla ließ sich nicht entmutigen. Sie führte die Kinder zu der großen Landkarte von Europa, Nordafrika und dem Nahen Osten. »Hier sehen wir, wie ungeheuer weit die Wikinger herumkamen.« Sie wies auf die bunte Karte. »Das Zeitalter der Wikinger begann im Jahre 793 mit ihrem Überfall auf das Kloster Lindisfarne an der schottischen Ostküste. Sie machten sich bevorzugt über Kirchen und Klöster her, da sie wussten, dass dort die größten Schätze lagerten. Aus Rache beschrieben die Kirchenleute sie daher als ungebildete Barbaren, und leider hat sich dieses Bild bis auf den heutigen Tag erhalten. Tatsächlich aber waren die Wikinger die fähigsten Seefahrer ihrer Zeit: geniale Sternbeobachter, Mathematiker, Militärstrategen, Bildhauer – und vieles mehr. Das war ein richtiges Weltreich.«

Hatte Embla zuvor nur Schwierigkeiten gehabt, die Kinder anzusprechen, so war ihr die Kontrolle über die Gruppe jetzt völlig aus der Hand geglitten. Ein Teil der Klasse hatte sich tuschelnd zusammengerottet, warf ihr immer wieder schiefe Blicke zu und feixte. Unbeirrt fuhr sie fort: »Und wie wir sehen, war ihr Weltreich groß. Sie eroberten Britannien, den Nordteil Frankreichs, Skandinavien und Russland. Ihre Schiffsrouten reichten von Amerika bis nach Konstantinopel und weiter südlich bis Afrika.« Sie lächelte die Klasse an. »Sogar Christoph Kolumbus soll vor seiner ›Entdeckung‹ Amerikas in Island angelegt und dort ein Gerücht gehört haben, dass es jenseits des Atlantiks noch ein großes Land gab. Leifur Eiríksson hatte es entdeckt. Er bekam den Beinamen *heppni* – ›der Glück hatte‹.«

Umsonst. Die Kinder schienen Emblas vergeblich um Aufmerksamkeit ringender Rede nicht den geringsten Funken Interesse entgegenzubringen. Stattdessen schlenderten ein paar Schüler einfach drauflos zwischen die Ausstellungsstücke, und andere taten es ihnen kurz darauf gleich.

»Ach nein, Kinder. Nicht wegrennen«, stammelte Embla, was aber keinerlei Wirkung zeigte. Sie hatte nun mal keine Druckmittel in der Hand, das wussten die Kinder.

Nur ein Mädchen mit dicken Brillengläsern blieb stehen und studierte mit ernsthaftem Interesse die Landkarte. »Mami hat mir gesagt, dass viele englische Wörter von den Wikingern kommen, stimmt das?«

»Wie?«, entgegnete Embla gedankenabwesend und sah die anderen Kinder in Rekordgeschwindigkeit weiter ausschwärmen. Gleichzeitig hielt sie nach ihren Lehrerinnen Ausschau, aber die schienen schon längst über alle Berge. »Wart mal«, sagte sie zu dem bebrillten Mädchen und ging zur Treppe ins Erdgeschoss. Dort fand sie die eigentlichen Verantwortungsträger mit Zigaretten zwischen den Fingern in einiger Entfernung vor dem

Museum herumstehen. Emblas Ärger schwoll merklich an. Die hielten das hier offenbar für eine Art Freizeit, und sie, Embla, sollte sich ganz allein um diese kleinen Monster kümmern.

Sie kehrte ins Museum zurück und ließ den Blick über die durcheinanderwuselnde Kinderschar schweifen. Sie atmete tief ein. Ganz plötzlich überkam sie tiefe Reue über den Lebensweg, den sie gewählt hatte. Doch anstatt in diesem Augenblick vor den Kindern in die Knie zu gehen, riss sie sich zusammen. Plötzlich, so wie ein Geysir ausbricht, schrie sie: »Her mit euch! Aber sofort!«

Die Kinder erstarrten und gehorchten unverzüglich – diesen Ton kannten sie von ihren Lehrern und Eltern – und setzten folgsamere Mienen auf: Sonntagsmienen.

»Danke«, sagte Embla entschuldigend. Um sich zu beruhigen, wischte sie ihre Ponyfransen zurecht und zupfte an ihrem dunkelgrünen, knielangen Rock herum. Sie war es nicht gewohnt, die Fassung zu verlieren. Normalerweise ließ sie es sich nicht anmerken, wenn Ärger in ihr hochzusteigen drohte. Stattdessen zeigte sie lieber eine lächelnde Fassade. Dieser kurze Zornesausbruch hatte aber Erfolg. Im Nu hatte sie den Kindern klargemacht, wer hier das Sagen hatte. Sie war deshalb auch ein klein wenig stolz auf sich.

»Du hast meine Frage noch nicht beantwortet«, beharrte das Mädchen mit der Brille, offenbar die Klassenprima.

»Ach so, stimmt«, antwortete Embla, stellte sich wieder in Positur und zupfte ihre braune Cordjacke zurecht. »Einflüsse der Wikinger kann man immer noch im Englischen beobachten, da die Engländer aufgrund der geringen räumlichen Distanz zu ihnen viele Worte aus dem Altnordischen übernommen haben.« Sie fand allmählich wieder zu sich zurück. Zu der freundlichen und höflichen Embla, auf die sich alle verlassen konnten. »Wie zum Beispiel unser isländisches Wort für Ei, *egg*, weißt du, wie man dazu auf Englisch sagt?«, fragte sie die Brillenschlange und konnte sogar ein Lächeln hervorquetschen.

Das Mädchen war flink mit der Antwort: »Einfach ›egg‹.«

»Genau. Und Kuchen – *kaka*? Oder Schwester – *systir*?«

»›Cake‹. ›Sister‹«, gab die Schülerin sofort zurück.

»Das sind nur ein paar Beispiele dafür, wie sich der Wortschatz der Wikinger in die englische Sprache eingeschlichen hat.« Embla legte die schmalen Arme übereinander, indem sie die Ellbogen jeweils in eine Hand nahm. Sie fühlte sich jetzt erheblich besser als noch vor ein paar Sekunden. »Ihr Einfluss ist auch bei unserem *jól* – Weihnachten – zu beobachten, was die Bezeichnung der Wikinger für ihr Winter- oder Julfest war. Man nimmt an, dass es von dem nordischen Wort *hjól* für ›Rad‹ abgeleitet ist.«

»*Jólahjól* – Weihnachtsrad«, witzelte ein aufgeschossener Junge mit braunem Haar. Die ganze Klasse prustete los.

Embla lachte mit. »Ja, die Wikinger stellten sich wegen der Jahreszeiten das Jahr als ein vierteiliges Rad oder einen Kreis vor, und am Julfest begann der Kreislauf jeweils aufs Neue. Da gab es Schweinebraten, so wie wir das heute noch machen. Sie zündeten Mittwinterfeuer an und hängten Mistelzweige auf, um sich darunter zu küssen, und sie schmückten Weihnachtsbäume.«

»Hatten die Wikinger Weihnachtsbäume?«, fragte ein dunkelhaariger Junge mit unverhohlener Verwunderung. Seine Oberlippe ragte wie ein kleines Dach vor.

Embla ließ ihren Blick über die Klasse wandern. Plötzlich spürte sie ein Interesse der Kinder an dem Thema. Kleine, neugierige Augen saugten sie förmlich auf. »Ja, sie glaubten an den Immergrünen Baum – den Baum des Lebens, der ihr gesamtes Weltbild umschloss.«

»Meinst du die Weltenesche Yggdrasill?«, fragte das Brillen-Mädchen.

»Haargenau«, bestätigte Embla, hochbeglückt über das Wissen des Kindes. »Der Baum Óðinns, des obersten Gottes der Wikinger. Der erste Weihnachtsbaum der Welt stammte sogar aus heidnischer Zeit und war Þór geweiht.« Sie ging zu einer weiteren Glasvitrine. Jetzt folgten ihr die Kinder auf dem Fuß, neugierig, mehr über ihre Vorfahren zu lernen. »Hier sehen wir verschiedene Waffen der Wikinger und Fundstücke aus Silber. Die Wikinger waren eifrige Sammler und besaßen oft große Schätze.«

»So wie Piraten?«, fragte der dunkelhaarige Junge mit der vorgewölbten Lippe und machte erstaunte Augen. Diese Wikinger waren ja doch viel interessanter, als er geglaubt hatte.

Embla lächelte. Der Vergleich mit Seeräubern kam für sie nach der Piratomanie, die in den letzten Jahren die ganze Welt heimgesucht hatte, nicht unerwartet. »Ja, sie haben ihre Schätze sogar genau so wie die Piraten vergraben, um sie so mit nach Walhalla zu nehmen, in den Wikingerhimmel.«

»Auch hier in Island?«, fragte die Klassenprima, die nicht besonders glücklich darüber war, dass auch ihr Mitschüler Fragen stellte und damit die Aufmerksamkeit der Museumspädagogin auf sich zog.

Emblas Augen funkelten: »Natürlich! Übers ganze Land verstreut sind Schätze vergraben. Man muss sie nur noch finden.«

Ein Raunen ging durch die Kinderschar. Jetzt waren sie richtig fasziniert von ihr, und die nächste Frage überraschte sie deshalb nicht wirklich. »Wie heißt du?«, fragte der aufgeschossene Junge.

»Embla Þöll Vilhjálmsdóttir.«

»Und wie alt bist du?«

»Zweiunddreißig«, gab ihm Embla missmutig Auskunft. Musste er sie unbedingt an ihr Alter erinnern?

»Hast du Kinder?«

»Nein.« Sie antwortete etwas zu hastig.

»Warum nicht?«

»Nun, einfach so«, antwortete Embla und schluckte. Das war jetzt wohl weder der passende Ort noch der Augenblick dafür, den Gören lang und breit auseinanderzusetzen, dass das Thema Nachwuchs zwischen ihr und ihrem Freund Adam Swift ein großer Streitpunkt war. Er wollte jetzt noch keine Kinder. Sie aber schon.

»Hat dir schon mal jemand gesagt, dass du Julia Roberts unheimlich ähnlich siehst?«, fragte der Junge mit der Vordach-Lippe. Die Klasse kreischte vor Vergnügen.

Embla setzte ihr bezauberndes Lächeln auf. Ihr rotes Haar war schuld daran, dass man sie manchmal mit der

Schauspielerin verglich. Ihr erschien dieser Vergleich als recht weit hergeholt. Aber wenn andere das so meinten, dann bitte sehr, gerne. Sie ging nicht weiter darauf ein. »Jetzt ist aber gut. Die Exkursion behandelt die Wikinger, nicht mich«, verkündete sie der Klasse.

»Aber du bist viel süßer«, entgegnete der Junge, worauf die Kinder wieder losplatzten.

»Vielen Dank«, sagte Embla und tätschelte dem Jungen freundlich den Kopf. »Aber wir sollten jetzt wirklich mit unserem Rundgang fortfahren. Sonst sind mir eure Lehrerinnen böse.« Sie führte sie zum nächsten Schaukasten, der in den Boden eingelassen war und eine heidnische Begräbnisstätte zeigte. »Das hier ist ein gutes Beispiel für die Totenrituale der Wikinger. Sie bekamen Waffen und andere Gegenstände mit ins jenseitige Leben, die sogenannten Grabbeigaben.«

Der hochgewachsene Junge zeigte auf einen Wikingerhelm, der zuoberst in dem Grab lag. »Der hat ja gar keine Hörner!«, rief er hocherfreut über seine Entdeckung. Die Klasse gackerte wieder und amüsierte sich offenbar aufs prächtigste.

Embla seufzte über diese Bemerkung. »Nein, Wikingerhelme hatten keine Hörner. Das beruht auf einem Missverständnis, wie so vieles andere auch, was die Wikinger betrifft. Erst in den letzten Jahren bekommen die Wissenschaftler allmählich ein genaueres Bild von ihrer Kultur. Etwa wie nahe sie dem kulturellen Erbe anderer großer Weltreiche standen, den Römern beispielsweise, den Griechen und Ägyptern.« Embla blickte über die Klasse und erinnerte sich plötzlich daran, dass sie zu Kindern sprach, nicht zu Erwachsenen. Unzählige verständnislose Augen blickten sie an. Nur die Klassenprima hatte angefangen, Emblas Vortrag mitzukritzeln. »Na, wer möchte mal versuchen, ein Wikingerschwert zu halten?«, bot sie der Klasse an.

Unzählige Hände fuhren in die Höhe, und die Kinder schrien laut um die Wette: »Ich! Ich!«

»Also kommt mit. Wir haben einen Raum voller Wikingersachen zum Spielen.«

Embla ging voran ins Erdgeschoss, die Kinder trampelten ihr aufgeregt hinterher.

In diesem Moment lief eine der Museumswärterinnen auf Embla zu, die schon etwas ältere Ágústa.

»Hier steckst du. Ich hab dich überall gesucht«, schnaufte sie erschöpft.

»Ich war mit den Kindern im Wikingersaal. Was ist denn?«, fragte Embla, als sie die Schweißtropfen auf Ágústas Stirn sah. »So sehr Gas zu geben brauchen wir hier ja wohl nicht. Was wir hier haben, ist alles schon steinalt, vergiss das nicht.« Embla lächelte.

Ágústa verzog keine Miene. »Ein Anruf für dich, dringend«, keuchte sie und reichte ihr das schnurlose Telefon.

Embla nahm es und legte die Hand über die Sprechöffnung. »Wer ist da dran?«, flüsterte sie.

»Polizei«, sagte Ágústa ebenso leise.

Embla verstummte verblüfft.

»Es geht um Baldur Skarphéðinsson«, fuhr Ágústa fort, immer noch ein wenig außer Atem.

»Was?« Embla spürte, wie sie unruhig wurde.

Ágústa zuckte mit keiner Wimper. »Ich glaube, ihm ist was passiert«, flüsterte sie mit ernster Miene.

2. KAPITEL

An der Ausfallstraße Sæbraut stand ein Mann Mitte vierzig mit ausgefranstem Wollpullover und verblichener Jeans neben der Metallskulptur des Wikingerschiffes *Sólfar*. Tief in Gedanken versunken starrte Sæmundur Loftsson auf die Wellen, die in schöner Regelmäßigkeit gegen die Steine der Uferbefestigung donnerten. Mit diesem 21. März war einer der wichtigsten Tage seines Lebens angebrochen. Es war Frühjahrs-Tagundnachtgleiche, und sie fiel auf den Óðinn geweihten Wochentag: Mittwoch. Zum ersten Mal, seit Sæmundur vor einigen Jahren den Orden des Sonnenkreuzes wieder ins Leben gerufen hatte.

Jetzt war es sicher gleich so weit.

Er zog an seinem Zigarillo und seufzte vor Erwartung, aber auch aus Sorge. Ein langer und schicksalsträchtiger Tag stand ihm bevor, der alles verändern sollte. Bereits jetzt waren einige wichtige Aufgaben erledigt, und die nächste wartete schon auf ihn: Tobias abholen. Sæmundur atmete tief durch. Er konnte es kaum erwarten, endlich den Norweger zu treffen, eines der engagiertesten Mitglieder seines Ordens. Nach all der Zeit, den zahllosen Telefongesprächen, geheimen Beratungen und Planungen für den heutigen Tag.

Ein kalter Windstoß kam vom Meer und fuhr durch Sæmundurs blondes Haar. Er war hochgewachsen, hatte breite Finger und einen plumpen Hals. Seine Gestalt ähnelte der eines Bergtrolls. Auch der blonde Vollbart, die buschigen Augenbrauen und das grobschlächtige Gesicht besserten seine unförmige Erscheinung nicht sonderlich auf. Sæmundur war Landwirt im südisländischen Bezirk Rangárvallasýsla, geboren und aufgewachsen auf dem Landgut Stóra-Hof, und war schon von Kind auf an schwere Arbeit gewöhnt.

Ein thailändisches Paar betrat die Aussichtsplattform und setzte sich auf eine Holzbank bei dem metallenen Wikingerschiff. Sæmundur warf ihnen einen scharfen Blick zu und konnte den sofort aufkeimenden Ärger nicht unterdrücken. »Verdammte Schmarotzer«, zischte er leise und zog an seinem Zigarillo. Sæmundur hatte sehr ausgeprägte Ansichten über Asiaten und Slawen, die wie »Ratten von einem sinkenden Schiff« aus ihren Heimatländern flohen. Sie strömten neuerdings ins Land, um hier im Norden ihr Glück zu versuchen. Nicht zuletzt deshalb hatte er den uralten Sonnenkreuzorden der Wikinger wiedererweckt. Er war felsenfest davon überzeugt, dass nur dessen Kraft die Nordhemisphäre »von diesen Blutsaugern reinigen« konnte.

Aber das darf man ja nicht laut aussprechen, dachte er und warf den Zigarillostummel ins Meer. Da wird man sofort als Rassist abgestempelt. Oder als Ausländerfeind. Genau dieses Wort hatte seine Frau Lovísa neulich beim Abendessen in den Mund genommen. »Ausländerfeind« hatte sie ihn vor seiner Tochter genannt und dabei von Psychologen, Irrenärzten, ja sogar von der Klapse in Kleppur draußen gesprochen. Als sei *er* es, der einen Sprung in der Schüssel hatte – wenn doch die Wahrheit die war, dass die anderen alle nicht ganz dicht waren. Alle Isländer, die Arme und Landesgrenzen weit aufrissen und dieses Pack hereinließen, ohne auch nur einen Mucks zu tun. Aus lauter Angst, irgendwer könnte mit dem Finger auf sie zeigen. Sæmundur konnte einfach nicht begreifen, warum niemand sonst es als ungerecht empfand, wenn die Fremden einfach so in den Genuss aller Vorzüge kamen, die das Leben in Island mit sich brachte. Immerhin hatten seine Vorfahren dafür gekämpft und sogar ihr Leben dafür gelassen. Oder warum wurde einer als Rassist bezeichnet, der gegen das Verschwinden seiner Kultur ankämpfte, die aufgrund ihrer mangelnden geographischen Ausbreitung ohnehin schon bedroht war? Das ergab doch hinten und vorne keinen Sinn. Auf einmal wurde es als Tugend angesehen, den Ausländern stillschweigend zu erlauben, ihre Sitten und Gebräuche einzuschleppen und die von den Isländern über mehr als tausend Jahre aufgebaute Kultur zu verwässern.

Sæmundur schüttelte den Kopf. »Was für ein gigantisches Missverständnis«, flüsterte er und starrte das thailändische Paar unverhohlen an. Er freute sich darauf, wieder nach Hause in die Rangárvallasýsla zu kommen, dort, wo schon seine Vorfahren gewohnt hatten. Dort konnte er sich daranmachen, sich dieses Geschwürs an der isländischen Gesellschaft anzunehmen.

Der junge Thai bemerkte Sæmundurs Aufmerksamkeit. »Was?«, fragte er mit starkem Akzent und runzelte die Stirn.

Sæmundur trat an das Paar heran. »Warum verpisst ihr euch nicht einfach dahin, wo ihr hergekommen seid?!«, schnauzte er.

»Nicht«, sagte das thailändische Mädchen sofort zu seinem Freund. »Komm, wir gehen.«

»Ja, tut das. Schert euch fort!«

Der junge Mann war aber keinesfalls gewillt, das Verhalten des groben Isländers hinzunehmen. »Wir haben das volle Recht hier zu sein, genau wie du«, sagte er mit geballter Faust.

»Was zum Teufel hast du denn schon für Island getan? Oder deine Eltern?« Sæmundur stieß den Thai so heftig, dass der auf den Betonboden stürzte und sich das Handgelenk aufschürfte. »Recht? Ich könnte kotzen«, fuhr er den am Boden liegenden Mann an.

»Gehen wir«, flehte die junge Frau und kniete neben ihrem Freund nieder. Die Aggressivität des Mannes jagte ihr Todesängste ein. Sie wollte nur noch weg. Schon früher hatten sie die Vorurteile der Isländer zu spüren bekommen, aber der Hass dieses Mannes saß ganz offensichtlich viel tiefer.

Drei joggende Frauen in Outdoorjacken näherten sich der Sólfar und sahen sofort, was los war. Sie liefen rasch auf Sæmundur und das Paar zu.

»Was soll denn das hier werden?«, fragte eine von ihnen und kniete sich neben den jungen Thai hin.

»Wie bitte? Sollen wir vielleicht brav den Mund halten und tatenlos zuschauen, wie die sich hier breitmachen?« Sæmundur funkelte die Frauen zornig an. Schlagartig fiel ihm wieder ein, weswegen der heutige Tag so bedeutsam war. Er, Tobias und weitere Mitglieder des Ordens in ganz Nordeuropa würden heute den ersten Schritt tun hin zu etwas ganz Neuem.

»Lass ja den armen Kerl da in Ruhe oder ich rufe die Polizei«, fauchte ihn die Frau an.

»Kapiert ihr denn nicht?« Sæmundur glotzte die Frauen an. »Die nehmen uns unser Land weg, vor unseren Augen.« Er deutete auf das Paar. »Wir müssen uns wehren. Wir müssen die da bekämpfen und uns unser Land zurückerobern.«

»Ich weiß zwar nicht, was du geraucht hast, aber bei dir fehlt es ganz deutlich da oben.«

Sæmundur lachte. »Fehlen? Nein, im Gegenteil. Dieses Gesindel da ist zu viel.« Er deutete wieder auf das thailändische Paar. »Und ihr auch.« Er blickte abwechselnd die drei Frauen an. »Ich bin der *Einzige* hier, bei dem alles stimmt. Wartet nur. Der Krieg hat begonnen!« Sæmundur marschierte zu seinem dunkelroten Landrover, riss die Tür auf, zog sich hoch und ließ sich schwer auf den Fahrersitz fallen.

»Arschloch!«, schrie ihm eine der Frauen nach und half dem jungen Thai wieder auf die Beine.

Sæmundur überhörte diese Bemerkung. So was war er bereits von seiner Frau gewohnt. Er knallte die Tür des Jeeps zu und ließ den Motor aufheulen. Wie ein Drache hörte es sich für ihn an. Er konnte es kaum erwarten, Tobias abzuholen und das reinigende Werk zu beginnen – durch die Verbindung im Geist des Ordens.

»Jammerschade, dass Baldur bei uns nicht mitmachen wollte«, grummelte er und jagte den Wagen auf die Sæbraut hinaus.

3. KAPITEL

Der Polizist beendete das Gespräch. Embla stand wortlos und stocksteif da, das Telefon noch immer am Ohr.

»Was?«, fragte Ágústa.

Embla gab ihr das Telefon zurück: »Die Polizei ist auf dem Weg hierher. Sie brauchen meine Hilfe.« Ihre zartgegliederte Ohrmuschel war noch rot von dem Gespräch.

»Was ist mit Baldur passiert?«, fragte Ágústa.

»Ich weiß es nicht. Der Polizist wollte es mir nicht sagen.« Embla schluckte. »Er hat nur gesagt, dass er unbedingt meine Hilfe braucht und schon auf dem Weg hierher ist.« Sie unterdrückte die aufsteigende Panik und warf einen Blick in das Kinderspielzimmer des Museums. Die Schüler, die sie eben noch herumgeführt hatte, tobten nun wie wild mit den Plastikschwertern herum und stellten Schilder und Wikingerhelme auf harte Bewährungsproben. Sie zupfte an ihrem Ohrring und überdachte den nächsten Schritt.

»Kannst du mal einen Moment auf sie aufpassen?«

»Klar.« Aber als Ágústa einen Blick auf die tobenden Kinder warf, wurde sie unsicher und zog die Nase kraus: »Was soll ich deiner Meinung nach machen?«

»Kurz aufpassen. Ich will nur schnell die Lehrerinnen holen. Die sollen sich gefälligst um ihre Schüler kümmern, wenn die Polizei mich braucht. Oder meinst du nicht?« Plötzlich zögerte Embla, sie hatte nämlich noch nie einfach so ihren Arbeitsplatz verlassen.

»Ja doch, warum nicht?«, stimmte Ágústa zu. »Geh nur die Lehrerinnen holen. Dann müssen die eben das Kind – oder vielmehr die Kinder – schaukeln. Schließlich verlangt die Polizei nach dir.«

»Stimmt.« Embla hatte ihre Sicherheit zurückgewonnen. Fest entschlossen drehte sie sich um und eilte durch den ersten Stock des Museums an unzähligen Wikingerrelikten und anderen archäologischen Fundstücken vorbei und die Treppe zum Ausgang hinunter. Die Absätze ihrer schwarzen Lederstiefel klackten dabei laut.

Die beiden Lehrerinnen standen immer noch vor dem Museum und hatten mittlerweile ihre nächste Zigarettenrunde begonnen. Offensichtlich wollten sie sich diese verlängerte Pause nicht entgehen lassen.

»Na so was, ist die Besichtigungstour schon zu Ende?«, fragte eine von ihnen. Sie war für diese Jahreszeit auffällig sonnengebräunt.

»Es tut mir leid, aber ich muss gehen«, verkündete Embla.

»Aber die Kinder sollten doch bis zum Mittag in deiner Obhut bleiben.« Die Lehrerin mit dem dunklen Teint blickte auf ihr rosafarbenes Handy. »Es ist doch erst elf.«

»Das weiß ich, aber es ist was dazwischengekommen, und ich muss weg«, wiederholte Embla und knöpfte sich die braune Cordjacke zu. Trotz der strahlenden Märzsonne war es ziemlich frisch. »Leider«, fügte sie mit gespieltem Bedauern hinzu.

»Und wohin, wenn ich fragen darf?«, bohrte die andere Frau.

Bevor Embla den Mund öffnen konnte, kam ein Auto angerast, schlingerte über die leicht abschüssige Einfahrt auf den Parkplatz und machte eine Vollbremsung. Der Fahrer ließ sofort das Fenster herunter. »Embla Þöll?«, fragte er und sah die drei Frauen an. Für einen Isländer wirkte er ziemlich dunkel. Er trug einen Kurzhaarschnitt und Bartstoppeln und hatte braune Augen. Gekleidet war er in einen schwarzen, unauffälligen Anzug.

Embla hob die Hand, fast so, als wäre sie selber eine Grundschülerin. »Hier.«

»Hörður mein Name, Polizei. Komm, wir haben keine Zeit zu verlieren.« Er beugte sich zur Beifahrertür und schob sie auf. »Ich bring dich hin.«

Embla sah die Lehrerinnen abwechselnd an. »Wie ihr seht, es ist sehr wichtig. Leider. Die Kinder erwarten euch im Spielzimmer.« Embla warf den beiden beim Einsteigen ein sanftes Lächeln zu. Fast noch im selben Augenblick jagte der Wagen davon. Embla legte hastig den Gurt an. Der Polizeibeamte hatte das Gaspedal durchgetreten und war losgebrettert.

»Entschuldige meine Eile, aber es geht um jede Sekunde«, sagte er, ohne den vor ihnen liegenden Kreisverkehr am Nationalmuseum aus den Augen zu verlieren.

»Kein Problem«, sagte Embla, die eine so rasante Fahrt über die Reykjavíker Straßen nicht gewohnt war, und krallte sich am Handgriff fest.

Hörður fegte mit einem Irrsinnstempo durch den Kreisverkehr und bog in die Suðurgata ab. Dabei kaute er heftig auf seinem Kaugummi.

»Kannst du mir mal sagen, was eigentlich los ist?«

»Wir haben uns an die Universität Islands gewandt, und da hat man uns an dich verwiesen. Du kennst dich doch gut mit dem Asenglauben aus, oder?«

Embla blieb der Mund offen stehen. Die Frage erwischte sie völlig unvorbereitet. »Vielleicht nicht mit *allem*, aber ein bisschen was weiß ich schon.«

»Uns hat man gesagt, dass du in der Uni am besten darüber Bescheid weißt. Stimmt das etwa nicht?« Hörðurs Stimme klang plötzlich unangenehm hart.

»Na ja, wie gesagt, Ahnung hab ich schon. Ich bin die letzten zwölf Jahre zwischen den Fächern hin- und hergewechselt und weiß deshalb viel über den Asenglauben, das Wikingerzeitalter und die altnordische Mythologie.« Embla machte sich nicht die Mühe, diesem fremden Polizisten zu erläutern, warum sie in Isländisch, Geschichte, Ethnologie und schließlich Archäologie eigentlich nur so herumstudiert hatte. Manche – darunter ihr Vater – würden es Faulheit nennen, aber Embla wusste, dass es eher mit ihrer Unfähigkeit zusammenhing, überhaupt irgendetwas zu Ende zu bringen. Aus demselben Grund war auch die Doktorarbeit immer noch wie ein Alptraum für sie. Diese verflixte Dissertation, die die Hauptschuld daran trug, dass sie etwa ein Drittel ihres Lebens hinter Schloss und Riegel der Universität vergeudet hatte.

»Dann solltest du in der Lage sein, uns zu sagen, was passiert ist.« Der Wagen blieb am Vorfahrtsschild an der Ecke Túngata/Suðurgata stehen. Hörður sah Embla einen Moment in die Augen, bevor er die Túngata hinaufjagte.

»Was meinst du denn? Was ist mit Baldur passiert?« Nach ihrer Meinung war es jetzt endlich Zeit für ein paar klare Antworten.

»Wir wissen es nicht sicher«, antwortete Hörður. Der Wagen raste an der kanadischen Botschaft vorbei, dann an der russischen und schlitterte noch vor der katholischen Kirche rechts in die Ægisgata hinein. »Kennst du ihn?«, fragte er nach einer Weile.

»Ja, kann man so sagen. Ich habe bei ihm studiert.«

Hörðurs Aufmerksamkeit war nun ganz auf sie gerichtet: »Dann weißt du etwas über seine archäologischen Untersuchungen?«

Embla erwiderte eifrig: »Natürlich. Baldur ist bekannt für seine revolutionären Theorien zur Herkunft der Isländer und noch berühmter wegen der Reaktionen seiner wissenschaftlichen Kollegen darauf.«

»Was meinst du damit?«

»Na ja, die Fachleute verwandter Disziplinen halten von seinen Untersuchungen wenig, und es wird sogar gemunkelt, dass er sich nicht freiwillig zur Ruhe gesetzt hat, wenn du verstehst, was ich meine«, erklärte Embla.

»Rausgeworfen wegen archäologischer Theorien? Was es nicht alles gibt«, kommentierte der Beamte.

»Also, was ist denn passiert? Ist ihm etwas zugestoßen?«, fragte Embla besorgt.

Aber Hörður schwieg, den Blick fest auf die Straße gerichtet.

»Kannst du mir nicht einfach mal eine Antwort geben?«, beharrte Embla.

»Leider nein.« Hörður bog in die abschüssige Bárugata ein und verlangsamte die Fahrt. Die Straße war voller Polizeiautos. Weiter unten stand ein Krankenwagen vor einem weißen zweistöckigen Gebäude – Baldur Skarphéðinssons Haus. Der gesamte Verkehr war mit gelbem Band ausgesperrt worden, aber Hörður wurde von einem Polizisten durchgelassen.

»Wer kann mir dann antworten?«, fragte Embla, genervt von der Sturheit des Mannes.

»Mein Chef.« Hörður hielt vor Baldurs Haus. Er deutete auf einen glatzköpfigen Mann, der mit vielen anderen Polizisten und Sanitätern mitten im Garten des

Hauses stand. »Aber geh um Gottes willen behutsam mit ihm um«, fügte er hinzu.

»Warum?«, fragte Embla verblüfft.

»Weil Baldur sein Bruder ist«, antwortete Hörður düster.

4. KAPITEL

Ungefähr zwei Kilometer entfernt, auf einer Bank vor dem *Hótel Reykjavík Centrum*, saß Tobias Petersen und wartete auf Sæmundur Loftsson. Tobias ging auf die vierzig zu. Er hatte sein langes, dunkelbraunes Haar zu einem Knoten gebunden und fiel vor allem durch seine ausgeprägten Wangenknochen auf. Seine Augen waren wasserblau, fast durchsichtig, was ihm einen sehr auffälligen Blick verlieh. Er war von kleiner Statur, trug schwarze Winterhosen und einen dicken Pullover. Hier war es definitiv kälter als zu Hause in Oslo.

Tobias war gestern am späten Abend gelandet. Er hatte Sæmundur vor fast genau einem Jahr im Internet kennengelernt, und jetzt war er tatsächlich hier. Erwartung, Zweifel und nicht zuletzt Neugier rangen in ihm. Sollte Sæmundur recht behalten, würde dies eine Reise werden, die sein Leben nachhaltig verändern konnte.

Er stand auf und sah auf die Uhr. Viertel nach elf. Sæmundur müsste jeden Moment kommen. Tobias wartete vor dem Hotel, in dem er übernachtet hatte. Daneben war das Restaurant *Fjalakötturinn*. Unter einer massiven Glasabdeckung auf dem Boden konnte er sehen, was sich unter seinen Füßen befand: die ältesten Spuren menschlicher Besiedelung in Island von etwa 870 n. Chr. Tobias stellte sich vor, dass hier Ingólfur Arnarson höchstpersönlich gelebt hatte, der erste Landnehmer Islands. Unglücklicherweise lag der Siedlungsort mitten im Stadtzentrum. Das machte es den Archäologen unmöglich, in der nächsten Umgebung nach dem Tempel des Wikingers zu forschen.

Im Gegensatz zum Óðinnstempel, den Sæmundur gefunden haben wollte!

Tobias spürte, wie er eine Gänsehaut bekam. Wenn dieser isländische Landwirt recht behielt, dann hatte seine Suche nach all den Jahren endlich ein Ende gefunden. Tobias war tief in Gedanken versunken, als ein dunkelroter Landrover viel zu schnell die enge Aðalstræti herunterkam und am Bürgersteig vor dem Hotel stehenblieb. Sæmundur stieg eilends aus dem Geländewagen und lief auf ihn zu.

»Tobias Petersen?«, fragte Sæmundur erwartungsvoll.

Wortlos nickte Tobias. Die Bilder im Internet hatten ihm ein völlig falsches Bild vom Körperbau des Isländers vermittelt… Er war bedeutend größer und breiter, als Tobias erwartet hatte. Der knochenweiße Messergriff in einer Lederhülle an Sæmundurs Gürtel trug nicht eben dazu bei, das Klobige seiner Erscheinung abzumildern.

»Willkommen in Island«, sagte Sæmundur auf Dänisch und streckte ihm mit strahlendem Lächeln die Hand entgegen.

»*Takk* – danke«, antwortete Tobias und lächelte jetzt ebenfalls. »Ich fühle mich sehr geehrt, dich endlich treffen zu dürfen.« Kurzes Zögern. »Den Ordensgründer höchstpersönlich.«

Sæmundur hob augenblicklich den Zeigefinger: »Nicht Gründer. Ich habe ihn lediglich wiederbelebt. Unsere Vorväter, Ingólfur Arnarson, Skallagrímur Kveld-Úlfsson und Lachs-Ketill waren es, die die Bruderschaft ins Leben riefen.« Er sprach die Namen dieser Männer ehrfürchtig aus, als sähe er sich selbst als Glied in einer Kette, die sie vor vielen Jahrhunderten geformt hatten.

»Ja, natürlich«, Tobias bereute seine unüberlegte Wortwahl sofort. »Um die Größenverhältnisse der Sonnenräder geheim zu halten, nicht wahr?«, fügte er hinzu, um seine Kenntnis des altehrwürdigen Ordens unter Beweis zu stellen.

Sæmundur bejahte. »Genau, so wie die Freimaurer die Proportionen der mittelalterlichen Kirchen auf dem europäischen Kontinent auch für sich behielten.« Sæmundur blickte sich um, zuerst auf die Häuser der Stadtmitte, dann in den wolkenlosen Himmel. »Alle Proportionen, die das Sonnenkreuz definieren, sind heilige Zahlen. Es sind von den Göttern selbst gegebene Proportionen, und deshalb mussten sie vor dem gemeinen Volk in Bruderschaften, Geheimregeln und Gilden verborgen gehalten werden.«

»Und du bist sicher, dass es solche Bruderschaften hierzulande gegeben hat?«

»Ich persönlich nicht. Baldur Skarphéðinsson war es, der diese Theorie als Erster aufstellte«, antwortete Sæmundur sofort und blickte seinen Besucher erneut an.

Der Name Baldur bewirkte offenbar etwas in Tobias. »Aber er war nicht zur Zusammenarbeit bereit?«

»Nein.« Sæmundur schwieg. Ihm fielen die zwanglosen Stunden mit Baldur ein. Sie kannten sich seit vielen Jahren und waren anfangs Freunde gewesen, bevor ihr gutes Verhältnis in die Brüche gegangen war. »Leider, schade um ihn«, fügte er hinzu und seufzte. Dann ging er zu seinem Wagen: »Aber komm jetzt, lass uns zum Tempel aufbrechen. Wir dürfen keine Zeit verlieren.«

Tobias nahm seine schwere Reisetasche und ging auf das Heck des Geländewagens zu. Sæmundur versperrte ihm augenblicklich den Weg: »Nein! Stell die Tasche auf den Rücksitz.«

»Die ist ganz schön groß, soll sie nicht besser in den Kofferraum?«

»Da passt sie nicht mehr rein. Der ist voll.« Sæmundur entriss Tobias die Tasche erstaunlich grob und stopfte sie auf den Rücksitz. Danach hievten sie sich in den hochbeinigen Wagen. Sæmundur schaute seinen Gast an. »Aufgeregt?«, fragte er und lächelte, dass seine Zähne sichtbar wurden. Sie waren gelb vom Rauchen.

»Ich kann noch gar nicht glauben, dass ich wirklich hier bin«, antwortete Tobias und lächelte zurück. »Und dass der heutige Tag endlich gekommen ist.«

»Es wird perfekt«, fügte Sæmundur hinzu. »Nach den Opfern am heutigen Tag wird die Welt endlich aufhorchen. Das verspreche ich dir. So ist es vorausgesagt worden.« Nach dieser Behauptung ließ er den Wagen an und fuhr los Richtung Stóra-Hof in Südisland – zu dem uralten Tempel, der bald zum Zeichen der Vereinigung Nordeuropas werden sollte.

5. KAPITEL

Rund um Baldurs Haus herrschte große Aufregung. Polizisten liefen auf dem Gelände herum und durchsuchten Beete und Rasen, Sanitäter standen mit Krankenwagen bereit. Zu allem Überfluss hatte auch noch eine gehörige Anzahl Journalisten von dem Vorfall Wind bekommen. Sie drängten sich in einem Rudel außerhalb des Gartens.

Embla stieg aus dem Polizeiwagen und folgte Hörður. Als Erstes bemerkte sie, dass drei Raben auf dem Dachgesims des benachbarten Hauses krächzend mit ihren pechschwarzen Schnäbeln an der blechernen Regenrinne herumpickten. Das metallische Geräusch schallte über die Straße. Raben waren in Reykjavík zu dieser Jahreszeit nicht ungewöhnlich. Eine abergläubischere Person als Embla hätte sie dennoch als übles Omen aufgefasst, war der Rabe im isländischen Volksglauben doch der Todesbote schlechthin.

»Komm«, sagte Hörður und führte Embla an den Journalisten vorbei in den Garten. Beim Anblick des neuen Gesichts ging sofort helle Aufregung durch die Reporterschar.

»Wer ist das?«, fragte eine Frau vom Staatsfernsehen RÚV und reckte das Mikrofon vor.

»Was hat sie mit den Ereignissen des Tages zu tun?«, wollte ein Journalist vom *Fréttablaðið* wissen, den Schreibblock bereit und den Stift gezückt.

»Wird sie wegen dem Mord verdächtigt?«, forschte ein junger Mann mit eigenartiger Frisur von der privaten Fernsehstation *Stöð 2*. Der Journalist legte ein bedeutend aufdringlicheres Gehabe an den Tag als die übrigen Berichterstatter.

»Mord?«, wiederholte Hörður gereizt und blieb augenblicklich stehen. »Was für ein Mord denn?«

»Jetzt tu nicht so«, gab der junge Mann zurück und hielt das Mikrofon näher an den Beamten. Immerhin war es ihm gelungen, den Polizisten aufzuhalten. »Auch wenn ihr uns nicht sagt, was los ist, können wir uns doch an fünf Fingern abzählen, was passiert ist. Euch brennt doch was an den Nägeln.«

Hörður blickte ungerührt auf das Mikrofon, das ihm der junge Kerl fast ins Gesicht drückte. Dann auf die Kamera, mit der jetzt auch noch dessen dicklicher Kollege auf ihn zielte. »Das heißt ›auf‹. ›Auf den Nägeln‹ brennt's für gewöhnlich, nicht ›an‹«, korrigierte er verächtlich, ohne auch nur im Entferntesten daran zu denken, auf die Frage des Burschen einzugehen. Er ließ ihn stehen und ging mit Embla weiter.

Im Garten folgten sie einem plattenbelegten Weg, der zum Hauseingang führte. Dort stand wie ein drohendes Unwetter Grímur Skarphéðinsson. Er war ein überaus erfahrener Kriminalhauptkommissar. Anders als die anderen Mitarbeiter der Ermittlungskommission trug er die schwarze Uniform der isländischen Polizei. Grímur gehörte noch zur alten Generation und vertraute auf die Macht der Uniform.

Hörður trat an seinen Vorgesetzten heran: »Das ist Embla Þöll.«

»Na endlich«, brummte Grímur und reichte ihr die Hand. Er hatte einen buschigen grauen Schnauzer und trug eine schlichte Brille mit Stahlrahmen. Um die sechzig, schätzte Embla. Seine Nase war groß und voll von rötlichen und bläulichen Äderchen.

»Tag«, sagte Embla und schüttelte die feuchte, kühle Hand des Kriminalhauptkommissars. In dem Augenblick, als sie aufmerksam das Gesicht des Bruders von Baldur betrachtete, wurde ihr der Ernst der Angelegenheit bewusst. Obwohl sein Ausdruck Entschlossenheit verriet und er die Rolle des Vorgesetzten innehatte, erahnte sie dennoch einen dunklen Abgrund hinter seiner Fassade.

Trotz des Trubels kam Grímur rasch zur Sache. »Das hier haben wir gefunden«, sagte er und rief einen Polizisten herbei, der in der Nähe stand. »In einem der Beete. Könnte uns einen Hinweis auf den Täter geben.« Der Polizist reichte Grímur einen durchsichtigen Beutel. Darin lag ein ziemlich alt aussehendes geschnitztes Medaillon aus hellem Treibholz.

»Was ist das?«, fragte Hörður.

»Eine Zauberrune, nicht wahr?«, fragte Grímur und blickte Embla an. Ihm schien sehr daran gelegen, sie sofort auf die Besonderheit des Falls zu stoßen.

Embla war sich ihrer Rolle bewusst und nahm den Inhalt des Beutels genauestens unter die Lupe. Das hier war weder ein Höflichkeitsbesuch noch eine Besichtigungstour. Die Polizei brauchte ihre Fachkenntnisse, und zwar dringend. Sie war froh, dass sie Grímur nicht enttäuschen musste, denn sie kannte das in das Holz eingeschnittene Zeichen tatsächlich sehr gut:

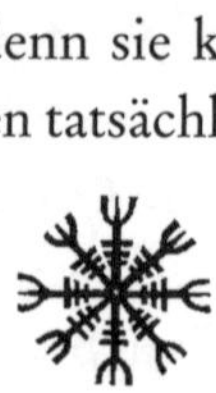

»Ægishjálmur?«, fragte Grímur.

»Ja. Die bekannteste der isländischen Zauberrunen und die älteste. Sie soll sehr wirksam gegen alle möglichen Übel sein.«

Hörður betrachtete den Beutel. »Hat Björk sie sich nicht auf den Arm tätowieren lassen?«, fragte er Kaugummi kauend.

»Nimm den verfluchten Kaugummi raus!«, raunzte Grímur scharf. So ein unflätiges Benehmen konnte er angesichts der ernsten Lage einfach nicht hinnehmen.

Wie ein zurechtgewiesenes Kind spuckte Hörður den Kaugummi in ein Stück Papier und steckte es in die Hosentasche.

»Weiter«, sagte Grímur, als ob nichts gewesen wäre.

Obwohl die Atmosphäre mit einem Mal deutlich angespannter war, antwortete Embla dem Jungkommissar: »Nein, Björk hat eine Variante davon namens Vegvísir – Wegweiser, die unter den Anhängern der Asenglaubensgemeinschaft ebenfalls sehr beliebt ist.«

»Der Asenglaubensgemeinschaft?« Grímur ereiferte sich erneut. »Baldur war ein aktives Mitglied dieser Vereinigung.«

»Nein, ich habe damit nicht unbedingt gemeint, dass jemand aus der Gemeinschaft der Asengläubigen die Zauberrune besessen hat«, verbesserte Embla ihn. »Sie ist bei allen möglichen Leuten beliebt, die an Zauberkräfte glauben und nicht christlich sind.« Embla war unsicher, ob sie ihren Ausführungen noch ein Detail hinzufügen sollte. Dann entschloss sie sich aber doch dazu, die Männer über eine dunklere Seite der Zauberrune zu informieren. »Ich weiß nicht, ob das eine Rolle spielt, aber Neonazis interessieren sich ebenfalls besonders für diese Rune.«

»Neonazis?«, wiederholte Grímur mit hochgezogenen Brauen.

Embla wies auf das Holzstück: »Ja, wie ihr seht, sieht das Zauberzeichen aus wie ein Stern und wird von einer acht Mal wiederholten Rune gebildet. Sie heißt Algiz. Ein gewisser Guido von List hat diese Algiz-Rune oft benutzt. Er war einer der Nazi-Chefideologen. Durch ihn hat die Rune eine rechte Symbolik bekommen und wird heute mit verschiedenen rechtsradikalen Gruppierungen in Verbindung gebracht«, erklärte sie und versuchte, einen neutralen Gesichtsausdruck beizubehalten.

Die Polizisten waren beeindruckt. Offenbar war die Entscheidung, eine Fachfrau hinzuzuziehen, richtig gewesen.

»Noch mal. Ich will damit nicht sagen, dass Neonazis in diesen Fall verwickelt sind. Aber die rechtsradikale Symbolik ist ein wichtiges Detail, was die Bedeutung des Ægishjálmur angeht«, fügte sie hinzu, ohne jedoch auch nur die leiseste Ahnung zu haben, worauf das alles hinauslief.

Grímur hob den Beutel dicht an sein wettergegerbtes Gesicht und betrachtete das Fundstück eingehend. »Das erklärt schon mal eine ganze Menge.«

»Wo habt ihr die Zauberrune denn gefunden?«, erkundigte sich Hörður.

Grímur wies auf die Büsche an der Treppe zu Baldurs Wohnung.

»Dort. Der Einbrecher hatte das Medaillon wohl bei

sich, denn mir ist nicht bekannt, dass Baldur so ein Stück besessen hätte.«

»Man trägt das Medaillon gewöhnlich um den Hals, so dass die Zauberrune auf der Brust aufliegt«, fügte Embla hinzu.

Die Worte schienen Grímur zu alarmieren. Er stand immer noch da, den Beutel fast ans Gesicht gedrückt und schien wie hypnotisiert von der geschnitzten Zauberrune. »Ich hab Baldur gesagt, er soll sich nicht mit der Bande der Asengläubigen abgeben«, murmelte er. »Ich hab ihm gesagt, dass wir es regelmäßig mit Neonazipack zu tun haben, das mit diesem Verein verbandelt ist.« Er gab den Beutel zurück und senkte den Kopf. Für den Augenblick machte ihm seine Aufgabe offensichtlich schwer zu schaffen.

Hörður legte seinem Chef behutsam die Hand auf die Schulter. »Grímur«, säuselte er. »Du solltest dir freinehmen. Wir kümmern uns um den Fall.«

»Freinehmen?«, wiederholte Grímur. Augenblicklich sprang seine Trauer in Zorn um. »Ich kann mir zum Teufel noch mal nicht freinehmen. Baldur braucht mich.«

»Du brauchst jetzt vor allem Ruhe. Wir sind absolut in der Lage, den Fall ohne dich zu bearbeiten«, erklärte Hörður. Er hatte bereits mehrmals versucht, seinen Chef dazu zu bringen, nach Hause zu gehen und den Fall Baldur ihm zu überlassen. Ohne Erfolg. Grímur war fest entschlossen, den Schuldigen selbst zu fassen.

Grímur seufzte tief und schüttelte Hörðurs Hand ab. »Gehen wir rein«, stieß er hervor und lief die Treppe zur Wohnung seines Bruders hinauf.

Hörður seufzte und wandte sich an Embla. »Also,

bist du bereit, uns zu zeigen, was du in den nordischen Wissenschaften zu bieten hast?«

»Was meinst du damit? Ich dachte, ihr habt mich gerade schon in eure Ermittlungen einbezogen«, antwortete Embla.

»Wenn's denn so einfach wäre.« Hörður betrachtete den Menschenauflauf im Garten. »Die Zauberrune ist nicht der Grund, weswegen wir dich geholt haben.«

»Was denn dann?« Embla wollte endlich Klarheit, warum sie auf einmal mitten in polizeilichen Ermittlungen steckte, die Baldur Skarphéðinsson betrafen.

Ein paar Sekunden vergingen. »Lass uns Grímur nachgehen«, antwortete Hörður schließlich. »Es bringt wenig, das mit Worten zu erklären. Du musst Baldurs Arbeitszimmer mit eigenen Augen sehen.« Dann führte er die Wissenschaftlerin ins Haus.

6. KAPITEL

Auf den ersten Blick erinnerte Baldurs Wohnung an ein Museum. Schon im Flur fielen Embla verschiedene Originalgegenstände aus der Wikingerzeit auf. Sie wusste, dass Baldur während Islands Aufstieg zur Finanzmacht mit Aktiengeschäften gut verdient hatte. Sein Vermögen erlaubte es ihm, sich als Privatier ausschließlich seinen archäologischen Untersuchungen zu widmen.

Unter den Sammlerstücken waren Kämme, Spangen und Broschen aus der Wikingerzeit. Außerdem hatte Baldur eine riesige Karte von Island an der Wohnzimmerwand aufgehängt und in den Südwesten des Landes drei große Kreise mit einem Kreuz in der Mitte eingezeichnet. Embla wusste sofort, warum: Die Kreise waren das Herzstück in Baldurs Theorie über die isländischen Landnehmer. Etwas tiefer hing ein historisches Wikingerschwert, dessen Spitze genau auf eine große Blutlache zeigte.

»Großer Gott«, murmelte Embla und schloss die Augen. Das fing ja gut an. »Baldur?«, flüsterte sie.

»Nein, dort hat seine Haushaltshilfe gelegen. Sie hat erst einen Schlag auf den Kopf bekommen und wurde anschließend … erwürgt«, antwortete Hörður mit bewegter Stimme. »Als wir kamen, war sie bereits tot.«

Emblas Herz raste. Schweiß trat ihr auf die Stirn. Sie rang nach Atem, ihr Hals schnürte sich zu. An diese düstere Seite des isländischen Alltags war sie nicht gewöhnt.

Hörður merkte, dass Embla schlecht geworden war. Er konnte es ihr nachfühlen, da er selbst auch lange gebraucht hatte, bis er sich daran gewöhnt hatte, nach einem Arbeitstag wie diesem einfach zu Frau und Kind nach Hause zu kommen. »Es tut mir leid, dass ich dich hier herbringe, aber wir brauchen dringend deine Hilfe. Ohne dich können wir hier wenig ausrichten. Versuch noch etwas durchzuhalten.«

Embla biss die Zähne zusammen und öffnete die Augen.

»Komm«, forderte Hörður sie auf.

Sie gingen an der dunklen Blutlache und der Küche vorbei, weiter den Flur entlang.

Der Rest von Baldurs Wohnung war im gleichen Stil ausgestattet. Es gab Statuen und geographische Karten von Island, Dänemark, England und weiteren Ländern.

In alle Karten hatte er seltsame Kreise eingezeichnet, die jeweils ein großes Gebiet umfassten und von zwei Strichen gekreuzt wurden. Schließlich erreichten sie Grímur, der vor einer riesigen aus Holz geschnitzten Tür stand.

»Baldurs Arbeitszimmer«, sagte Grímur gedämpft.

Die Zeichen auf dem Türblatt überraschten Embla nicht, denn sie wusste, womit sich Baldur seit seiner Kinderzeit beschäftigt hatte. Ein Drache, zweifellos Fáfnir, war in das Holz geschnitzt worden. Er war zu einem Kreis gebogen und hielt seinen eigenen Schweif zwischen den Zähnen; ein in der Wikingerkunst häufiges Motiv. An der Stelle, an der sich Fáfnir selbst in den Schwanz biss, waren drei lose verstreute Runen eingeschnitzt und daneben war ein einäugiger Mann mit einem Armreif abgebildet. Zweifellos Óðinn mit seinem Silberreif Draupnir. Innerhalb des von Fáfnir gebildeten Rings hatte Baldur eine Runeninschrift einritzen lassen. Einige Buchstaben fehlten, wie es bei echten Runensteinen der Fall ist, die nach jahrhundertelanger Verwitterung oft nur schwer lesbar sind.

Embla legte ihre feingliedrigen Finger auf die Schnitzereien und zeichnete die alten Schriftzeichen der Wikinger nach.

»Verstehst du das?«, fragte Hörður.

»Ja.« Embla spielte mit einem ihrer Ohrringe. »Das ist eine Runeninschrift für Lachs-Ketill, den ersten Landnehmer in Rangárvallasýsla. Sie wurde von seinem Sohn verfasst. Ich habe sie allerdings bisher noch nie gesehen.« Sie sah die beiden abwechselnd an. »In Island wurde bislang noch keine Runeninschrift aus der Wikingerzeit entdeckt.«

»Du glaubst doch nicht, dass diese Runen auf einer echten Runeninschrift beruhen?«, fragte Grímur trocken und legte die Hand auf den dunklen Türknauf. »Du weißt doch, dass Baldur zu allem bereit war, nur um zu beweisen, dass er recht hatte mit seiner Theorie über die Herkunft der Isländer. Sogar zu Fälschungen«, fügte er hinzu. Offenbar hielt er von den Hypothesen seines Bruders ebenso wenig wie viele von dessen Kollegen. »Außerdem wartet da drin noch etwas viel Wichtigeres auf uns als die Entzifferung irgendwelcher Runen. Bist du bereit?«, fragte Grímur.

»Keine Ahnung«, murmelte Embla. »Möchte ich sehen, was sich da auf der anderen Seite der Tür befindet?«

»Keine Sorge.« Grímur räusperte sich. »Baldur ist nicht im Arbeitszimmer.« Daraufhin öffnete der Kriminalhauptkommissar die dunkelbraune Tür. Sie quietschte laut in ihren Angeln. Ein süßlicher Tabakgeruch kam Embla aus dem Arbeitszimmer entgegen.

Ihr Herz setzte für einen Moment aus. So etwas hatte sie noch nie gesehen. Trotzdem wusste sie sofort ganz genau, was sie vor sich hatte. »Mein Gott«, flüsterte sie erschüttert.

»Verstehst du jetzt, weswegen wir deine Hilfe benötigen?«, fragte Grímur und betrat als erster Baldurs blutbespritztes Arbeitszimmer.

7. KAPITEL

Dichte Wolken hingen über dem Friedhof von Jelling auf Jütland. Christian Larsson sah zum Himmel hinauf. Bald würde es regnen. Er ließ sich davon jedoch nicht beeindrucken, sondern steuerte entschlossen die beiden Runensteine an.

Viele Touristen spazierten über das Gelände. Jelling war vor langer Zeit die Hauptstadt der Wikinger in Dänemark gewesen. Hier hatte der erste König des Landes, Gormur der Alte, gelebt und mit seiner Ehefrau auch seine letzte Ruhestätte gefunden. Christian unterschied sich deutlich von den übrigen Friedhofsbesuchern. Anstatt farbenfrohe Kleidung zu tragen, einen Schirm oder eine Karte in der Hand zu halten und aufmerksam den geschichtsträchtigen Ort zu bewundern, hatte er einen großen Dobermann bei sich. Er trug schwarze Stiefel mit Stahlkappen, enganliegende Militärhosen, rote Hosenträger und eine schwarze Jacke mit verschiedenen nordisch-heidnischen Zeichen auf dem Rücken. Er hatte einen Bürstenhaarschnitt und ein Piercing in der Augenbraue. Über den Hals zog sich eine Tätowierung, und auf dem rechten Handrücken stand »Odin«.

Vor ihm lagen die Runensteine von Jelling, das Zentrum des dänischen Sonnenkreuzes. Für einen Augenblick verharrte Christian, atmete tief durch und konzentrierte sich auf die Aura des ihn umgebenden heiligen Kreises, der durch vier dänische Orte festgelegt war: Trehøje im Nordwesten, Århus im Nordosten, Odense im Südosten – das war Óðinns Platz in dem Sonnenkreuz, wie der Name heute noch verriet – und Ribe im

Südwesten, wo die erste dänische Kirche erbaut worden war.

Und nicht aus bloßem Zufall, dachte Christian. Die Kirche war bewusst über einem der heiligen Orte des Sonnenkreuzes errichtet worden, da diese in der Vorstellungswelt der Dänen zur damaligen Zeit von hoher Bedeutung waren.

Das Zerren des Dobermanns an der Leine riss Christian aus seinen Gedanken. Er legte die letzten Meter zu den Steinen zurück – den berühmtesten Runen der Welt. Nicht nur aufgrund ihrer Schönheit und ihres hervorragenden Erhaltungszustandes, sondern auch, weil sie von besonders bedeutsamen Männern aufgestellt worden waren. Einen der beiden ließ Gormur selbst im Gedenken an seine Ehefrau errichten, die Aufstellung des anderen war von Harald Blåtand – Blauzahn – veranlasst worden, als Erinnerung an seine Eltern. Harald hatte Dänemark und Norwegen einst christianisiert und war weiter herumgekommen als die meisten Wikinger. Aus diesem Grund benannte man tausend Jahre später auch eine der wichtigsten technischen Neuerungen der Moderne nach ihm – »bluetooth«.

Christian schlenderte zwischen den Touristen umher, die die Runensteine fotografierten, und spürte dabei ihre Blicke auf sich. Nun, daran war er gewöhnt. Sein Aussehen war nicht gerade alltäglich und wies ihn als Mitglied einer Gruppierung aus, die alle kannten und fürchteten – Neonazis. Unter normalen Umständen hätte Christian die Touristen angeblafft. Aber er war hier, um eine ganz bestimmte Aufgabe auszuführen, alles andere durfte ihn nicht interessieren.

Er stellte sich zwischen die Runensteine und betrachtete sie. Wenn er und Sæmundur Loftsson recht hatten, dann hatte genau hier ein heidnischer Tempel gestanden. Christian hob lächelnd den Blick zur dunklen Wolkendecke empor. Er hegte nicht den geringsten Zweifel daran, dass über ihm jetzt die Götter standen und auf ihn herabblickten.

»Jetzt ist es so weit, mein Freund«, flüsterte Christian, fasste die Leine des Hundes fester und begann ihn zu sich heranzuziehen. Der kräftige Hund stemmte sich dagegen und wollte spielen, aber dazu war Christian nicht aufgelegt.

Während er den Hund zu sich zerrte, zogen verschiedene Erinnerungsbilder aus ihrem gemeinsamen Leben vor seinem inneren Auge vorbei. Wie er den Welpen zu sich genommen und aufgezogen hatte. Ihm Dinge anvertraut hatte, von denen niemand sonst wusste. Aber jetzt war der gemeinsame Weg zu Ende, denn Christian hatte vom Tempelgoden in Island, vom Großmeister des Sonnenkreuzordens höchstpersönlich, einen Befehl erhalten. Heute sollten alle Mitglieder der Bruderschaft zu Óðinns Ehren das opfern, das ihnen das Teuerste war. An Óðinns eigenem Tag, im Tempel jedes Sonnenkreuzes.

»Es muss so sein«, sagte er und legte beide Hände um die Schnauze seines besten Freundes. Er blickte ihm tief in die dunklen Augen. »Nur so werden wir die Kraft erhalten, uns zu vereinigen und Dänemark zurückzuerobern.«

Der Hund blickte seinem Herrchen gespannt in die Augen und atmete rasch mit heraushängender Zunge.

Unvermittelt griff Christian nach einem langen Messer, das er hinten im Hosenbund verborgen hatte. Als die Touristen ihn sahen, das Messer hoch in die Luft erhoben, brach Panik aus. Unter Geschrei stürmten sie in alle Richtungen davon.

Das Spiegelbild des Hundes blitzte auf der Klinge auf. Einen Moment nur, bevor Christian ausholte und dem Hund den Hals aufschlitzte. Das Blut spritzte über die Steine. Der Hund jaulte vor Schmerz auf und sackte zusammen. Todeszuckungen durchrüttelten den Körper einige Male, bevor sein Atem erstarb.

Ein kalter Wassertropfen landete auf Christians Stirn. Er blickte von seinem toten Gefährten auf zum Himmel. Jetzt waren die Wolken schwarz, und es hatte zu regnen begonnen. Für Christian gab es dafür nur eine Erklärung. Die Götter waren auf ihn aufmerksam geworden. Er warf das blutige Messer fort und schaute sich um. Die Touristen waren inzwischen über alle Berge. Noch einmal richtete er den Blick auf seinen reglosen Kameraden. Die Regentropfen vermischten sich mit dem Blut des Hundes und bildeten ein kleines Rinnsal, das in der Erde versickerte, auf der einst der uralte Tempel Óðinns errichtet worden war.

Christian strich sich mit den Fingern über den Schädel, wischte sich die Tropfen von den Haarstoppeln und marschierte davon. Endlich war das Werk vollbracht, vor dem er sich so viele Wochen lang gefürchtet hatte. Jetzt würde sich zeigen, wie es den Brüdern anderswo in Nordeuropa ergangen war und ob sich Sæmundurs Prophezeiung erfüllen würde.

Während er den hohen Abhang des Friedhofs hinaufstampfte, holte er sein Handy heraus und rief den Großmeister des Ordens an, um ihm die Vollendung des Opfers im dänischen Sonnenkreuz zu melden.

8. KAPITEL

»Wir sprechen uns später noch mal«, beendete Sæmundur das Gespräch und legte das Handy weg. »Das war Christian«, sagte er leise.

Tobias riss seine wasserblauen Augen weit auf. »Und?«

»Er hat das Opfer in Dänemark durchgeführt.«

»In Jelling?«

Sæmundur nickte.

»Was hat er geopfert?«, fragte Tobias mit gerunzelten Brauen.

»Seinen Hund …«

»Dann hat es also begonnen.«

»Ja, das hat es«, bekräftigte Sæmundur in feierlichem Ton und krempelte die Ärmel seines Wollpullovers hoch. »Es läuft alles genau nach Plan.« Er jagte den Geländewagen über die Sæbraut, am Haus Höfði vorbei, in dem sich Reagan und Gorbatschow 1986 getroffen hatten. Vorüber an den Glastürmen, die man in den letzten Jahren an der Borgartún hochgezogen hatte.

Tobias schaute über den Fjord zu Reykjavíks Hausberg Esja hinüber und atmete auf. Alles verlief nach Plan. Auch die Umgebung trug zu seinem Wohlgefühl bei. Hier in Island zu sein, auf den Spuren des Sonnenrades, das er nur aus Büchern kannte und auf Landkarten betrachtet hatte, all das verlieh dem Erlebnis dieser kahlen Natur noch einen zusätzlichen Zauber. »Also befinden wir uns augenblicklich im Sonnenrad?«, erkundigte er sich und öffnete den Reißverschluss seines Daunenanoraks.

»Ja, im Sonnenkreuz von Reykjavík.« Sæmundur wies auf die Berge Esja, Akrafjall und Skarðsheiði, die in der Ferne aufragten. Wie breite Pinselstriche auf dunkler Leinwand lag der Schnee des vergangenen Winters an ihren Flanken. »Und jenseits der Berge liegt ein weiteres.«

»Das Sonnenkreuz von Mýri?«, fragte Tobias.

»Ja, von Skallagrímur Kveld-Úlfsson geschaffen, dem ersten Siedler von Borg á Mýrum, dem Vater Egill Skallagrímssons, von dem die Egils-Saga erzählt.« Sæmundur nahm sich einen dunkelbraunen Zigarillo, der in seiner Pranke wie ein Zahnstocher wirkte. »Ich hatte dir ja schon gesagt, dass nach Baldurs Ansicht die Goden Skallagrímur, Lachs-Ketill, Ingólfur Arnarson und andere untereinander eine Bruderschaft, oder einen Orden, gegründet hatten. So hielten sie die Proportionen der heiligen Sonnenkreuze geheim, die sie im Land absteckten. Als rein gedankliche geometrische Strukturen, die allein durch bestimmte Punkte in der Landschaft markiert waren.« Er zündete sich den Zigarillo an. »Deswegen sind bis heute keine direkten Hinweise auf die Sonnenkreuze bekannt geworden.« Er lächelte und nahm den ersten Zug.

Tobias nickte. Er war mit Baldur Skarphéðinssons Theorie vertraut. »Außer in der Brennu-Njáls-Saga, nicht wahr?«

»Richtig, außer in dieser Saga.« Er blickte direkt in Tobias' wasserblaue Augen: »Sæmundur der Gelehrte hat sie niedergeschrieben. Er war ein strammer Heide, wie man unschwer erkennen kann. Das bezeugen auch die Volkssagen über ihn und *Kölski* – den Satan.« Sæmundur nahm einen weiteren Zug und blies den Rauch durch die Nase, während er überlegte. »Er wusste von der Existenz des heidnischen Sonnenkreuzes, wie auch andere Leute aus der mächtigen mittelalterlichen Familie der Oddaverjar. Die Festmähler des Sonnenkreuzordens fanden unter anderem in deren Wohnsitz Oddi statt. Das war ab dem 11. Jahrhundert eines der wichtigsten kulturellen Zentren des Landes. Auf dieser Grundlage entstand Brennu-Njáls saga.« Erneut lächelte Sæmundur. »Sie erzählt vom Ende des heidnischen Freistaates um 1200, von der Verbreitung des Christentums und vom Sonnenkreuz im Bezirk Rangárvallasýsla. Sieh dir nur mal die Numerologie in dem Buch an, die Ortsnamen, die Allegorien. Das Sonnenkreuz fängt buchstäblich zu leben an, wenn man sich erst den Schlüssel dafür beschafft hat«, erklärte Sæmundur begeistert.

»Den Baldur dir verraten hat, oder?«, fragte Tobias.

Ein Moment verging, bis Sæmundur antwortete. Es ging ihm offenbar gegen den Strich, dass Baldur ihn über das Geheimnis aufgeklärt hatte und nicht umgekehrt. Dabei war es doch Sæmundur, der seinen Stammbaum bis auf den berühmten Clan der Oddaverjar und sogar den Landnehmer Lachs-Ketill zurückführen konnte. Ihnen fühlte er sich besonders verbunden. »Ich habe vorhin schon gesagt, dass Baldur als Erster dem uralten Geheimnis auf die Spur gekommen ist«, gestand er schließlich und stieß dabei eine dicke Rauchwolke aus. »Das heißt aber noch lange nicht, dass er das Geheimnis am besten von allen durchdrungen hätte.« Er verlangsamte die Fahrt und kam vor einer roten Ampel zum Stehen.

Die beiden Männer warteten schweigend. Tobias wurde klar, dass er einen wunden Punkt getroffen hatte. Sæmundurs Ärger darüber, dass ein Forscher aus Reykjavík die Theorie aufgestellt hatte, nach der er sein Leben lang gesucht hatte, war nicht zu übersehen. Dazu beigetragen hatte insbesondere auch Baldurs Antwort auf Sæmundurs Bitte, die Ordensgemeinschaft wiederzubeleben und sie zu leiten. Der Archäologe hatte das Angebot entschieden abgelehnt und Sæmundur als Verrückten bezeichnet. Seitdem hatten die beiden kein Wort mehr miteinander gewechselt.

Die Ampel sprang auf Grün, und Sæmundur gab Gas. »Ich habe trotzdem immer gewusst, dass da mehr hinter Ketills Landnahme in der Rangárvallasýsla steckt«, fügte Sæmundur nach einer kleinen Weile hinzu und schien plötzlich wieder besser gelaunt. »Das war kein Zufall. Ich habe es gespürt.« Er warf den Zigarillo aus dem Autofenster. »Du wirst verstehen, was ich meine, wenn du in das Sonnenkreuz eintrittst. Man spürt seine Macht, besonders wenn man im Tempel steht.«

Tobias stutzte. »Und du bist sicher, dass ihr ihn gefunden habt? Den Tempel, den Ketill Óðinn geweiht hat?«

Sæmundur bedachte ihn mit einem schiefen Lächeln. »Wart's nur ab«, meinte er und gab Gas. Der Geländewagen nahm jetzt erst so richtig Fahrt auf und jagte über die Küstenstraße der Hauptstadt.

9. KAPITEL

Embla verschlug es die Sprache. Baldurs Arbeitszimmer erinnerte an Szenen aus einem Horrorfilm. Überall Blutspritzer: auf den alten Büchern, den dunkelbraunen Holzmöbeln und auf dem Boden. Aber es war nicht das Blut, das Emblas Magen rebellieren ließ. Acht tote Katzen hingen an einer Schnur gleichmäßig über das Arbeitszimmer verteilt und schwankten leicht im Luftzug, während aus ihren Mäulern Blut auf den Boden tropfte.

»Mein Gott«, murmelte Embla und schaute sich schockiert um. Der süßliche Tabakgeruch hing ihr immer noch in der Nase und stand im bizarren Kontrast zu der grauenvollen Szenerie um sie herum.

»So was sehen wir auch nicht alle Tage«, bemerkte Hörður deutlich gelassener und betrachtete den Raum eingehend.

»Wer tut so etwas?«, wisperte Embla fassunglos.

Grímur sah Embla ernst in die Augen: »Deshalb haben wir dich ja hinzugebeten. Wir hoffen, dass du uns das sagen wirst.«

»Glaubt ihr etwa, *ich* kann euch sagen, wer das hier getan hat?« Embla strich sich das Haar hinter die Ohren, so dass ihr mit Sommersprossen übersätes Gesicht deutlicher zum Vorschein kam.

»Sieh dich doch um!« Grímur wurde lauter. »Das ist kein gewöhnlicher Tatort.« Er breitete die Arme aus. »Du musst uns doch etwas dazu sagen können.«

Embla zuckte wegen dieser heftigen Reaktion ein wenig zusammen, ließ sich aber nichts anmerken. Grímur war schließlich wegen seines Bruders so aufgewühlt, und das war nachvollziehbar.

»Also?«, fragte Hörður in wesentlich ruhigerem Ton. »Hast du irgendeine Idee, was das hier bedeuten soll?«

»Möglicherweise«, antwortete Embla und ging einige Schritte im Arbeitszimmer umher. Sie betrachtete die Katzen und versuchte dabei tapfer, ihre Übelkeit zu unterdrücken. »Sind es acht Katzen?«

»Ja«, bestätigte Hörður.

Embla zögerte erst mit der nächsten Frage, stellte sie aber dann doch.

»Wo ist Baldur?« Ihre Augen wanderten zwischen beiden Polizeibeamten hin und her.

Eine kurzes Schweigen folgte, als wollten die beiden Männer einer Antwort ausweichen. Grímur atmete tief ein und ließ den Kopf hängen. Es machte ihm offenbar wirklich schwer zu schaffen, sich auf seine Rolle als Ermittler zu konzentrieren und seine Verwandtschaft mit dem Opfer völlig außen vor zu lassen. Er konnte aber auch nicht einfach gehen und die Ermittlungen anderen überlassen.

»Wir wissen es nicht«, ergriff Hörður schließlich das Wort und versuchte, trotz der schwierigen Umstände professionell zu bleiben. »Wir haben eine Blutspur gefunden, von der wir annehmen, dass sie von ihm stammt. Sie führt von hier nach draußen in den Garten. Er scheint also entweder selbst gegangen zu sein oder er wurde aus dem Haus gebracht und in ein Auto verfrachtet, denn die Blutspur endet in der Auffahrt. Und der hier lag auf dem Boden.« Hörður zeigte Embla den blutbefleckten braunen Ledergürtel. »Er scheint dazu verwendet worden zu sein, um … um Baldurs Atemwege abzuschnüren … so fest, dass er stark blutete.« Die letzten Worte gingen ihm kaum über die Lippen.

»Darüber wissen wir nichts!«, unterbrach Grímur seinen Untergebenen. »Baldur könnte ebenso gut noch am Leben sein. Deswegen müssen wir uns beeilen.« Er sah Embla flehend an.

Hörðurs Worte hatten sie in ihrem Verdacht bestärkt. Acht tote Katzen und Baldur. Neun Opfer insgesamt. Ein Ledergürtel als Tatwaffe und das viele Blut. Der Fall war eindeutig.

»Das ist ein *blót*, ein altes nordisch-heidnisches Opferritual«, erklärte sie nach kurzer Überlegung und schaute sich erneut um. Jetzt glaubte sie, die Symbolik des Verbrechens verstanden zu haben.

Die Aufregung schien Grímur fast zu überwältigen. »Also kennst du so etwas?«

»Ja, aber natürlich nicht aus eigener Anschauung. Ich habe viel über *blót* wie dieses hier gelesen. Selbst dabei war ich nur ein einziges Mal bei einem *blót* der Asengesellschaft. Die laufen aber ganz anders ab.«

»Meinst du damit, dass die Asengläubigen so etwas wie das hier veranstalten?«, fragte Grímur voll Abscheu.

»Nein, das habe ich bestimmt nicht sagen wollen«, berichtigte sich Embla sofort. »Ich meinte damit nur, dass auch die Asengläubigen *blót* veranstalten, bei denen geht es aber vollkommen anders zu als hier. Sie opfern weder Tiere noch beschmieren sie alles mit Blut.« Sie ließ ihren Blick über das rotgesprenkelte Arbeitszimmer wandern. »Anders als bei den Opfern der Wikinger früher, die sicherlich sehr blutige Angelegenheiten waren. Im Allgemeinen haben sie Tiere getötet, aber man geht davon aus, dass sie auch Menschen ermordeten, insbesondere, um sie ihrem höchsten Gott als Opfer darzubringen.«

»Óðinn?«, folgerte Hörður.

Embla nickte. »Die *blót* wurden um das Julfest herum abgehalten, darüber hinaus auch im Sommer und im Frühjahr. Dabei sprühte man das Blut des Opfertieres über die Teilnehmer, den Opferplatz und den Altar.« Sie wies auf das Blut um sich herum. »Wer immer das hier getan hat: Er wollte das Arbeitszimmer zu einem Opferplatz weihen.«

»Willst du damit sagen, dass das Blut von … Baldur stammt?«, fragte Grímur schaudernd und sah sich um.

»Ich fürchte, diese Möglichkeit ist nicht von der Hand zu weisen«, antwortete Embla ehrlich.

»Wir müssen das Blut analysieren lassen«, bemerkte Hörður rasch. Er sah dabei in Grímurs mutlose Augen. »Wahrscheinlich stammt es von den Katzen.«

Embla und Hörður fiel es schwer, Grímurs Reaktion mitanzusehen. Grímur löste mühsam den Blick von den Katzen und den blutbesprengten Wänden und ging zu dem großen, geöffneten Fenster, um frische Luft zu schnappen. Baldurs hölzerne Pfeife lag ihm im Weg. Er bückte sich danach. Erinnerungen an Baldur kamen ihm in den Sinn. Baldur, der sie nachdenklich in den Händen zu bewegen pflegte, der sie ansteckte, und wie er den Rauch ausblies. »Sie hilft mir bei der Entwicklung meiner Ideen«, hatte er über seine Pfeife gesagt. Sie war von schlichter Schönheit ohne irgendwelche Verzierungen.

Der Archäologe war überzeugt davon gewesen, dass die Form die Qualität des Rauches beeinflusste. Ein schwaches Lächeln huschte über Grímurs Gesicht.

Jetzt wandte sich Embla an Hörður. »Soll ich weitermachen?«, flüsterte sie unsicher, da sie fürchtete, Grímur in seinen Gedanken zu stören.

»Ja!«, antwortete Grímur an Hörðurs Stelle. Aber er starrte weiter aus dem Fenster über den friedlichen Garten, der noch Winterschlaf hielt, und versuchte sich zusammenzunehmen. Jede Information konnte bei den Ermittlungen hilfreich sein und die Aufklärung des Falles beschleunigen. Und möglicherweise Baldurs Rettung, dachte er und blickte erneut auf die Pfeife, bevor er sie in seine Jackentasche steckte.

»Es ist kein Zufall, dass es genau acht Katzen sind«, fuhr Embla schaudernd fort. »Mit Baldur zusammen sind es nämlich neun Opfer.«

»Was spielt denn das für eine Rolle?«, fragte Grímur und wandte sich vom Fenster ab. Seine Stimme ließ erkennen, dass er am Ende seiner Kräfte war. Verzweiflung lag in seinen Augen.

»Neun ist die heilige Zahl der Wikinger. Sie hatten neun Tugenden, alle neun Jahre wurden *blót* abgehalten. In einer berühmten Beschreibung einer Zeremonie sind es neun Opfer für Óðinn.« Embla vermied es, Grímurs hoffnungslosem Blick zu begegnen, und sah stattdessen Hörður an. »Die Opfer für Óðinn wurden in der Regel erhängt, da einer seiner Beinamen *Hangaguð* – Hängegott ist. Er hing neun Nächte lang an einem Baum, um die Geheimnisse der Runenschrift zu erfahren.«

»Du glaubst also, dass hier ein *blót* zu Óðinns Ehren

abgehalten wurde?«, fragte Hörður nach, um sich zu vergewissern.

Obwohl der Polizeibeamte dies nicht beabsichtigt hatte, ging Embla bei seiner Frage plötzlich ein Licht auf. »Ja, natürlich … o mein Gott«, sagte sie leise, von Entsetzen gepackt. Sie schlug die Hand vor den Mund. »Das ist nicht mal eben so schnell durchgezogen worden.« Sie hielt zögernd inne. »Das wurde bis ins Detail geplant.«

»Wie kommst du darauf?«, fragte Hörður.

»Weil heute Mittwoch, der 21. März ist. Frühjahrs-Tagundnachtgleiche«, fügte sie hinzu und blickte die beiden Männer abwechselnd an, ohne näher zu erläutern, was sie damit meinte. Sie war ganz einfach sprachlos.

10. KAPITEL

Vor Baldurs Haus stand eine Gruppe von Zeitungs- und Fernsehjournalisten, die immer noch auf Informationen warteten. Die Erfahrenen unter ihnen ahnten, dass es hier förmlich nach großen Schlagzeilen roch. Die Geheimhaltung. Wie lange das alles dauerte. Wie viel Personal mobilisiert worden war. Das musste einfach *die* Nachricht des Winters sein.

Mitten in der Gruppe stand ein junger Fernsehjournalist namens Valgarð, erst kürzlich beim Privatsender *Stöð 2* eingestellt. Er war hochgewachsen und sehr schlank, hatte helles Haar und eine Frisur, die ältere Semester vermutlich als »verunglückt« bezeichnet hätten.

Lange Locken hingen ihm über die Ohren, der obere Teil dagegen war sehr kurz gehalten. Zudem trug er eine schwarze Brille aus dickem Kunststoff.

Valgarð war soweit mit sich zufrieden. Es war ihm gelungen, einen der Polizisten mit einer geheimnisvollen Frau zum Stehenbleiben zu bringen. Sein kurzes Gespräch mit dem Beamten konnte er in den Abendnachrichten senden. Zumindest etwas hatte er den anderen Fernsehjournalisten voraus.

»Völliger Schwachsinn«, sagte der untersetzte Kameramann, der Valgarð auf Schritt und Tritt folgte. »Wie lange stehen wir hier jetzt schon rum?«

Valgarð schaute auf die Uhr. »Es ist jetzt ungefähr zwölf, und wir sind hierhergekommen um … Wann? … halb elf.«

»Vor fast zwei Stunden.« Der Kameramann gähnte. »Und nicht ein Laut von der Polizei. Hast du keinen Hunger?«

»Ja, das ist merkwürdig.« Valgarð betrachtete die anderen Journalisten. Blitzartig kam ihm eine Idee. Valgarð beugte sich zu seinem Kameramann: »Und wenn wir einfach nicht mehr länger warten?«

»Was meinst du damit?«, flüsterte der zurück.

»Seit wann warten Nachrichtenleute auf Nachrichten?«

»Nun, wenn sie … sie … müssen … du weißt schon …«, stammelte sein beleibter Kollege.

»Orri, das war eine rhetorische Frage.«

»Okay. Ich verstehe.« Orris Blick verriet, dass er eigentlich gar nichts kapierte.

»Darum geht es doch«, fuhr Valgarð fort. »Gute

Nachrichtenleute *suchen* Nachrichten. Sie holen sie sich selbst!«

»Okay.« Worauf wollte Valgarð hinaus?

»Halt das mal.« Valgarð drückte ihm das Mikro in die Hand. Dann fischte er sein Handy aus der Hosentasche und schaltete den Filmmodus ein. »Du bleibst hier. Du bist viel zu auffällig.«

Orri lief knallrot an.

»Ich meinte, deine Kamera ist viel zu auffällig«, erklärte Valgarð und atmete tief durch. »Für die Karriere, nicht wahr?«, sagte er und lächelte den Kameramann an.

»Was ist für die Karriere?«

»Ich werde mich reinschleichen und mit dem Handy alles aufnehmen«, verriet Valgarð ihm seinen Plan. »Das wird meine Schlagzeilen auf Position eins bringen und endlich die Aufmerksamkeit der Bosse auf mich richten.«

»Spinnst du?«, erkundigte sich Orri mit gesenkter Stimme.

»Kommt auf den Maßstab an«, gab Valgarð zurück und grinste, bevor er sich aus dem Journalistenrudel stahl, die Bárugata hinunter, vorbei an noblen Villen und gepflegten Gärten. Sein Plan war simpel. Er wollte sich durch die Gärten bis auf Baldurs Grundstück durchschleichen und dann unbemerkt in dessen Wohnung schlüpfen. Mehr als ein paar Sekunden würde er nicht brauchen, um alles aufzunehmen. Dann hatte er die News. *Stöð 2* würde das einzige Massenmedium, das Bilder aus Baldurs Haus brachte. So schwierig war die Sache eigentlich gar nicht.

Diese Gedanken gingen Valgarð durch den Kopf, als er von Busch zu Busch schlich. Noch ehe er sich versah, war er zu der Mauer gelangt, die Baldurs Garten vom Nachbargrundstück trennte.

Er spürte die kalte Betonmauer im Rücken. Auf der anderen Seite waren die Polizisten. Unzählige Stimmen waren zu hören, und seine Anspannung stieg. Die Handykamera war bereit. Es konnte losgehen.

»Jetzt oder nie«, dachte er.

11. KAPITEL

Im Arbeitszimmer herrschte Grabesstille. Die beiden Kommissare warteten schweigend auf Emblas Erklärung. Wie war sie zu der Erkenntnis gekommen, dass das Verbrechen nicht überstürzt begangen worden war?

»Wenn im Frühling am 21. März Tag und Nacht gleich lang waren, begannen die Wikingerfahrten wieder, die vor dem Winter eingestellt worden waren. Zu dem Anlass wurden zur Ehre Óðinns Menschen und Tiere geopfert«, erläuterte Embla und ihre Stiefelabsätze klackten bei ihrer Wanderung über das helle Parkett. »Aber nicht genug, dass heute die Frühjahrs-Tagundnachtgleiche ist, sondern sie fällt auch noch auf Óðinns eigenen Tag. Den Mittwoch.«

Grímur brauchte nicht lange, um zu verstehen. Er nahm die Brille ab und fasste sich mit seiner dicken Hand an die Glatze. »Mit was für einem Psychopathen haben wir es hier eigentlich zu tun?«, murmelte er und starrte ins Leere.

»Was meinst du mit dem Tag Óðinns?«, fragte Hörður, der offenbar historisch weniger bewandert war.

»In Nordeuropa sind die Tage nach den altnordischen Göttern benannt. Früher galt das auch für Island, bis die Wochentage zu ihrer heutigen Form geändert wurden.« Embla sparte sich die genauere Erklärung, dass nämlich Bischof Jón Ögmunðarson die Benennung der Wochentage im Isländischen nach heidnischen Göttern als Gotteslästerung aufgefasst und daher so lange keine Ruhe gegeben hatte, bis er eine Namensänderung durchgesetzt hatte. »Aber man findet sie noch heute, beispielsweise im Englischen. ›Tuesday‹ ist nach dem Gott Týr benannt, ›Thursday‹ nach Þór, ›Friday‹ nach Freyja und ›Wednesday‹, tja, nach Óðinn.«

»Der Plan des Mörders scheint damit klar zu sein, oder etwa nicht?«, fragte Hörður.

Embla war noch nicht fertig mit ihren Ausführungen, denn auf einen Schlag fügten sich jetzt alle Puzzleteile zusammen.

»Die Frühjahrsopfer für Óðinn waren Kriegsopfer. Zu dem Zeitpunkt begannen die Kriegszüge der Wikinger. Es war auch üblich, zu Beginn eines Kriegszuges einen Kämpfer zu opfern, damit die Wikinger Óðinns Segen erteilt bekämen. Er war ja Kriegs- und Todesgott zugleich.«

»Du meinst, das hier soll ein ... ein Kriegsopfer sein?«, entsetzte sich Hörður und spähte in dem übel zugerichteten Arbeitszimmer umher. Das Mysteriöse dieses Falles schien kein Ende nehmen zu wollen.

»Denkbar«, entgegnete Embla.

»Aber in was für einem Krieg?«

»Tut mir leid«, antwortete sie und ließ ihren Blick noch einmal durch den Raum schweifen; mittlerweile gelang ihr das sogar recht fachmännisch… Einesteils war sie froh darüber, ja sogar stolz darauf, dass ihr eine Deutung des Verbrechens gelungen war. Andererseits aber fühlte sie die ganze Zeit mit Grímur. »Darauf habe ich keine Antwort.«

Sie hatte kaum ausgesprochen, als draußen ein lautes Geschrei einsetzte. Jemand rief: »Stehenbleiben!«, dann trampelte jemand die Eingangstreppe hoch. Wenige Augenblicke später erschien ein junger Mann mit schwarzer Brille und gezücktem Handy im Hauseingang. Dicht hinter ihm folgten unter Stiefelgepolter zwei Polizeibeamte.

»Wir haben ein Recht darauf, die Wahrheit zu erfahren!«, rief Valgarð und lief Hörður, Grímur und Embla entgegen – auf Baldurs Arbeitszimmer zu –, wobei er sein Handy auf sie richtete.

»Haltet ihn auf!«, brüllte Grímur sofort, setzte sich die Brille auf und sprang auf den Journalisten zu. Nichts von dem, was sich in Baldurs Arbeitszimmer abgespielt hatte, durfte an die Öffentlichkeit gelangen.

»Was ist mit deinem Bruder passiert?«, fragte Valgarð, der sich offenbar bereits mit dem Fall befasst hatte. »Widerspricht das nicht den Dienstvorschriften, dass du den Fall bearbeitest? Hattest du ein enges Verhältnis zu Baldur? Wie geht es dir?«, stieß er hervor.

»Lasst ihn hier nicht rein!«, brüllte Grímur den Polizisten hinter dem Sensationsjäger zu.

Als Valgarð die Blutlache auf dem Boden unter dem Wikingerschwert bemerkte, richtete er blitzschnell das

Handy darauf. »So könnt ihr uns nicht kommen. Wir leben in einer Demokratie und haben das Recht auf Information!«, schrie er und hoffte, damit dem Zorn der Polizisten etwas entgegensetzen zu können. Sie hatten ihn eingekreist, und ihm wurde klar, dass er Baldurs Wohnung nur zusammen mit ihnen verlassen würde.

Einer der Beamten erreichte Valgarð, packte ihn an den Schultern und entriss ihm das Handy.

»Was tust du? Das darfst du nicht, das ist mein Eigentum! Das sind Faschistensitten«, brüllte er.

Grímur sprang auf den jungen Journalisten zu. »Nein, du kannst dich glücklich schätzen, sonst wärst du jetzt auf dem Weg zum Schafott!«, schrie er, krallte sich den Burschen am Pullover und riss ihn in einer blitzschnellen Bewegung an sich. »Was verflucht noch mal glaubst du, hast du hier zu schaffen?!«, donnerte er.

»Den Isländern die Wahrheit bringen …«, piepste Valgarð, dessen eben noch so demonstrativ zur Schau getragene Selbstsicherheit völlig verschwunden war.

»*Wir* werden *euch* dann informieren, wenn *wir* etwas wissen, kapiert?«, stellte Grímur klar und zog den Griff um den Halsausschnitt des jungen Mannes enger, so dass dessen schmächtiger Körper noch kleiner wirkte.

»Okay, okay«, antwortete Valgarð unverändert kläglich.

»Schön«, sagte Grímur und sah auf die beiden Polizisten, die Valgarð in die Wohnung gefolgt waren. »Bringt ihn runter zur Wache.«

»Was?«, fragte Valgarð erstaunt und wischte sich die Feuchtigkeit von der Stirn. »Willst du mich festnehmen?«

»Nein«, antwortete Grímur und entließ ihn aus seinem Griff. »Betrachte es einfach als eine günstige Gelegenheit, eine Reportage über die Arrestzellen der Polizei zu machen. Spannend, oder?« Damit wandte sich der Hauptkommissar um und marschierte in Baldurs Arbeitszimmer zurück. Er schenkte Valgarð und seiner Entourage von Beamten, die ihn zum Ausgang geleitete, keine Beachtung mehr.

»Diese Journaille wird immer lästiger«, bemerkte Hörður, als sein Chef das Arbeitszimmer wieder betrat.

»Und jünger und dümmer«, ergänzte Grímur. Er versuchte, den Kopf freizubekommen, das Journalistenfrettchen zu vergessen und sich wieder auf den Fall zu konzentrieren.

»Ich mach die Tür mal zu, damit wir Ruhe haben.« Hörður legte die Hand auf die geschnitzte Tür und schloss sie vorsichtig. Sie knarrte in den Angeln.

»Grímur!«, entfuhr es ihm plötzlich.

»Was?« Grímur war nicht in der Laune für weitere unangenehme Überraschungen.

Hörður trat von der Tür weg, so dass auch sein Chef und Embla sehen konnten, was er sah.

Grímur wurde augenblicklich kreidebleich: »Was zum Teufel …?«

Hörðurs unerwartete Entdeckung traf Embla ebenso. Sie hielt die Luft an. Auf der Innenseite der Tür, die bis dahin die ganze Zeit offengestanden hatte, prangte ein uraltes Menschheitssymbol. Was jedoch bei den dreien besonderes Grauen hervorrief, war die Farbe: Der Mörder hatte es mit Blut gemalt. Wie in Zeitlupe schien das dunkelrote Zeichen an der massiven Tür hinabzukriechen. Es leuchtete wie ein Symbol für die bestialische Gewalt, die hier stattgefunden hatte.

12. KAPITEL

Der dunkelrote Landrover jagte weit jenseits der erlaubten Höchstgeschwindigkeit über die Ringstraße Nr. 1, an der südisländischen Ortschaft Hveragerði vorbei, dann am östlich davon liegenden Tafelberg Ingólfsfjall. Je weiter die beiden Männer die Hauptstadt hinter sich ließen, desto rauer und kahler wurde die Natur. Hier und da lagen Reste von Schnee, Überbleibsel der gerade erst vergangenen dunklen Wintermonate.

»Sieh mal da rauf.« Sæmundur zeigte auf die schneebedeckte Hochfläche des Ingólfsfjall. »Dort oben soll Ingólfur Arnarson begraben sein. Man hat nach dem Grab gesucht, aber bislang ohne Erfolg.« Sæmundur überholte einen Pkw. »Der Berg bedeutet außerdem, dass wir uns gerade aus seinem Kreis hinausbewegen«, ergänzte er. »Er bezeichnet den südöstlichen Punkt des Reykjavík-Kreises.«

»Der ist ja riesig«, bemerkte Tobias ehrfürchtig.

»Ja, Ingólfur hat sich ein sehr großes Gebiet geweiht, als er hierherkam. Die Halbinsel Reykjanes, den Fjord Hvalfjörður, die Ebene Þingvellir und diesen Teil des Südlandes«, erklärte Sæmundur. Das Autofenster war offen und der starke Fahrtwind fuhr ihm durchs Haar. »Die ersten Siedler nahmen generell große Gebiete in Besitz. Auch Skallagrímur in Mýri und Ketill in Rangárvallasýsla.«

»Und das ist das Gebiet, in dem sich ›Ahnenerbe‹ aufgehalten hat?« Tobias betrachtete die vorüberziehende Landschaft. Für ihn hatte das Gebiet etwas Heiliges. Sæmundur hatte es ihm zwar bereits in leuchtenden Farben beschrieben, aber es war etwas ganz Anderes, all die Orte selbst zu sehen. Hier war einst die Abteilung »Ahnenerbe« – eine Sondereinheit der nationalsozialistischen Partei für archäologische Forschungen – zu einer Expedition aufgebrochen.

»Ja. Heinrich Himmler hat seine Leute nach Þingvellir geschickt, nach Snorri Sturlusons Reykholt und zu anderen Orten hier in Südwestisland, um nach Óðinn geweihten Tempeln zu suchen.« Sæmundur zeigte auf die Umgebung ringsherum. »Er wollte sie zu Zentren der Ideologie und Versammlungsstätten des Dritten Reiches machen, ähnlich wie die Wewelsburg.«

»Aber du bezweifelst, dass sie etwas gefunden haben«, sagte Tobias und knüpfte an ein Gespräch an, das sie vor einiger Zeit über das Internet geführt hatten.

»Zumindest nichts Bedeutsames«, antwortete Sæmundur nachdenklich. »Es gibt keine Quellen über einen heidnischen Tempel, den die Leute von ›Ahnenerbe‹ in Island gefunden hätten, obwohl sie am richtigen Ort suchten.«

Der Geländewagen raste an dem Abzweig vorüber, der zum Geysir und dem »Goldwasserfall« Gullfoss führte. Sæmundur sah nicht einmal hin, sondern schaute nur konzentriert auf den Weg vor sich. Er wollte so schnell wie möglich zu Ketills Tempel. Er nahm das Gespräch wieder auf: »Wer weiß? Vielleicht wusste Himmler ja sogar von den Sonnenkreuzen?«

»Die Nationalsozialisten waren zumindest nahe dran«, warf Tobias ein. »Ganz heiß, sozusagen.«

»Ja«, stimmte Sæmundur ihm zu, »aber ihnen fehlte letztlich doch das letzte Quäntchen Durchhaltevermögen. Außerdem hatten sie die Informationen nicht, über die ich und Baldur verfügen. Ihnen fehlten auch genauere Messpunkte, von denen sie bei der Suche ausgehen konnten.«

Sie näherten sich Selfoss, und Sæmundur bremste den Wagen etwas ab. Er sah dem Norweger in die wasserblauen Augen. »Deswegen waren sie am Ende nicht erfolgreich, im Gegensatz zu uns.«

Langes Schweigen folgte. Beide Männer hingen ihren Gedanken nach. Der Geländewagen rumpelte über die Ölfusá-Brücke, durch Selfoss hindurch, am Abzweig zum ehemaligen Bischofssitz Skálholt vorbei und näherte sich der Þjórsá. Dieser östlich von Selfoss gelegene Gletscherfluss markierte die Grenze des Rangárvallasýsla-Bezirks sowie des Sonnenrades Lachs-Ketills. In einer alten Handschrift der Isländer, dem Landnahmebuch, wurde überliefert, dass er »alles Land zwischen der Þjórsá und Markarfljót« in Besitz genommen hatte und »bei *Hof* wohnte«.

Sæmundur überquerte die reißende Þjórsá und spürte wieder das Kribbeln im ganzen Körper. »Wir sind in das Sonnenkreuz eingefahren«, flüsterte er.

Tobias schloss die Augen und meinte, etwas sehr Sonderbares zu fühlen. Fast so, als sei er in ein unsichtbares Kraftfeld eingetreten. Niemand, der nicht die uralten Wikingergeheimnisse von den heiligen Proportionen kannte, würde das nachvollziehen können. Er atmete auf. Endlich befand er sich im Kreis. Nach all den Monaten, all der Warterei. Hier würde sich in den nächsten Stunden seine Zukunft entscheiden.

»Das hier willst du nicht verpassen«, verkündete Sæmundur.

»Was?«, fragte Tobias und öffnete die Augen wieder. Da sah er, was Sæmundur meinte. Ganz in der Ferne bot sich ihnen Goðasteinn dar, der höchste Gipfel des Eyjafjallajökull und Südislands – der südöstliche Punkt des Sonnenrades, das Lachs-Ketill abgemessen hatte.

»Óðinns Stein«, flüsterte jetzt auch Tobias, ohne die Augen von dem majestätischen Gebirgsmassiv abzuwenden. Die Dunstwolken an seinem Fuß ließen den Gletschervulkan fast schwebend aussehen. Bei diesem Wetter war es wie ein Bild aus dem Paradies. Die strahlende Sonne stand hoch am Firmament, das so wolkenlos kaum vom Meer zu unterscheiden war.

»Wir sind ganz nah«, sagte Sæmundur ernst. Er sah den Goðasteinn direkt vor seinen Augen wie einen alten Freund, der ihm den Weg nach Hause wies.

13. KAPITEL

Das blutige Symbol starrte Embla und den beiden Polizisten entgegen.

»Ich glaube, wir stehen in der Schuld dieses Nachrichtenschnüfflers«, sagte Hörður mit Blick auf das grausige Gemälde. »Ohne ihn hätte ich die Tür wohl kaum zugemacht.«

»Wie konnten wir das nur übersehen? Verdammt!«

Grímur ärgerte sich über seine eigene Schludrigkeit und die seiner Leute.

»Tja«, stammelte Hörður, »wir hatten keinen Grund, die Türe zuzumachen, während wir im Arbeitszimmer waren.« Er wischte sich mit der Hand über die Stirn. »Wir waren schlicht zu sehr von allem anderen in Beschlag genommen«, fügte er entschuldigend hinzu.

»Darüber reden wir jetzt nicht«, knurrte Grímur. »Seien wir lieber froh, dass wir es überhaupt entdeckt haben.« Er wandte sich sofort an Embla: »Sagt dir das alles irgendetwas?«

»Ja natürlich«, antwortete sie wie gelähmt vor Entsetzen und trat näher an das blutrote Zeichen heran, das das Verbrechen zu besiegeln schien. Der Einbrecher hatte offensichtlich den Finger in eine Blutlache getaucht und damit den Kreis und das Kreuz aufgemalt:

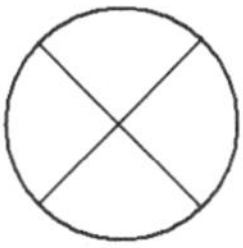

Embla löste nur mit Mühe die Augen von der blutigen Botschaft und wandte sich an Grímur. »Das ist das Sonnenrad, allerdings um ein paar Grad gedreht.« Sie ging einige Schritte durch das Arbeitszimmer, und erneut klackten ihre Absätze über das Parkett. »Das Sonnenrad ist eines der ältesten und am weitesten verbreiteten Glaubenssymbole der Menschheitsgeschichte. Es bezeichnet die vier Jahreszeiten, die zwölf Tierkreiszeichen, die Sonnenstände und Tagundnachtgleichen, also insgesamt den Sonnenlauf während eines vollen Jahres.« Plötzlich fühlte sie sich wieder in die Rolle der

Museumspädagogin versetzt. »Das Sonnenrad kennt man als Steinritzungen von den Britischen Inseln bis nach Mesopotamien. Es wurde in der Religion der Kelten ebenso verehrt wie unter den nordischen Heiden. Sogar der Heiligenschein Jesu Christi ist ein Sonnenrad, und die Hostie bewahrt bis auf den heutigen Tag dessen Form. Deshalb wurde das Zeichen auch das ›Yin und Yang‹ des Westens genannt«, dozierte sie, ohne nachzudenken, fast wie ein Audioguide aus dem Museum.

Grímur hatte sein Notizbuch herausgeholt und sich Notizen gemacht. »Hast du irgendeinen Verdacht, warum der Einbrecher das an die Tür gemalt hat?«, fragte er, ohne von seiner Kladde aufzusehen.

»Wahrscheinlich denselben wie du«, gab Embla offen zu und knöpfte ihre Jacke auf. »Du kennst Baldurs Theorie von den enormen Sonnenrädern? Angeblich haben die Wikinger in der Landschaft besondere Punkte wie beispielsweise Berggipfel ausgemessen oder Standorte für Tempel so festgelegt, dass sie auf den Schnittpunkten eines in der Landschaft gedachten Sonnenrades lagen. Das ist dir doch bekannt, oder?«

Die Frage berührte Grímur offensichtlich, da er endlich aufblickte. »Natürlich, das ist Baldurs Theorie«, ereiferte er sich. »Er hat mich genötigt, seine Bücher zu lesen, aber ich hab nie irgendwas davon geglaubt. Für mich war das alles blanker Unsinn.« Er maß das Sonnenrad mit intensivem Blick. Fast als bereute er es nun, dem Lebenswerk seines Bruders nicht schon früher mehr Aufmerksamkeit geschenkt zu haben.

»Vielleicht solltest du seiner Theorie noch eine zweite Chance geben«, meinte Embla und trat näher an das blutige Zeichen heran. »Wer immer das getan hat, scheint daran zu glauben.« Sie betrachtete die vier Punkte, an denen das innere Kreuz den äußeren Kreis schnitt: »Die Kirche auf dem Hügel Skálholt, der Bauernhof Stöng im Þjórsá-Tal, die Gipfel Goðasteinn und Bergþórshvoll.« Sie deutete murmelnd nacheinander auf die vier Schnittpunkte, im Nordwesten beginnend und dem Lauf der Sonne folgend nach Südwesten. Diese Orte, dessen war sich Baldur sicher gewesen, steckten das von ihm im Bezirk Rangárvallasýsla entdeckte Sonnenrad ab.

»Aber das ist doch völliger Unsinn«, grummelte Grímur.

Embla wandte sich um: »Verstehst du denn nicht?« Auch sie war gereizt, aber mehr wegen Grímurs naiver Abwehrhaltung. »Es geht nicht darum, ob die Theorie richtig ist oder nicht. Der Mörder verweist darauf.«

»Wie kannst du dir da so sicher sein?«, fragte Grímur.

»Das ist doch sonnenklar, siehst du das nicht?«, gab Embla zurück.

»Und was ist mit deinem Gerede über Frühjahrs-Tagundnachtgleiche, Óðinn, Kriegsopfer und *blót* zu seinen Ehren? Hängt das Symbol nicht eher damit zusammen?« Grímur lehnte es ab, sich den Quatsch über die Herkunft der Isländer länger anzuhören. Er hatte ihn über zwanzig Jahre ertragen müssen. Seit sein Bruder sich in den Gedanken verbissen hatte, angeblich das »phantastischste Geheimnis der Geschichte« entdeckt zu haben, wie er es gerne nannte. Eine durchgehende Linie von den Wikingern bis zu den Römern, Griechen und Ägyptern – die sich von Óðinn bis Mithras, Dionysos und Osiris erstreckte.

Embla zögerte. Auch an Grímurs Einwurf war etwas dran. »Óðinn war in der vorchristlichen nordischen Mythologie als höchster Gott auch eine Art Sonnengott, weswegen das Sonnenrad auch Odinskreuz genannt wurde.« Vom Sonnenbezug des Symbols zu sprechen erinnerte sie gleichzeitig an ein viel berühmteres Sonnensymbol, das untrennbar mit dem Sonnenrad zusammenhing. Plötzlich wurde Embla ernst. »Da gibt es noch etwas, was ihr wissen müsst, da ich vorhin die Nazis erwähnte.«

»Was?«, fragte Hörður erwartungsvoll.

»Die Archäologen bezeichnen dieses Symbol ausschließlich als *Sonnenrad*. In der Neonaziszene dagegen wird es gern als *Sonnenkreuz* bezeichnet. Das Symbol ist nämlich der Vorläufer eines anderen und viel bekannteren Sonnensymbols, der Swastika. Besser bekannt als – Hakenkreuz.« Embla holte ein Stück Papier aus ihrer Cordjacke und skizzierte den Zusammenhang. »Die Theorie besagt, dass das Sonnenkreuz auch als Medaillon getragen wurde und dabei an den Verbindungspunkten allmählich abgegriffen wurde oder sich abwetzte. Dabei kommt die Urform der Swastika heraus.« Sie zeigte den Beamten ihre Zeichnung und wies auf das rechte Symbol. Dann warf sie einen Blick auf das blutige Zeichen an der Tür. »Mit anderen Worten: Beide Symbole sind nahe Verwandte.«

»Ist dann nicht alles sonnenklar?«, schloss Hörður aus dem Zeichen an der Tür und dem im Busch gefundenen Medaillon mit der Zauberrune Ægishjálmur. »Wir haben es mit Neonazis zu tun.«

Embla sah sich genötigt, die Ermittler noch einmal

zu korrigieren. »Nein, nicht unbedingt. Seht mal, heidnische Symbole wie die hier sind lediglich der Ideenfundus, aus dem sich die Nazis bedienen. Die Symbole selbst besitzen aber eine viel weiter zurückreichende Geschichte.«

Embla ging wieder zur Tür. »Sonnenrad und Swastika tauchen auf der ganzen Welt auf, von den Nazis völlig unabhängig. Beispielsweise bei den Hindus, den Buddhisten und den Indianern. Sie zeugen von der Sonnenverehrung früherer Jahrhunderte. Auch Þórs Hammer selbst ähnelt einer Swastika«, erklärte sie in der Hoffnung, den Polizisten die beiden Dinge auseinanderdividieren zu können – Nazigedankengut einerseits und nordische Mythologie andererseits.

Grímur fauchte sie nur an, er hielt wenig von dieser Unterscheidung. »Den Unterschied findest du vielleicht in Lehrbüchern, aber die Wirklichkeit ist anders, glaub mir. In meinem Job hab ich mich sowohl mit Óðinn verehrenden Neonazis als auch mit Asengläubigen, die mit dem Dritten Reich liebäugeln, auseinandersetzen müssen. Zwischen beiden Gruppen besteht kein Unterschied, wenn du mich fragst.«

Trotz der naiven Vereinfachung des Kriminalhauptkommissars öffnete sein Einwand Embla die Augen für noch ein Detail, das sie in der ganzen Aufregung bislang völlig übersehen hatte. Sie schaute sich unvermittelt im Arbeitszimmer um, blickte auf das Opfer, das hier ausgeführt worden war. Dann auf das Sonnenrad auf der Tür. Schließlich fiel ihr der Ægishjálmur in dem Plastikbeutel ein. Und plötzlich wurde ihr klar, dass eine Tatsache diese drei Funde verband. Eine Tatsache brachte alle losen Enden des Falles zusammen. Konnte es wirklich sein, dass Grímur recht hatte?

»Was?«, fragte der Kommissar verwundert.

»Mir ist gerade noch eine weitere Bedeutung des Sonnenrades eingefallen.« Embla wusste, dass ihn ihre nächste Äußerung freuen würde. Schon zwei Mal hatte er die Gemeinschaft der Asengläubigen erwähnt und beide Male im Zorn. Aus irgendeinem Grund hegte er eine Abneigung gegen die Kultgemeinschaft.

»Was für eine?«

Eigentlich wollte Embla nicht antworten, aber sie wusste, dass ihr nichts anderes übrig blieb. Es war eine zu wichtige Information, als dass sie sie hätte verschweigen dürfen. Embla holte tief Luft: »Das Sonnenrad ist auch das Zeichen für Ásatrúarfélagið – die Gemeinschaft der Asengläubigen.«

14. KAPITEL

Sæmundurs Landrover nahm den Abzweig zwischen Hella und Hvolsvöllur, der zu Stóra-Hof und einigen weiteren Anwesen führte.

Tobias saß auf dem Beifahrersitz und staunte wortlos. Sæmundurs Schilderungen des Sonnenkreuzes in der Rangárvallasýsla waren nichts im Vergleich dazu, tatsächlich vor Ort zu sein. Als er über das flache Südisland blickte, verstand er, wie geeignet diese Gegend dafür war, dass Lachs-Ketill hier vor Jahrhunderten das Sonnenrad abgemessen hatte.

Im Nordwesten thronte der schneeweiße Gipfel des

Vörðufell über anderen Bergen, dahinter lag Skálholt – der nordwestliche Punkt des Kreises. Ganz im Nordosten war links des Vulkans Hekla der von Gletschern abgerundete Tafelberg Búrfell zu sehen. Er sah aus wie ein von Menschenhand geschaffener, auffällig ebenmäßiger Hügel mitten in der Ebene. Direkt hinter ihm lag Stöng í Þjórsá – der nordöstliche Punkt des Rangá-Kreises. Dann schaute Tobias nach rechts. Im Südosten erhob sich der Goðasteinn über das Land, zweifellos der markanteste Punkt des Sonnenrades. Und auf seinem südwestlichen Punkt lag schließlich Bergþórshvoll, einer der geschichtsträchtigsten Orte Südislands: Dort fand die Verbrennung von Njáll statt, von der in der Brennu-Njals Saga berichtet wird.

»Das ist unglaublich«, stellte Tobias fest, hypnotisiert von der gigantischen Dimension des Sonnenrades im Südland.

Sæmundur verzog die Mundwinkel zu einem Lächeln. Er hätte das Gefühl zu gern selbst nachempfunden. Wie mochte es wohl sein, wenn man zum ersten Mal hierherkam und dieses Wunder erlebte, das hier vor mehr als 1100 Jahren vermessen worden war?

Der Wagen folgte der staubigen Kiespiste. Auf der linken Seite blickten sie über eine vom Wind erodierte Ebene, rechts lag der Vatnsdalsfjall, an dem Ketill begraben sein sollte. Vor ihnen gabelte sich die Piste. Die Anwesen Minna-Hof und Keldur waren direkt vor ihnen, rechts davon lag Stóra-Hof, Sæmundurs Elternhaus.

»Wir müssen das Opfer holen, bevor wir mit dem *blót* beginnen können«, verkündete Sæmundur knapp und bog in Richtung des Bauernhofes ab.

Statt Sæmundur anzublicken, schaute Tobias aus dem Seitenfenster, rang sich dann aber doch zu der Frage durch, die ihm auf den Nägeln brannte – seit Monaten schon: »Was willst du opfern?«

Sæmundur blieb die Antwort schuldig. Stattdessen starrte er eisern vor sich hin, auf die Piste und das Wohnhaus von Stóra-Hof. Der Gedanke an das Opfer machte ihm augenscheinlich zu schaffen. Er hatte allen anderen des Ordens befohlen, heute ihr Allerliebstes zu geben. Für die übrigen Ordensmitglieder bedeutete das den Tod der Haustiere. Aber wenn Tobias Sæmundur richtig einschätzte, machte der es sich nicht so leicht. Immerhin war er der Ordensmeister höchstpersönlich. Sein Opfer musste Werk und Weihe des Tages krönen.

Kurz darauf hielt der Landrover unter dem lauten Gebell von Hekla, dem schwarzen Islandhund, vor Stóra-Hof. Sæmundurs Ehefrau Lovísa Dagsdóttir empfing die Männer. Sie war bedeutend jünger als er. Mitte dreißig, großgewachsen, schlank, mit hellbraunem, langem Haar, das ihr über den Rücken fiel. Ihr Gesicht war flach und rund – man könnte es einfach isländisch nennen – und ihre graublauen Augen wirkten tief und geheimnisvoll. Sie trug eine schwarze, enganliegende Jeans zum braunen Pullover.

»So, hier ist unser Gast.« Sæmundur sprang aus dem Geländewagen und stellte Tobias vor, bevor er den Hund ausgiebig streichelte.

»Freut mich, endlich hier zu sein.« Tobias war ebenfalls ausgestiegen und streckte die Hand aus.

Lovísa nahm sie, behielt aber ihren undurchdringlichen Ausdruck bei. »Willkommen.« Ihre Finger waren kraftlos, ihre Augen zeugten von Desinteresse.

Die kalte Zurückhaltung entging Tobias keineswegs. »Takk«, dankte der Norweger dennoch und versuchte, sich nichts anmerken zu lassen.

Lovísa zwang sich zu einem dünnen Lächeln: »Kommt rein, es gibt frischen Kaffee.«

Das Wohnhaus von Stóra-Hof war schlicht und weiß und hatte zwei Stockwerke. Der Außenanstrich begann wie die rote Farbe des Wellblechdaches bereits abzublättern. Auch innen machte das Haus wenig her. Die Einrichtung war alt und eher praktisch als dekorativ. Die kleinen Zimmer erinnerten an die Wohnverhältnisse der Isländer in vergangenen Zeiten. Von der Flett, dem für Bauernhäuser typischen flurartigen Quergang im Erdgeschoss, gelangte man in den Oberstock und in den Keller. In der kleinen Stube fiel der Blick auf einen Schrank mit Porzellanfiguren, auf gerahmte Bilder, einen Fernseher und eine grüne Polstergarnitur.

Lovísa ging direkt in die Küche und goss Kaffee in zwei Becher. Die reichte sie den beiden Männern.

»Vielen Dank«, sagte Tobias.

Sæmundurs und Lovísas fünfzehnjährige Tochter kam von oben in die Küche herunter, ohne den Gast besonders zu beachten. Sie war das einzige Kind des Hauses, blond und mit ausdrucksvollen Augen; voll der Kraft eines Menschen, der noch das ganze Leben vor sich hat. »Mama, hast du mir mitgebracht, worum ich dich gebeten habe?«

»Ingunn, würdest du dich bitte erst mal vorstellen«, sagte Lovísa.

»Entschuldigung.« Sie streckte ihre kleine Hand aus. »Tag.«

»Guten Tag.« Tobias schüttelte ihr die Hand.

»Warst du in Selfoss?«, fragte Sæmundur seine Frau.

»Nein, in Hella.«

»Mama hätte genausogut nach Selfoss fahren können, sie war lange genug unterwegs«, maulte ihre Tochter.

Lovísa lächelte ihren Mann verlegen an: »Ich hatte eine Reifenpanne, und ich dachte, dass ich den Radwechsel selbst hinkriege, aber es war etwas problematischer.« Sie wandte sich der Kaffeekanne zu, um sich selbst eine Tasse einzuschenken.

»Ich hätte dir doch auch alles mitbringen können«, schaltete sich Sæmundur in die Diskussion ein.

»Ich wollte dich aber nicht damit belästigen«, antwortete Lovísa und trank einen Schluck Kaffee. »Ich wusste ja, dass du Tobias abholen wolltest.« Sie blickte den norwegischen Gast an, der dem auf Isländisch geführten Gespräch, ohne zu verstehen, lauschte.

»Hast du die Zeitschrift mitgebracht?«, wiederholte ihre Tochter die Frage.

»Nein, Liebes. Das hab ich völlig vergessen«, gab Lovísa zu.

»Wusste ich's doch«, schnappte Ingunn und verschwand angesäuert aus der Küche.

Sæmundur lächelte über die Reaktion seiner Tochter. Sie hatte sein Temperament geerbt, obwohl ihr Aussehen nach Lovísas Familie ging, ganz besonders nach Lovísas verstorbenem Vater Dagur.

»Eine Sache muss ich noch erledigen«, verkündete Sæmundur und stürzte den Kaffee hinunter. »Dauert aber nicht lang.« Er verließ eilends die Küche und schloss die Haustür hinter sich.

Plötzlich herrschte bleierne Stille im Raum. Tobias saß am Tisch, und Lovísa stand wie eine dunkle Regenwolke am Herd und starrte in ihre Kaffeetasse. Draußen war es totenstill, bis Sæmundur den Geländewagen anließ, eine kurze Strecke fuhr und dann den Wagen wieder abstellte. Tobias schloss daraus, dass er irgendetwas im Stall zu tun hatte. Erst hörte man nur noch das klägliche Piepen eines Vogels in der Ferne, dann herrschte wieder Totenstille.

Ein Schauder überfiel Tobias. Er war diese absolute Stille der Natur nicht gewöhnt. In Oslo gehörte ein bestimmter Geräuschpegel zum täglichen Leben. »Wie ruhig es hier ist, ganz anders als in Oslo«, sagte er schließlich auf Englisch, um das verlegene Schweigen zu brechen, das immer bedrohlicher wurde. Sein Versuch, die Atmosphäre aufzulockern, blieb erfolglos. Lovísa stand stocksteif am Herd und starrte wortlos in ihre Tasse.

»Du arbeitest also bei Sæmundurs Pferdeaufzucht mit?«, nahm Tobias einen neuen Anlauf. Stóra-Hof war bekannt für seine vortrefflichen Stuten.

Ohne Antwort ging Lovísa langsam zu einem Küchenstuhl. Der Fußboden knarrte unter ihren Schritten. Sie setzte sich, stellte die Tasse ab und schaute den Norweger durchdringend an. Ihre Augen glühten jetzt vor hasserfülltem Zorn. »Ich will, dass du sofort von hier verschwindest«, sagte sie ohne Umschweife.

15. KAPITEL

Die Polizeibeamten hatten genug gehört. Für sie war der nächste Schritt sonnenklar. Es waren einfach zu viele Indizien, um eine mögliche Verwicklung der Asengesellschaft in das Verbrechen zu ignorieren.

»Wir werden uns den Club mal vorknöpfen«, sagte Grímur und warf dem Jungkommissar einen Blick zu. Hörður nickte zustimmend.

Der Entschluss der beiden wunderte Embla nicht, obwohl es ihr immer noch höchst unwahrscheinlich schien, dass die isländische Asengesellschaft tatsächlich irgendetwas mit dem Durcheinander in Baldurs Arbeitszimmer zu tun hatte. »Ich kann eure Schlussfolgerungen ja nachvollziehen, aber dort werdet ihr keine Antworten bekommen«, stellte sie fest.

»Warum?«, kam es von Grímur.

»Weil keiner von den Asengläubigen etwas Derartiges tun würde.«

»Und wie kannst du dir da so sicher sein?«

Die Frage hatte den gewünschten Effekt, Embla wusste darauf keine Antwort. Insgeheim musste sie sich eingestehen, dass die Möglichkeit nicht von der Hand zu weisen war. Obwohl ihrer Meinung nach Baldurs Theorien die größte Rolle in dem gegenwärtigen Fall spielten, konnte sie die Verbindungen zu der Kultgemeinschaft auch nicht ignorieren.

Grímur verbuchte das Schweigen der Wissenschaftlerin als Punktsieg für sich. »Dachte ich mir's doch«, sagte er und machte Anstalten, zusammen mit Hörður das Arbeitszimmer zu verlassen.

Doch so einfach gab Embla nicht auf: »Die Asengläubigen opfern weder Tiere noch Menschen!« Dessen war sie sich sicher. Die Asengläubigen hatten mit dem vorliegenden Fall nicht das Geringste zu tun, die Verbindung zu ihnen war purer Zufall. Es musste ganz einfach so sein.

»Das ist nebensächlich. Sie kennen sich aus in der Materie. Das genügt«, erwiderte Grímur und marschierte zum Ausgang, ohne sich noch einmal umzusehen.

»Könnte ich das dann nicht ebensogut getan haben? Ich kenne die Materie doch auch sehr genau«, entgegnete Embla und folgte den Männern aus dem Haus. Grímur ignorierte sie und eilte die Treppe zu dem zivilen Dienstfahrzeug hinunter. »Ihr seid auf dem Holzweg!«, schrie sie von der obersten Stufe über den Garten, woraufhin alle anderen Beamten zu ihr hochsahen.

Diese Bemerkung ließ Grímur abrupt innehalten. Er wandte sich um und stieg die Stufen gemessen wieder hinauf: »Jetzt hör mir mal gut zu. Danke für deine Hilfe. Doch jetzt haben wir den Fall übernommen. Unser nächster Schritt ist die Asengesellschaft.«

»Was wollt ihr denn da?« Embla hob verzweifelt die Hände.

»Fragen stellen. Nach etwas Ungewöhnlichem Ausschau halten. Nach einem Mitglied namens Ægir suchen«, zählte Grímur auf.

»Ægir? Wegen des Ægishjálmur?«, empörte sich Embla.

»Ja, hast du vielleicht eine bessere Idee«, konterte Grímur, dem die Einwände der Wissenschaftlerin gehörig auf die Nerven gingen.

»Aber es muss doch gar nicht so sein, dass der Träger des Zauberzeichens Ægir heißt«, widersprach Embla. Sie fasste es nicht, wie konnte man nur so verbohrt sein.

»Nein, das *muss* nicht so sein – aber es *könnte*«, antwortete Grímur. »Es ist das einzige Indiz, das wir haben, und es ist dazu noch verdammt brauchbar.« Er trat nahe an Embla heran. »Ich bin seit über dreißig Jahren bei der Polizei. Lass mich also in Gottes Namen einfach meine Arbeit tun. Bis jetzt war sie sehr erfolgreich und hat noch immer zur Festnahme der Schuldigen geführt.«

Embla ließ sich davon nicht beeindrucken. »Da hast du den Nagel auf den Kopf getroffen«, antwortete sie scharf. »Bis jetzt war es so. Weil du in diesem Fall, wenn du so weitermachst, nämlich niemanden verhaften wirst.«

So viel Widerspruch hatte Grímur nicht erwartet, und einen so resoluten erst recht nicht. Er blieb stehen und erwiderte ihren Blick. Dann zog er seine weiße Polizeimütze unter der Achsel hervor und setzte sie sich würdevoll aufs Haupt. Das Dienstwappen und das Motto aus der Brennu-Njáls saga »*Með lögum skal land byggja* – Mit dem Gesetz soll man das Land erbauen« starrten Embla entgegen.

»Wie gesagt, danke für die Hilfe«, dröhnte der Kommissar. Dann eilte er für sein Alter erstaunlich flink die Steintreppe hinunter, durchquerte den Garten und stieg ins Auto. Einen Sekundenbruchteil später raste er davon, zur Hauptniederlassung der isländischen Asengesellschaft.

16. KAPITEL

Die Betriebsamkeit um Baldurs Wohnung hatte abgenommen, obwohl noch einige Polizisten nach Hinweisen auf den Mörder suchten. Embla stand auf der obersten Stufe der Treppe und schaute Grímurs Wagen nach, bis er um die Ecke verschwand. Sie war felsenfest davon überzeugt, dass die Asengesellschaft nichts mit dem Fall zu tun hatte. So einfach war es nicht.

Sie blickte sich noch einmal um und warf einen Blick zurück in Baldurs Haus. Ihre Aufgabe war sicherlich beendet. Sie hatte die Beamten nach bestem Wissen unterstützt, ihre Fragen beantwortet, das Verbrechen und die Symbolik analysiert und sie auf die Spur – der Asengläubigen gesetzt. Embla schüttelte den Kopf. Wie zum Teufel konnte das nur passieren?

»Grímur hat mich gebeten, dich wieder ins Museum zurückzubringen«, sagte ein kleingewachsener, durchtrainierter Polizist im Garten.

»Nein, danke. Ich glaub, ich lauf lieber«, entgegnete Embla und sah in den klaren Himmel. Das war einer von den Märztagen mit strahlendem Sonnenschein, dennoch war die Luft kalt. Es dauerte noch eine ganze Weile, bis die Vegetation wieder zum Leben erwachte.

Der Mann zuckte die Achseln: »Wie du willst. Aber sag mir, wenn du dich anders entscheidest.«

Embla eilte die Stufen hinab in den Garten. Ihr blieb nur übrig, ins Museum runterzutraben, die Besichtigungstour mit den Kindern fortzusetzen und so zu tun, als sei nichts passiert. So als wüsste sie nicht, dass die Polizei im Fall Baldur einer völlig falschen Spur nachjagte.

Sie blieb abrupt stehen und schaute nochmal zu dem weißen Haus an der Bárugata zurück. Worauf bist du gestoßen, Baldur? Sie konnte sich nicht im Geringsten vorstellen, was er über die Herkunft der Isländer herausgefunden haben mochte, außer dem, was er bisher schon publiziert hatte. Es musste etwas Revolutionäres sein, wenn es seine Haushaltshilfe – und möglicherweise auch ihn selbst – das Leben gekostet hatte.

Emblas Herz schlug schneller. Gleichzeitig verspürte sie ein altbekanntes Gefühl im Bauch. Dasselbe Gefühl stellte sich immer dann ein, wenn sie zum ersten Mal einer neuen Klasse gegenüberstand. Oder wenn sie zum ersten Mal ein interessantes Buch aufschlug. Die Vorfreude darauf, etwas Neues zu lernen. Das Verlangen nach Wissen. Sie brachte es schlichtweg nicht fertig, jetzt zu verschwinden und diese unglaubliche Gelegenheit zu vergeuden, Baldurs Geheimnis zu lüften. Wozu sonst hatte sie ihr Studium durchgezogen, wenn nicht genau dafür: um nach der Wahrheit zu forschen? Andere Wissenschaftler würden diese Gelegenheit wahrscheinlich, ohne lange nachzudenken, beim Schopfe packen. Sie durfte sich jetzt nicht einschüchtern lassen.

»Darf ich aus deinem Verhalten schließen, dass ich dich doch fahren soll?«, fragte der kleine Polizist erneut, als er Embla noch dastehen sah.

»Wie? Nein, nein. Ich gehe schon«, antwortete sie. »Bestell Grímur schöne Grüße«, fügte sie lächelnd hinzu und verließ das Grundstück durchs Gartentor.

Ein kurzes Stück weiter unten in der Straße stand eine Horde Zeitungs- und Fernsehjournalisten und wartete noch immer auf irgendeine Information. Embla hielt Ausschau nach dem blonden Burschen, der kurz zuvor in Baldurs Wohnung eingedrungen war, fand ihn aber nirgends. Ob er jetzt in einer Arrestzelle brummte oder nicht, sein aggressives Verhalten hatte sie auf eine Idee gebracht. Zu ihrer Ausführung bedurfte sie allerdings Hilfe. Sie nahm ihr Handy und rief ihren Freund Adam an.

»Du hast Adam Swift an der Strippe, womit kann ich dienen?«, meldete er sich nach einer kleinen Weile im Ton eines Anrufbeantworters. Adam war als halber Ire und halber Isländer abwechselnd in beiden Ländern aufgewachsen. Sie hatten sich vor sechs Jahren an der Historischen Fakultät der Universität Islands kennengelernt. Kurz darauf verliebten sie sich. Anfangs verlief alles harmonisch. Sie waren einander hoffnungslos verfallen, pflegten gemeinsame Interessen, aber sobald die Rede auf die Zukunft kam, gab es Streit. Vor allem beim Thema Nachwuchs hatten sie völlig unterschiedliche Vorstellungen, und die endgültige Klärung dieser Frage stand ihnen immer noch bevor.

»Adam, ich brauch deine Hilfe«, stieß Embla hervor, ohne auf seine Alberei einzugehen.

»Was, treiben dich die Kleinen etwa in den Wahnsinn?« Er lachte herzlich.

»Ich bin grad nicht im Museum, sondern in der Bárugata, vor der Wohnung von Baldur Skarphéðinsson.«

»Was tust du denn da?!« Adam wurde sofort hellhörig. »Ist da nicht gerade was passiert?«

»Woher weißt *du* das?«, fragte Embla erstaunt.

»Sowohl auf mbl.is als auch auf visir.is ist das die

Schlagzeile des Tages. Hier bei der Arbeit haben sie den ganzen Morgen über nichts anderes geredet.«

»Die Polizei brauchte meine Hilfe bei ihren Ermittlungen.«

»Deine? Warum das denn um alles in der Welt? Geht's da nicht um irgendwelche ausländischen Drogenschulden?«

Embla verschlug es fast die Sprache. »Was redest du da?«

»Irgendwelche Moggiblogger haben sich auf mbl.is darüber ausgelassen, dass das mit Dope zu tun haben soll. Mit Litauern und dass das wieder mal ein Hinweis auf die organisierte Kriminalität hierzulande ist.«

»Die Leute sind aber auch so blöd.« Embla seufzte. »Baldur ist Mitte siebzig und zudem Archäologe.«

»Aha«, murmelte Adam beschämt, weil er den Gerüchten so unkritisch geglaubt hatte.

»Das klingt vielleicht etwas weit hergeholt. Aber warum bist du dann da?«

»Die Spuren am Tatort schrien geradezu nach meinen Fachkenntnissen«, erklärte Embla nicht ohne Stolz.

»Nach *deinen?*«, fragte Adam unverblümt.

Sie reagierte gekränkt. »Wie jetzt, ist das so unglaublich?« Ihr Selbstvertrauen war generell nicht besonders ausgeprägt, und Reaktionen wie diese verbesserten die Lage nicht gerade.

»Embla, du bist Archäologin.«

»Das weiß ich«, gab sie zu. »Ich hab erst auch nicht kapiert, warum sie ausgerechnet mich fragten – bis ich den Tatort gesehen habe.«

»Was ist denn da passiert?«

»Komm her und ich sag's dir.«

»Kannst es mir nicht einfach am Telefon sagen?«

»Nein, ich brauch deine Hilfe.«

»Bei was?«

Am liebsten hätte Embla ihrem Freund gar nicht geantwortet, aber früher oder später musste er ihren Plan erfahren, da er eine Schlüsselrolle darin spielen sollte. Deshalb senkte sie die Stimme und blickte verschwörerisch um sich: »Du musst mir helfen, bei Baldur einzubrechen.«

17. KAPITEL

Nach Lovísas Worten war die Atmosphäre in der Küche noch angespannter. Sie nahm einen weiteren Schluck Kaffee und verzog keine Miene, trotz ihrer wie immer stechenden Kopfschmerzen.

Tobias stellte seinen Becher auf die geblümte Plastiktischdecke. »Und warum soll ich gehen?«, fragte er ruhig. Jetzt verstand er, warum ihm der Empfang auf Stóra-Hof so kühl vorgekommen war.

»Das weißt du genau«, entgegnete Lovísa kurz angebunden. »Was suchst du hier überhaupt?«

Tobias kniff seine hellen Augen zusammen: »Was meinst du damit?«

»Warum bist du hier?«, formulierte Lovísa ihre Frage anders.

»Um Sæmundur zu besuchen.«

»Lüg mich nicht an!« Lovísa stand auf und stellte ihre Tasse unter lautem Scheppern in die Spüle. Jetzt war ihr auch noch richtig schlecht. Kopfschmerzen und Übelkeit waren die Nebenwirkungen der Antidepressiva, die sie während der letzten Monate genommen hatte. Begleiterscheinungen, die es ihr aber wert waren, um bei geistiger Gesundheit zu bleiben. »Sæmundur hat mir von euren Chats erzählt. Du bist Mitglied in seinem hirnverbrannten Orden, oder nicht? Was willst du eigentlich?«

»Was ich will?«, wiederholte Tobias ruhig. »Dasselbe wie Sæmundur, nehme ich an.«

»Dann seid ihr beide brandgefährlich. Sæmundur ist psychisch krank, das muss dir doch klar sein.« In Lovísas graublauen Augen war nun kein Zorn mehr, sondern Trauer über den geistigen Zustand ihres Ehemannes.

»Warum sagst du das? Sæmundur hat nun mal ungewöhnliche Ansichten. Menschen mit ungewöhnlichen Ansichten können bisweilen fremd wirken«, entgegnete Tobias.

»Red keinen Unsinn!« Lovísa drehte sich blitzschnell zu ihm um. »Er behauptet, dass Óðinn sein Urahne ist!« Lovísas friedliebendes Naturell hatte es mit sich gebracht, dass sie die übersteigerten Hirngespinste ihres Ehemanns schon seit beträchtlicher Zeit stillschweigend ertrug. »Und plötzlich ist Sæmundur fasziniert von ihm, vom Hakenkreuz, Nordeuropa, dem Sonnenkreuz, der Bruderschaft, und all diesem Quatsch. Und du unterstützt das alles auch noch!«, rief sie.

Tobias erhob sich ebenfalls. »Ich bitte dich, gib nicht mir die Schuld für das Verhalten deines Ehemannes. Sæmundur ist ein erwachsener Mann und in der Lage, sich seine eigene Meinung zu bilden, dazu braucht er mich nicht. Und denk dran, er war es, der den Orden des Sonnenkreuzes wiedererweckt und eine Homepage eingerichtet hat, für die sich in ganz Europa Menschen begeistern. So wie ich.« Tobias näherte sich der Frau. »*Er* hat mir das in den Kopf gesetzt. Nicht umgekehrt.« Er legte ihr eine Hand auf die Schulter.

Lovísa schüttelte sie ab. »Dann hast du denselben Dachschaden wie er.« Sie ging zum Herd, stützte sich mit beiden Händen auf. »Du glaubst doch wohl nicht im Ernst an all diesen Unsinn? Das Geschwätz über Óðinn zum Beispiel? Sag mir nicht, dass du das auch alles glaubst.«

»Ich gehe bei der Sache vielleicht nicht so weit wie dein Mann«, gab Tobias zu, »obwohl ich sehr gut weiß, worum es ihm geht. Diese Theorien sind gut belegt.«

»Obwohl ich sehr gut weiß, worum es ihm geht?«, äffte Lovísa ihn nach. »Du gehörst in die Klapse, genau wie Sæmundur, der arme Kerl.«

Allmählich wurde Tobias ärgerlich. Dennoch versuchte er, Ruhe zu bewahren. »Und was das Sonnenrad, den Orden und die Migranten angeht, da solltest du stolz auf deinen Mann sein. Auf seine Initiative und seinen Mut. Anstatt dass du hier hinter seinem Rücken über ihn herziehst.«

Lovísa lachte höhnisch. »Du meine Güte, wen hat mir Sæmundur denn da ins Haus geschleppt?«

Tobias runzelte die Brauen und ging ein paar drohende Schritte auf die Hausfrau zu. Seine Geduld war jetzt bis an die Grenze strapaziert. »Nordeuropa steht wegen der Millionen Migranten vor einem Problem, und Sæmundur bietet eine Lösung. Du solltest dankbar dafür sein, ihn zu haben. Durch ihn wird auch dein Name in die Geschichtsbücher eingehen.«

»Und worin besteht diese ›Lösung‹?«, fragte Lovísa und deutete mit den Fingern Gänsefüßchen an. Sie war trotz Tobias' Näherkommen ruhig stehengeblieben. »Mit was für Zauberstäben wollt ihr rumfuchteln, damit alle glücklich werden?«

»Wenn Sæmundur dir das nicht gesagt hat, dann gehe ich davon aus, dass er nicht will, dass du es weißt.« Tobias grinste. »Es ist nicht meine Aufgabe, dir das zu sagen.«

»Hör mit diesem Quatsch auf. Ihr habt beide den Verstand verloren.« Lovísa blitzte den Besucher mit unverhohlenem Hass an.

Das aber nahm Tobias nicht mehr hin. Er trat rasch an sie heran, so nah, dass sie seinen Atem auf ihrer Stirn spüren konnte. »Mit Sæmundur kannst du vielleicht so sprechen, aber nicht mit mir.« Er hob drohend die rechte Hand. »Sei vorsichtig! Irgendwann bricht jeder Bogen, wenn man ihn überspannt.«

Lovísa schloss ängstlich die Augen und erwartete einen Schlag. Im selben Augenblick kam ihre Tochter in die Küche, sah Tobias mit hocherhobener Hand dicht bei ihrer Mutter. »Was ist los?«, fragte die Fünfzehnjährige erschrocken und nahm der Atmosphäre in der Küche die Spannung.

»Nichts.« Ihre Mutter fasste sich rasch wieder. Sie ging zum Spülbecken, drehte den Hahn auf und tat, als sei nichts vorgefallen.

»Wir lernen uns lediglich kennen«, ergänzte Tobias kühl. Er setzte sich wieder und ergriff seinen Kaffeebecher.

Ingunn schaute abwechselnd ihre Mutter und den ausländischen Besucher an. Es war zweifellos etwas vorgefallen, aber sie wollten ihr offenbar nicht verraten, was los war und behandelten sie stattdessen wie ein kleines Kind. »Oma will den Besucher sehen«, verkündete sie schnippisch und verzog sich aus der Küche nach oben. Ihre Schritte hallten durch das ganze Gebäude.

Lovísa sah ihrer Tochter nicht nach, sondern hielt den Blick auf den kräftigen Wasserstrahl geheftet, der auf die schmutzigen Teller im Spülbecken auftraf und in alle Richtungen spritzte. Sie stellte ihre Tasse darunter, drehte den Hahn zu und wandte sich an den Norweger. »Komm, ich stell dich meiner Mutter vor«, sagte sie so knapp wie Ingunn und machte sich auf den Weg in den oberen Stock.

18. KAPITEL

Eine Viertelstunde nach dem Telefongespräch raste Adams weiße Klapperkiste die Mjóstræti hinauf. Es war ein alter VW Polo, dem man sein fortgeschrittenes Alter anmerkte, da er regelmäßig ins Stottern kam und zudem von Rostflecken übersät war. Adam parkte sein Gefährt am Unuhús, einem ehemaligen Treffpunkt für Literaten, und stellte den Motor ab. Einen Augenblick später stand er mitten in der Reporterschar vor Baldurs Haus.

Adam war mit achtundzwanzig vier Jahre jünger als seine Freundin. Er war schlank, sein Gesicht schmal, ebenmäßig und eher unauffällig, mit Ausnahme der

Nase, die etwas nach oben gewölbt war. Für einen Isländer hatte er relativ dunkle Haut, was wohl auf den irischen Teil seiner Herkunft zurückzuführen war. Er hatte braunes Haar, das kurzgeschnitten und zur Seite gekämmt war, und schöne braune Augen.

Augenblicklich kam Embla auf Adam zu und drückte ihm einen Kuss auf den Mund. »Ich bin so froh, dass du da bist«, sagte sie und umarmte ihn innig. Nach diesem Morgen waren ihre Gefühle in Aufruhr geraten, und Adam war ihre Stütze, mit der sich alles zum Besseren wenden würde. Sein Gesicht zu sehen, seine Stimme zu hören und seinen Duft wahrzunehmen beruhigte sie ganz einfach. Auch wenn sie das aus feministischer Perspektive natürlich eigentlich nicht zugeben durfte.

»Ich hab dich auch vermisst«, sagte Adam erstaunt und drückte sie eng an sich, obwohl er ihre Überschwenglichkeit nicht ganz nachvollziehen konnte. Als hätten sie sich viele Monate lang nicht gesehen.

»Komm, wir müssen uns beeilen.« Embla löste die Umarmung und zog ihren Freund durch das Gewühl Richtung Garten.

Adam war irritiert. »Embla, warte. Verrätst du mir nicht erst mal, was los ist?«

»Ja doch. Natürlich. Später«, antwortete sie, völlig in Gedanken versunken.

»Das hast du schon am Telefon gesagt, und jetzt bin ich hier. Du weißt doch, dass ich eigentlich im Büro sein müsste. Ich kann nicht so einfach abhauen wie du.«

»Die Polizei hat mich gebraucht, ich bin nicht einfach so abgehauen. Nur dass das klar ist. Und Adam, du arbeitest in einem Verlag.«

»Ja und? Glaubst du vielleicht, dass ich deswegen einfach den ganzen Tag irgendwo anders herumhängen kann?«, konterte Adam.

»Könnten wir uns vielleicht später streiten?«, stöhnte Embla, der das ewige Gezänk mittlerweile wirklich zum Halse raushing. Offenbar konnten sie sich nicht mehr treffen, ohne sofort in Streit zu geraten. Es gab einfach zu viel unterschwelligen Ärger in ihrer Beziehung. Sie wollte so schnell wie möglich eine Familie gründen, schließlich war sie mittlerweile nicht mehr die Jüngste. Er dagegen wollte noch ein paar Jahre warten, bis ihre Lebensverhältnissse etwas weniger prekär waren, damit sie ihrem Kind eine halbwegs gesicherte finanzielle Grundlage bieten konnten. Sie konnte seine Bedenken allerdings nicht nachvollziehen. Das Wasser stand ihnen nun nicht gerade bis zum Hals, beide hatten schließlich eine feste Anstellung.

»Und ich war mir sicher, dass du mich nur zum Streiten hergebeten hast«, entgegnete Adam spöttisch.

Embla ergriff seine Hand und drückte sie sanft. »Scherz beiseite«, versuchte sie ihm den Ernst der Sache klarzumachen.

»Also gut.« Er erwiderte Emblas Händedruck und schluckte seinen Stolz hinunter. Immerhin brauchte sie ihn ja. »Was soll ich tun?«

»Danke.« Embla senkte die Stimme. »Wie ich am Telefon schon sagte, muss ich noch mal in Baldurs Arbeitszimmer, um es mir genauer anzusehen.«

»Weil die Polizei eine falsche Spur verfolgt?«, flüsterte Adam halb scherzend, halb im Ernst.

Sie nickte. »Ja. Das Fenster zu seinem Arbeitszimmer

ist offen, und ich kann mich da hinaufziehen, aber dazu muss ich ungestört sein.«

»Lass mich raten, da komme ich ins Spiel?«

»Haargenau«, bestätigte Embla. »Du musst nur die Aufmerksamkeit der Polizei auf dich ziehen, so dass ich mich in Ruhe durchs Fenster schleichen kann.«

»Klingt ja immer besser«, meinte Adam. Er besah sich die Polizisten im Garten. »Was soll ich anstellen: mich nackt ausziehen und die Nationalhymne singen?«

Verlegenheit huschte über Emblas Gesicht. »So was in der Art«, sagte sie und hob die Augenbrauen. »Vorhin hat sich ein junger Reporter Zugang zu Baldurs Wohnung verschafft, indem er einfach an der Polizei vorbei ins Haus spazierte.«

Adams Lächeln verschwand augenblicklich. »Spinnst du? Damit die mich anschließend festnehmen?«

»Mach hier nicht auf Weichei, Adam. Du wirst schon nicht festgenommen«, beruhigte ihn Embla und verschwieg ihm das weitere Schicksal des jungen Reporters.

»Embla, was läuft hier eigentlich?« Die Sache gefiel Adam plötzlich nicht mehr. Das Ganze war bestimmt nicht ganz ungefährlich. »Ist das wirklich absolut notwendig?«

»Ja, und ich erklär's dir später genauer. Versprochen. Aber erst musst du das einfach mal für mich tun. Bevor wir die Gelegenheit verpassen und die anderen Polizisten vom Mittagessen zurückkommen.« Sie ließ ihren Worten einen Kuss auf seine Wange folgen.

»Und du meinst, das überzeugt mich?« Adam schaute sich um. Beim Anblick der vielen Beamten und Reporter spürte er, wie sich sein Magen zu einem Knoten zusammenzog. »Ein Versuch, dich einzuschleichen, sagst du?«, wiederholte er. Er schluckte, rückte sich die Krawatte und die helle Sommerjacke zurecht, die er heute morgen anlässlich des unerwartet schönen Wetters aus dem Schrank geholt hatte.

»Exakt. Ich warte hier auf den geeigneten Moment.« Embla holte ein Haargummi aus der Rocktasche und bändigte ihre Mähne zu einem Pferdeschwanz.

»Na schön, es heißt ja, lebe wild und gefährlich«, seufzte Adam schließlich und arbeitete sich durch die Menge nach ganz vorn. Embla folgte ihm. Sie war bereit, sich bei erster Gelegenheit in den Garten und in Baldurs Arbeitszimmer zu schleichen. Adams Herz schlug immer schneller. Er war es überhaupt nicht gewohnt, mit Gesetz und Polizei aneinanderzugeraten, und vor allem nicht auf so spektakuläre Weise. Er blickte einen träge herumlungernden Journalisten an, der auf Meldungen wartete. »Will die Polizei nichts sagen?«, erkundigte er sich, so als wären sie Kollegen.

»Nicht ein Wort. Es hieß, das würde die Ermittlungen stören. Es wird gleich eine Meldung abgegeben, und später folgt eine kurze Pressekonferenz«, antwortete der Zeitungsmann auf dem Bleistift kauend.

»Das geht nicht. Wir sind Reporter und haben ein Anrecht darauf, wenigstens einige Grundinformationen zu dem Fall zu bekommen«, sagte Adam und wurde lauter.

»Ja schon, aber was sollen wir denn machen?«, entgegnete der andere.

»Das!«, rief Adam. Eine Polizistin wurde auf ihn aufmerksam. »Wollt ihr uns denn gar nichts sagen?«

Die Frau blieb gelassen. »Später, mein Freund.«

»Das Volk hat das Recht, die Wahrheit zu erfahren, besonders wenn irgendein durchgeknallter Mörder frei in der Stadt rumläuft.« Ohne nachzudenken, sprang Adam auf die Steinmauer, die das Grundstück von der Straße abgrenzte. »Jetzt sofort!«, brüllte er über den Garten hinweg. Mittlerweile starrten alle zu ihm herüber. Was zum Teufel tu ich denn da?, dachte er.

Endlich hatte Adam die volle Aufmerksamkeit der Beamten im Garten auf sich gezogen. »Mach, dass du da runterkommst!« befahl die Polizistin.

»Okay, kein Ding«, antwortete Adam und sprang im gleichen Atemzug von der Mauer, aber nicht auf den Gehweg, sondern auf das Grundstück und rannte auf den Hauseingang zu.

Der muskelbepackte Beamte, der zuvor Embla seine Fahrdienste angeboten hatte, stoppte ihn im Handumdrehen, indem er ihm in die Kniekehlen grätschte. »Was ist bloß los mit diesen Reportern heute?«, fragte er und hielt Adams Arme auf dem Rücken fest. »Sind bei denen jetzt alle Sicherungen durchgebrannt?« Er stellte ihn auf die Füße, bugsierte ihn vor sich her aus dem Garten und ließ ihn dort laufen. »Hast Glück, dass wir so wenige sind, sonst würden wir dich ebenso festnehmen wie das andere Bürschchen.«

Adam fuhr der Schreck in die Glieder: »Ihr habt ihn festgenommen?«

»Natürlich«, bestätigte der Beamte. »Also du hast Glück. Aber wenn du das nochmal versuchst, bringe ich dich persönlich runter auf die Wache. Kapiert?«

Adam nickte jetzt wesentlich freundlicher als zuvor. Er sah sich um, konnte aber Embla nirgends ausmachen. Das konnte nur eines bedeuten: Ihr Plan war aufgegangen.

19. KAPITEL

Embla ließ sich vorsichtig vom Fensterbrett auf das helle Eichenparkett des Arbeitszimmers hinunter. Erneut nahm sie den süßlichen Tabakgeruch wahr, und wieder beschlich sie ein unheimliches Gefühl. Die überall im Zimmer verteilten Blutflecken und die toten Katzen an den braunen Lederriemen jagten Embla einen Schauder über den Rücken.

Im Augenblick war niemand im Arbeitszimmer. Die Tür zum Flur war einen Spalt breit offen. Embla zog ihre Lederstiefel aus, stellte sie am Schreibtisch ab und trippelte auf Zehenspitzen zur Tür, schloss sie und lehnte sich mit klopfendem Herzen dagegen. Doch als ihr bewusst wurde, dass das mit Blut gemalte Sonnenrad in ihrem Rücken war, hätte sie fast losgeschrien und machte einen Satz nach vorn. Es dauerte einen Moment, bis sie sich wieder einigermaßen gefangen hatte.

Embla war felsenfest davon überzeugt, dass der Schlüssel zur Lösung des Falles Baldur in diesem Symbol verborgen lag. Sie betrachtete das Sonnenrad aufmerksam, untersuchte sorgfältig die Linien, die das Kreuz und den riesigen Kreis darum herum bildeten. Nirgends ein Fingerabdruck des Einbrechers, obwohl er das Zeichen ganz deutlich mit dem Finger gemalt hatte. Das bedeutete, dass er Handschuhe getragen hatte.

Embla hielt den Atem an, als sie den Linien mit den Augen folgte. An manchen Stellen war das Blut nach unten gelaufen, was den grausigen Anblick noch verstärkte.

Plötzlich stieß sie auf etwas Ungewöhnliches, etwas, das ihr zuvor entgangen war, als sie mit den Polizisten hier gewesen war. Nahe der Mitte des Sonnenrades, ein wenig nach links unten versetzt, schien der Mörder seinen blutigen Finger knapp neben der Linie aufgesetzt zu haben und hatte einen Punkt hinterlassen. Von weitem fiel der rote Fleck kaum auf zwischen den anderen Blutstropfen. Aber aus der kurzen Distanz, aus der Embla das Symbol jetzt betrachtete, gab es keinen Zweifel: Der Mörder hatte den Punkt absichtlich dort hingesetzt.

»Ist das eine Landkarte?«, wisperte sie aufgeregt und starrte auf den Punkt im Sonnenrad. Konnte das sein? War das der Grund, aus dem der Mörder das Sonnenrad auf das Türblatt gemalt hatte?

Embla suchte fieberhaft nach einer Karte des Gebietes Rangárvallasýsla. In Baldurs Arbeitszimmer gab es todsicher eine solche Karte. Seine Theorie drehte sich schließlich in erster Linie um diesen Landstrich und das Sonnenrad, das er dort lokalisiert zu haben glaubte. Sie fand eine solche Karte neben dem Schreibtisch auf dem Boden. Sie nahm sie und wandte sich wieder zur Tür. Das Papier der Karte raschelte verräterisch, als sie sie hochnahm und sie mit dem blutigen Zeichen verglich. Im selben Moment wurde sie sich dessen bewusst, was sie da gerade tat: Sie hatte sich gesetzeswidrig an den Tatort eines Mordes geschlichen und ermittelte nun auf eigene Faust. Doch sie brauchte nur den Bruchteil einer

Sekunde, um den Gedanken wieder abzuschütteln und sich auf die vor ihr liegende Aufgabe zu konzentrieren.

Auf der Landkarte hatte Baldur das Sonnenrad in der Rangárvallasýsla mit einem Zirkel eingezeichnet, so dass Embla dort dasselbe Symbol fand wie auf der Tür: einen Kreis mit einem zentralen Andreaskreuz. Auf den oberen Schnittpunkten zwischen Kreuz und Kreis lagen zwei landesweit bekannte Orte. Links die heutige Diözesankirche Skálholt, rechts das im Jahre 1104 bei einem Ausbruch der Hekla verschüttete Gehöft Stöng im Þjórsá-Tal. Auf den unteren Schnittpunkten lagen die Gipfel Bergþórshvoll und Goðasteinn. Auf der Kreuzung beider Linien, im Zentrum des Symbols, lag ein Ort namens Steinkross – Steinkreuz, und das nach Baldurs Theorie alles andere als zufällig. Der Name verwies auf die kreuzförmige Einteilung, die Lachs-Ketill dem Gebiet durch die vier Schnittpunkte auf der Kreislinie zugeschrieben hatte.

Embla blickte wieder auf das Sonnenrad auf der Tür und konzentrierte sich auf den geheimnisvollen roten Fleck, den der Mörder hinterlassen hatte. Sie verglich es mit der Landkarte und fuhr mit dem Zeigefinger von Steinkross ein kleines Stück nach links unten, blieb aber beständig auf der Verbindungslinie Nordost-Südwest. Sie hielt den Atem an, während sich der Finger langsam am Kreuzarm entlang nach unten bewegte, auf den Ort zu, auf den der Mörder aus irgendeinem Grund hinzuweisen schien. Schließlich blieb Emblas Finger bei einem Anwesen nahe bei Steinkross stehen, für das der blutige Fleck offensichtlich stand. Dass es ausgerechnet dieses Anwesen war, überraschte sie nicht. Es war für

Baldurs Theorie der Besiedelung von entscheidender Bedeutung. Es war Stóra-Hof, dessen Name an Lachs-Ketills Gehöft *Hof* und den Óðinnstempel erinnerte. Nach Baldur war die Position des ersten Anwesens in Rangárvallasýsla kein Zufall. Es war auf einer geraden Verbindungslinie zwischen Bergþórshvoll, Hof, Steinkross und Stöng erbaut worden. Das war die Südwest-Nordost-Linie des Sonnenrades, eine dem Kult nach sehr bedeutsame Richtung, die auch in Bauwerken wie beispielsweise Stonehenge oder den Pyramiden zu finden war. »Stóra-Hof also«, murmelte Embla und blickte abwechselnd auf den Punkt in der Landkarte und den Blutfleck auf der Tür. Es passte alles zusammen. Das war der nächste Schritt in den Ermittlungen, nicht die isländische Asengesellschaft. Es konnte gar nicht anders sein.

Embla konnte es kaum erwarten, Grímur von dieser unglaublichen Entdeckung zu berichten. Aber sie hätte vorsichtiger sein sollen, denn plötzlich war einer der Polizisten vor dem Arbeitszimmer zu hören: »Wer hat denn die verdammte Tür zugemacht?« Embla wurde jäh daran erinnert, dass sie sich vollkommen illegal im Haus befand. Sie konnte Grímur unmöglich von ihrer Entdeckung erzählen, ohne gleichzeitig zu verraten, dass sie ein zweites Mal in Baldurs Arbeitszimmer gewesen war.

Die Schritte des Polizisten jenseits der Tür klangen immer lauter. »Die haben wohl einen Knall«, hörte sie ihn rufen. Bevor sie die Augen schloß, sah Embla als Letztes wie sich der dunkle, eiserne Türgriff hinabbewegte und die Tür sich mit leisem Knarren öffnete.

20. KAPITEL

»Da!« Grímur zeigte auf ein auffällig großes Schild der Asengesellschaft. »Bieg hier ab.« Er deutete nach rechts, während die andere Hand in seiner Jackentasche auf Baldurs Pfeife ruhte, die er aus der Bárugata mitgenommen hatte. Mit ihr herumzuspielen, genau so wie es Baldur immer getan hatte, gab ihm Kraft.

Ohne zu zögern, lenkte Hörður den Wagen auf den Parkstreifen entlang der Häuserzeile in der Síðumúli. Wenige Sekunden später hatte er das Auto vor dem Gebäude der isländischen Asengesellschaft geparkt.

Mit energischen Schritten betraten die Ermittler die Räume der Kultgemeinschaft. Zwei ausgestopfte Raben auf einem Regal empfingen die beiden, und an den Wänden hingen geschnitzte Porträts von Óðinn und anderen Göttern. Auch ein großer Holzklotz, eine Skulptur des Meeresgottes Njörður, befand sich in der Mitte der Eingangshalle. Trotz einiger anderer seltsamer Dinge im Raum zog ein Gemälde neben dem Eingang die ganze Aufmerksamkeit der Beamten auf sich. Es stellte das Symbol der Asengesellschaft dar – das Sonnenrad.

»Totes Getier. Wikingergegenstände. An der Wand das Sonnenrad«, zählte Hörður auf. »Wir könnten genausogut in Baldurs Arbeitszimmer sein.«

Grímur sparte sich eine Erwiderung und ging schnurstracks auf das Gemälde zu. Er fixierte das Sonnenrad. »Verfluchtes Gesindel«, flüsterte er. Das mit Blut hingeschmierte Sonnenrad im Arbeitszimmer seines Bruders stand ihm wie eingebrannt vor Augen. Lange schon hatte Grímur eine Abneigung gegen die Asengesellschaft gehegt. Nicht nur wegen seiner Erfahrungen mit einigen zweifelhaften Mitgliedern der Gruppe, wie er Embla gegenüber gesagt hatte, sondern vielmehr wegen ihres Einflusses auf seinen Bruder.

Nach der Gründung der Gesellschaft im Jahre 1972 hatte Baldur sich verändert, Grímur erinnerte sich nur zu gut. Baldur war immer tiefer in diesen altnordischen Unsinn versunken und verkehrte seitdem mit Leuten ganz anderen Schlages. Es führte immer mehr dazu, dass er sich abkapselte und seine gesamte Zeit mit Forschungen verbrachte, um seine Theorie über das »Geheimnis« um die Landnahme der ersten Wikinger auszuarbeiten. Schließlich hatte er seine ganze Familie enttäuscht und vertrieben. Seine Frau, die Kinder. Sogar seinen eigenen Bruder.

Ein freundlich aussehender Mann mittleren Alters kam aus einem der Büros auf die beiden zu. »Guten Tag, kann ich behilflich sein?«

»Ja, das kannst du«, antwortete Grímur und wandte sich von dem Gemälde ab. »Wir sind von der Polizei und brauchen eine Liste aller Mitglieder der Asengesellschaft.«

Der Mann erschrak. »Wie bitte? Warum das denn?«

»Ein einfaches Ja genügt. Wo ist die Liste?«, drängte Grímur.

»Kommt mit in mein Büro«, antwortete der freundliche Mann. »Aber vielleicht könntet ihr euch zuerst noch ausweisen?«

Wortlos stapfte Grímur dem Mann voraus. Hörður zückte die Polizeimarke. »Ich hoffe, du siehst es meinem Chef nach«, sagte er mit erhobenem Ausweis.

»Keine Sorge«, antwortete der Mann. »Und danke.« Dann folgte er Grímur in sein Büro und setzte sich an den Rechner. »Alle Asengläubigen?«, fragte er und öffnete eine Datei über die Mitglieder der Kultgemeinschaft, die etwa 1000 Namen bereithielt.

»Ja«, befahl Grímur mürrisch und trat näher an den Mann heran. »Ist das die Liste?« Er zeigte auf den Bildschirm und der Vereinsvorsitzende bejahte. Grímur schob ihn etwas zur Seite, ergriff die Maus und begann, die Liste selbst hinunterzuscrollen. Sie war, wie in Island üblich, nach Vornamen geordnet. Daher erschien Baldurs Name relativ bald. Grímur achtete jedoch darauf, keine Regung zu zeigen. Mit zusammengebissenen Zähnen ging er die Liste weiter durch. Schnell kam er zur letzten Seite der Mitgliederliste, wo nach dem isländischen Alphabet die Namen standen, die mit Þ, Æ und Ö begannen. »Hier«, sagte der Kommissar mit einem Blick zu seinem Kollegen. »Zwei Männer namens Ægir sind in dem Verein gemeldet.«

Der freundliche Ausdruck des Mannes veränderte sich sofort. »Die beiden Ægirs?«, fragte er und kratzte sich langsam am Kopf. »Was wollt ihr von denen?«

»Was kannst du uns über diese Männer sagen?«, fragte Grímur.

Der Mann konnte das Interesse der Polizisten nicht nachvollziehen. Dennoch versuchte er, alles zu sagen, was er wusste: »Der eine heißt Ægir Theódórsson und ist einer der ältesten Asengläubigen. Mittlerweile um die achtzig, glaube ich.«

»Und der andere?« Grímur schloss den Greis sofort aus. Derjenige, der das scheußliche Verbrechen in der

Bárugata begangen hatte, musste körperlich in guter Verfassung sein. »Dieser Ægir Ragnarsson?«

»Er ist Mitte zwanzig und erst vor relativ kurzer Zeit Mitglied geworden, wenn ich mich recht entsinne. Ganz feiner Kerl. Ein wenig impulsiv, er regt sich leicht auf, wenn die Rede auf die Landnahmeleute kommt, aber ein feiner Kerl«, erklärte der Mann gewissenhaft.

Das erweckte Grímurs Aufmerksamkeit. Ein junger Mann mit ausgeprägten Ansichten über die Herkunft der Isländer. »Kennst du Baldur Skarphéðinsson?«, fragte der Kommissar und versuchte sich professionell zu geben.

Der Mann machte große Augen und lehnte sich im Bürostuhl zurück. »Natürlich! Du bist Baldurs Bruder, nicht wahr?« Er lachte still. »Wusste ich's doch, dass ich dich von irgendwoher kenne.«

Grímur schwieg und verzog keine Miene.

»Ja, ich kenne Baldur sehr gut. Hab sogar den Umbruch seiner Bücher besorgt«, erklärte er fröhlich. »Sie sind wirklich unglaublich, findest du nicht? Was für Fundgruben.«

Grímur behielt sein eisernes Schweigen bei.

Plötzlich überzog ein breites Lächeln das Gesicht des Mannes. »Komisch, dass du Baldur erwähnst.«

»Warum?«, fragte Hörður, der sich bis dahin zurückgehalten hatte.

»Na, weil er und Ægir – der Jüngere – eben neulich an einem unserer Samstagstreffen eine heftige Auseinandersetzung hatten.«

Grímur war verblüfft: »Ægir und Baldur eine heftige Auseinandersetzung? Worüber denn?«

»Weiß ich nicht, leider, aber ihr könnt ja Ægir danach fragen«, erwiderte der andere. »Ja, oder natürlich Baldur«, ergänzte er und lächelte Grímur freundlich an.

Der Hauptkommissar zwang sich, nach außen hin Ruhe zu bewahren. Dennoch polterten seine Schritte unangenehm laut auf dem Linoleumfußboden, als er das Büro ohne ein weiteres Wort verließ. Jetzt erwartete sie die nächste Aufgabe: diesen Ægir Ragnarsson aufzuspüren, bevor es zu spät war.

Unmittelbar bevor Grímur durch die Tür trat, wandte sich der Mann an Hörður: »Worum geht's bei dieser Sache eigentlich?«

Hörður fasste sich kurz: »Sieh dir die Nachrichten an.« Dann folgte er seinem Chef.

21. KAPITEL

Die Zeit schien stillzustehen. Embla stand hinter der Tür und wartete angespannt darauf, dass der Polizeibeamte ins Arbeitszimmer spähen und sie erblicken würde. Sie war völlig ohne Deckung, und nichts schien sie vor dem Entdecktwerden bewahren zu können.

»Nonni, kommst du mit zum Mittagessen?«, rief plötzlich jemand.

»Jetzt gleich?«, fragte der Mann in der Tür zurück.

»Ja, wir wollen zu Búlla, Hamburger holen. Kommst du mit?«

»Nein, ich bleib hier. Bringt mir den Hamburger des Tages mit und macht aus der Cola einen Kaffeeshake.«

»Willst du auch Pommes?«

»Ja natürlich«, antwortete er genervt, weil er sich wiederholen musste. »Das Tagesangebot, aber Kaffeeshake statt Cola.«

»Extragroß?«

»Nein.«

»Cocktailsoße?« Sein Kollege nahm die Bestellung offenbar sehr ernst.

»Ja doch. Nun hau schon ab.«

»Bis gleich«, antwortete sein Kollege und lief los.

Der Mann, der auf den Namen Nonni gehört hatte, stieß jetzt die Tür zum Arbeitszimmer weit auf, das leer vor ihm lag. »Und nicht wieder die Türen zumachen!«, rief er seinem Kollegen nach, bevor er den düsteren Raum betrat. Er machte ein paar Schritte über das knarrende Parkett. »Teufelstohuwabohu«, ächzte er angesichts der bestialischen Schandtat.

Der Beamte bemerkte das offene Fenster, durch das Embla hereingekommen war. Er stellte sich davor und betrachtete die Aussicht. Der schöne Märztag stand in krassem Widerspruch zu der düsteren Todesstimmung, die auf dem Raum lastete.

Draußen warteten die Reporter immer noch im Pulk. Nonni musste an die beiden Journalistenbürschchen denken, die einen Einbruch in Baldurs Wohnung versucht hatten, nur um als Erste Informationen zu ergattern. »Einfach unglaublich«, murmelte er kopfschüttelnd. Der Polizist ahnte allerdings nicht, dass unter Baldurs Schreibtisch zu seinen Füßen bereits die dritte ungebetene Besucherin des Tages kauerte, die jede seiner Bewegungen genau verfolgte.

Embla verhielt sich mucksmäuschenstill, starrte auf seine Knöchel und wagte kaum zu atmen.

Neben ihr lagen verschiedene Dinge auf dem Boden, die während des Kampfes zwischen Baldur und dem Einbrecher heruntergefallen waren. Sie registrierte einen goldenen Zirkel, einen Aschenbecher, zerbrochene Wikingerfundstücke und mehrere Landkarten sowie Internetausdrucke, die Island, Dänemark, Großbritannien und andere nordeuropäische Länder in hoher Auflösung zeigten. Außerdem lagen unzählige Bücher herum. Eines davon, direkt neben Embla, erregte ihre Aufmerksamkeit. Es war nicht von einem Verlag herausgegeben worden wie die anderen, sondern glich eher einem Notizbuch. Embla reckte den Kopf ein wenig vor und las den auf den Einband geschriebenen Titel:

Der Óðinnstempel
– Entwurf zum IV. Band –

Sie stutzte. Vor ihr lag der Entwurf zu einem unveröffentlichten Buch von Baldur. Der vierte Band seiner Schriftenreihe *Herkunft der Isländer*. Darin hatte er bisher seine revolutionären Theorien über die Mythologie in den Isländersagas veröffentlicht, über die Landvermessungen der Wikinger, die Sonnenräder in Island und anderswo in Europa. Die ersten drei Bücher der Schriftenreihe – *Hintergrund der Njáls saga*, *Das Erbe der Kelten* und *Das Himmelsgewölbe* – hatten unter Fachleuten eine entschiedene Missbilligung hervorgerufen. Aber anstatt Baldurs Schriften zu beantworten, hatten sie zu einer viel mächtigeren Waffe gegriffen –

dem Schweigen. Nicht ein einziger Kollege hatte auch nur eine Replik veröffentlicht. Der Zusammenhalt der Forschergemeinde war so stark, dass Embla von einer abgesprochenen Aktion ausging. Die Reaktion seiner Kollegen hatte Baldur jedoch nicht am Weiterschreiben gehindert. Allerdings hatten seine Theorien so nie den Weg in die breite Öffentlichkeit gefunden. Seine Bücher waren bis zum heutigen Tag nur wenigen bekannt.

Embla spürte die unbeschreibliche Neugierde, die von ihr Besitz ergriff. Dieses Manuskript musste sie unbedingt lesen. Nicht nur als Wissenschaftlerin, sondern auch, um vielleicht dem Motiv des Mordfalls näher auf die Spur zu kommen. Für sie stand fest, dass der Schlüssel dazu im Notizbuch zu finden war. Baldur war auf etwas Wichtiges gestoßen, was mit seiner Theorie über die Herkunft der Isländer zu tun hatte. Das hatte seinem Dienstmädchen das Leben gekostet und ihm selbst vermutlich auch.

Und dieses *Etwas* steckte in dem Buch, dachte Embla und streckte die Hand unwillkürlich danach aus, ohne an den Polizisten zu denken. Sie ergriff das Buch. Der Beamte registrierte plötzlich das Rascheln des Papiers und wandte sich um.

»Was ist das denn jetzt, verflixt noch mal?«, flüsterte der Mann. Direkt vor seiner Nase stand ein Paar Stiefel neben dem Schreibtisch, von dem er genau wusste, dass es heute morgen noch nicht da gewesen war.

Embla beobachtete angespannt seine Füße und kauerte sich weiter zusammen. Sie verfluchte im Stillen ihre Unvorsichtigkeit und verbarg das Notizbuch an ihrem Körper.

Ein wenig verwirrt beugte sich der Polizist zu den Stiefeln hinab und erblickte zu seiner noch größeren Verwunderung Embla unter dem Schreibtisch.

»Was suchst du denn hier? Komm da sofort raus!«, befahl er verblüfft und griff nach seinem schwarzen Knüppel am Gürtel.

Ohne zu zögern, aber höchst verlegen krabbelte Embla unter dem Schreibtisch hervor. Da erkannte sie in ihm den gestählten, kleingewachsenen Polizisten, der ihr kurz zuvor noch angeboten hatte, sie zum Museum zu fahren.

»*Du*?«, fragte der Mann fassungslos und ließ den Knüppel los. »Was bei allen Höllenhunden machst du hier?«

Um ihre Scham zu verbergen, ließ Embla ihr Lächeln bis über beide Ohren aufstrahlen. »Ich habe nur meine Geldbörse gesucht.« Sie tischte ihm die erstbeste Lüge auf, die ihr in den Sinn kam.

Der Beamte blickte sich misstrauisch um. »Wo ist sie?«, fragte er skeptisch.

»Wer?«, fragte Embla, die sich wegen der zunehmenden Hitze in ihrem Körper nur schwer konzentrieren konnte. Sie war kurz davor, in Ohnmacht zu fallen.

»Die Börse«, antwortete der Mann.

»Ach ja, die Börse.« Embla stieß ein irres Lachen aus und legte dem Polizisten die Hand auf den muskulösen Unterarm.

»Ich dachte, sie sei hier, da mich Grímur und Hörður vorhin dazugerufen und mich um Hilfe gebeten hatten, wie du ja weißt. Aber nachdem ich mich umgesehen habe, glaube ich, dass ich sie wohl doch eher im

Museum vergessen habe.« Sie schenkte dem Mann ein strahlendes Lächeln. Sie zog alle Register, die ihr bislang immer geholfen hatten, Männer um den Finger zu wickeln.

Der Polizist zeigte sich allerdings unbeeindruckt.

»Zwei Dinge.« Er hob Zeigefinger und Mittelfinger. »Warum hast du nicht vorher Bescheid gesagt, dass du noch mal reinmusst?«, fragte er stirnrunzelnd. Embla wollte sofort antworten, aber der Beamte wehrte mit einer Handbewegung ab. »Warte.« Er räusperte sich. »Und wie hast du es überhaupt angestellt, dich hier einzuschleichen?«

»Einzuschleichen?«, wiederholte Embla und tat erstaunt. »Ich wollte euch nur nicht belästigen.«

Der Beamte durchschaute das ganze Lügengebäude. Er holte seine Handschellen hervor und hielt es offensichtlich für überflüssig, auf ihre Antworten zu warten. Sie würde ihm nur irgendeine weitere Lügengeschichte auftischen.

»Was tust du da? Ich habe nichts angestellt. Ich bin hergekommen, um Grímur zu unterstützen«, sagte sie und wich einige Schritte zurück.

»Weiß ich, beim ersten Mal.« Der Mann ging auf sie zu. »Aber nicht beim zweiten.« Er nahm Embla an der Schulter und drehte sie um, als sei sie eine Spieldose. Er hatte die Nase voll von Menschen, die hinter polizeilichen Absperrungen herumspazierten. »Hände auf den Rücken.«

Dem Folge zu leisten, schien Embla im Augenblick das Beste zu sein. »Was hast du vor?«, fragte sie mit dem Rücken zu dem Beamten.

Die Handschellen schlossen sich fest um ihre Handgelenke, und sie spürte den Atem des Mannes warm an ihrem Ohr entlangstreichen. »Dir die Gelegenheit geben, Grímur das alles zu erzählen. Ich hab keine Lust, mir dein Geseire anzuhören«, murrte er verdrossen und schob sie vor sich her aus dem Raum.

»Warte!«, rief Embla laut, als sei ihr plötzlich etwas eingefallen, was die Situation vollkommen verändern würde.

»Was denn?«, fragte der Polizist unwillig.

Embla sah schüchtern zu Boden, auf ihre unbeschuhten Füße. »Du wirst mich ja wohl nicht auf Strumpfhosen hier rausschleppen?«, fragte sie und rollte die Zehen ein.

22. KAPITEL

Im oberen Stockwerk von Stóra-Hof waren drei kleine Zimmer. In einem davon saß eine alte Frau strickend in einem Schaukelstuhl. Sie trug ein schneeweißes Kleid. Neben ihr hockte Lovísa auf einem niedrigen Bett unter der Dachschräge. Tobias beugte sich ein wenig vor, um durch die Türöffnung zu kommen.

»Das ist meine Mutter Vilborg«, verkündete Lovísa.

Tobias ging zu der alten Frau und streckte ihr die Hand entgegen. »Guten Tag. Ich heiße Tobias«, sagte er höflich.

»Guten Tag«, grüßte Vilborg auf Isländisch zurück, ohne seine Hand zu ergreifen oder auch nur aufzusehen. In ihrer Stimme klangen ihr Alter und ihre Lebenserfahrung mit. »Lovísa sagt mir, dass du aus Norwegen kommst.«

Da Tobias die Frau nicht verstand, wandte er sich an Lovísa. Sie übersetzte, was ihre Mutter gesagt hatte.

»Und dass du an Sæmundurs Orden beteiligt bist«, fuhr Vilborg fort, und Lovísa übersetzte auch das. »Nimm Platz.« Jetzt blickte sie Tobias an. Ihr Gesicht war sehr faltig, und die blaue Farbe ihrer Iris war mit den Jahren verblasst und schien nun grau inmitten der blutunterlaufenen Augen. Neben Vilborgs Schaukelstuhl stand ein kleiner hölzerner Hocker, auf den sich der Norweger setzte. »Sage mir, mein Freund: Glaubst du an Magie?«, fragte Vilborg und erhob sich unter großen Mühen.

»Mutter, nicht«, versuchte Lovísa ihre Mutter dazu zu bringen, sitzenzubleiben und sich auszuruhen.

Vilborg hörte nicht auf sie und schritt langsam zu einem alten Wandschrank mit Aufsatz am anderen Ende des Zimmers. »Du weißt, dass sich von hier im Norden die magische Kunst über die ganze Welt ausgebreitet hat«, erklärte sie, immer noch in Isländisch.

Tobias sah zu Lovísa und erwartete ihre Übersetzung. Aber sie schüttelte nur den Kopf und murmelte etwas vor sich hin, offensichtlich genervt von ihrer Mutter.

Unter einem großen Spiegel, der auf dem Schrank stand, war eine Schublade. Vilborg öffnete sie, holte einen Gürtel mit einem daran befestigten Etui hervor und schnallte ihn sich um. Dann holte sie weiße Handschuhe aus Katzenfell, eine Halskette aus Glasperlen und Schuhe aus Kalbsleder hervor. An den Schuhen waren Bänder mit Metallknöpfen an den Enden. In diesem Augenblick wurde Tobias klar, was sich da gerade vor seinen Augen abspielte; er hatte davon in den Isländersagas gelesen. Diese alte Frau kleidete sich in das Gewand einer *völva*, einer isländischen Seherin. Er warf Lovísa einen Blick zu und fühlte sich plötzlich unwohl. »Was geht hier vor?«

»Ihr würdet gut zusammenpassen.« Lovísa stand auf. »Ihr habt beide nicht alle Tassen im Schrank«, fügte sie hinzu, bevor sie aus dem Zimmer rauschte.

Tobias schaute wieder auf Vilborg und verspürte ausgesprochenes Unbehagen. Obwohl er weder an eine *völva* noch an Prophezeiungen glaubte, gelang es Vilborg, mit ihrem Gewand und ihrem mittelalterlichen Gehabe eine seltsame Atmosphäre im Zimmer heraufzubeschwören.

»Einst waren wir Seherinnen das Fundament des Volkes«, raunte Vilborg, ohne einen Gedanken daran zu verschwenden, dass Tobias nicht ein Wort verstand. »Óðinn höchstpersönlich wandte sich in der *Völuspá* an uns.« Sie zog den Schaukelstuhl auf eine kleine Erhöhung im Zimmer, nahm Platz und atmete laut und keuchend. »Aber das Christentum verbannte uns, nannte uns Hexen.«

Anstatt einzugreifen, blieb der Norweger unter dem unaufhörlichen Gemurmel der Frau sitzen. Vilborg langte in das Etui und holte einen kurzen Stab mit etwa fingerlangen, herabhängenden Lederfransen hervor. Sie waren rot vom Blut, in das die *völva* die Fransen vor dem Blick in die Zukunft zu tauchen pflegte. In ihren jüngeren Jahren hatte Vilborg das noch getan. Die Greisin hob den Orakelstab mit den Fransen hoch empor und zeichnete damit ein Kreuz in die Luft. Ihre Augen öffneten sich weit und nahmen einen starren Blick an. Aber sie erschienen leer, fast so, als sei sie in Schlaf gesunken. Die blasse Augenfarbe machte ihr Aussehen noch fremdartiger. Sie begann mit mechanischer Stimme zu sprechen: »Schwarz ist der Weltenkreis.« Sie schwieg und versank in die Tiefe ihres Geistes, tiefer in die Zukunft. »Dunkle Wolken ziehen auf. Die Finsternis sehe ich ihren Schlund öffnen und dich mit Haut und Haar verschlingen.«

Im selben Moment kam Ingunn aus ihrem Zimmer den Flur entlang am Zimmer ihrer Großmutter vorbei. Als Tobias sie sah, winkte er ihr zu und bat sie zu kommen. Sie zögerte, besonders da sie die seltsame Auseinandersetzung zwischen ihm und ihrer Mutter kurz zuvor mitbekommen hatte. Doch dann schlich sie in das Zimmer ihrer Großmutter und beugte sich zu dem Gast. »Kannst du mir übersetzen, was sie sagt?«, fragte Tobias.

»Ja«, gab Ingunn flüsternd zur Antwort.

Die alte Frau sprach lauter: »Zwei Raben zwacken dich und ziehen dich in die Höhle.«

Ihre Enkelin dolmetschte dem Norweger, der wie festgeleimt dasaß und zuhörte. »Der eine jung, der andre alt«, fuhr Vilborg fort und bewegte den Orakelstab vor und zurück.

Tobias starrte abwechselnd auf ihre weißen Handschuhe und die Kalbslederschuhe und verfolgte das wunderliche Treiben der Alten, während Ingunn übersetzte.

»Weise sind sie, und sie wissen um dein Verbrechen und deinen Verrat. Nicht entkommen wirst du«, raunte die Alte mit hohler Stimme und starrte mit weit offenen Augen ins Leere.

Als Ingunn ihm diesen letzten Satz übersetzt hatte, schlug plötzlich sein Herz schneller. Woher weiß sie von meinem Verbrechen?, schoss es ihm durch den Kopf.

»Die Raben picken deine Augenhöhlen blind. Schön sprechen sie, doch mit falschem Sinn. Du hast keine Zuflucht.«

Tobias versuchte, ein gleichgültiges Gesicht aufzusetzen, aber es ließ ihn in Wirklichkeit nicht länger unbeteiligt. Ganz im Gegenteil. Ihm schien es, als durchschaute Vilborg ihn ganz und gar.

»Dein Blut tropft zum Opfer in die Orakelschale des Reihers. Schwarz wird der Himmel, der Silbermond springt entzwei.«

Je länger die geheimnisvolle Prophezeiung wurde, um so düsterer schien es Tobias in dem Raum zu werden. So als zögen die schwarzen Wolken, von denen Vilborg sprach, tatsächlich am Himmel auf. Auch hatte es seiner Empfindung nach merklich abgekühlt. Ihr Geraune von Verbrechen und Silbermonden berührte ihn jetzt zutiefst. Trotz seines Bemühens, für alles eine natürliche Erklärung zu finden, konnte er nicht nachvollziehen, wie Vilborg in ihm wie in einem aufgeschlagenen Buch lesen und seine bestgehüteten Geheimnisse ausplaudern konnte.

»Aus den Mondscherben erscheinen die Raben mit ihren messerscharfen Krallen«, schloss Vilborg, und das Weiße in ihren Augen erschien nun grau. Sie starrte Tobias direkt ins Gesicht und doch durch ihn hindurch. »Keine Zuflucht wirst du finden vor ihren Klauen.«

Unvermittelt trat Sæmundur in das kleine Zimmer und brachte die Reisetasche des Norwegers mit. »Ach da bist du. Ich hab dich schon gesucht.«

Statt den Landwirt anzusehen, hielt der norwegische Gast seinen Blick unverwandt auf Vilborg gerichtet. Sie hatte ihre Prophezeiung beendet und saß nun da, ohne ein Wort zu sagen, völlig erschöpft nach ihrer Trance.

Sæmundur brauchte nicht lange, um zu verstehen, was sich ereignet hatte. »Hat sie dir die Zukunft vorausgesagt?«, fragte er und legte ihm die Hand auf die Schulter.

Tobias zuckte unter der Berührung leicht zusammen und kam wieder ganz zu sich. »Ja.« Er stand rasch auf und gab sich den Anschein, als sei nichts Besonderes vorgefallen. »Sehr interessant zu sehen, dass ihr Isländer eure Traditionen hochhaltet.« Er warf noch einen verstohlenen Blick auf Ingunn und Vilborg, bevor er das winzige Zimmer verließ. Er versuchte sich selbstsicher zu geben, doch der Spruch der *völva* über das Verbrechen und den Silbermond schwirrte weiter wie ein Gespenst in seinem Kopf herum.

23. KAPITEL

Der Polizist zerrte Embla äußerst grob aus Baldurs Wohnung, da sie heftigen Widerstand leistete. Sie versuchte stehenzubleiben, klammerte sich überall fest und gebärdete sich so störrisch wie sie nur konnte.

»Sag mal, warum tust du eigentlich nicht, was man dir sagt?«, fragte er unwirsch.

»Hör mir doch zu, ich weiß genau, wir ihr weiter ermitteln müsst«, antwortete Embla. »Du darfst mich nicht festnehmen.«

»*Du* weißt, wie *wir* ermitteln sollen?« Er lachte verächtlich, musterte sie von oben bis unten und zog sie dann wieder hinter sich her. »Vielleicht gestattest du mir und meinen Kollegen, uns selbst darum zu kümmern?«

»Aber hör doch erstmal zu, ich habe die Botschaft des Mörders entschlüsselt«, erklärte Embla und krallte sich an einem Türrahmen fest, der ihr gerade recht günstig entgegenkam. Sie ignorierte die machohafte Attitüde des Mannes. Sie war sich in dem Moment durchaus bewusst, dass das ein klein wenig seltsam klang: die Botschaft des Mörders. Aber es sah nun mal ganz danach aus. Der Punkt im Sonnenrad war kein Zufall. Es konnte gar nicht anders sein, als dass er auf Stóra-Hof in Rangárvallasýsla verwies.

Der Beamte bog ihre Finger auseinander.

»Hörst du mir überhaupt zu?!«, rief Embla.

»Würdest du bitte endlich die Klappe halten!«, brüllte der Polizist zurück. Er war kurz davor, vollends die Beherrschung zu verlieren. »Du solltest dankbar sein. Immerhin kriegst du so die Möglichkeit, Grímur von deiner grandiosen Entdeckung zu berichten.« Er schaffte es, Embla die letzten Meter vor sich her und aus der Wohnung hinaus zu bugsieren.

Beim Anblick des Polizisten mit Embla im Schlepptau geriet die Journalistentraube in Aufregung. Nur Adam, den sie sofort mitten im Gedränge erblickte, verzog keine Miene. Sie lächelte ihn verschämt an, und er erwiderte ihr Lächeln.

»Wer ist das?«, fragte einer der Journalisten.

»Ist sie verdächtig?«, fragte ein anderer.

Der Beamte führte Embla durch das Gewühl. »Platz machen!«, befahl er.

Ein Blitzlichtgewitter entlud sich über Embla, sodass sie kaum noch etwas erkennen konnte. Zutiefst beschämt senkte sie den Kopf. Endlich waren sie am Streifenwagen.

»Rein da«, sagte der Beamte, und Embla gehorchte. Der Mann atmete durch, verärgert und erschöpft nach der ganzen Anstrengung.

Im selben Augenblick traf sein Kollege wieder am Tatort ein, der kurz zuvor zur Imbissbude aufgebrochen war. »Hier deine Bestellung, Nonni.« Er hielt ihm eine weiße Papiertüte mit dem Logo der Hamburger-Bude hin.

»Behalt's, ich bin grad auf dem Weg zur Wache mit dieser Querulantin da«, sagte er mit einem scharfen Blick Richtung Embla, die zerknirscht auf dem Rücksitz kauerte.

»Was ist los?«, erkundigte sich sein Kollege.

»Nichts.« Er hatte keine Lust, die Situation weiter zu erklären.

»Willst du denn den Hamburger nicht mitnehmen?«

»Nein. Ich hab jetzt verdammt noch mal keinen Hunger mehr!«, kläffte der Beamte zornig. Eigentlich hatte er sich ja auf das Fastfood gefreut. Er warf sich auf den Fahrersitz und knallte die Tür zu.

Embla blickte zu den Journalisten. Jetzt hatten sie bekommen, was sie brauchten, die Bilder, die sie wollten, und nun schrieben sie emsig an ihren Nachrichten.

Adam war immer noch unter ihnen. Sie versuchte ihm mit Gesten zu vermitteln, dass er ihnen folgen sollte.

Nach einer langen Stille atmete Nonni schließlich auf und blies durch die Nase. »Also dann, hören wir mal, was Grímur dazu zu sagen hat. Oder was meinst du?« Damit holte er sein Handy heraus.

24. KAPITEL

Das zivile Polizeifahrzeug bremste mit quietschenden Reifen vor der Werkstatt an der Borgartún. Grímur stieg aus und marschierte auf das Büro zu. Hörður dackelte ihm hinterher.

»Ist Ægir Ragnarsson hier?«, fragte Grímur einen älteren Mann mit lockigen Haaren an der Rezeption, der die Werkstatt leitete.

»Ja, dort drüben ist er.« Der Mann deutete auf einen hochgewachsenen Mann in der Werkstatt. »Wer bist du?«

»Polizei.« Grímur betrat ohne ein weiteres Wort die Werkstatt und ging auf den Verdächtigen zu.

Ægir Ragnarsson war nicht gerade von zierlicher Statur. Breit, groß und mit schaufelartigen Händen. Sein Haar war kurzgeschoren, das Gesicht voll von Schmieröl. Er steckte in einer blauen Latzhose, darunter trug er ein graues T-Shirt. Seine kräftigen Arme waren von Tätowierungen übersät. Am auffälligsten war ein riesengroßer Drache, der sich um seinen Arm wand.

»Ægir Ragnarsson?«, fragte Grímur und ließ sich nicht anmerken, dass der Mann wie ein Troll auf ihn wirkte, wie geradewegs einer isländischen Saga entsprungen.

»Ja«, antwortete der Autoschrauber mit tiefer Stimme.

Grímur holte seine Dienstmarke hervor. »Kriminalpolizei. Du bist festgenommen«, verkündete er in jahrelang antrainierter Knappheit.

»Was?« Ægir fiel die Kinnlade herunter.

Sein Kollege prustete los. »Was haste denn jetzt angestellt?«

Grímur griff nach Ægirs tätowiertem Arm: »Komm mit.« Hörður stand hinter seinem Chef, bereit zum Eingreifen, sollte der Mann Widerstand leisten. Dazu kam es aber nicht, denn Ægir erwies sich als lammfromm. Er legte den ölverschmierten Lappen weg und folgte Grímur ohne den geringsten Protest.

Der Werkstattchef mit den lockigen Haaren kam mit klappernden Schuhen herbeigelaufen. »Sagt mal, was soll das hier eigentlich werden?«

»Wir müssen uns Ægir mal ausleihen«, erklärte ihm Grímur im Vorbeigehen.

»Wie, ausleihen? Ich brauch ihn aber hier«, widersprach der verdutzte Werkstattleiter.

Grímur konnte sich in seiner Erregung nicht zurückhalten: »Dann stell dir einen neuen Mitarbeiter ein. Aber um Himmels willen einen, der sich an die geltenden Gesetze hält.«

»Was soll das denn heißen?«, protestierte Ægir nun. »Dass ich mich *nicht* an die Gesetze halte?«

Grímur gab ihm keine Antwort, sondern führte ihn zum Polizeiauto.

»Krieg ich keine Antwort?«, wiederholte er.

»Doch, rein mit dir«, befahl Grímur und öffnete die hintere Wagentür. Der Mann quetschte sich gehorsam auf den Rücksitz, während der Hauptkommissar und Hörður vorne einstiegen.

»Wäret ihr bitte so freundlich, mir zu verraten, was los ist?«, fragte Ægir jetzt wieder erstaunlich ruhig.

»Bist du früher schon mal mit dem Gesetz in Konflikt gekommen?«, erkundigte sich Grímur und warf Ægir über den Rückspiegel einen prüfenden Blick zu.

»Früher? Wie jetzt, früher? Nein, mein Führungszeugnis ist tadellos. Kannst es gerne nachprüfen«, antwortete Ægir und runzelte die buschigen Brauen.

»Das werden wir auch tun, verlass dich drauf. Wie lange bist du schon Mitglied bei der Asengesellschaft?«

»Was soll die Frage?«

»Nur antworten!«, blaffte Grímur.

»Weiß nicht, ein Jahr vielleicht«, bellte Ægir zurück.

»Interessierst du dich für all das altnordische Zeug? *Blót* und der ganze Götterreigen?«

Ægir legte seine kräftigen Arme übereinander. »Ist das etwa verboten?«

»Mit besonderem Interesse für Óðinn?«

»Wie zum Teufel habt ihr das denn rausgekriegt?«, fragte Ægir und wurde zornig. »Mit wem habt ihr gesprochen?«

»Geht dich nichts an.« Grímur musste ihm klarmachen, wer hier das Sagen hatte. Er wandte sich um. »Óðinn, der Kriegsgott, der Menschenopfer, des Todes? Törnt dich das an? Holst dir vielleicht dabei einen runter?«

»Nein, auf alle Fragen. Ich verehre Óðinn, weil er der Gott der Dichtkunst ist, wenn du's genau wissen willst.«

»Wie romantisch«, höhnte Grímur. »Der harte Autoschrauber mit der sanften Poetenseele.«

»Halt's Maul«, sagte Ægir leise.

»Was weißt du von Baldur Skarphéðinsson?«

»Baldur?« Ægir wunderte sich über diese unerwartete Wendung des Gesprächs. »Er ist auch in der Asengesellschaft und brütet verquere Ideen über die Wikinger aus. Glaubt an irgendwelche Riesenräder in der Landschaft.«

»Seid ihr gut miteinander ausgekommen?«

»Aus-*ge*-kommen?«, wiederholte Ægir Grímurs Formulierung, erstaunt über die Vergangenheitsform.

»Ich meine, kommt ihr gut aus miteinander?«, verbesserte sich Grímur, den sein Fehler etwas aus dem Konzept brachte.

»Ja ja, ganz gut so weit. Macht Spass, mit ihm zu diskutieren.«

»Und zu streiten?«

»Ja, wir streiten auch. Ich bin generell nicht seiner Meinung, ich stimme auch seinen Theorien nicht zu.«

»Habt ihr auch in letzter Zeit gestritten?«

»Kann schon sein«, antwortete Ægir unbekümmert und beugte sich vor. »Weswegen fragst du?«

»Weil Baldur verschwunden ist«, antwortete Grímur und blickte dem Automechaniker fest in die Augen.

Ægir schwieg. Jetzt verstand er, worum es hier ging. »Und du glaubst, dass ich was mit der Sache zu tun habe?«, fragte er immer noch seelenruhig, als würde ihn die Anschuldigung nicht im Geringsten beunruhigen.

»In seiner Wohnung waren eine Zauberrune – Ægirs

Helm – und Hinweise auf Óðinn«, erklärte Grímur, um ihm klarzumachen, warum er unter Verdacht stand.

Der massige Mechaniker brach in schallendes Gelächter aus. »Machst du Witze? Ich hab keinen blöden Ægirhelm, obwohl ich Ægir heiße. Mach dich erstmal über die Grundlagen schlau, bevor du dich zum Deppen machst, Mann.« Sein Lachen brach ab. »Und mehr als die Hälfte der Asengläubigen glaubt an Óðinn, nicht nur ich. Tut mir leid, wenn ich das so sage, aber ihr habt euch da komplett verrannt.«

»Sei still!« Grímur beugte sich nach hinten und packte Ægir am Kragen. Eine Weile verharrten die beiden so, dicht an dicht, ohne etwas zu sagen. Schließlich ließ Grímur den Mechaniker los. »Es lag ja wohl nicht die Hälfte der Asengläubigen erst kürzlich noch mit Baldur über Kreuz, oder?«, fügte er hinzu und rückte seine Brille gerade, die bei seinem raschen Zugriff verrutscht war.

»Aber sicher doch«, antwortete Ægir schnell, von Grímurs entschiedenem Angriff etwas überrascht. Trotz seines Alters war Grímur kräftig wie ein Ochse. »Die meisten in der Asengesellschaft lehnen seine Theorien ab und machen daraus bei unseren Zusammenkünften auch kein Geheimnis.«

Grímur war immer noch von der Schuld des Automechanikers überzeugt. Es gab einfach zu viele Indizien gegen ihn. »Wir besprechen das auf der Wache eingehender.« Er blickte zunächst auf Hörður, dann auf den Zündschlüssel.

Sein Mitarbeiter hatte schweigend dagesessen, ohne sich in das Verhör – oder besser die Streiterei – einzumischen. Auf Grímurs Blick hin ließ er sofort den Motor an und fuhr los. Er nahm Kurs auf das Präsidium, das ganz in der Nähe der Werkstatt an der Borgartún lag.

Kurz nach dem Abzweig in die Skúlagata begann Grímurs Handy in der Jackentasche zu vibrieren. Er holte es heraus. Die Nummer auf der Anzeige sagte ihm nichts. »Grímur«, meldete er sich.

»Hallo, hier ist Nonni. Du, ich weiß nicht ganz, wie ich das jetzt erklären soll. Ich hab die Frau, die du in die Bárugata geholt hast, beim Schnüffeln erwischt, in Baldurs Arbeitszimmer.«

Der Kriminalhauptkommissar konnte ihm nicht folgen: »Wovon redest du? Ja, sie war vorhin mit mir und Hörður dort.«

»Ich weiß. Aber sie hat sich noch mal ins Arbeitszimmer geschlichen, nachdem ihr weg wart.«

»Wie bitte?!« Grímur wurde lauter.

»Sie behauptet, sie hätte ihre Tasche da drin vergessen.«

»Ihre Tasche?« Grímurs Stimme verriet wachsenden Zorn.

»Ja, aber das ist natürlich Quatsch. Sie hat in Baldurs Sachen gekramt.«

Grímur atmete langsam ein und aus und überlegte. »Wo ist sie jetzt?«

»Sitzt bei mir im Auto. Willst du sie sprechen?«

»Nein. Bring sie runter auf die Wache. Ich will sie mir dort vorknöpfen.« Er stopfte grußlos das Handy in die Uniformtasche zurück.

»Was ist los?«, fragte Hörður in dem Augenblick, als sie das Präsidium am Hlemmur-Platz erreichten.

»Nichts«, gab Grímur zurück und starrte finster geradeaus.

25. KAPITEL

Sæmundur zeigte Tobias ein weiteres Zimmer im oberen Stock des Hauses. »Du schläfst hier.« Er stellte die schwere Reisetasche seines Gastes auf den Teppich.

Das Zimmer war klein und schmucklos. Darin befanden sich lediglich ein Schlafsofa und ein kleiner Schreibtisch. Das Fenster ging gen Norden zur Hekla, die in nächster Nachbarschaft zu Stóra-Hof lag.

»Sieht gut aus«, bemerkte Tobias, der von seinem Zuhause in Oslo eigentlich an mehr Komfort gewöhnt war.

»Ich hoffe, du entschuldigst Vilborg«, sagte Sæmundur. »Mittlerweile ist sie ganz schön alt geworden, die Gute, obwohl ich ihre hellseherischen Fähigkeiten nicht wirklich in Zweifel ziehe.« Der Landwirt zögerte. »Was hat sie dir denn gesagt?«

»Nichts Besonderes«, wehrte Tobias sofort ab. »An Prophezeiungen glaube ich ohnehin nicht.«

»Nicht? Solltest du aber. Vilborg hat mir mehr als einmal die Zukunft richtig vorhergesagt und mich in meinem Vorgehen beraten«, erklärte Sæmundur und machte große Augen. »Zum Beispiel das mit den Opfern heute. Zum Großteil geht das auf ihre Weissagung zurück.«

Seine Worte verstärkten Tobias' unbehagliches Gefühl noch, da die alte Frau in ihrem Gerede über ihn – wie immer sie das auch angestellt hatte – genau den richtigen Punkt getroffen hatte: sein Vergehen, von dem hier keiner etwas wusste. Zumindest hatte er das geglaubt, bevor er ihr begegnet war.

»Wo ist ihr Mann? Lovísas Vater?«, fragte Tobias, um vom Thema abzulenken.

Sæmundurs Ausdruck wurde ernst: »Er hieß Dagur und starb vor fünfzehn Jahren bei einem furchtbaren Arbeitsunfall hier in der Nähe, nur einige Monate vor Ingunns Geburt. Das werde ich nie vergessen.« Er stockte, trat ans Fenster. Die Bilder von diesem dramatischen Tag tauchten plötzlich wieder vor seinem inneren Auge auf. Die Schreie. Die Tränen. Die Verzweiflung. »Die arme Vilborg hat sich nie wieder davon erholt.« Er stockte erneut. »Und Lovísa ebensowenig. Den eigenen Vater auf diese Weise zu verlieren, das verändert einen Menschen.«

»Das kann ich mir vorstellen«, sagte Tobias und legte die Arme übereinander.

Der Landwirt ließ den Blick schweigend über die südisländische Landschaft wandern und hielt bei dem nahe liegenden Vulkan inne. Hekla hatte sich in all den Jahren und Jahrhunderten nicht verändert. Anders als alles ringsumher, das dem Gesetz der Zeit unterworfen war. »Ich kenne Lovísa schon seit wir Kinder waren. Sie, ihr Vater und Vilborg wohnten im benachbarten Anwesen. Sie war so voller Leben, aber das änderte sich mit dem Tod ihres Vaters.« Sæmundur wandte sich vom Fenster ab und blickte Tobias an. »Kurz nach dem Unfall haben wir geheiratet, als Lovísa knapp zwanzig war, und seither wohnen wir hier mit Vilborg.« Er blickte zu Boden; eigentlich hatte er nicht vorgehabt, seinen Gast mit der Vergangenheit zu behelligen. »Doch jetzt genug davon, ich glaube nicht, dass dich das interessiert. Lass uns lieber zum Tempel fahren. Nimm alles mit, was du brauchst.« Er eilte aus dem Zimmer.

Das Gespräch über den Tod von Lovísas Vater hatte Sæmundur offensichtlich bewegt. Tobias hatte das nicht beabsichtigt, er hatte eigentlich nur aus reinem Interesse nachgefragt. Aber er schob diesen Gedanken beiseite und beeilte sich, alles für das Opfer Notwendige in einen schwarzen Rucksack einzupacken. Dann hastete er aus dem Zimmer und die Treppe hinunter. Im Flur erwartete ihn Lovísa mit steinerner Miene.

»Sæmundur hat mir aufgetragen, dir zu sagen, dass er in den Keller hinuntergegangen ist«, verkündete sie und wies auf eine halb offenstehende Tür. »Du sollst zu ihm kommen.«

»Danke«, sagte der Norweger freundlich und nickte, in der Hoffnung, dass ihr angespanntes Verhältnis sich im Laufe seines Aufenthalts schon noch verbessern würde. »Ich hoffe, dass wir Freunde werden können, ungeachtet dessen, was zuvor passiert ist.«

Lovísa schenkte ihm lediglich einen verächtlichen Blick. Ganz klar, sie hatte ihre Meinung nicht geändert. Sie wollte ihn so schnell wie möglich loswerden. Wortlos, und ohne sich umzusehen, ging sie in die Küche und schloss die Tür hinter sich.

Tobias ging zur Kellertür. Vor ihm im Dunkeln lag eine enge, steile Treppe. Vorsichtig begann er hinunterzusteigen. Es knarrte auf jeder Stufe. Mit jedem Schritt nahm die Dunkelheit ab, bis er schließlich den hell erleuchteten Keller betrat.

Als Sæmundur seinen norwegischen Freund im Türrahmen erscheinen sah, breitete er die Arme aus. »Willkommen in der Zentrale des Ordens«, begrüßte er ihn und machte dabei einen deutlich lebhafteren Eindruck als noch einige Minuten zuvor. »Ich habe dieses gute alte Buch fast vergessen gehabt.« Er hielt eine Ausgabe von *Hávamál* hoch, den »Reden des Hohen«. So hieß ein Spruchgedicht aus der älteren Edda, einer Sammlung mythologischer Lieder in altertümlichem Isländisch und nicht immer ganz verständlichen Inhalts. Óðinn hatte viele Beinamen, »Gott der Raben« oder »Vegtam« und eben auch »Hoher«. Die »Reden des Hohen« waren daher Óðinn zugeschrieben worden. »In *Rúnatal*, dem Abschnitt über die Runen, befinden sich die alten nordischen Gebete, die wir beim Opfer sprechen müssen.« Sæmundur steckte das Bändchen in seine Hosentasche.

Tobias ging weiter in den Kellerraum hinein und legte seinen Rucksack ab. Der Raum war wie ein großes Büro eingerichtet. Es gab Regale, einen Schreibtisch mit PC und Drucker und verschiedene Bilder an den Wänden. Ein gigantisches weißes Plakat war sicherlich das Auffälligste hier. Als Tobias näher heranging, erkannte er, dass es sich dabei um einen ausführlichen Familienstammbaum handelte.

Sæmundur stellte sich neben den Norweger: »Schön, nicht wahr?«

Der Stammvater des Stammbaums war – wie der Name ganz oben verriet – kein Geringerer als Óðinn selbst. Von seinem Namen gingen viele Äste aus, unter anderem zu den ersten norwegischen, schwedischen und dänischen Königen. Sæmundur zog sein Messer aus der Lederscheide und deutete mit der Spitze auf das dänische Königsgeschlecht der Skjoldungen. Die Klinge glänzte wie schwarzes Vulkangestein.

»Interessantes Messer«, bemerkte Tobias und versuchte so auszusehen, als könnte ihn die Waffe in Sæmundurs Händen nicht beunruhigen.

»Danke, sie wurde von Hand aus dem Stahl eines Gewehrlaufs geschmiedet«, sagte Sæmundur und fuhr mit der Spitze am Stammbaum entlang nach unten. »Eigentlich ist es ganz einfach. Óðinn ist der Urahne der Skjoldungen, und die Skjoldungen sind die Urahnen von Lachs-Ketill.« Er verharrte beim Namen des bekannten Landnehmers. »Ketill ist der Urahne der Oddaverjar und auf die wiederum kann ich die Herkunft meiner Familie zurückführen.« Die pechschwarze Messerspitze blieb bei seinem Namen stehen, ganz unten auf dem Schaubild. »Und die Zweige des Familienstammbaums reichen noch weiter.« Sæmundur wies mit dem Messer auf den Namen seiner Tochter. »Ingunn ist der jüngste Spross«, setzte er lächelnd hinzu.

»Faszinierend«, bestätigte Tobias und versuchte, interessiert zu wirken. Insgeheim aber hatte ihn eine gewisse Furcht ergriffen. Die im Brustton der Überzeugung vorgebrachte Behauptung, Óðinn wäre der Urahn seiner Familie, warf ein beängstigend klares Licht auf den geistigen Zustand seines Gastgebers. Kein Wunder, dass sich Lovísa seinetwegen Sorgen macht, dachte Tobias beim Betrachten des ausladenden Stammbaums.

»Komm, ich stelle dir jetzt die anderen Mitglieder der Bruderschaft vor«, sagte Sæmundur schließlich mit stolzem Blick. Er steckte das Messer in seine Lederhülle zurück, ging zu seinem Schreibtisch und zeigte auf die Fotos an der Wand darüber, auf denen die Mitglieder des Ordens zu sehen waren.

26. KAPITEL

Embla war blamiert bis auf die Knochen. Der Polizeibeamte brachte sie in die oberste Etage des Präsidiums, führte sie an vielen seiner Kollegen und anderen Menschen vorbei, die sich sofort den Hals nach ihr verrenkten, und schließlich zu den Ausnüchterungszellen. Normalerweise waren sie den Trunkenbolden zugedacht, die irgendwo im Freien eingeschlafen waren oder auf dem Weg von der Kneipe nach Hause randaliert hatten und dafür in Gewahrsam genommen wurden.

»Passt ja ganz gut, dass du hier bist«, sagte der Beamte und blieb vor der massiven Stahltür mit Guckloch einer nicht belegten Zelle stehen.

»Warum bringt ihr mich gerade hierher?«, fragte Embla.

»Weil der andere Störenfried, dieser Zeitungsfritze aus Baldurs Wohnung, nebenan sitzt«, antwortete der Beamte und schoss einen finsteren Blick Richtung Nachbarzelle ab.

»Wird ganz schön voll bei euch«, bemerkte Embla spöttisch.

»Ja. Wäre aber nicht schlecht, wenn der eine oder andere mal vor Gericht gestellt würde«, antwortete er. »Du trägst nichts bei dir, oder?«, fragte er der Form halber und begann sie routiniert zu durchsuchen. Er strich mit den Händen über ihre Schultern, die Hüften, den Bauch, den Rücken und das Gesäß.

»Soll ich dich wegen sexueller Belästigung anzeigen?«, fragte Embla, als sie merkte, dass die Hand des Polizisten dem kleinen Notizheft gefährlich nahe kam, das sie im Eifer des Gefechts schnell in ihren Hosenbund geschoben und so aus Baldurs Wohnung geschmuggelt hatte.

»Du brauchst hier gar nicht erst auf selbstsicher zu machen.« Der Beamte beendete seine Leibesvisitation. »Nicht alle fliegen auf rote Haare«, fügte er hinzu, nahm ihr die Handschellen ab und befahl ihr, sich in die Zelle zu begeben. »Und tu mir jetzt bitte den Gefallen und mach kein Theater.« Froh, sie endlich los zu sein, warf er die Stahltür zu. Er schloss ab und entfernte sich mit schnellen Schritten.

In der grüngestrichenen Zelle war es totenstill. Embla stand ruhig da und musterte die Betonpritsche an der gegenüberliegenden Wand und den Gully im Boden. Dieser Tag schien immer seltsamer zu werden, dabei war es gerade mal kurz vor halb zwei. Heute Morgen noch das Museum, dann kurz darauf Baldurs gruseliges Arbeitszimmer und jetzt war sie hier gelandet – in einer Ausnüchterungszelle. Sie ließ sich auf der harten Pritsche nieder und überlegte den nächsten Schritt. Wie sollte sie Grímur ihren Einbruch in Baldurs Arbeitszimmer erklären? Sollte sie ihm ihre Entdeckung über Stóra-Hof mitteilen oder sie besser für sich behalten?

Embla tastete nach dem Notizheft, das Manuskript zu Baldurs viertem Buch über die Herkunft der Isländer. Sie hatte ein riskantes Spiel gewagt, weil sie glaubte, auf diese Weise der Lösung des Falles näher zu kommen. Irgendetwas musste auf den Seiten zu finden sein, das die Ursache für all die Ereignisse war. Embla konnte es kaum erwarten, hier rauszukommen, um dann das Buch genauer unter die Lupe nehmen zu können.

Unvermittelt meldete sich ihr Handy. In der engen Zelle gab das einen Heidenlärm, und Embla zog es augenblicklich aus ihrer Cordjacke, um den Klingelton zu unterdrücken. Ihre Mutter. *Was nun?*, schoss es ihr durch den Kopf, bevor sie sich meldete.

»Hallo Mama«, zwitscherte sie in etwas übertriebener Fröhlichkeit.

»Embla«, hörte sie die besorgte Stimme. »Was ist denn los?«

Embla tat, als wüsste sie von nichts: »Was meinst du?«

»In was für Schwierigkeiten hast du dich denn jetzt wieder gebracht?«

Embla sah sich hilflos in der kahlen Zelle um. Sie verstand einfach nicht, warum ihre Mutter immer genau Bescheid wusste, was in ihrem – Emblas – Leben gerade vor sich ging.

»Schwierigkeiten? Ich bin nicht in Schwierigkeiten«, log sie.

»Embla, du bist auf der Titelseite von *mbl.is* zu sehen. In Handschellen.« Ein Seufzer folgte. »War ich eine so schlechte Mutter?« Ihre Mama war jetzt kurz davor, in Tränen auszubrechen.

»Immer mit der Ruhe, Mama«, beschwichtigte Embla.

»Ruhe? Meine Tochter ist eine Mörderin! Wie soll ich da ruhig bleiben?«

»Mama, ich habe niemanden umgebracht. Das ist alles nur ein Riesenmissverständnis«, beteuerte Embla. Auf einmal drang die Stimme ihres Vaters aus dem Lautsprecher. »Embla, wenn du einen guten Rechtsanwalt brauchst, dann könnte ich mit Sveinn hier ein paar Häuser weiter reden.«

»Hallo Papa. Nein, danke. Ist nicht nötig.«

»Embla, Liebes, du brauchst dich für nichts zu entschuldigen. Ich hab dich lieb, egal, was passiert«, betonte ihr Vater auf eine ähnlich dramatische Weise wie ihre Mutter.

»Danke, Papa.«

»Ist es wegen mir? War ich zu streng mit dir?«

»Nein, nein«, versicherte Embla. Sie überlegte, ob sie nicht häufiger mal des Mordes verdächtigt werden sollte.

»Du darfst meinetwegen schon Geschichte studieren. Du brauchst nicht in die Medizin zu gehen, so wie deine Schwester und ich«, sagte ihr Vater.

»Papa, ich studiere schon seit Jahren nicht mehr Geschichte und arbeite stattdessen in der Archäologie. Und ich bin zweiunddreißig, vielleicht ein bisschen zu alt, um noch Ärztin zu werden.«

»Weiß ich doch, Embla. Ich sag ja bloß …«

»Ich weiß, ich weiß. Aber du brauchst dir keine Sorgen zu machen. Das ist alles ein großes Missverständnis.« In diesem Moment hörte sie jemanden die Stahltür aufsperren. »Ich muss los. Macht's gut.« Sie stellte hastig das Handy auf leise, steckte es in die Tasche und legte sich auf die harte Pritsche.

Die Tür öffnete sich und Kriminalhauptkommissar

Grímur trat ein. Er trug jetzt seine weiße Polizeimütze. Sein Gesichtsausdruck war ernst. So blieb er eine Weile stehen und schaute Embla schweigend an.

»Ich kann alles erklären ... ernsthaft«, sagte sie und erhob sich von der Pritsche.

Anstatt zu anworten, legte Grímur den Zeigefinger vorsichtig an die Lippen und und deutete ihr an zu schweigen.

»Wenn du nur ...«, begann Embla.

Wieder ging der Zeigefinger an die Lippen. Mit einer weiteren Handbewegung wies er sie an, ihm zu folgen. Sie gingen über den Flur ins Erdgeschoss des Präsidiums, Grímur voran, Embla hinterher, ohne ein Wort zu sagen, bis er vor einer Bürotür im Westflügel des Gebäudes stehenblieb.

»Willst du nicht hören ...?«, begann Embla erneut.

Grímur schwieg noch immer, schüttelte den Kopf und deutete auf ein kleines Fenster in der Tür.

»Was?« Embla sah durch die kleine Öffnung. Sie sah Hörður in einem kargen Verhörraum auf der einen Seite eines Schreibtisches sitzen. Ihm gegenüber saß Ægir Ragnarsson. Embla erschrak ein wenig, als sie den großen Mann sah, nur mit einem blauen Overall und einem grauen T-Shirt bekleidet, so dass die ganze Pracht seiner Tätowierungen voll zur Geltung kam. Sie schaute auf Grímur. »Wer ist das?«

Grímur räusperte sich. »Das ist der gewisse Ægir. »Asengläubiger und Óðinnsverehrer. Hat sich bei der letzten Zusammenkunft der Asengesellschaft heftig mit Baldur gestritten.«

Embla stutzte: »Wie bitte?«

»Du hast richtig gehört«, erwiderte Grímur. »Das ist der Mann, den wir aufgespürt haben, weil wir unserer Vernunft und der klaren Indizienlage gefolgt sind.« Er warf nun ebenfalls einen Blick in den Verhörraum und auf den Automechaniker. »Wir warten nur noch auf sein Geständnis«, schloss er mit triumphierender Stimme.

Embla ahnte, dass dies einer jener Momente im Leben war, in dem es besser wäre, sich die Zunge abzubeißen, als das auszusprechen, was sie eigentlich sagen wollte. Zugleich wusste sie auch, dass sie es sich niemals verzeihen würde, wenn sie ihr Wissen nicht an Grímur weitergab. So hatte sie kaum eine andere Wahl, als alles auf eine Karte zu setzen. »Ich glaube, das … das ist nicht der Richtige«, stammelte sie, ohne den Beamten anzublicken.

Grímur war überzeugt, sich verhört zu haben: »Was hast du gesagt?«

»Ich sagte, dass ihr den Falschen habt.« Embla sah Grímur geradewegs ins Gesicht. »Ich glaube sogar, dass ich weiß, wo der Richtige zu finden ist«, betonte sie klar und deutlich und wich seinem Blick nun nicht länger aus.

»Das heißt, du willst wirklich noch länger in der Zelle schmoren?«, fragte Grímur nach kurzem Schweigen. Jetzt wirkte er bedeutend feindseliger als noch gerade eben.

27. KAPITEL

In Südwestengland war es kurz vor zwei. Das Ehepaar William und Catherine Black stieg aus seinem PKW und betrachtete die ebene Landschaft vor sich, in der das eindrucksvolle Bauwerk stand, das die Aufmerksamkeit eines jeden Vorbeifahrenden sofort auf sich zog. Die massiven Felsblöcke, die vor vielen Jahrtausenden hier draußen mitten in der englischen Provinz aufgerichtet worden waren, schienen wie vom Himmel herabgekommen zu sein.

Mit festem Druck ergriff Catherine die Hand ihres Mannes. »Bist du bereit?«, fragte sie mit ihrem für diese Gegend typischen westbritischen Akzent.

»Ja«, antwortete er. Aber etwas Zögerndes lag in seiner Stimme. Nun war es so weit. Nun war der Tag gekommen, vor dem er sich so sehr gefürchtet hatte.

Catherine ging zum Kofferraum und öffnete ihn. Ein Käfig mit einem großen weißen Kaninchen darin kam zum Vorschein. Catherine nahm den Käfig heraus und folgte ihrem Mann zum Steinkreis – dem südöstlichen Punkt des englischen Sonnenkreuzes, wie ihnen Sæmundur Loftsson aus Island erklärt hatte. Dieses Sonnenkreuz unterschied sich von den anderen in Nordeuropa durch die Tatsache, dass es nicht von den Wikingern errichtet worden war, sondern noch viel weiter in die Vergangenheit zurückreichte. Die Spur ein und derselben Idee konnte von hier quer durch Mitteleuropa, durch Italien und Griechenland bis zu den alten Ägyptern hinunter nachverfolgt werden. Außerdem befand sich Stonehenge auf der dem Glauben nach bedeutsamen Verbindungslinie Südwest-Nordost, so wie viele mittelalterliche Kirchen, die Pyramiden und die Sonnenkreuze der Wikinger, um den höchsten und tiefsten Stand der Sonne im Laufe eines Jahres zu symbolisieren.

Es spielte jedoch keine Rolle, dass nicht die Wikinger die Eckpunkte des Sonnenkreuzes in die Landschaft gesetzt hatten. Es hatte diese Punkte schon lange vor dem Wikingerzeitalter gegeben. Die Wikinger hatten diese Weltanschauung übernommen, als sie ihren Siedlungsbereich bis nach Süden, nach England erweiterten. Stonehenge bekam für sie eine ganz herausragende Bedeutung, wie einer der bekanntesten Steine bezeugt. Heute heißt er Heel Stone. Zuvor war er nach Freyja benannt gewesen, der Fruchtbarkeitsgöttin in der nordischen Mythologie. Wahrscheinlich bekam er den Namen von den Wikingern, die in Stonehenge ihre Opferrituale abhielten.

Ihre Opferrituale, klang es in Catherines Kopf nach, während sie mit dem Kaninchenkäfig in der Hand ihrem Mann zu den Steinen folgte. Hier also hatten die Wikinger ihre heiligen Riten vollzogen, und heute würden sie am selben Ort ihr Haustier opfern. Catherine blieb stehen und betrachtete das ahnungslose Kaninchen. William und sie hatten es vor mehr als fünf Jahren bekommen, und es war schon längst ein Teil der Familie geworden.

»Komm, my dear«, rief William aus der Mitte des Steinkreises. Außer ihm waren nur eine deutsche Familie und ein paar Engländer auf dem Gelände. Bis zur touristischen Hochsaison war es noch einige Zeit hin.

Catherine verspürte den starken Drang, einfach umzukehren, löste dann jedoch den Blick von dem Tier und folgte ihrem Mann.

»Gibst du mir den Käfig?«, fragte er ernst. Er streckte die Hand aus. Catherine schmiegte sich eng an den Käfig, so dicht, dass sie das Kaninchen atmen hörte. Abwechselnd schaute sie auf die Hand ihres Mannes und auf den Käfig. Sollte es – tatsächlich geschehen?

»Stell dich jetzt nicht so an, wir haben tausend Mal darüber gesprochen. Es gibt nur diesen einen Weg, das weißt du doch.«

Catherine verlor kein einziges Wort. Sie drückte den Käfig noch enger an sich. Sie hatte sich eingeredet, dass sie es tun könnte. Aber jetzt, so unmittelbar davor, war sie sich auf einmal überhaupt nicht mehr sicher. Schließlich war davon keine Rede gewesen, als sie sich mit ihrem Mann in Sæmundurs Bruderschaft einschrieb. Sie hatten diese in erster Linie als politische Bewegung angesehen, als nordeuropäische Vereinigung gegen die Überfremdung, die sie ihr Land überrollen sah. All das Gerede von den Sonnenkreuzen und Óðinn hatten sie dabei nicht besonders ernst genommen, ja sogar ignoriert. Die Sonnenkreuze waren lediglich Symbole für die Vereinigung der nordeuropäischen Länder und ihrer Völker. Heute aber, an diesem friedlichen Mittwoch, standen die Sonnenkreuze für etwas ganz anderes. Für die Spur Óðinns auf Erden. Ihm sollten sie huldigen, indem sie ihr Haustier als Opfer darbrachten. Der Aberwitz dieser ganzen Aktion brachte Catherine an den Rand des Wahnsinns.

»Freu dich doch, honey«, fügte William hinzu und

schlug einen milderen Tonfall an. Vielleicht würde es helfen, seine bessere Hälfte zu überzeugen.

»Freuen?« Sie war empört. »Wie kannst du so etwas sagen?«

»Weil Sæmundur die Mitglieder des Ordens aufforderte, ihr Liebstes zu opfern«, antwortete William. »In unserem Fall ist es ja nur unser Kaninchen.«

»Sprich nicht davon«, wehrte Catherine von Trauer übermannt ab.

»Sæmundur steht heute vor einer weitaus schwierigeren Entscheidung als wir.« William wiederholte auch dieses Argument, um seine Frau davon zu überzeugen, wie unbedeutend ihre eigene Opfergabe im Vergleich zu Sæmundurs ausfallen würde.

»Was meinst du damit?«, fragte Catherine.

William senkte den Kopf. »Er redete ständig davon, dass sein Opfer das größte von allen sein müsste, da nur so das Ziel erreicht werden könnte.«

»Und?« Catherine verstand immer noch nicht, worauf ihr Mann hinauswollte.

William sah seiner Frau direkt in die Augen. »Ich glaube, dass er Ingunn meinte … seine Tochter«, fügte er nach kurzem Schweigen hinzu.

»O mein Gott!«, wisperte Catherine und legte die Hand auf den Mund.

»Kann ich jetzt den Käfig haben?« William schaute auf das Kaninchen.

»Wir dürfen das nicht tun«, flehte Catherine und ließ den Käfig nicht los. »Wir müssen die Polizei anrufen und Sæmundur aufhalten.«

»Honey, dazu ist es zu spät«, antwortete William entschlossen. Er wehrte sich entschieden gegen jede Gefühlsduselei. Nun zählte einzig das Handeln nach den Prinzipien der Vernunft. »Wir müssen einfach gehorsam sein … für England. Das ist die einzige Lösung.«

»Wir müssen ihn aufhalten«, beharrte sie.

»Aber wir können da nichts tun. Es muss so sein.«

»Warum denn nur?« Jetzt flossen Tränen über Catherines Wangen. In ihren Augen widersprach es einfach jedweder Vernunft, irgendeinem nordischen Götzen, an den sie beide nicht glaubten, ein Opfer darzubringen. Der politische Aspekt von Sæmundurs Initiative, der ursprünglich auf das Ehepaar so attraktiv gewirkt hatte, war völlig in den Hintergrund getreten. Sie waren einem Trupp von Verrückten ausgeliefert.

William trat ganz nah an Catherine heran und strich ihr durchs Haar und über die Wange. »Du musst mir und Sæmundur vertrauen. Dies ist der Beginn einer neuen, einer besseren Welt und deswegen müssen wir ganz von vorn beginnen. Alles auf Null zurücksetzen und uns von da an emporarbeiten.«

Die Nähe ihres Mannes und seine Berührung erfüllten Catherine mit einem Gefühl der Sicherheit, obgleich in seinen Worten selbst kein Trost lag. Catherine beschloss, ratlos und verwirrt wie sie war, William zu vertrauen. Die anderen Besucher in Stonehenge waren bereits auf das merkwürdige Paar aufmerksam geworden.

»Alles klar also?«, fragte William und nahm den Käfig.

»Ja.« Catherine ließ los.

»Danke.« William setzte den Käfig ab und öffnete ihn. Er griff nach dem Kaninchen, das verzweifelt versuchte, seiner Hand zu entkommen. Als er es schließlich doch erwischte und aus dem Käfig zog, begann das Tier zu zittern.

Unmittelbar hinter einem hohen Stein lag ein umgestürzter flacher Block. William legte es darauf. Das Kaninchen machte weitere verzweifelte Versuche, doch noch zu entkommen. Umsonst. Es gab kein Entrinnen aus Williams kräftiger Pranke, die es gegen den kalten Stein drückte.

»Halt doch mal still«, bat William und presste das Tier noch fester gegen die Platte, während er einen großen Kieselstein aus seiner Jackentasche hervorzog. »Es tut mir leid«, flüsterte William, bevor er der Kreatur mit dem Stein auf den Schädel schlug. Das Kaninchen zappelte in einem letzten Versuch, seinem Schicksal doch noch zu entgehen. Dann aber wurden seine Bewegungen langsamer, und die Lebenskraft verließ den Körper. Schließlich lag es reglos auf der Steinplatte, das ehemals weiße Fell tiefrot gefärbt.

William war erschöpft und warf den Stein fort. Der Deutsche hatte alles aus nächster Nähe mit angesehen und starrte den Engländer an. »What?«, schrie ihm William entgegen.

Catherine näherte sich behutsam dem toten Körper. Tränen rannen ihre Wangen hinab. Sie hob ihr lebloses Haustier aus der Blutlache und bettete es auf das Gras. Dann zog sie eine kleine Schaufel aus ihrer Jackentasche und hob ihrem kleinen Freund ein Grab aus.

Während seine Frau den Familienangehörigen bestattete, zog William sein Handy hervor. Er hatte seine Aufgabe für den Ordensoberen durchgeführt. Jetzt war es an der Zeit, dem Orden Mitteilung zu machen. Er hob das Telefon ans Ohr und bemerkte dabei den ekelhaften Blutgeruch, der von seiner Hand aufstieg.

28. KAPITEL

An der Wand hinter Sæmundurs übervollem Schreibtisch hingen die unterschiedlichsten Bilder, auf denen jeweils ein oder zwei Personen sowie jeweils eine Darstellung des Sonnenrades in einem europäischen Land zu sehen waren. Ein Ehepaar mittleren Alters, das offensichtlich aus England stammte, befand sich darunter, genauso wie ein Schwede um die siebzig und eine junge Deutsche. Auch ein Bild von Tobias und eins von einem Mann mit dänischer Flagge im Rücken waren zu sehen.

Sæmundur wies auf den kämpferisch aussehenden Dänen: »Christian hat sein Opfer schon vollzogen.«

»Der fällt aus der Reihe«, bemerkte Tobias.

»So kann man es auch ausdrücken.« Sæmundur betrachtete das einzige glatzköpfige Mitglied des Ordens. »Der ist ein verdammter Neonazi und verdirbt die ganze Gemeinschaft.«

»Warum hast du ihn dann aufgenommen?«

»Er war der einzige in Dänemark, der unserer Gesellschaft Interesse entgegenbrachte, und ich brauchte unbedingt jemanden da unten. Er ist außerdem ein tüchtiger Kerl und bereit, für unsere Sache zu kämpfen, obwohl er sich auf einem Irrweg befindet und dieser blödsinnigen Naziideologie anhängt.« Der Landwirt lachte leise und strich sich mit der Hand über den blonden Bart. »Also, wenn du mich fragst, dann waren diese Nazis damals verdammte Idioten. Immerhin waren Männer wie Hitler Christen, veranlassten aber dennoch die Ausrottung der Juden – ihrer eigenen religiösen Ahnen«, meinte Sæmundur.

»Himmler lehnte das Christentum ab und wandte sich dem vorchristlichen nordischen Heidentum zu.«

»Ja, Himmler war da gnadenlos«, stimmte Sæmundur dem Norweger zu. »Er wollte in der Tat die altnordischen Glaubensvorstellungen zur geistigen Grundlage des Dritten Reiches machen. Die Eddas, darunter eben auch *Hávamál*, sollten die heiligen Schriften werden. Nicht die Bibel, die Heilige Schrift der Juden.« Sæmundur blickte auf zur Decke des Kellers. »Lovísa bringt das immer durcheinander und behauptet, ich sei ein Nazi, obwohl ich mit diesen Narren nichts am Hut habe.«

»Die wenigsten verstehen uns«, pflichtete Tobias bei und betrachtete die anderen Mitglieder des Ordens vom Sonnenkreuz genauer.

»Wahr gesprochen.« Sæmundur nahm sich einen braunen Zigarillo. »Keiner scheint sich über die Gefahr im Klaren zu sein, die von den Ausländern ausgeht. Nicht genug, dass sie uns unsere Arbeitsplätze wegnehmen und die Löhne drücken. Nein, auch unsere eigene Kultur und Sprache haben sie bereits verdorben.« Er zündete sich den Zigarillo an und tat den ersten Zug. »Krieg ist das, ein schmutziger Krieg, und ich bin bereit, alles daranzusetzen, um ihn zu gewinnen. Alles«, bekräftigte er und blies eine dicke Rauchwolke von sich. »Unsere jahrhundertealte Kultur steht auf dem Spiel.«

Er nahm einen weiteren Zug und seufzte. »Aber jeder, der das kritisiert, egal wie gut die Argumente sind, wird hier in Island mundtot gemacht. Das hat sich in den letzten Jahren immer deutlicher gezeigt.«

»Ist in Norwegen doch ganz genau dasselbe«, bestätigte Tobias. »Da darfst du kaum das Wort Ausländer sagen, schon wirst du Rassist genannt. Alle trippeln sie auf Zehenspitzen um dieses Pack herum, aber die Allerwenigsten scheinen überhaupt mitzukriegen, was da läuft – und das auch noch direkt vor ihrer eigenen Nase.«

In dem Moment klingelte Sæmundurs Handy. An der angezeigten Nummer erkannte er, dass es sein Mitstreiter William Black aus Südengland war. »Entschuldige bitte«, wandte er sich an Tobias, bevor er sich am Telefon meldete. »Hello«, rief Sæmundur übermütig. »Gut gemacht.« Einige Sekunden verstrichen. »Ja, natürlich.« Er nahm einen Zug und blies den Rauch von sich. »Natürlich tu ich nichts, was ich später bereue, was meinst du damit?«, fragte Sæmundur verwundert. »In Ordnung. Wir hören voneinander.« Sæmundur steckte das Handy in die Tasche zurück. »Das war William.« Er wies auf das Foto des englischen Paares. »Er und seine Frau haben ihr Opfer vollzogen.«

»Das heißt, alles verläuft nach Plan?«, fragte Tobias.

»Ja, wenn die anderen Mitglieder das Ihrige tun. Wir kümmern uns um das letzte Opfer des heutigen Tages.« Sæmundur bedachte den Norweger mit einem sorgenvollen Blick. Das heute noch bevorstehende Ritual lag wie Blei in seinem Magen. Er würde Ingunn und Lovísa für immer verlieren, das wusste Sæmundur. Aber er wusste auch, dass sein Opfer in der augenblicklichen Lage das einzig Mögliche war. Unzählige Male hatte er es in Gedanken schon durchgekaut. Entweder Island oder seine Familie. Darum ging es. Und er hatte sich für Ersteres entschieden – eben weil das Schicksal seiner Familie auf dem Spiel stand. Sæmundur drückte den Zigarillostummel im Aschenbecher aus. »Komm, wir müssen los, es wird Zeit«, sagte er. Seine Stimme klang jetzt entschieden. Zielstrebig stapfte er die Kellertreppe hinauf. Tobias nahm seinen Rucksack und folgte ihm nach oben.

»Ingunn!«, rief Sæmundur ins obere Geschoss hinauf, während er sich eine dunkelblaue Jacke über den Wollpullover zog.

»Ja?«, kam es aus Ingunns Zimmer.

»Komm, wir wollen los.« Sæmundur zog seinen Reißverschluss zu.

»Ja und?«, fragte seine Tochter zurück.

»Und ich will dich dabei haben.«

»Warum denn?«

»Du sollst einfach tun, was ich dir sage, verdammt noch mal!«, brüllte Sæmundur.

Lovísa erschien in der Küchentür. »Sæmundur, was ist hier los?«

»Gar nichts, ich will lediglich Ingunn mitnehmen«, herrschte ihr Mann sie an. »Ist das vielleicht zu viel verlangt?«

Ingunn kam die Treppe herunter und sah abwechselnd Vater und Mutter an.

»Komm, meine Liebe. Zieh dir einen Anorak an«, befahl Sæmundur, bevor er das Haus verließ.

Tobias blieb unsicher im Hausflur stehen. Lovísa warf

ihm einen durch und durch feindseligen Blick zu. »Was ist denn, willst du ihm nicht hinterherlaufen?«, zischte sie, während sie ihrer Tochter in die Jacke half. Tobias verzichtete auf eine Antwort und beeilte sich, Sæmundur zu folgen.

»Ich will aber nicht mitfahren«, klagte Ingunn.

Lovísa gab nicht nach: »Komm schon. Geh mit deinem Vater mit.«

»Ach Mann, warum denn?«

»Weil es ihm wichtig ist. Du weißt das doch. Er will dich bei sich haben.«

»Wer ist der Mann da?«

»Ein Freund von deinem Vater.«

»Und was war da vorhin in der Küche los?«, fragte das Mädchen.

»Gar nichts«, beschied Lovísa. »Geh jetzt«, fügte sie hinzu und schloss Ingunns Anorak. Unmittelbar bevor sie verschwand, rief sie: »Aber bleib in der Nähe von deinem Vater, klar?«

Das Mädchen drehte sich noch einmal in der Haustür um. »Ja, versprochen«, antwortete sie und rannte hinaus.

29. KAPITEL

Nach Emblas Bemerkung blieb Hauptkommissar Grímur das Wort im Halse stecken. Doch er riss sich zusammen und schluckte seinen Zorn hinunter.

»Sei so gut und hör mich an«, bat Embla. »Ich bin noch mal in Baldurs Arbeitszimmer rein, weil ich mir sicher bin, dass hinter dem Verbrechen mehr stecken muss. Ich hab das nicht für mich getan, sondern um Baldur und euch zu helfen.« Dass dabei auch Spannung und Neugierde eine Rolle gespielt hatten, erwähnte sie lieber nicht.

»Also?« Grímur versuchte ruhig zu bleiben.

»Und ich habe den Hinweis des Mörders erkannt«, sagte Embla. »In dem Sonnenrad an der Tür.«

»Den Hinweis? Was glaubst du eigentlich, worum es hier geht? Um irgend so ein Scheißfernsehquiz? Mörder hinterlassen keine Hinweise!«, grollte Grímur.

»Mir ist noch nicht ganz klar, warum er das getan hat, aber trotzdem ist der Hinweis eindeutig. Das Symbol auf der Tür ist eine Landkarte und verweist auf das Sonnenrad, das Baldur in der Rangárvallasýsla entdeckt hat.« Grímur wollte Embla das Wort abschneiden, aber sie fuhr unbeirrt fort: »Die vier Punkte und die Mitte bezeichnen bestimmte Orte in Südisland, und dasselbe gilt für den Punkt, den der Mörder in dem Symbol hinterlassen hat.«

Eine Braue über den Augen des Gesetzesvertreters hob sich. »Was für ein Punkt?«, fragte er zweifelnd.

»Der Punkt, den ich bemerkte, als ich noch einmal in dem Arbeitszimmer war, und der auf Stóra-Hof in Südisland hinweist«, antwortete Embla schnell.

»Stóra-Hof?«, fragte Grímur. »Erwähnt Baldur den Ort nicht auch in seinen Schriften?«

Embla nickte.

»Warum haben wir den Punkt nicht gesehen?«

»Weil er sich von dem …« Embla zögerte. »Weil er sich von dem Blut um ihn herum kaum unterscheidet und sehr klein ist.«

»Wie kannst du dir dann so sicher sein, dass dieser ›Punkt‹ von dem Mörder absichtlich gesetzt wurde?« Grímur war fest davon überzeugt, dass sie sich alles nur einbildete. »Kann das nicht einfach ein Blutstropfen sein, der da zufällig hingeraten ist?«

»Lass uns noch mal zum Arbeitszimmer fahren, dann kannst du dir den Punkt mit eigenen Augen ansehen und selbst entscheiden, ob er zufällig dort hingekommen ist oder nicht«, sprudelte Embla hervor, ohne einmal Luft zu holen.

»Bitte sei du so gut, vergiss das Ganze und geh wieder an deine eigene Arbeit«, entgegnete Grímur. »Es gibt keinen Grund, nochmals zu Baldur zu fahren.« Er zeigte auf die Tür des Verhörraumes. »Der Schuldige ist da drin.«

»Das heißt, du willst dir das noch nicht einmal ansehen?«, fragte Embla überrascht.

»Jetzt nicht«, antwortete der Beamte. »Die Vernehmung wartet.«

»Aber du wirst meinen Hinweis doch wenigstens mal überdenken, oder nicht? Ich bin nämlich auch eine Bürgerin dieses Landes. Ich zahle Steuern und du bist ein Polizist, abgesehen davon …« Embla ließ den Satz unvollendet.

Grímur zog die Brauen zusammen: »Abgesehen wovon? Dass Baldur mein Bruder ist?«

»Verzeihung, ich hab das nicht so gemeint«, entschuldigte sich Embla. »Ich meinte nur, du solltest …«

Unvermittelt trat Grímur einen Schritt auf sie zu und schnitt ihr das Wort ab: »Jetzt pass mal gut auf: Ich werde absolut gar nichts für dich tun, kapiert? Du bist bei Baldur eingebrochen und hast polizeiliche Ermittlungen behindert. Das Einzige, was ich tun ›sollte‹, ist dich festzunehmen.« Er blickte streng von oben auf sie herab. »Willst du das?«

Emblas geringe Körpergröße wurde ihr wieder einmal bewusst, als der kräftige Mann sie wie ein riesiger Gebirgstroll überragte. »Nein«, flüsterte sie. Sie kam sich vor wie ein kleines Mädchen.

»Das glaube ich nämlich auch nicht«, sagte Grímur und trat einen Schritt zurück. »Weißt du, was ich stattdessen machen werde?« Er rieb sich die Hände. »Weil du uns heute morgen geholfen hast, möchte ich dir diesen einen Gefallen tun.«

Embla riss die Augen weit auf.

»Ich werde einen Polizisten nach Stóra-Hof rausschicken, damit er sich nach Auffälligkeiten umsieht. Reicht dir das?«

Emblas strahlte. »Ja, das reicht mir.«

»Gut«, brummte Grímur. Schweigend standen sie eine Weile da. »Du kannst gehen, vorausgesetzt, du versprichst mir, dass du geradewegs nach Hause willst.« Er atmete tief durch. »Also keine Privatdetektivspielchen mehr.«

»Nein, bestimmt nicht. Ich habe meine Portion Abenteuer für dieses Jahr schon abbekommen«, beeilte sich Embla zu versichern. »Viel Glück euch«, fügte sie hinzu und drehte sich um in Richtung Ausgang.

30. KAPITEL

Im grauen Flur des Polizeipräsidiums wurde Embla von einem ungeduldigen Adam erwartet. »Da bist du ja«, sagte er, als sie erschien. »Ich glaubte schon, sie würden dich über Nacht hierbehalten.«

»Nein, nein. Ich hatte nur noch was mit einem von den Polizisten zu besprechen«, antwortete Embla eifrig. »Aber jetzt können wir weitermachen.«

»Soll ich dich ins Museum fahren?«, fragte Adam, der keine Ahnung von den weiteren Plänen seiner Liebsten hatte.

Embla dämpfte ihre Stimme. »Spinnst du? Denkst du etwa, ich fahr jetzt einfach dorthin zurück?«

»Ja, etwa nicht?« Adam schaute sie ungläubig an.

Der Flur des Präsidiums war alles andere als der passende Ort für ausführlichere Erläuterungen, deshalb zog sie Adam hinaus. Dabei checkte sie ihr Mobiltelefon. Während es auf lautlos geschaltet war, hatten über zwanzig Leute versucht, sie zu erreichen. Darunter ihre Eltern, ihre Schwester und ihre besten Freunde. Für Embla war natürlich völlig klar warum. Das Bild von ihr in Handschellen auf der Titelseite von *mbl.is*, bestimmt noch mit irgendeiner reißerischen Schlagzeile überschrieben, musste Verwandte und Bekannte neugierig machen. Anstatt zurückzurufen und die Missverständnisse aufzuklären, verbannte sie das Telefon wieder in die Jackentasche. »Aktenzeichen Baldur ist noch völlig ungelöst«, erklärte sie Adam, als sie sich auf sicherem Grund befanden.

»Und ist jetzt die Aufgabe der Polizei«, schloss Adam.

»Aber die hat sich komplett in eine falsche Spur verrannt«, widersprach Embla und wies mit einer Hand auf das Präsidium. »Die halten irgendeinen Asengläubigen für den Verdächtigen.«

»Traust du der Polizei etwa nicht zu, dass sie ihre Aufgabe zu lösen imstande ist?« Adam konnte es kaum glauben, dass er sich mit seiner Lebensgefährtin in eine derartige Diskussion verstrickte. »Und sieh mal hier, ich hab mir Hose und Jacke ruiniert bei meinem Ablenkungsmanöver für dich.« Er zeigte ihr die Ellbogen der Jacke und die Knie seiner Jeans, die schmutzig und vom Grassaft grünlich eingefärbt waren. »Als dieser durchgeknallte Polizistenheini auf mich draufgesprungen ist.«

»Ach hör doch mit dem Gejammer auf.« Embla blickte sich um. »Wo steht eigentlich das Auto?«

»Da.« Adam wies auf die Parkplätze in der Nähe des Präsidiums.

»Ausgezeichnet, los komm, Abfahrt.« Embla lief los, Richtung Auto.

»Warte doch!«, rief Adam ihr laut nach. »Was ist denn in dich gefahren? Hältst du das Ganze für ein lustiges Spiel?«

»Nein, eben nicht, deshalb müssen wir die Sache selbst in die Hand nehmen. Komm schon.« Sie steuerte unbeirrt den Wagen an.

»Was meinst du denn?« Adam hatte nicht den Schimmer einer Ahnung, was seine Freundin vorhatte, folgte ihr aber trotzdem. Insgeheim machte er sich Sorgen um sie. Sie war auf eine so fremde Weise aufgeregt, als hätte sie sich in eine andere verwandelt, die Adam allerdings nicht gefiel.

»Los, wir müssen nach Südisland«, hörte er sie rufen. Sie stand an der Beifahrertür des weißen Polo.

»Südisland?«, wiederholte Adam, als er auf der anderen Seite des Autos ankam. »Ich muss zur Arbeit.«

Embla fragte ihn über das Autodach hinweg: »Du willst also nicht mitkommen?«

»Nein, natürlich nicht«, blaffte er zurück und schloss den Wagen auf. »Aber ich bring dich zum Museum rauf, und wenn du vernünftig bist, nimmst du das Angebot an. Es bringt überhaupt nichts, wenn du deine Nase jetzt noch tiefer in den Fall reinsteckst.«

Embla brauchte nur ein paar Sekunden, um ihren nächsten Schritt zu beschließen.

»Dann bring ich mich eben selbst dorthin«, verkündete sie und marschierte Richtung Busbahnhof gleich nebenan.

»Aber sonst geht's dir gut, ja?«, schrie Adam ihr nach. »Jesses aber auch«, murmelte er. Embla lief unaufhaltsam auf die Überlandbusse zu und ließ ihm erst gar keine Zeit zum Überlegen.

»Du willst also wirklich mit dem Bus nach Süden raus?«

»Jawohl.« Ihre Wangen glühten vor Tatendrang.

Adam seufzte und schloss die Augen. Das ging alles über seine Kräfte. Er kam sich vor wie ein fünftes Rad an Emblas Wagen. Das alles erinnerte ihn unnötig deutlich an die Diskussionen über ihre Zukunftspläne – oder sollte er es besser Monologe nennen? Embla hatte sich in dieser Sache doch schon längst festgelegt. Er überwand sich und schrie: »Okay!« Wenn er von ihren Macken mal absah, liebte er sie. Selbst in einem so merkwürdigen Geisteszustand wie diesem. »Okay«, rief er ein weiteres Mal.

Embla blieb stehen und wandte sich um. »Heißt das jetzt, du bringst mich hin?«

»Jaja«, antwortete er und ärgerte sich gleichermaßen über seine Freundin wie über sich selbst. Er hatte sich ihrer Verrücktheit gebeugt. Adam schloss die Autotür auf, warf sich auf den Fahrersitz und wartete auf sie. »Also«, meinte er, als sie sich auf dem Beifahrersitz niederließ. »Nach Süden raus, sagst du?«

»Jawoll.« Embla küsste ihn auf den Mund. »Danke.«

»Ich glaube es einfach nicht, dass ich mich von dir schon wieder in so was reinziehen lasse«, grummelte Adam vor sich hin. Er spielte damit auf das Abenteuer an, in das er letzten Sommer in New York wegen einer alten Handschrift gestolpert war, die angeblich Abraham zugeschrieben wurde. Diese höchst beschwerliche und gefährliche Tour war besser ausgegangen, als es zunächst den Anschein gehabt hatte. Außerdem hatte sie ihn und seinen früheren Lehrer James Donnelly auf die Titelseiten der bedeutendsten Zeitungen der Welt gebracht.

»Wie jetzt, bist du etwa nicht bereit für ein neues Abenteuer?« Seine Liebste strahlte ihm ein breites Grinsen entgegen, erinnerte sich aber insgeheim sehr deutlich daran, wie sorgengeplagt sie seinerzeit jenseits des Atlantiks gewesen war und wie froh, als er endlich nach Hause kam.

»Mir bleibt ja wohl nichts anderes übrig, scheint mir, oder? Es sei denn, ich wollte dich alleine dort hinschicken.« Adam schob den Schlüssel ins Zündschloss.

»Willst du mir denn nicht trotzdem verraten, in was ich mich da gerade wieder reinreite?«

»Doch, aber du musst kurz warten«, bremste ihn Embla und machte ihren Bauch frei, indem sie Jacke und Pullover hochzog.

»Embla, ich hab doch gesagt, dass ich dich hinbringe«, sagte Adam und schaute sich nervös um, ob jemand in der Nähe war. »Ich will dafür keine Gegenleistung.«

»Red keinen Schwachsinn«, versetzte sie. Sie zog sich weiter aus, bis ein kleines Buch im Hosenbund zum Vorschein kam.

»Was zum Teufel ist das jetzt wieder?«, fragte Adam.

Embla zog das kleine Notizbuch hervor: »Das Manuskript zu einem unveröffentlichten Buch von Baldur.«

Adam war verblüfft. »Aha? Und woher hast du das?«

»Aus seinem Arbeitszimmer geklaut«, gab sie zu und lächelte verlegen.

Adam starrte seine Lebensgefährtin an, dann startete er den Motor. »Das wird ja immer besser«, murmelte er ironisch und fuhr los.

31. KAPITEL

Ganz in der Nähe von Adam und Embla saßen der Fernsehjournalist Valgarð und der Kameramann Orri in einem geparkten silberfarbenen PKW, der über und über mit Werbung des Privatsenders *Stöð 2* bedeckt war. Valgarð war kurz zuvor aus dem Polizeigewahrsam entlassen worden und konnte seinen Zorn kaum unterdrücken. »Das werd ich denen heimzahlen, kannst dich drauf verlassen.« Er blickte in den Rückspiegel und ordnete seine eigenwillige Frisur. »Die hatten überhaupt kein Recht, mich festzunehmen, geschweige denn mich einzulochen. Ich hab nur meine Arbeit getan«, erklärte er und legte einige seiner blonden Locken über die Ohren und zupfte die kurzen Stirnfransen zurecht. »Und wo hast du gesteckt? Hättest du nicht früher aufschlagen können? Ich hock da in einer winzig kleinen Zelle … wie ein x-beliebiger Gauner. Unglaublich. Und der Gestank da drin. Erbärmlich, ehrlich.«

Während Valgarð die isländische Polizei verfluchte, sah der Kameramann reglos vor sich hin und hörte zu, sagte aber kein Wort. Da fiel ihm plötzlich die Frau auf der anderen Straßenseite auf. Sie war es doch gewesen, die heute morgen zuerst von zwei Polizisten in Baldurs Wohnung hineinbegleitet worden war, kurz darauf aber in Handschellen wieder herausgeführt wurde. »Valgarð«, unterbrach Orri den Redefluss seines Kollegen. »Schau mal, wer da ist.« Der Kameramann deutete auf sie. »Die Frau, die vorhin bei Baldur war.« Er räusperte sich. »Sie ist festgenommen worden … so wie du. Das hast du gar nicht mitgekriegt.«

»Festgenommen? Weshalb?«

»Keine Ahnung. Möglicherweise stand sie von Anfang an unter Verdacht und wurde deshalb an den Tatort geführt«, mutmaßte Orri.

Valgarð musterte ihn abschätzig. »Und warum ist sie dann jetzt vor dem Präsidium und nicht drinnen? Willst du das Nachdenken nicht besser mir überlassen? Ehrlich jetzt.«

»Doch. Sorry«, murmelte Orri und senkte den Kopf ein wenig.

»Na also.« Valgarð beugte sich im Beifahrersitz vor. »Was weißt du über den Fall Baldur?«, flüsterte er, während er Adam und Embla bei ihrem Wortwechsel beobachtete.

»Der Mann bei ihr war auch …«, begann Orri zögernd.

»Pst!«, zischte Valgarð. »Ich denke nach, Mann.«

»Sorry.« Erneut senkte Orri den Kopf. Dann erfuhr Valgarð eben nicht, dass auch der Mann neben Embla vor Baldurs Haus in Schwierigkeiten geraten war.

»Was würde ein richtiger Fernsehprofi jetzt tun?«, überlegte er flüsternd, ohne die Augen von Embla zu lassen, die im selben Moment auf den weißen VW Polo losspurtete. »Wie würden die Jungs von CNN oder diese klasse Typen von *60 Minutes* bei CBS jetzt wohl vorgehen?« Er sah Embla in den Wagen steigen, und einen Sekundenbruchteil später fuhr das Paar los. »Schnell!«, brüllte Valgarð unvermittelt und schnallte sich hastig an.

Orri zuckte zusammen: »Was?«

»Los, schmeiß die Kiste an, wir folgen ihnen!«, rief Valgarð und deutete auf den rostigen Polo, der den Rauðarárstígur hinunterklapperte.

32. KAPITEL

Der Himmel war unverändert klar, die Sonne schien, aber es war auch auf Stóra-Hof empfindlich kühl. Sæmundur saß schon am Steuer des roten Geländewagens.

Im Heck hatte die Hündin Hekla es sich bequem gemacht. Tobias kletterte auf den Beifahrersitz. Kurz darauf hangelte sich Ingunn unbeholfen auf den Rücksitz und streichelte den Hund.

»Sieh her.« Sæmundur deutete auf einen niedrigen Buckel einige Meter von dem Anwesen entfernt. »Man nimmt an, dass dort früher die Kirche unseres Landguts stand.« Er ließ den Motor an. »Daraus schlossen manche, dass dort auch Ketills Tempel gewesen sein muss.«

»Ich verstehe«, kam es von Tobias. Ihm war klar, worauf der Isländer hinauswollte. Zahlreiche europäische Gotteshäuser, beispielsweise der Petersdom in Rom, die Kathedralen von Chartres, Canterbury, Gloucester oder der Dom in Uppsala wurden über heidnischen Tempeln oder Opferplätzen errichtet. Tobias hatte selbst die geschichtsträchtige Kirche von Møre in Norwegen besucht, die auf einer der bekanntesten Opferstätten der Wikinger stand, wenn man den Isländersagas Glauben schenkte.

»Aber nachdem man die Überreste von Lachs-Ketills Anwesen etwa 800 Meter von hier entfernt entdeckt hatte, rückten die meisten von dieser Ansicht wieder ab.« Sæmundur schaute auf den Buckel und zog eine Grimasse. »Ich wage mich nie dorthin.«

»Warum denn nicht?«, fragte Tobias verwundert.

»Weil es dort spukt, und zwar schon seit langem.« Sæmundur warf noch einen Blick auf den Buckel, seufzte, und bog dann auf einen schmalen Feldweg ein, der von Stóra-Hof zu den archäologischen Überresten des ersten Siedlers führte.

Kurz bevor der Wagen den Hof verließ, sah Tobias

sich noch einmal verstohlen um und bemerkte Lovísa hinter den Wohnzimmervorhängen. Du wirst uns am Ende des Tages sicher besser verstehen, dachte er, als er sich wieder den vor ihnen liegenden Dingen zuwandte.

Schließlich erreichte der Geländewagen das Ende des Weges. Dort begann die Straße Nummer 264, gabelte sich in Richtung Keldur einerseits und zur Ringstraße Nr. 1 andererseits. Der Geländewagen folgte jedoch keiner der beiden Richtungen, sondern fuhr geradeaus weiter über die Kreuzung und hielt auf die Flanke eines Hügels vor ihnen zu.

»Es ist nicht weit«, klärte Sæmundur seinen norwegischen Gast auf und hielt vor einem weißen Eisengatter. Dahinter lag eine gelbliche Wiese. Er sah seine Tochter an, die schweigend mit dem Hund auf dem Schoß dasaß. »Ingunn, bist du so nett?«

Ohne zu protestieren, sprang das Mädchen aus dem Wagen. Widerstand war sinnlos, das wusste sie. Er nutzte nichts, wenn ihr Vater so drauf war wie im Augenblick. Also spielte sie die gehorsame Tochter und öffnete das Gatter. Es führte dorthin, wo ihr Vater die letzten Monate den größten Teil seiner Zeit verbracht hatte. Sæmundur passierte das Gatter, fuhr eine kurze Strecke den Hügel hinauf und stellte den Wagen dort ab. Ingunn schloss das Tor und ging ebenfalls hinauf zu ihrem Hund und den beiden Männern, die inzwischen ausgestiegen waren. Sie kniete neben Hekla nieder und streichelte den Hund ausgiebig.

»Endlich bist du am Ziel.« Sæmundur legte Tobias die grobschlächtige Hand auf die Schulter. »Hier haben Ketills Hof und Tempel gestanden.«

Der Norweger legte den Rucksack ab und blickte sich um. Es war kaum mehr als eine flache Erhebung in der Landschaft, einer nahezu vegetationslosen Ebene von Lehmboden, schwarzem Sand und vereinzeltem Strandhafer. Obwohl der Hügel nicht besonders hoch war, hatte man von dort eine gute Aussicht über das südisländische Tiefland ringsum. In den lehmigen Boden waren einige Holzpflöcke eingerammt, und in der Nähe des Grabungsortes stand ein kleines Sommerhäuschen.

»Der Boden hier leidet sehr unter der starken Erosion und hat sich schon fast zur Wüste gewandelt«, erklärte Sæmundur.

»Was ist das?« Tobias deutete mit dem Kopf auf das kleine Sommerhaus.

»Baldurs Stützpunkt, hier hat er immer übernachtet und seine archäologischen Untersuchungen betrieben. Ich hab ihm das seinerzeit erlaubt, noch vor unserem Dissens. Die letzten Monate hat er sich hier aber nicht mehr blicken lassen.« Der Landwirt zeigte auf die Pflöcke und das Absperrband dazwischen. »Er hat auch das Gebiet markiert und alles für die eigentliche Ausgrabung vorbereitet.«

Sæmundur trat auf die Pflöcke zu. »Sieh mal hier, diese markierte Fläche. Nach Baldur hat Ketills Hof an genau diesem Ort gestanden.«

Tobias betrachtete die Umrisse des ehemaligen Gehöfts, dessen Überreste teilweise ausgegraben waren. Gleichsam als Bestätigung der archäologischen Entdeckung waren massive Steinblöcke sichtbar, einige von ihnen übereinandergeschichtet. Es war also keines seiner Hirngespinste, ging es Tobias durch den Kopf.

Er fühlte Erleichterung. Lange hatte er große Befürchtungen gehegt, dass sich die angebliche »archäologische Entdeckung« Sæmundurs als falsch herausstellen könnte. Die bedenkliche geistige Verfassung des Landwirtes brachte es mit sich, dass man ihm nur schwer vorbehaltlos glauben wollte.

Auch Sæmundur ließ den Blick über den früheren Standort des Gehöfts schweifen: »Der hat es sich als großer Herr ganz schön gut gehen lassen, der alte Ketill.«

»Und der Tempel war vermutlich dementsprechend«, fügte der Norweger mit glänzenden Augen hinzu. Er blickte suchend umher. »Wo stand er?«

»Komm mit«, forderte ihn Sæmundur stolz auf. Er ging einige Meter nordwärts, und Tobias folgte ihm auf dem Fuße.

Auch Ingunn und Hekla trotteten hinterher, blieben aber ein gutes Stück hinter den Männern zurück. Ingunn war schon unzählige Male mit ihrem Vater hier gewesen. Sie konnte an dieser Einöde beim besten Willen nichts Spannendes finden. Lieber spielte sie mit ihrer Hekla, ließ sie einem bunten Gummiball nachlaufen und ihn wieder apportieren.

»Hier«, sagte der Landwirt schließlich und ließ sich auf die Fersen nieder. »Baldur war davon überzeugt, dass der Tempel genau hier gestanden hat.« Er nahm eine Handvoll von dem schwarzen Sand auf und rieb die Körner zwischen den Fingern. »Hier kann die Vereinigung Nordeuropas beginnen, so wie Himmler es sich vor etwa sechzig Jahren vorgestellt hat.«

Zuerst verstand Tobias nicht, was er meinte. Hier gab

es rein gar nichts. Nur eine vom Wind erodierte Ebene, so weit das Auge reichte. Er sah angestrengt um sich. »Wo denn?«, fragte er. Ihm brach der kalte Schweiß aus. »Wo bitte soll hier ein Tempel sein?«

»Du stehst direkt davor«, antwortete Sæmundur stolz.

Tobias wurde unwillkürlich laut: »Aber hier ist doch nichts!« Er breitete die Arme aus. »Wo soll er denn gestanden haben? Wo sind die Fundamente, wo die Grundmauern?«

»Tja nun, Baldur hat die Grundmauern *selbst* nie gefunden«, erklärte Sæmundur und erhob sich wieder, »aber er ging felsenfest davon aus, dass sich der Tempel hier befunden hat. Seine Schlussfolgerungen basierten auf Erzählungen, Volksmärchen und mündlicher Überlieferung, sowie aus den Beschreibungen in den Sagas.«

»Willst du damit andeuten, ihr seid nie auf den Tempel selbst gestoßen?« In Tobias' Augen war nun keine Spur mehr von gespannter Erwartung zu erkennen, stattdessen blitzten sie vor Zorn.

Der plötzliche Stimmungsumschwung des Norwegers überrumpelte Sæmundur. »Nein, das Gebäude selbst nicht, aber das hast du ja wohl auch nicht erwartet, oder? Wir haben aber seinen früheren Standort ausgemacht, und das genügt uns.« Er strich mit den Händen über die Erde. »Das ist der heilige Opferplatz – das Heiligtum, in dem wir das Opfer ausführen können, und das uns gegen die anderen verbündet.«

Mit einem Mal wurde es Tobias schwarz vor den Augen. Ich bin auf einer falschen Spur … am völlig falschen Ort!, dachte er. Er sank auf die Fersen nieder. »All die

Zeit, all die Arbeit ... umsonst«, wisperte er vor sich hin. Plötzlich durchdrang ihn ein eisiges Gefühl des Eingesperrtseins mitten in der Weite dieses Landes so hoch oben im Norden.

33. KAPITEL

Der weiße Polo raste über den Suðurlandsvegur, die Ausfallstraße von Reykjavík, nach Osten. Er passierte das imposante Verlagsgebäude des *Morgunblaðið*, dann den Rauðavatn. Vor einigen Jahren hätte das noch bedeutet, dass Adam und Embla die Stadtgrenzen verlassen hatten, aber jetzt nicht mehr. Reykjavík war in kurzer Zeit schnell gewachsen. In erstaunlicher Geschwindigkeit hatte man ganze Stadtviertel aus dem Boden gestampft. Rechts flog das Gebiet Heiðmörk vorbei, kurz darauf auf der linken Seite das Rasthaus *Litla kaffistofan*.

Seit ihrem Aufbruch vom Polizeipräsidium hatte Schweigen über dem Wagen gelegen, da Embla kaum einmal aus Baldurs Manuskript aufgeblickt hatte. Kurz hinter der Abzweigung nach Þorlákshöfn, bevor es auf die Hellisheiði hinaufging, stellte Adam endlich die Frage, die ihn die letzten Minuten umgetrieben hatte: »Also, meine Liebe, würdest du mir jetzt endlich verraten, was los ist? Oder wenigstens, wohin wir fahren?«

Embla antwortete nicht. Sie konnte sich kaum von dem Notizbuch losreißen, das nur so überquoll von Fotos, Zeichnungen und Notizen. Baldur glaubte, einen heidnischen Wikingertempel in Island ausgemacht zu haben. Sollte er recht behalten, dann wäre das der Erste seiner Art weltweit – eine archäologische Sensation ersten Ranges. Aber noch hatte Embla nicht herausgefunden, wo Baldur den Standort des Tempels vermutete.

Adam versuchte es noch einmal, diesmal nachdrücklicher: »Embla!«

»Jaja«, erwiderte sie und legte das Buch zur Seite. »Entschuldige, aber ich glaube, dass der Inhalt des Buches mit dem Fall zu tun hat.«

»Mit welchem Fall?«, fragte Adam mit einem Anflug von Gereiztheit. Er hatte immer noch nicht die blasseste Ahnung, warum sie mit Höchstgeschwindigkeit über die Hellisheiði jagten, dem östlich davon gelegenen südisländischen Tiefland entgegen. Bisher hatte er aus Embla lediglich herausgeholt, dass Baldurs Haushaltshilfe ermordet in dessen Wohnung aufgefunden worden war und dass auch Baldur selbst aller Wahrscheinlichkeit nach tot war.

»Tja, also. Wo fang ich am besten an?« Sie räusperte sich. »Weißt du etwas über Baldur Skarphéðinsson?«

Adam grinste süffisant: »Ist das nicht der mit den Theorien über riesige Strukturen in der Landschaft, so eine Art überdimensionierte Kornkreise von Außerirdischen?«

»Jetzt mal ernsthaft, weißt du was darüber?«, fragte Embla leicht verärgert.

Adam bemühte sich, die Angelegenheit ernster zu nehmen: »Nein, das kann ich nicht gerade behaupten.«

»Also schön.« Embla sah links der Straße das Geothermiekraftwerk Hellisheiði vorbeiziehen. Sie überlegte kurz. »Vergiss erst mal alles, was du über die Wikinger weißt.«

»Das ist nicht schwer«, lachte Adam.

»Hast du denn in deinem ach so anspruchsvollen Geschichtsstudium gar nichts gelernt?«

»Embla bitte, ich hab ein paar Vorlesungen über Religionsgeschichte gehört, nicht über die Wikingerzeit, so wie du.«

»Aber ich muss Baldur dir gegenüber doch mal erwähnt haben!«

Adam wurde verlegen. »Entschuldige, aber wenn ein so süßes Mädchen wie du auf einmal von den Wikingern erzählt, dann fall ich in Trance.«

Embla verpasste ihm einem leichten Rippenstoß: »Kannst du dich wenigstens dieses eine Mal zusammenreißen?«

»Versprochen.«

»Danke.« Embla atmete tief ein. »Also. Baldurs Theorie behauptet grob zusammengefasst Folgendes: Die Wikinger haben in die Gebiete, die sie in Besitz nahmen, riesengroße Kreise einbeschrieben. Sozusagen um eine kleine, abgezirkelte Welt zu schaffen als Schutz gegen die Unsicherheit, die die Besiedelung eines neuen Landes mit sich bringt.«

»Ja genau, so wie die Aliens das in den Getreidefeldern machen«, entgegnete Adam. Sein Grinsen war zurückgekehrt.

»Könntest du jetzt bitte ernst bleiben!« Embla war nun richtig ärgerlich.

»Ja, schon gut. Ich kann mir nur nicht so recht vorstellen, dass die Wikinger Interesse daran hatten, irgendwelche Riesenkreise in die Gegend zu malen.«

»Glaub mir, ich weiß selber, wie absurd sich das anhört«, gestand Embla. »Zuerst war ich ja auch skeptisch, aber die Indizien für solche Kreise oder Sonnenräder, wie man sie korrekt bezeichnet, sind nicht nur interessant, sondern auch überzeugend.« Sie blätterte gedankenverloren durch Baldurs Manuskript. »Der Theorie nach waren die Sonnenräder nicht nur als praktische Einrichtung gedacht. Man hat sie nämlich von hohen Bergen aus vermessen, oder von Hügeln und Siedlungen aus, und hatte damit eine bequeme Möglichkeit zur Richtungs- und Längenbestimmung. In ihnen konnte man auch aus dem Stand der Sonne die Tages- und Jahreszeit bestimmen. Genau die Funktion also, die heute Uhren haben«, erklärte Embla in einem Atemzug. Wieder holte sie tief Luft, bevor sie fortfuhr: »Sie hatten daneben auch eine religiöse Symbolik. Es hat mit der Landwirtschaft zu tun, mit dem Glauben an Korngottheiten. Und auch damit: Zum sogenannten Julfest hat die Sonne im Südwesten ihren tiefsten Stand und steigt von da an wieder auf, um im Juni den höchsten Stand im Nordosten zu erreichen.«

Adam stimmte zu. Das war ihm gut bekannt, mit dieser Materie hatte er sich ausführlich befasst. »Du meinst im Prinzip dasselbe wie im Christentum«, antwortete er. Ihm fiel ein, warum Christi Geburt gerade an Weihnachten gefeiert wird. Das war nämlich darauf zurückzuführen, dass ab Ende Dezember die Sonne wieder höher steigt: Das Licht geht in der Finsternis auf.

Embla stimmte ihrem Freund zu: »Ja, vergleichbar mit den christlichen Vorstellungen. Und mit der römischen und griechischen Mythologie und zahlreichen anderen Religionen, die alle auf Vorstellungen einer

Korngottheit basieren, die um die Wintersonnenwende geboren wird.« Noch an diesem Morgen hatte Embla den Schülern im Museum davon erzählt. Kurz bevor der Tag diese sonderbare Wendung genommen hatte und sie direkt in die Verwirrungen eines grauenhaften Mordfalls hineingezogen wurde. »Nach Baldur basieren die Sonnenräder der Wikinger eben genau auf dieser Sonnenverehrung, deren Wurzeln bis nach Ägypten zurückverfolgt werden können. Man findet überall Spuren davon. Beispielsweise in der Architektur verschiedener Kulturen.«

»Ach so? Wie denn?«, fragte Adam wenig überzeugt und ohne den Blick von der Straße zu wenden. Ab und zu lag noch Schnee.

»Wie zum Beispiel die ägyptischen Pyramiden, die allermeisten der Steinsetzungen in Europa, unter anderem Stonehenge, und eine ganze Reihe mittelalterlicher Kirchen«, zählte Embla auf. »Alle diese Bauwerke dienten religiösen oder kultischen Zwecken, die mit der Sonne zu tun hatten und auf ihren Lauf Bezug nahmen. Ganz besonders auf die Sommer- und Wintersonnenwende und die Richtung Südwest-Nordost, die von den Wendepunkten der Sonne geschnitten wird.« Embla schenkte Adam ein Lächeln. »Da machen die Sonnenräder der Wikinger keine Ausnahme.«

»Du musst mir das bitte nachsehen, aber ich kann mir nur schwer vorstellen, wie ägyptische Ideen auf diese Eismeerschäre hier gelangt sein sollen«, gestand Adam.

Embla konnte ihre Gereiztheit nicht länger zurückhalten: »Also Adam, manchmal bist du bei aller Klugheit ganz schön doof.«

»So? War das jetzt ein Kompliment oder hast du mich hier gerade beleidigt?«

»Das alles ist doch nicht über Nacht passiert. Die ägyptische Kultur wurde von der griechischen adaptiert, die wiederum ging in die römische ein, dann die in die germanische und schließlich wurde die wiederum von der nordischen übernommen«, führte Embla aus, als gäbe es nichts Selbstverständlicheres. »Die Goten beispielsweise waren ein germanisches Volk, standen aber unter bedeutendem Einfluss der Römer. Trotzdem stellen sie in vielen Liedern der nordischen Edda und Isländersagas wesentliche Motive.« Sie holte eine 100-Kronen-Münze aus der Jackentasche hervor. »Beispiel gefällig? Das isländische Staatswappen – ich nehme mal an, du hast die klassischen vier Elemente aus der Antike parat?«

»Die griechischen? Luft, Wasser, Feuer und Erde?«, zählte Adam auf.

»Ganz genau. Die Schutzgeister in unserem Staatswappen sind davon abgeleitet. Recycelt sozusagen. Der Geier symbolisiert die Luft, der Stier das Wasser, der Drache steht für das Feuer und der Bergriese für die Erde. Hast du das nicht gewusst?«

Adam errötete. »Doch, natürlich war mir das bekannt«, schwindelte er und hielt das Steuer umso fester umklammert, je steiler und enger sich die Straße von der Hochebene hinunterwand. Direkt vor ihnen dampfte die auf heißen Quellen erbaute hübsche Ortschaft Hveragerði. Dahinter erhob sich der Tafelberg Ingólfsfjall in seiner ganzen majestätischen Pracht, und am Horizont schlummerte der Eyjafjallajökull unter seiner mächtigen

Gletscherdecke. Goðasteinn war sein höchster Punkt und zugleich der des ganzen südisländischen Raumes.

»Die Dimensionen der Sonnenräder sind ebensowenig zufällig entstanden«, nahm Embla den Faden wieder auf. »Sie beruhen auf mythologischen Erzählungen aus der mediterranen Region und auf der Überzeugung, dass alles auf dieser Welt vergänglich ist, mit Ausnahme der Zahlen.« Im Fußraum des Wagens fand sie zwischen einigen halbleeren Mineralwasserflaschen den Bon einer Kreditkartenzahlung. Embla zückte ihren Kugelschreiber. »Die Proportionen der antiken Tempel und Kirchen wurden nicht zufällig festgelegt, man betrachtete sie vielmehr als direkt göttlichen Gedanken entspringend. Wie du ja weißt, ist die Sechs die wichtigste der antiken Schöpfungszahlen. Dasselbe gilt für ihre Vielfachen, 36 und 216.« Embla notierte die drei Zahlen auf die Rückseite des Kassenzettels.

»Jaja. Die Welt wurde in sechs Tagen erschaffen und die Zahl 216 taucht überall auf. Als Zahl Gottes in der *Bibel*, und auch Platon und Pythagoras ließen sich über ihre schöpferische Kraft aus«, sagte Adam, um zu zeigen, dass sein Studium doch wenigstens hier etwas gebracht hatte. Dabei bremste er den Wagen am steilsten Abschnitt der Straße am Abhang Kambar etwas ab.

»Freut mich, dass dir die Zahl etwas sagt. 216 findest du nicht nur in Gebäuden wie dem Mailänder Dom, St. Paul's in London oder dem Petersdom in Rom. Diese Zahl ist auch die Grundlage der Sonnenräder«, dozierte Embla mit breitem Lächeln und malte einen Kreis mit einem Andreaskreuz im Zentrum auf den Bon. »Sie sind nach dem Maßstab der Wikinger 216 000 Fuß lang. Ein

Fuß entspricht ungefähr 30 cm. Sie umfassen ein gewaltig großes Gebiet, wie du siehst.«

Adam rechnete die Maßangabe schnell ins metrische System um. »64 Kilometer? Stimmt das?«, fragte er erstaunt.

»Ja«, bestätigte Embla. »Die Sonnenräder waren auch eine Methode für die Landnahmeleute, sich ›Land zu weihen‹, wie es in den Sagas heißt. Bisher hat noch niemand erklären können, was das eigentlich wirklich bedeutet.«

»Lass mich raten, keiner außer Baldur?«, fragte Adam und schaltete wieder in den fünften Gang. Sie waren jetzt in der Tiefebene angekommen, und zu ihrer Linken lagen die Gewächshäuser von Hveragerði.

»Genau«, bestätigte Embla. »Er war davon überzeugt, dass bei der uralten Prozedur der ›Landweihe‹ ein Sonnenrad in der Landschaft abgemessen wurde. Man hat dabei an auffälligen Landmarken in genau festgelegten Abständen die fünf Kardinalpunkte fixiert. Diese Abstände der Punkte zueinander waren die heiligen Proportionen des Sonnenrades. Zum Beispiel nahm man einen Gipfel für den Südostpunkt, eine Wegkreuzung als den Mittelpunkt und so weiter. So wurde das Sonnenrad sozusagen gedanklich in den Landbesitz einbeschrieben, denn direkt sichtbar markiert hat man davon nichts. Das ist auch der Grund, warum den Archäologen bis heute die empirischen Belege dafür fehlen.«

»Aber ist irgendetwas von alledem geheim?«, erkundigte sich Adam schließlich. Noch verstand er nicht, wieso das wichtig für die Aufklärung des Falles durch die Polizei sein sollte, ganz abgesehen von der Frage, ob die Theorie überhaupt stimmte. »Wieso sollte jemand Baldurs Hausmädchen umbringen und eventuell Baldur selbst wegen etwas, über das er bereits jede Menge Bücher geschrieben hat?«

Die Frage war absolut berechtigt und führte auch Emblas Gedanken wieder auf den Boden der Tatsachen zurück. Immerhin waren sie in einen Mordfall verwickelt. Sie saßen nicht in einer Vorlesung über Baldurs Theorien. Embla schaute auf die vorüberfliegenden Häuser und Anwesen, dann auf Baldurs Notizbuch. »Er muss auf etwas gestoßen sein, das irgendjemandem nicht gepasst hat«, flüsterte sie und legte die Hand auf den Einband des geheimnisvollen Buches.

34. KAPITEL

Im Haus war es still. Lovísa saß in der Küche. Auf dem Tisch vor ihr standen ein Glas Wasser und eine Medikamentenschachtel. Sie nahm zwei Tabletten heraus, legte sie sich mit einer hastigen Bewegung in den Mund und trank einen Schluck Wasser nach. Dann stand sie auf, verbarg die Tablettenschachtel in der Tasche und schlich die Treppe in den oberen Stock hinauf zu ihrer alten Mutter. Vilborg saß da, zwei Stricknadeln und ein Knäuel weißer Wolle in den Händen. Sie war eingenickt, ihr Kopf war nach hinten gefallen, und sie hatte die Augen geschlossen.

Auf Zehenspitzen ging Lovísa in das Zimmer und breitete eine Wolldecke über ihre Mutter. Dabei erwachte Vilborg. »Lovísa, meine Liebe«, murmelte sie schlaftrunken.

»Schlaf nur weiter, Mutter«, flüsterte Lovísa.

»Ich wollte eigentlich nicht einschlafen, so mitten am Tag. Ich habe gerade an Ingunns Schal gestrickt.«

»Macht doch nichts, schlaf ruhig weiter.« Lovísa zog die Decke so zurecht, dass sie nicht auf den Boden fiel.

»Wer war der Herr, der mich vorhin besucht hat?«, erkundigte sich Vilborg, die nach ihrem Mittagsschläfchen langsam wieder zu sich kam.

»Ein Freund von Sæmundur.«

»Er hat einen netten Eindruck gemacht.« Vilborg nahm wieder ihre Stricknadeln in die Hände.

»Ja«, gab Lovísa zurück, ohne ihrer Mutter zu erzählen, was ihr eigentlich durch den Kopf ging. Für sie war dieser obskure Norweger hochgradig gestört, sonst wäre er schließlich nicht Mitglied in Sæmundurs verrücktem Sonnenkreuzorden geworden.

Vilborg riss Lovísa aus ihren Gedanken: »Was sucht er denn hier?«

»Das weiß ich nicht.«

»Bleibt er länger?«

»Nein, glaub ich nicht.«

»Das ist schade. Er schien so freundlich«, sagte Vilborg ein zweites Mal.

»Das hast du bereits einmal gesagt, Mutter.«

»Wirklich?«, fragte Vilborg verwundert. »Entschuldige, das hatte ich dann schon wieder ganz vergessen.«

»Willst du dich nicht lieber hinlegen, Mama?«

»Das ist vielleicht das Beste«, stimmte Vilborg zu.

»Ja, das glaube ich auch. Komm, ich helf dir.« Lovísa

nahm ihrer Mutter die Decke ab, ebenso die Wolle und die Stricknadeln, half ihr auf die Füße und in das schmale Bett unter der Dachschräge. »Das wird dir guttun«, fügte sie hinzu, legte ihr die Bettdecke über und deckte sie sorgfältig und fest zu. Ganz genau so, wie es Vilborg bei ihr getan hatte, als sie klein war.

»Danke, Lovísa«, sagte Vilborg bewegt.

»Gerne geschehen.«

Vilborg ergriff plötzlich das schmale Handgelenk ihrer Tochter. »Für alles«, fügte sie hinzu.

»Ist schon gut, schlaf jetzt«, bat Lovísa und küsste ihre alte Mutter auf die Stirn. Vilborg legte den Kopf auf das Kissen und schloss die Augen. Lovísa setzte sich neben sie und wartete, bis sie eingeschlafen war. Dann stand sie auf und ging zum Fenster. In der Ferne sah sie ihre Tochter, Sæmundur und Tobias auf dem Gelände des alten Gehöfts von Lachs-Ketill umhergehen. Unwillkürlich ballte sich ihre Faust.

»Das wirst du noch bereuen, dass du hergekommen bist«, flüsterte sie und starrte auf den Norweger in der Ferne, dieser Teufel in ihrem Haus, der Sæmundurs Geist nur noch mehr vergiftete – ihn nur noch tiefer in seinen Wahn trieb. »Darauf kannst du Gift nehmen«, fügte sie hinzu. Sie streifte ihre Mutter mit einem Blick, ihr friedliches, von Runzeln durchzogenes Antlitz. Dann verließ sie das Zimmer.

35. KAPITEL

Keiner der beiden Männer hatte ein Wort gesagt, seit Sæmundur Tobias eingestanden hatte, dass er die Fundamente zu Óðinns Tempel selbst noch nicht gefunden hatte. Ingunn stand nahe bei ihrem Vater. Sie fürchtete sich ein wenig vor dem ausländischen Besucher, der nun richtig zornig zu sein schien. Hekla ruhte sich hingegen einfach aus, erschöpft von der Jagd nach dem Gummiball.

»Ich verstehe nicht, wo das Problem liegt«, kommentierte Sæmundur Tobias' Reaktion. »Ich bin davon ausgegangen, dass du das weißt, dass ich nur den Ort des Tempels gefunden habe, aber nicht den Tempel selbst.«

Ohne zu antworten, stand Tobias auf und ging einige Schritte über den schwarzen Lavasand. Dann wandte er sich Sæmundur zu: »Woher verflucht noch mal hätte ich das wissen sollen? Du hast behauptet, einen Óðinnstempel gefunden zu haben, und zwar genau hier im isländischen Sonnenkreuz. Konkreter geht's ja wohl kaum, oder was?«

»Verstehst du denn nicht?«, entgegnete Sæmundur und legte den Arm um seine Tochter. »Für die Ausführung des Opfers brauchen wir das Tempelgebäude selbst überhaupt nicht.« Er lächelte Ingunn an. »Wir müssen nur den Ort kennen, an dem er einst errichtet wurde.« Er blickte zum Himmel auf, dann über das südisländische Tiefland hinweg und schließlich auf den schwarzen Sand unter ihren Schuhsohlen. »Das Wissen um die Bedeutung dieses Platzes, des Tempelstandortes, ist das Einzige, das bei der Opfergabe eine Rolle spielt.

Óðinn wird es uns danken und uns die Kraft verleihen, die wir brauchen, um gegen die ausländische Bedrohung zu kämpfen«, sagte er mit vor Begeisterung glänzenden Augen.

Tobias setzte Sæmundurs Ausführungen nichts entgegen. Das war die Mühe nicht wert. In Wahrheit war ihm die symbolische Bedeutung dieses Ortes völlig egal. Das allein nutzte ihm überhaupt nichts. Allerdings konnte er das Sæmundur nicht erklären. Er stand da und schaute über das Tiefland. Der eiskalte Wind griff ihm ins Gesicht. Und jetzt?, grübelte er. Was mach ich denn jetzt, zum Teufel noch mal?

In der Ferne tauchte plötzlich ein großer Geländewagen der Polizei auf, der direkt auf sie zugefahren kam und eine ansehnliche Staubwolke hinter sich herzog. Ingunn bemerkte den Wagen als erster. »Papa, sieh mal«, sagte sie und deutete nach Südwesten, wo die 264 in die Ringstraße mündete.

»Was ist da los?«, wunderte sich Sæmundur, erstaunt über die hohe Geschwindigkeit, mit der sich das Auto näherte.

Tobias wurde sofort von großer Unruhe ergriffen, als er den Wagen sah: »Die Polizei darf mich hier auf keinen Fall sehen.«

Sæmundur war überrascht: »Warum nicht?«

»Weil ich auf Bewährung bin und Norwegen eigentlich nicht verlassen darf«, entgegnete Tobias und prüfte rasch die weite Landschaft um sich herum. Nirgends gab es ein Versteck – außer in Baldurs Hütte. Ohne lange zu überlegen, rannte er zum Arbeitsschuppen des Archäologen. Von der verschlossenen Tür ließ sich Tobias nicht aufhalten. Ein heftiger Tritt und sie flog auf. Gerade noch rechtzeitig, bevor der Polizeiwagen vor dem weißen Gittertor hielt, warf sich der Norweger in das Häuschen und blieb regungslos auf dem kalten Boden liegen. Gleich darauf hörte er jemanden aus dem Geländewagen aussteigen. Eine Autotür wurde zugeschlagen.

»Schönen guten Tag, Sæmundur«, rief der Polizeibeamte.

»Tag auch, Villi«, grüßte der Landwirt zurück.

Tobias kroch zur Haustür und schloss sie, bevor er so lautlos wie möglich aufstand. Er hörte den Polizisten über das Schafgitter hinüber auf Sæmundur zugehen.

»Was kann ich für dich tun?«, erkundigte sich Sæmundur.

»Es ist so«, antwortete der Mann. »Die Polizei in Reykjavík hat mich angerufen und mich gebeten, mal nachzusehen, ob auf Stóra-Hof alles mit rechten Dingen zugeht.«

»Mit rechten Dingen?« Sæmundur war perplex. »Doch, natürlich. Wieso sollte nicht alles mit rechten Dingen zugehen?«

»Das weiß ich nicht. Der, mit dem ich gesprochen habe, hat mir auch nichts Näheres gesagt.« Der Beamte nahm seine Polizeimütze ab. »Hat mir nur gesagt, dass ich mal vorbeischauen sollte, und ob alles beim Alten ist.«

Der Landwirt legte die Hand auf den Kopf seiner Tochter. »Doch, alles ist ruhig hier, wie immer.« Er verwuschelte Ingunn ein wenig die Frisur und gab sich möglichst entspannt, um zu unterstreichen, dass alles in Ordnung war. »Gibt's denn ein Problem?«

»Ach, du weißt doch, wie die in Reykjavík sind. Die halten sich immer für was Besseres.« Der Beamte kratzte sich am Kopf. »Der Anrufer, Grímur Skarphéðinsson heißt er, glaub ich jedenfalls, wollte mir nicht mehr sagen. Wahrscheinlich bin ich in der Hierarchie nicht hoch genug angesiedelt.« Seufzend setzte er sich die Mütze wieder auf.

»Verstehe«, sagte Sæmundur. »Kannst ihm sagen, dass auf Stóra-Hof alles in bester Ordnung ist, wie immer.«

»Das habe ich auch erwartet«, entgegnete der Beamte. Ein Lächeln erhellte sein Gesicht. »Was macht übrigens die Pferdezucht? Hast wieder ein paar von deinen Prachtburschen im Stall stehen?«

»Nein, im Moment sieht's nicht so gut aus«, erwiderte Sæmundur. »Eine besondere hab ich, heißt Halastjarna – Komet. Die Stute macht sich. Außergewöhnlich schönes Tier. Du kriegst sie auf unserem Treffen im Sommer zu sehen.«

»Ich freu mich drauf.« Der Beamte ging zu seinem Wagen. »Macht es gut.« Er stieg ein, schlug die Tür zu, ließ aber das Fenster herunter. »Und Vilborg geht's gut so weit?«

»Jaja. Die ist fit wie ein Turnschuh und immer noch rüstig«, antwortete Sæmundur.

»Die hält was aus. Richte ihr Grüße aus, auch an Lovísa.«

»Mach ich.«

Der Beamte ließ den Wagen an. »Bis dann!« Er fuhr los, die Reifen drehten zuerst durch im Sand, und verschwand in einer großen Staubwolke.

In Baldurs Häuschen herrschte Totenstille. Tobias

stand immer noch regungslos da. Er hatte das Gespräch zwischen dem Beamten und Sæmundur beobachtet, ohne einen Laut von sich zu geben, und jetzt sah er, wie sich der Polizeiwagen entfernte. Er atmete auf. Gerade noch mal gutgegangen.

Rund um Tobias lagen jede Menge Instrumente für archäologische Ausgrabungen herum. Auch ein Bett gab es, einen Fernseher und eine kleine Küche. Offensichtlich hatte Baldur in dem Sommerhäuschen auch übernachtet. Tobias näherte sich vorsichtig einer Tür, die sich im hinteren Teil des Raumes befand. Er legte die Hand auf den Türknauf und öffnete sie. Was er dann sah, überraschte ihn. Es war offensichtlich Baldurs Arbeitszimmer. Auf dem Schreibtisch lagen unzählige Zettel, Bücher über volkstümliche Erzählungen der Rangárvallasýsla, wie er anhand der Titel vermutete, und verschiedene historische Abhandlungen. Auch im Regal stapelten sich die Bücher. Am anderen Ende des Raumes befand sich eine weitere Tür, die sofort Tobias' Aufmerksamkeit auf sich zog. Vorsichtig näherte er sich ihr und öffnete sie. Er stand in einer Dunkelkammer, die sich Baldur in dem Sommerhäuschen eingerichtet hatte. Es war stockfinster. Tobias knipste eine rote Glühlampe an. Reihen von auf einer Schnur zum Trocknen aufgehängten Fotografien wurden in dem Dämmerlicht sichtbar. Mit vor Staunen offenem Mund näherte er sich den Fotos.

»Tobias!«, hörte er Sæmundur aus dem Wohnraum des Sommerhäuschens rufen.

»Ich bin hier drinnen«, rief er laut zurück, ohne die Augen von den Fotografien abzuwenden. Sie zeigten alle dasselbe; sie waren wie ein Traum. Für einen Moment war es ihm, als drehte sich das Zimmer um ihn herum. »Komm sofort her!«, rief er aufgeregt.

»Was?«, schrie Sæmundur zurück.

»Das glaubst du nicht!« Tobias atmete heftig. Er nahm vorsichtig eine der Fotografien von der Schnur und hob sie dicht ans Gesicht. »Noch gibt's Hoffnung«, flüsterte er. Er blickte gespannt auf den alten Gedenkstein, der auf dem Bild zu sehen war und auf die uralten Runenzeichen, die äußerst ästhetisch darauf eingemeißelt waren. »Noch gibt's Hoffnung«, flüsterte er noch einmal und ein Grinsen machte sich auf seinem Gesicht breit.

36. KAPITEL

Der Wagen raste durch die geschlossene Ortschaft Selfoss. Adam saß schweigend am Steuer und dachte über das nach, was Embla in ihrer Minivorlesung dargeboten hatte. Sie blätterte unterdessen wieder in Baldurs Manuskript über die Herkunft der Isländer.

»Also schön, nehmen wir mal an, ich glaub das alles«, brach Adam schließlich das Schweigen, obwohl es ihm zugegebenermaßen schwer fiel, Baldurs Theorie über die Riesenkreise ernst zu nehmen. Noch schwerer fiel es ihm allerdings zu akzeptieren, dass seine Freundin das Ganze tatsächlich zu glauben schien. »Wo sind denn diese … diese … diese überdimensionalen Kompasse?«, fragte er.

Embla bedachte Adam mit einem Lächeln. »Die nie versagen«, fügte sie hinzu.

»Ja, wahrscheinlich.«

Embla legte das Buch wieder weg. »Also, Baldur behauptet, dass er Sonnenräder in ganz Nordeuropa identifiziert hat. Er verweist sogar auf die Orte und verschiedene Ortsnamen, die diese Annahme stützen. Er behauptet weiterhin, drei davon in Island ausgemacht zu haben, von denen zwei allerdings sehr undeutlich sind, ganz im Gegensatz zum dritten – dem Sonnenrad in dem Bezirk Rangárvallasýsla.«

»Rangárvallasýsla?«, wiederholte Adam und schien erleichtert. »Also fahren wir gerade dorthin?«

Embla nickte. »Der Rangá-Kreis umfasst ein enorm großes Gebiet – sozusagen alle Ländereien, die Lachs-Ketill nach dem Bericht im Buch *Landnáma* in Besitz genommen hatte. Fünf Kardinalpunkte liegen darin: Skálholt im Nordwesten, Stöng im Nordosten, Goðasteinn im Südosten, Bergþórshvoll im Südwesten und Steinkross genau in der Mitte des Sonnenrades.« Sie atmete tief durch und blickte nach vorne. »Baldur sagte, dass das Sonnenrad von Bergþórshvoll aus angelegt worden ist, vom Südwestpunkt also, wo die Sonne ihren niedrigsten Stand am Himmel hat. Der Brand auf Bergþórshvoll, der in der Brennu-Njáls saga beschrieben ist, bekommt dadurch eine ganz neue Bedeutung. Wenn man den Ort nämlich mit dem Sonnenkreuz in Beziehung setzt.«

Adam riss die Augen auf. »Meinst du damit, dass der Brand ein Verweis auf das Sonnenrad ist?«, fragte er höchst erstaunt. Diese Saga müssen alle isländischen Schulkinder lesen, daher kennt sie wirklich jeder.

»Ja, Baldur zufolge schon. Er war sich völlig sicher,

dass der Verfasser dieser Saga – Sæmundur der Gelehrte – von dem Rangá-Kreis wusste und der Brand ein Symbol für den zunehmend höheren Sonnenstand im Südwesten war, an ihrem Tiefpunkt wie gesagt. Du musst aber berücksichtigen, dass alle Ideen von Baldur als wissenschaftliche Vermutungen formuliert wurden, die von anderen Wissenschaftlern bislang noch nicht verifiziert worden sind.« Ihr Gesicht war rot vor Aufregung. »Sollte es sich aber andererseits erweisen, dass er recht hat, hätte das nicht nur eine tiefgreifende Auswirkung auf die isländische Kultur, sondern auch auf die Bewertung weiterer europäischer Kulturen. Es würde ein vollkommen neues Licht auf die Menschheitsgeschichte werfen. Beispielsweise wie eng die Verbindungen zwischen den Wikingern und den Kulturen im südlichen Teil des Kontinents waren.«

»Das heißt, die Kultur der Wikinger ist nur eine ›Neuvermischung‹ von Elementen anderer Kulturen?«, fragte Adam und lächelte zufrieden über seine eigene Scharfsinnigkeit.

Ohne dass er sich darüber im Klaren war, traf er ins Schwarze. Embla runzelte die Stirn. »Ja. Deswegen haben sich die isländischen Wissenschaftler so darüber echauffiert. Baldurs Theorie untergräbt nicht nur die kulturelle Eigenständigkeit der Wikinger, sondern auch die der Isländer, die auf der ›einzigartigen‹ Kultur ihrer Vorväter aufbauen – einzigartig in dem Sinne, dass die Wikinger sie selbst erschaffen haben, ohne dabei von anderen beeinflusst gewesen zu sein.« Nun hatte sie wieder Baldur vor Augen, der ihr diese Annahmen vor einigen Jahren in einer Vorlesung vermittelt hatte.

Viele ihrer Kommilitonen hatten zornig darauf reagiert. Die Überzeugung, dass die Isländer vor vielen Jahrhunderten völlig unabhängig von den Einflüssen anderer Kulturen das Althing eingesetzt und die Isländersagas verfasst hatten, war tief in der isländischen Volksseele verwurzelt. »Das ist der eigentliche Kern in Baldurs Theorie, dass die Wikinger, die als Erste hierherkamen, nicht vom Mond stammten, sondern aus anderen Kulturen, aus denen sie Sitten und Gebräuche wie zum Beispiel religiöse Rituale und die Schrift mitgebracht haben.« Sie lächelte dünn. »Baldur hat auch das isländische Althing von seinem Sockel gestoßen, indem er seinen Ursprung ins Ausland zurückverfolgt und durch zahlreiche Belege mit der Vorstellung aufgeräumt hat, dass es das älteste Parlament der Welt sei. Das ist letztlich der Grund, warum bis heute nur wenige Baldurs bahnbrechende Theorie kennen: Er wurde schlicht und einfach mundtot gemacht und am Schluss sogar aus der universitären Gemeinschaft ausgeschlossen.«

Adam war Emblas Ausführungen mit großen Augen gefolgt. »Aber ich begreif die Größe dieses Ungetüms … dieses Sonnenrades nicht, wie du es nennst«, bekannte er dann. »Oder den Zusammenhang dieser Orte, die du genannt hast.«

In dem Moment passierten sie ein Schild, das anzeigte, dass die Abzweigung nach Skálholt links vor ihnen lag. An der Abzweigung stand eine große Tafel mit einer Übersichtskarte von Südisland. »Bleib da mal stehen«, forderte ihn Embla auf und deutete auf den Rastplatz.

Adam ließ sich das nicht zweimal sagen. Er bremste umgehend, bog auf den Parkplatz ein und fuhr bis an die Landkarte. Zwei ältere Touristen standen dort, beide in isländische Wollpullover gekleidet. Sie hatten dort Rast gemacht, um in aller Ruhe isländischen Trockenfisch und Skyr, ein quarkähnliches Milchprodukt, zu verzehren.

»Komm, ich zeig's dir«, sagte Embla, sprang aus dem Wagen und eilte zu der Landkarte. Sie fand rasch die Namen Skálholt, Stöng, Goðasteinn und Bergþórshvoll. »Sieh hier.« Sie deutete abwechselnd auf die jeweiligen Orte. »Du erkennst den Kreis, den sie bilden, oder?«

Adam ließ die Mundwinkel ein wenig sinken. Embla hatte ja recht. Die vier Orte bezeichneten auf der Karte tatsächlich einen nahezu perfekten Kreis.

Inzwischen waren die beiden Touristen näher gekommen und beobachteten die beiden Einheimischen.

»Der Grund dafür, dass das nicht immer ganz schnurgerade Linien sind, liegt darin, dass die Landnahmeleute sich bei der Abmessung des Sonnenrades in der Regel an auffälligen Punkten wie Seen oder Bergen orientierten. Deswegen weichen sie manchmal um ein paar Meter ab.«

»Und wo liegt Steinkross, von dem du sagtest, es läge im Zentrum?« Adam konnte im Zentrum des Kreises nur verschiedene Lavafelder erkennen.

»Steinkross wird in Landkarten heute nicht mehr vermerkt, allerdings kannst du es auf älteren Exemplaren und in Verzeichnissen der lokalen Ortsnamen finden.« Embla holte ihren roten Filzstift hervor und malte jeweils eine Linie zwischen Skálholt und Goðasteinn und von Stöng nach Bergþórshvoll. Dann schrieb sie die Zahl 216000 an beide Linien, um die Entfernungen der Punkte voneinander zu verdeutlichen. Schließlich markierte sie den Schnittpunkt beider Linien kurz oberhalb des Lavafeldes Eldviðarhraun: »Hier ist Steinkross, das Zentrum des Sonnenrades.« Sie zog einen Kreis um das X, das sie auf die Karte eingezeichnet hatte: Nun bot sich ihnen das mächtige Sonnensymbol in Südisland dar.

Die beiden Touristen beobachteten das seltsame Treiben der Einheimischen mit großen Augen.

»Das ist das Sonnenrad, das Baldur entdeckt hat und dessen Existenz er in seinen Schriften mit Argumenten belegt«, sagte sie überaus zufrieden.

Nicht nur Adam betrachtete das Sonnenrad. Die beiden Touristen, die ihnen die ganze Zeit verstohlene Blicke zugeworfen hatten, waren jetzt neben sie getreten und musterten erstaunt die seltsame Skizze. Embla überlegte, ob die beiden eine solch seltsame Miene aufsetzten, weil sie soeben öffentliches Eigentum verschandelt hatte oder wegen des Symbols selbst. Der Mann deutete schließlich auf den Kreis auf der Karte. »The Golden Circle?«, fragte er freundlich lächelnd mit deutschem Akzent. Sie hatten sich offensichtlich die touristenübliche Tagesrundreise von Reykjavík zum Geysir und zum »Goldenen Wasserfall« Gullfoss vorgenommen, die unter dieser Bezeichnung derzeit heftig beworben wurde. Sie hatten sich dabei aber offenbar gründlich verfahren.

Embla lächelte verlegen zurück. »... eh, in a way«, log sie, anstatt zu erklären, was dieser »Golden Circle« in Wirklichkeit bedeutete.

»Oh, thank you«, sagte der Mann und flüsterte seiner energisch auf Trockenfisch herumkauenden Ehefrau etwas zu. Dann wandte er sich erneut an Embla.

»Where are we exactly?«

Embla räusperte sich. »Here.« Sie deutete auf den Punkt, wo die Straße nach Skálholt von der Hauptstraße abzweigte.

»Very near, yes?«, fragte der deutsche Tourist immer noch gut gelaunt. Er nahm offenbar an, dass Gullfoss und Geysir, die touristischen Höhepunkte des Golden Circle, gleich um die nächste Ecke waren und nicht gut 60 Kilometer entfernt.

»Yes, kind of«, entgegnete Embla, die sich immer noch etwas unwohl dabei fühlte, das freundliche Ehepaar so anzuschwindeln.

Adam schob sich dazwischen: »Entschuldige mal, dass ich zu stören wage, aber wohin fahren wir genau?«

»Hierher. Nach Stóra-Hof.« Embla deutete wieder auf die Landkarte. »Der ehemalige Wohnort von Lachs-Ketill auf der Südwest-Nordost-Linie des Sonnenrades, also auf der Verbindungslinie zwischen den Punkten der Winter- und Sommersonnenwende.«

»Interesting place?«, fragte der Tourist, der gleich seinen Stift zückte, um sich diesen Tipp in seinem Reiseführer zu notieren.

Adam ignorierte den Deutschen völlig. »Und wie kommst du darauf?«

»Der Mörder hat am Tatort einen Hinweis darauf hinterlassen.« Embla dachte an den Blutstupfer in dem Sonnenrad auf Baldurs Tür. »Dessen bin ich mir ganz sicher.«

»Aber weswegen sollte der Mörder einen Hinweis hinterlassen?«

»Das weiß ich auch nicht, aber wenn wir hinfahren, kommen wir möglicherweise dahinter.« Embla zog

Adam am Arm zu dem rostigen Polo. »Los jetzt, bevor es zu spät ist.«

»Danke«, rief der Tourist ihnen auf Deutsch hinterher und studierte eingehend die Landkarte mit dem Kringel, den diese so hilfsbereite Isländerin hineingezeichnet hatte.

Embla rief ihm mit gezwungenem Lächeln noch ein »You're welcome« zu, bevor sie in den weißen Wagen sprang.

37. KAPITEL

Seit Reykjavík waren die Reporter von *Stöð 2* dem weißen Polo dicht auf den Fersen geblieben. Jetzt aber hatten sie den Wagen am Straßenrand geparkt und Embla und Adam dabei beobachtet, wie sie etwas auf die Landkarte kritzelten und dann weiterfuhren.

»Schnell! Fahr da hin!«, schrie Valgarð. Er zeigte auf den Rastplatz.

»Aber sollen wir ihnen nicht auf den Fersen bleiben?«, fragte Orri.

»Doch schon, aber lass uns zuvor nachsehen, was die da hingemalt haben.«

Der Kameramann steuerte eilends auf die Übersichtstafel zu. Valgarð betrachtete sie eingehend durch die Windschutzscheibe.

»Verstehst du, was das sein soll?«, erkundigte sich Orri.

»Nein.« Valgarð sprang aus dem Wagen und trat näher an die Karte heran. Da sah er den großen Kreis, den

Embla eingezeichnet hatte, und das Kreuz in der Mitte. »Was' das denn … also ehrlich«, nörgelte er vor sich hin.

»Und, was soll das Ganze jetzt?«, fragte Orri durch das offene Fenster. Er war im Wagen geblieben.

»Keine Ahnung … Kreise … vielleicht …«, murmelte Valgarð.

Orri schien ihn nicht ganz verstanden zu haben. »Icesave? Haben die auch was mit der Sache zu tun?«, gackerte er.

Valgarðs Miene verfinsterte sich. »Wahrscheinlich der schlechteste Witz, den ich jemals in meinem Leben gehört habe, ehrlich.«

»Sorry.«

Ein älteres Ehepaar, offensichtlich Touristen, näherte sich Valgarð. »The Golden Circle«, verkündete die Frau fröhlich.

»We are very excited to see the Gieß and … Gullfoss«, stotterte der Mann, der Schwierigkeiten hatte, die Ortsnamen richtig auszusprechen.

Valgarð starrte abwechselnd Mann und Frau an. »What are you talking about?«

»We were lost and a friendly lady drew the Golden Circle on the map«, erklärte die Frau mit ebenfalls starkem deutschen Akzent.

Valgarð blickte auf die Karte, dann wieder auf die deutschen Touristen. Beide strahlten ihn an. »Is it nice?«, fragte der Mann.

Eine kleine Weile starrte Valgarð die Touristen an und wusste nicht, was er von den beiden halten sollte. Dann wandte er sich wortlos ab und rannte zum Auto zurück.

Orri war gespannt: »Was haben sie gesagt?«

»Weiß ich nicht«, antwortete Valgarð, »aber irgend etwas Verdächtiges läuft hier.« Er öffnete die Fahrertür. »Raus.«

»Was?« Orri verstand nicht. »Sollen wir ihnen doch nicht nach?«

»Doch, aber *ich* will fahren«, erklärte Valgarð und versuchte sich auf den Fahrersitz zu zwängen, obwohl sein Kollege noch darauf saß. »Rüber mit dir.«

Der korpulente Kameramann versuchte sich über den Schalthebel in den Beifahrersitz zu bugsieren, was ihm aber aufgrund seiner Statur nicht geringe Schwierigkeiten bereitete.

»Mach hinne!«, brüllte Valgarð und versuchte, ihn zur Seite zu schieben. »Jesses, bist du schwabblig.«

Schließlich überwand Orri den Schalthebel und wuchtete sich auf den Beifahrersitz.

Valgarð zog den Fahrersitz nach vorne und ließ den Wagen an, wobei er einen Blick auf seinen Kameramann abschoss. »Du solltest wirklich mal eine Abmagerungskur in Erwägung ziehen, Orri, ehrlich. Dann kriegst du vielleicht auch mal 'ne Puppe. So 'ne flotte wie meine.« Damit fuhr Valgarð auf die Ringstraße hinaus. Orri sagte nichts, er konzentrierte sich darauf, seinen Bauch einzuziehen.

38. KAPITEL

Die Beamten kamen einfach nicht weiter, obwohl sie sich ihrer Sache immer noch sicher waren. Ægir Ragnarsson musste der Täter sein. Alle Indizien deuteten darauf hin. Ægir hingegen beharrte darauf, mit dem Fall Baldur nichts zu tun zu haben und verlangte immer wieder einen Rechtsanwalt.

Grímur blieb hart: »Du wirst hier definitiv noch nicht mal die Krawattenspitze eines Anwalts zu Gesicht bekommen, bevor du uns nicht sagst, was du heute morgen getan hast.«

»Habe ich eigentlich überhaupt keine Rechte?«, fragte Ægir. »Mörder haben keine Rechte«, donnerte Grímur und stützte sich mit beiden Händen auf den Holztisch.

Gegenüber von Grímur saß Hörður, der einen wesentlich ruhigeren Eindruck machte als sein Chef: »Willst du es uns nicht einfach sagen?«

»Das geht euch nichts an. Ich muss nicht antworten, solange ich keinen Rechtsanwalt an meiner Seite habe«, antwortete Ægir. »Ich kenne die Gesetze.«

»So ein Blödsinn!«, brüllte Grímur. »Glaub bloß nicht, dass das Glotzen von amerikanischen Idiotenfilmen aus dir einen Juristen macht.«

»Ich habe mich selbst damit beschäftigt, nicht durchs Fernsehen, sondern mit Hilfe von Büchern«, antwortete Ægir seelenruhig.

»Aber wenn du unschuldig bist, warum willst du uns dann nicht einfach verraten, wo du heute Morgen warst?«, fragte Hörður. »Du weißt, dass dir das helfen würde. Nicht nur uns, sondern auch dir.«

Während Ægir überlegte, blickte er abwechselnd auf die beiden Polizeibeamten. Sein Gesichtsausdruck war angespannt. »Weil ich sonst in Schwierigkeiten geraten könnte«, gestand er schließlich.

Fast wäre die Scheibe an der Tür unter Grímurs

Lachorkan zersprungen. »In Schwierigkeiten geraten? Aber sonst geht's dir gut, ja? Mensch Junge, du stehst unter Mordverdacht!«

»Wenn rauskommt, was ich heut morgen getan habe, dann komme ich in noch viel größere Schwierigkeiten«, flüsterte Ægir. »Dann werde ich *umgebracht.*«

Blitzschnell sprang Grímur auf Ægir zu und packte ihn am Nacken. »Mach mit so was bloß keine Witze!«, warnte er ihn.

»Bleib ruhig, Alter.« Ægir machte sich frei und zog sich das graue T-Shirt wieder zurecht, das Grímur verzogen hatte.

»Was meinst du eigentlich?«, fragte Hörður.

»Was ich meine?« Ægir beugte sich vor, senkte den Kopf und wandte den Beamten seinen kurzgeschorenen Scheitel zu. Eine Weile verharrte er in dieser Stellung, dann blickte er auf. »Wenn ich euch das erzähle, kann ich mich dann darauf verlassen, dass ihr hundertprozentig dicht haltet?«, fragte er.

»Natürlich«, sagte Hörður und versuchte, möglichst ernst zu wirken.

»Das hast du nicht zu bestimmen«, fuhr Grímur dazwischen. Ægirs affiges Getue regte ihn maßlos auf. »Das entscheiden wir.«

Hörður wandte sich seinem Chef zu. Seiner Meinung nach war Grímur nicht mehr in der Verfassung, den Fall zu bearbeiten. »Grímur, auch für uns gelten gewisse Spielregeln.«

»Den Mörder zu finden ist unsere einzige Pflicht«, antwortete der. »Weiter.«

»Also gut.« Ægir atmete tief durch, legte beide Hände

an den Hinterkopf und lehnte sich im Stuhl zurück. »Es ist also so, dass ich und die Ehefrau meines Chefs uns in den letzten Wochen immer wieder heimlich getroffen haben.«

»Ach wirklich?«, gab Grímur ungläubig zurück. »Die Frau von dem Kerl mit den Locken?«

»Ja«, bestätigte Ægir. »Sie gibt vor, frühmorgens ins Fitness-Studio zu gehen, aber in Wirklichkeit kommt sie zu mir.«

»Und du bekommst eine tüchtige Zulage für diese Besuche?«, fragte Grímur ironisch.

»Ach halt doch die Klappe«, brummte Ægir.

»Kann diese Frau bestätigen, dass du heute Morgen bei ihr warst, als das Verbrechen in der Bárugata begangen wurde?«, fragte Hörður.

»Ja, das kann sie, aber mein Chef darf davon nichts erfahren. Ihr habt es versprochen.«

Hörður blickte Grímur an. »Könnten wir ja mal versuchen. Schadet ja nichts, oder was meinst du? Wir sollten uns mit ihr in Verbindung setzen.«

»Du glaubst doch diesen Unsinn nicht etwa?«, fragte Grímur kopfschüttelnd. »Das ist doch irgendein verfluchtes Flittchen, das ihn decken will.«

Ægir schoss aus seinem Stuhl hoch: »Ásdís ist kein Flittchen!« Er blickte den Beamten zornig an. »Wir lieben uns«, fügte er nun etwas ruhiger hinzu und setzte sich wieder.

»Ich bin sicher, dass sich dein Chef über diese Auskunft ungemein freuen wird«, meinte Grímur. »Und wie bitteschön lautet die Nummer dieser holden Gemahlin?«

39. KAPITEL

In der Dunkelkammer war es totenstill. Als Sæmundur eintrat, fiel sein Blick sofort auf Tobias, der in der Mitte des Raumes stand. Er blickte sich um: »Was machst du denn hier?«

»Sieh mal.« Der Norweger deutete mit dem Kopf auf die Fotografien über ihnen.

Sæmundur betrachtete sie verwundert. »Was ist das?«

Tobias reichte ihm das Foto von dem Gedenkstein: »Hast du davon gewusst?«

Sæmundur betrachtete es eingehend. Der rote Schein verlieh dem Bild etwas Unwirkliches. In der Mitte zeigte es einen aufrechten Stein, auf dem die eingemeißelten Runen deutlich zu erkennen waren. Eine helle Stelle auf dem Boden deutete darauf hin, dass der Stein zuvor über einen längeren Zeitraum flach auf der Erde gelegen haben musste.

»Lies mal die Runen«, forderte Tobias ihn auf. Sæmundur kam der Aufforderung nach.

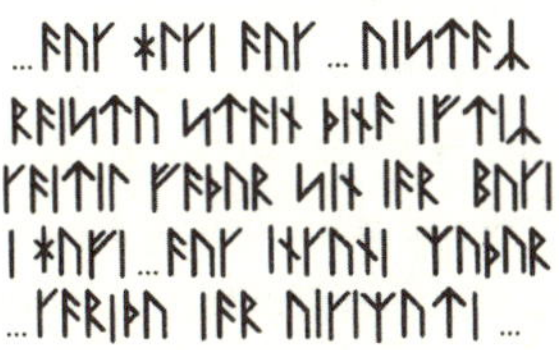

Er las den Text murmelnd vor: »… und Helgi und … Vestar errichteten diesen Stein im Andenken an ihren Vater Ketill, der in *Hof* wohnte … und der Mutter Ingunn … machten hier eine Wegkreuzung …« Sæmundur blickte von dem Foto auf. »Das ist ein Gedenkstein für

Lachs-Ketill.« Er senkte die Stimme. »Von seinen Söhnen angefertigt.«

»Ja«, sagte Tobias und nickte. »Aber weißt du, wo er steht?«

Sæmundur brauchte nicht lange, um das herauszufinden. Er war schließlich mit Baldurs Theorien gut vertraut und erkannte zudem im Hintergrund des Bildes ein ihm wohlbekanntes Motiv. Da war nicht nur der Vulkan Hekla, sondern auch die Gipfel der Tindfjöll, beides aus nächster Nähe. »Der Stein steht bei Steinkross!«, rief Sæmundur.

»In der Mitte des Sonnenkreuzes«, fügte Tobias hinzu.

»Deswegen steht in dem Runentext auch, dass er an einer Wegkreuzung aufgerichtet wurde«, stellte Sæmundur fest. »Dieser Stein beweist die Existenz des Sonnenkreuzes ein für alle Mal!«

»Nicht nur das. Schau mal, was um die Runen herum gezeichnet ist.« Tobias folgte mit dem Finger einem um die Runeninschrift eingeritzten Kreis. »Wahrscheinlich erklärt das, warum Baldur aufgehört hat, hier nach dem Tempel zu suchen.«

Das Bild zeigte einen gebogenen Drachen, der sich in den Schwanz biss. An der Stelle, an der der Drache sich selbst in den Schwanz biss, erkannten sie einen einäugigen Mann mit einem Armreif links oben auf dem Grabstein. Darüber waren drei zusätzliche Runen eingeritzt:

ᚢᚠᚴ

»U-f-k«, flüsterte Sæmundur nachdenklich und fuhr mit dem Finger über die Buchstaben. »Das bedeutet Óðinn,« mutmaßte er.

»Ja, und er trägt seinen Armreif Draupnir«, ergänzte Tobias aufgeregt. »Sein Armreif war das Vorbild des Silberreifs, den die Wikinger in ihren Tempeln auf den Altären aufbewahrten und den die Tempelgoden immer für die heiligen Riten anlegten.« Er war nun völlig außer sich. »Möglicherweise ist das Bild ein Hinweis auf den ehemaligen Tempelstandort im Sonnenkreuz.«

Sæmundur rührte sich nicht vom Fleck und überlegte. »Na klar doch«, murmelte er.

Im Türrahmen der Dunkelkammer erschien Ingunn. »Pa, wann fahren wir eigentlich wieder heim? Ich bin um halb vier mit Dísa zum Chatten verabredet.«

Sæmundur streckte ihr die Hand entgegen: »Komm mal her, mein Liebes.« Seine Finger zitterten vor Aufregung. Ingunn gehorchte und trat dicht an ihren Vater heran. »Bald«, sagte er und legte den Arm um sie. »Also, wir sind hier wohl eindeutig am falschen Ort?«, wandte er sich wieder an Tobias.

»Ja, und zwar so was von verkehrt. Hier hat niemals Ketills Tempel gestanden. Vielmehr befand er sich nordwestlich von Steinkross.« Tobias deutete auf die Stelle links oben auf dem Gedenkstein, wo sich der Drache selbst in den Schwanz biss und Óðinn mit Draupnir zu sehen war. »Die Runen deuten das an.«

»Du weißt, was das bedeutet?« Sæmundur legte den Finger auf das unverständliche Wort, das über Óðinn eingeritzt worden war – ufk. Tobias schüttelte den Kopf.

»Dass Himmler möglicherweise doch recht hatte«, erklärte Sæmundur, »und dass er offensichtlich von den Sonnenkreuzen wusste, da seine Männer an der richtigen Stelle nach Óðinns Tempel suchten.« Er legte den Arm enger um seine Tochter. »Wie du selbst gesagt hast, liegt der Tempel nordwestlich von Steinkross. Es kommt nur ein Ort in Frage, wo Óðinns Tempel gestanden haben muss, wo der wichtigste Tempelgodenreif des Landes aufbewahrt wurde, den die Nazis gesucht haben.« Abwechselnd blickte er auf Tobias und Ingunn und seine Augen funkelten. »Wir fahren nach Þingvellir hinaus«, verkündete er, »auf die weite Ebene, auf der sich seit der Landnahme alle Isländer jährlich unter freiem Himmel zum Althing versammelten.«

40. KAPITEL

Das klapprige weiße Gefährt preschte über die Kiespiste und zog eine beachtliche Staubwolke hinter sich her. Adam war deutlich angespannter als noch zu Beginn der Fahrt, da er inzwischen wusste, was auf dem Spiel stand. »Wohin als Nächstes?« fragte er seine Freundin.

Embla blickte um sich. Rechts am Horziont lag der Berg Vatnsdalsfjall, dahinter Þríhyrningur, nach Baldurs Theorien ein wichtiger Bezugspunkt in Lachs-Ketills Welt. Direkt vor ihnen lagen der Vulkan Hekla und der Tafelberg Búrfell, die sich hoch über den Horizont erhoben. Ein kleines Stück weiter westlich war der Berg Vörðufell zu sehen. Die hochaufragenden Berge Südislands, die die Bezugspunkte für das Sonnenrad bildeten, erschienen Embla trotz ihrer Zurückgezogenheit in die schneebedeckte Winterruhe fast erdrückend präsent.

Sie erreichten schließlich die Gabelung, von der ein Weg nach Keldur und zur Hekla führte, der andere nach

Stóra-Hof. »Da!«, rief Embla, bevor ihr Lebensgefährte die Abzweigung verpasste. »Bieg hier ein!«

Sie nahmen den Weg nach Stóra-Hof, ohne dabei die beiden Männer und die Teenagerin zu beachten, die gerade auf einen in der Nähe abgestellten Geländewagen zu liefen.

Nach einer Weile erreichte das junge Pärchen das Wohnhaus von Stóra-Hof. Sie gingen direkt auf das Haus zu und klopften an der Haustür.

Einige Sekunden später erschien eine Frau. »Guten Tag«, sagte sie freundlich, »kann ich euch helfen?«

Embla kam gleich zur Sache: »Kennst du einen Mann namens Baldur Skarphéðinsson?«

»Ja, natürlich. Er ist ein alter Freund der Familie und war eine Zeitlang hier auf dem Bauernhof regelmäßig zu Gast. Er lief immer mit seinem Metallsuchgerät auf unserem Grundstück herum.« Ihr blasses Gesicht wirkte ernst. »Bis er sich eines Tages mit meinem Mann wegen gewisser Dinge überworfen hat. Warum fragst du?«

»Dürfen wir reinkommen?«, bat Embla. »Ich bin Embla, und das ist Adam.«

»Ich heiße Lovísa. Ist etwas passiert?«

»Ja, leider.« Embla blickte Adam an, dann wieder Lovísa. »Dürfen wir reinkommen?«, fragte Embla erneut.

»Wer seid ihr eigentlich? Polizei?« Lovísa dachte gar nicht daran, diese Unbekannten einfach so hereinzulassen.

»Nein, nicht direkt«, antwortete Embla, »aber wir sind dennoch mit dem Fall Baldur befasst.«

»Fall Baldur?«, entgegnete Lovísa verblüfft. »Was ist denn passiert?«

Embla hielt es für das Beste, der Frau ohne Umschweife die Wahrheit zu sagen. Ihnen lief sonst die Zeit davon.

»Möglicherweise ist Baldur heute Morgen ermordet worden«, erklärte sie ernst.

Lovísa fiel das Kinn herunter: »Was sagst du da?«

»Du hast schon richtig gehört. Dürfen wir jetzt reinkommen?«

Lovísa besann sich sofort und machte die Tür weit auf. »Selbstverständlich.« Sie bat die Besucher ins Wohnzimmer. Dort standen ein grünes Sofa und ein Polstersessel, daneben ein niedriger Holztisch und ein Bücherschrank. Darin befanden sich gerahmte Fotos, einige schienen schon älter zu sein, andere wirkten noch ganz neu.

»Bitte setzt euch. Kann ich euch etwas anbieten?«, fragte Lovísa, aber nur aus Gewohnheit. Sie schien wegen Baldur beunruhigt zu sein.

»Nein, danke«, lehnte Adam ab. Er ging zum Schrank und betrachtete die eingerahmten Fotografien. Sie zeigten das Hochzeitsfoto von Lovísa und ihrem Mann, ein kleines Mädchen, offensichtlich die Tochter des Paares, und eine betagte Frau, wahrscheinlich Lovísas Mutter. Daneben standen schon etwas verblichene Bilder, die Lovísas Mutter in den Armen eines älteren Mannes zeigten.

»Willst du dich nicht auch setzen?«, fragte Embla.

»Doch, natürlich.« Lovísa gehorchte. Dabei strich sie mit der Hand durch ihr langes Haar.

»Das mit Baldur ist aber nicht sicher«, erklärte Embla. »Er wurde noch nicht aufgefunden – eigentlich ist er verschwunden –, aber in seinem Arbeitszimmer gibt es Anzeichen dafür, dass er möglicherweise nicht mehr am Leben ist.«

»Mein Gott,« flüsterte Lovísa. Sie schien nahe davor zu sein, in Tränen auszubrechen, und verbarg das Gesicht in den Händen.

Embla fuhr fort: »Es gab aber einen Hinweis in dem Arbeitszimmer hierher – nach Stóra-Hof.«

Lovísa schaute auf. »Hierher?«, fragte sie erstaunt.

»Das vermute ich«, erwiderte Embla. »Ich weiß, dass das seltsam klingt, aber hast du irgendeine Ahnung, warum?« Embla fragte behutsam. Sie wollte auf keinen Fall, dass sich die Frau in die Ecke gedrängt fühlte.

Lovísa war jedoch mit einem Mal völlig verwandelt. »Ich wusste es!«, rief sie. Sie hatte ihre Stimme wieder.

»Was wusstest du?«, fragte Embla.

»Ich wusste, dass er gemeingefährlich war. Zu allem fähig.« Lovísa schüttelte den Kopf und starrte dabei auf das helle Parkett des Wohnzimmers.

Embla warf einen Seitenblick auf Adam und wandte sich wieder der Hausfrau zu. »Wer? Was meinst du?«, fragte sie und lächelte aufmunternd.

»Dieser Tobias. Dieser Norweger, den mein Mann heute in Reykjavík abgeholt hat. Er muss dahinterstecken«, antwortete Lovísa überzeugt. Sie blickte vom Parkett auf und schaute ihre Besucher abwechselnd an.

»Könntest du das vielleicht ein kleines bisschen genauer erklären?«, fragte Embla vorsichtig. Die Frau, die zu Beginn so ruhig erschienen war, befand sich jetzt offenbar in großer innerer Erregung. Einen Augenblick lang war es im Wohnzimmer still. Lovísa atmete bewusst einige Male durch die Nase ein und durch den

Mund wieder aus, um sich auf diese Weise zu beruhigen und ihren Herzschlag zu verlangsamen. Dann stand sie auf und ging zu den Familienfotos auf dem Schrank. »Seht mal«, sagte sie schließlich, den Blick auf ein Foto von sich und Sæmundur geheftet, das vor ein paar Jahren aufgenommen worden war. »Mein Mann Sæmundur hatte es in der letzten Zeit sehr schwer.« Sie wandte sich vom Schrank ab und ihnen zu. »Er ist vollkommen in Baldurs Landnahmetheorien aufgegangen und hat sogar den alten Wikingerorden wieder ins Leben gerufen, von dem Baldur in seinen Büchern geschrieben hat, allerdings gegen dessen Willen. Wisst ihr etwas darüber?«

»Ja, ich«, erwiderte Embla mit einem Blick auf Adam. »Baldur behauptete, dass die Landnahmeleute, die die Sonnenräder in der Landschaft verorteten, eine Art von geheimem Orden gegründet hatten, um ihr Geheimnis zu bewahren«, erklärte sie.

»Nur hat Sæmundur diese Theorien leider völlig verdreht und mit seinem Hass auf Migranten verbunden«, fuhr Lovísa fort. »Deswegen ging die Freundschaft zwischen ihm und Baldur in die Brüche.« Sie seufzte. Nur zu frisch war die Erinnerung an den heftigen Streit zwischen Baldur und Sæmundur. Baldur protestierte dagegen, dass seine Theorien zur Legitimation rechtsradikaler Aktionen in Anspruch genommen wurden, während Sæmundur versuchte, ihm die Augen für seine rassistischen Ideen zu öffnen. Baldur verschwand schließlich voller Zorn und hatte sich seither nie mehr auf Stóra-Hof blicken lassen. Lovísa ergriff erneut das Wort: »Der Orden blühte auf und hat in Nordeuropa alle möglichen finsteren Gestalten angelockt, nach den sogenannten Sonnenkreuzen zu suchen.« Sie setzte sich wieder. »Ganz offensichtlich laufen überall kranke Leute durch die Gegend und einer davon, ein Norweger namens Tobias, der dem Orden angehört, ist gestern Abend sogar hierher nach Island gekommen.«

»Und du glaubst, dass er mit dem Fall Baldur etwas zu tun hat?«, fragte Embla, die endlich wieder folgen konnte.

Lovísa überlegte nicht lange: »Ja, da bin ich mir ganz sicher. Der erschien mir vom ersten Augenblick an verdächtig – der hatte irgendwie so was Schmieriges an sich –, obwohl ich an Mord natürlich auch nicht gedacht habe.« Sie sank wieder in den grünen Sessel und rieb sich die Stirn in der Hoffnung, die Kopfschmerzen abmildern zu können, die wieder aufgeflammt waren. »Der steckt bis über beide Ohren in diesem heidnischen Schwachsinn und hat mir heute Mittag sogar Prügel angedroht, als ich es wagte, ihm seinen Unsinn vorzuwerfen.« Sie dachte daran, was sich zwischen ihnen in der Küche zugetragen hatte. »Tobias ist voll auf Sæmundurs Wellenlänge und kennt auch Baldur gut.«

»Wo ist denn dieser Tobias?«, fragte Adam.

»Am alten Tempel von Lachs-Ketill, etwa einen knappen Kilometer westlich von hier.« Lovísa schien wieder kurz davor, in Tränen auszubrechen. Der Gedanke, dass ihr Mann sich mit mit solchem Pack abgab – mit Mördern und Rassisten –, machte sie offenbar völlig fertig. »Sie standen die letzten Monate ständig über das Internet in Kontakt. Tobias hat Sæmundur in seinem Wahn noch bestärkt. Mein Mann verirrt sich von Tag zu Tag tiefer in seine abstruse Gedankenwelt.« Sie verschränkte die Arme eng vor der Brust und sah Embla traurig an. »Ich weiß nicht, wie lange ich das noch ertrage.«

Embla spürte Mitleid mit Lovísa, die sie als ungefähr in ihrem Alter einschätzte: »Ich verstehe.« Gleichzeitig war sie aber auch erleichtert. Vielleicht war das Ende dieses schrecklichen Falls bereits in Sicht.

»Kommt mal mit«, sagte Lovísa unvermittelt und stand auf. »Ich zeige euch, wo Tobias übernachtet.« Sie ging, gefolgt von Embla und Adam, aus dem Wohnzimmer zu der Treppe, die ins obere Stockwerk führte. Bevor sie die Treppe betrat, blickte sie das Paar an. »Da oben ist Tobias' Reisetasche. Vielleicht hilft sie euch irgendwie weiter.«

41. KAPITEL

Der Lärm des Geländewagens war ohrenbetäubend. Sæmundur versuchte, alles aus dem Motor herauszuholen, um so schnell wie möglich voranzukommen. Neben ihm war Tobias, und auf dem Rücksitz saß Ingunn mit Hekla auf dem Schoß und zog eine Schnute.

»Woher weißt du, dass Þingvellir der richtige Ort ist?«, fragte Tobias.

»Du hast die Inschrift gesehen.« Sæmundur blickte konzentriert auf die Hauptstraße. Þingvellir war nicht mehr weit weg. »Der Óðinnstempel stand nordwestlich von Steinkross und über Óðinn und Draupnir stand ufk«, führte er aus, so als müsse Tobias längst klar sein, worauf er hinauswollte.

Tobias hob verwundert die Augenbrauen. »Ich dachte

eigentlich, dass ich Altnordisch kann, aber ich muss zugeben, dass ich das Wort nicht kenne.«

»Kein Wunder«, entgegnete Sæmundur, »das ist ja auch kein Wort.«

Wenn Tobias zuvor einigermaßen Mühe gehabt hatte zu folgen, so hatte er jetzt den Anschluss an Sæmundurs Überlegungen völlig verloren: »Ich verstehe dich überhaupt nicht mehr.«

»Ich glaube, dass das keine Buchstaben sind.«

»Sondern?«

»Ziffern!«

Tobias riss die Augen weit auf: »Ziffern?«

»Du kennst doch die Theorie darüber, nicht wahr?«, fragte Sæmundur.

»Ja doch, selbstverständlich.« Der Norweger hatte von der Theorie gehört, dass die Runenzeichen nicht nur die Funktion von Buchstaben hatten, sondern auch als Zahlzeichen verwendet wurden, wie es auch bei den griechischen und hebräischen Schriftzeichen der Fall war. Anders ausgedrückt: Jeder Rune war auch ein Zahlenwert zugeordnet.

»›U‹ ist der zweite Buchstabe des jüngeren Futhark, also des Alphabets, dessen sich die Ketillssöhne bedienten, ›f‹ ist der erste und ›k‹ der sechste«, erläuterte Sæmundur.

»216«, sagte Tobias. Jetzt begriff er endlich das Rätsel, das Sæmundur in der Zwischenzeit gelöst hatte. »Die Größe der Sonnenkreuze beträgt 216 000 Fuß.«

»Nicht nur das«, fügte Sæmundur hinzu. »216 000 Fuß von Steinkross nach Nordwesten führen nur an einen einzigen Ort.« Er lächelte seinen Gast an.

»Auf die altehrwürdige Versammlungsstätte Þingvellir«, ergänzte Tobias lächelnd. »Das Herz des isländischen Godenreiches.«

»Das genau in der Mitte zwischen dem Sonnenkreuz von Mýri und dem in Rangárvallarsýsla liegt.«

Tobias stutzte. Jetzt hatte er den Faden wieder verloren. So gut wie Sæmundur war er in Baldurs Theorie nicht bewandert.

»Sieh mal«, begann Sæmundur. »Ganz Island wurde als Kreis gedacht und in vier Viertel unterteilt. In jedem Viertel gab es ursprünglich neun Tempelgoden, also insgesamt 36. Das entspricht 36 Zehnteln bei einem Kreisumfang von 360°.« Sæmundur nahm sich einen Zigarillo, er musste jetzt erst mal eine rauchen. »Die Goden waren so eine Art Regionalhäuptlinge. Sie hatten sonst niemanden mehr über sich. Keinen König, keinen Obergoden, niemanden. Sie trafen sich alle jedes Jahr im Juni an ihrem heiligsten Ort, auf der weiten Ebene Þingvellir, um als eine Art oberstes Gericht Recht zu sprechen. Und zwar in Angelegenheiten, die von überregionaler Bedeutung oder besonders schwerwiegend waren. Einer von ihnen, der Gesetzessprecher, trug bei dieser Gelegenheit immer ein Drittel der geltenden Gesetze auswendig vor, um sie allen in Erinnerung zu rufen. Und Lachs-Ketills Sohn Hrafn war der allererste Gesetzessprecher der Isländer.« Der Landwirt zündete sich den Zigarillo an und blies eine dicke Rauchwolke von sich. »Aus einer alten Handschrift namens *Hauksbók* – dem Habichtsbuch – blieb ein Kapitel erhalten mit einer Beschreibung des silbernen Ringes, den der Gesetzessprecher auf Þingvellir trug. Er spiegelt die Tatsache wider, dass die Landnahmeleute alles in kreisförmigen Zusammenhängen dachten. Außerdem wurden auf diesen Zusammenkünften auch Gebete gesprochen.«

»Was für Gebete?«, fragte Tobias.

»Die Anrufung Óðinns«, antwortete Sæmundur sofort und nahm einen weiteren Zug. Alles passte auf einmal so gut zusammen. »*Es mögen mir Freyr und Njörður und der allmächtige Ase beistehen*«, zitierte der Isländer andächtig. »Der uralte Silberreif – die Verkörperung des Kreisdenkens der Wikinger und zugleich Symbol des Sonnenkreuzes – ist mit anderen Worten im Óðinnstempel aufbewahrt worden, der auf Þingvellir stand.« Er lächelte. »Es hätte nicht offensichtlicher sein können. Þingvellir ist der einzig wahre Versammlungsort für uns. Für alle, die von den ins Land strömenden Ausländern die Schnauze voll haben.«

»Und wir fahren da jetzt hin«, sagte Tobias glücklich.

»Ja«, bestätigte Sæmundur. Er blickte nach vorne, den Zigarillo im Mundwinkel, dann wandte er sich zum Rücksitz um. Seine Tochter ließ das alles ziemlich kalt, obwohl er mehrfach versucht hatte, ihr Interesse zu wecken. Auch der Hinweis, dass ihre Wurzeln bis auf Óðinn selbst zurückgingen, schien sie eher noch abgeschreckt zu haben.

Sæmundur blickte auf den Weg vor sich und nahm noch einen Zug von seinem Zigarillo, bevor er den Stummel im Aschenbecher ausdrückte. »Nur dort können wir das Opfer ausführen«, erklärte er schließlich seinem norwegischen Gast.

42. KAPITEL

Im oberen Stock von Stóra-Hof war es ganz still. Lovísa ging voraus in das Gästezimmer, Embla und Adam folgten ihr. In dem Zimmer standen ein bezogenes Gästebett und ein leerer Schreibtisch. Auf dem Boden befand sich die halboffene Reisetasche.

»Tobias hat irgendwas aus der Reisetasche geholt, bevor er mit Sæmundur zum alten Tempel von Lachs-Ketill fuhr«, erklärte Lovísa. »Ich habe aber nicht gesehen, was.«

Embla trat ins Zimmer ein und kniete sich neben die Reisetasche. Bevor sie sie ganz öffnete, blickte sie zu Adam auf. »Darf ich da einfach so reingucken?«

»Das fragst du mich?«, entgegnete Adam erstaunt. Immerhin hatte Embla an diesem Tag schon mehr als ein Gesetz übertreten. »Darauf kommt es jetzt wohl auch nicht mehr an.«

Embla zog den Reißverschluss der Tasche ganz auf. Es kamen Kleidungsstücke zum Vorschein sowie einige Bücher. Die meisten handelten von verlorenen Schätzen und Wikingertempeln.

»Nicht besonders überraschend«, bemerkte Lovísa und zeigte auf die abgegriffenen Bücher. »Für mich sieht es so aus, als sei Tobias allein deshalb nach Island gekommen, um Ketills Tempel zu besuchen, den Sæmundur und Baldur hier gleich in der Nähe entdeckt haben wollen.« Sie seufzte. »Fragt mich aber nicht, warum. Ich will's eigentlich auch gar nicht wissen.«

»Ist sonst noch was drin?«, wollte Adam wissen.

»Moment mal.« Embla nahm die Bücher heraus und

versuchte die Tasche zusammenzudrücken. Dabei knisterte etwas.

»Was ist das?«, fragte Adam.

»Weiß ich nicht«, antwortete Embla. Sie schob die Kleidungsstücke beiseite und zog eine Plastiktüte hervor. Ihr Inhalt fühlte sich weich an und schimmerte rötlich durch das weiße Plastik. Angewidert zeigte sie Lovísa und Adam ihren Fund.

»Mach auf«, bat Adam gespannt.

»Ich trau mich nicht«, entgegnete Embla und reichte ihrem Freund die Tüte. »Machst du es?«

»Du brichst in Baldurs Arbeitszimmer ein und klaust Sachen von seinem Schreibtisch, aber um eine kleine Tüte zu öffnen, fehlt dir der Mut«, wunderte sich Adam. Er nahm die Tüte entgegen, löste den Knoten, der die Tüte verschloss und warf einen Blick hinein. Aber anstatt etwas zu sagen, schaute er seine Freundin mit einem Gesichtsausdruck an, den Embla noch nie an ihm gesehen hatte.

Embla bekam Angst: »Was denn?«

»Das sind …«, stotterte Adam, ohne den Satz zu beenden.

»Das sind was?«

»Sieh doch selbst.« Er reichte seiner Freundin den Beutel. Embla sah vorsichtig hinein.

Augenblicklich wurde sie aschfahl.

Darin waren acht blutige Katzenschwänze.

43. KAPITEL

»Was hat sie gesagt?«, fragte Ægir im selben Moment, als Grímur das Handy auf den Schreibtisch im Verhörzimmer legte.

»Die gute Ásdís ist auf dem Weg hierher zur Wache. Aber mach dir mal keine großen Hoffnungen. Selbst wenn sie behaupten würde, mit dir heute Morgen im Bett gelegen zu haben, kannst du hier nicht einfach rausspazieren«, erklärte er schroff.

»Wie jetzt? Ich dachte, ihr wolltet ein Alibi?«, fragte Ægir.

»Doch, aber bei so was kommt es immer auf die Glaubwürdigkeit der Zeugin an. Wie müssen uns erst mal ein Bild davon machen, wie ernst wir diese Dame überhaupt nehmen können.«

Die Männer schwiegen. Hörður machte sich daran, das Protokoll in einen prähistorisch anmutenden Rechner zu tippen. Ægir saß auf der anderen Seite des Tisches und schien auf seine Erlöserin zu warten. Grímur lehnte an der Wand, die Augen auf Ægir geheftet. Seine Hand steckte in der Tasche seines Jacketts und umfasste die Pfeife seines Bruders. Jetzt, da er warten musste, kamen die vielen Bilder des Tages in ihm hoch. Der Morgen drängte wieder in sein Bewusstsein, als er Baldurs verwüstetes Arbeitszimmer betreten hatte. Dann all die anderen Ereignisse, die schließlich zur Festnahme des Verdächtigen geführt hatten.

Und Embla hatte noch gemeint, dass die Asengemeinschaft nichts damit zu tun hat, dachte Grímur, froh darüber, seiner Intuition gefolgt zu sein. Ihr Geschwätz von Stóra-Hof und von dem Blutstropfen im Sonnensymbol hatte sich als völlig abwegig erwiesen, nachdem ein Beamter dort draußen nach dem Rechten gesehen und nichts Verdächtiges bemerkt hatte.

In dem Moment begann sein Handy zu vibrieren. Wieder eine Nummer, die er nicht kannte. Er meldete sich mit seinem Bass: »Hier Grímur.«

»Grímur«, rief eine weibliche Stimme zitternd vor Aufregung.

»Wer ist dran?«

»Embla. Embla Þöll.«

»Ah, hallo. Ich hab gerade noch an dich gedacht, weil …«

»Es gibt wichtige Neuigkeiten«, unterbrach sie ihn.

»Ja, die gibt es«, entgegnete Grímur. »Der Polizist, den ich nach Stóra-Hof geschickt habe, hat gerade angerufen und mir mitgeteilt, dass dort alles in bester Ordnung ist.«

»Dann empfehle ich dir, ihn rauszuschmeißen«, versetzte Embla scharf.

»Und warum sollte ich das tun?«

»Weil ich auf Stóra-Hof bin.«

Grímur verschluckte sich beinahe: »Was hast du gesagt?« Diese Frau war offensichtlich völlig unberechenbar.

»Du hast schon richtig gehört.«

»Hab ich dich nicht gebeten, deine Nase in Zukunft …?«

»Und ich hab die Katzenschwänze gefunden! Acht Stück!«, unterbrach sie ihn erneut.

Grímur war wie vom Donner gerührt. »Wo?«, fragte

er schließlich. So ohne weiteres wollte er sich nicht geschlagen geben.

»In einer Reisetasche hier auf Stóra-Hof. Sie gehört einem Norweger namens Tobias Petersen.«

»Warum hast du nicht auf mich gehört und die Finger von der Sache gelassen?«

Jetzt schien Embla der Kragen zu platzen. »Hörst du mir überhaupt zu?«, schrie sie ins Telefon. »Ich habe die Schwänze von den Katzen gefunden, die in Baldurs Arbeitszimmer hängen, und ich weiß, wer es getan hat. Ich habe den Mörder!«

Ihre Erregung und ihr Tonfall trugen dazu bei, dass die Information endlich bis in Grímurs Bewusstsein vordrang. Es ging nicht darum, wer als erster den Mörder fand. Es ging um die Lösung des Falls. Widerwillig versuchte er, seinen Zorn zu zügeln.

»Du bist im Augenblick auf Stóra-Hof?«, fragte er.

Embla schnaufte heftig ins Telefon. »Ja. Und du musst auf der Stelle herkommen.«

»Wo ist der Norweger, dem die Tasche gehört?«

»Hier gleich in der Nähe, etwa einen Kilometer westlich des Hofs«, antwortete Embla.

»Verstehe.« Grímur kratzte sich an der Glatze. Das ging ihm alles ein wenig zu schnell. Vor wenigen Sekunden noch war er mit Gewissheit davon ausgegangen, den Richtigen festgenommen zu haben, aber jetzt sah das Ganze wieder völlig anders aus. Wenn Embla recht hatte, lief der wahre Mörder noch immer frei herum. »Wir fahren sofort los.«

»Endlich.« Embla atmete auf. »Und ich seh mal nach, ob Tobias noch dort ist und geb dir dann Bescheid.«

»Ja, bitte tu das. Und danke«, fügte Grímur in versöhnlichem Tonfall hinzu.

»Gern geschehen«, wiegelte Embla ab, »Hauptsache, ihr beeilt euch.« Sie beendete die Verbindung.

Hörður und Ægir saßen am Schreibtisch und sahen den Beamten erwartungsvoll an. Es war ihnen nicht verborgen geblieben, dass das Telefongespräch den Ermittlungen eine völlig neue Richtung gegeben hatte.

Hörður war froh, seine nur sehr mühsam vorangehende Schreibtätigkeit unterbrechen zu können: »Wer war das?«

»Embla.« Grímurs Blick fiel auf Ægir, der in aller Ruhe die weitere Entwicklung der Dinge abwartete.

»Und?«, fragte Hörður schließlich.

»Du bleibst hier«, befahl Grímur dem Automechaniker, bevor er sich an seinen Mitarbeiter wandte: »Und du kommst mit mir.« Er öffnete die Tür des Verhörraumes: »Wir fahren nach Osten rüber.« Dann stürmte er hinaus.

44. KAPITEL

Sæmundur jagte den Wagen über die schmalen Straßen von Þingvellir. Zur Linken tauchte das Hótel Valhöll auf. Unweit davon führte eine Brücke über die Öxará, aber Sæmundur fuhr geradeaus weiter. Er steuerte geradewegs auf einen schmalen Landstreifen zwischen zwei tiefen Klüften im Lavafeld zu – dem Ort, an dem sich der Gesetzesberg der Wikinger befunden haben soll, bevor er im Zuge der Christianisierung der Isländer im

Jahre 1000 zur Almannagjá, der Allmännerschlucht, verlegt wurde.

Tobias spähte durch die schmutzige Windschutzscheibe: »Wo, meinst du denn, stand der Tempel?«

»Ich bin mir nicht sicher, aber wenn Baldur hier Nachforschungen angestellt hat, gehe ich mal davon aus, dass er das Gelände auf irgendeine Weise markiert hat«, antwortete Sæmundur.

Der Landrover blieb auf einem leeren Parkplatz stehen. Sonst gab es hier immer eine Menge Mietwagen der Touristen, aber im Augenblick war er völlig leer. Sæmundur sprang aus dem Auto, und die anderen folgten ihm.

»Und jetzt?«, fragte Tobias. Ein scharfer Wind fegte über die Ebene. Um Þingvellir herum befanden sich bemooste Lavahöhlen, kleine Schneewächten und tiefe Zerrspalten, in denen grünlich schimmerndes Wasser stand. »Irgendwelche Ideen?«

»Kommt mit«, sagte Sæmundur und lief über eine Brücke auf die schmale Landzunge hinauf.

Tobias war mittlerweile vom Laufen ziemlich erschöpft. »Wo war er denn nun, der Tempel?«

Anstatt zu antworten, blickte Sæmundur angestrengt in alle Himmelsrichtungen. Hier war absolut gar nichts, was auf eine archäologische Ausgrabung hindeutete. So weit das Auge reichte, nichts als unberührte Natur. Plötzlich kam ihm eine Idee. »Der Tempel stand in der Nähe des Gesetzesberges, nicht direkt darauf«, murmelte er. »So ist es ja auch bei den Tempeln in der Nähe der zugehörigen Landnahmegehöfte.«

»Aber wo?« Tobias ließ seinen Blick zu den dunklen Bergen schweifen und über den ausgedehnten Þingvallavatn direkt vor ihnen. Er war dicht an Sæmundur herangetreten.

Dieser brauchte nur einen Augenblick, um die Lösung zu finden. »Hier«, sagte er und lief zum Parkplatz zurück und auf die etwas weiter westlich stehende Kirche von Þingvellir zu. Seine Tochter, Tobias und der Hund folgten ihm. Ingunn war die Rennerei ihres Vaters und dieses merkwürdigen Norwegers inzwischen leid. Sie verstand nicht, warum sie unbedingt dabei sein sollte bei dieser sinnlosen Spurensuche. Aber wenn sie jetzt ihren Vater danach fragte, würde er nur wieder wütend werden, wie immer.

Kurz darauf standen sie vor der Tür der Kirche. »Das ist die Lösung. So muss es einfach sein.« Sæmundur war sich ganz sicher.

»Was denn?« Tobias zog ein ratloses Gesicht.

»Die erste Kirche wurde auf Þingvellir kurz nach der Christianisierung errichtet und befand sich etwa hier, wo jetzt die Kirche steht.« Sæmundur klopfte gegen die Holzwand des Gebäudes.

»Du glaubst also, dass man die Kirche auf den Fundamenten eines Óðinnstempels errichtet hat?«

»Ganz genau. Bedeutende Kirchen wie diese hier wurden nicht einfach irgendwo gebaut. Sie wurden an Orten errichtet, die schon lange zuvor im Bewusstsein der Menschen als heilig galten.«

»Wo also zuvor heidnische Tempel gestanden hatten?«, schloss Tobias.

»So ist es. Die christlichen Glaubensboten *veränderten* das Weltbild nicht, sie *christianisierten* es«, dozierte der Landwirt. Tobias hatte von der Theorie schon gehört, derzufolge Kirchen über den Fundamenten heidnischer Tempel errichtet worden waren, um die Überlegenheit des Christentums zu demonstrieren. Daher konnten sie als Wegweiser zu ehemaligen heidnischen Heiligtümern dienen.

Sæmundur ging einmal um das Gebäude herum und suchte nach einem Hinweis darauf, dass Baldur auch hier geforscht hatte. Irgendein Anzeichen auf eine Ausgrabung oder sonst eine Markierung des Tempels. Hekla folgte ihm, aber Ingunn setzte sich missmutig auf die Kirchentreppe.

Doch so genau Sæmundur sich auch umsah, er entdeckte nichts. Nur die weite, kahle Landschaft, niedrige Birkenwäldchen und einige Fichten. Dazu die Grabstätten der Nationaldichter Einar Benediktsson und Jónas Hallgrímsson. Und schließlich stand er vor dem rauschenden Flüsschen Öxará. Weder Pflöcke noch sonstige Markierungen waren zu finden.

»Hast du was entdeckt?«, rief er zu Tobias hinüber, der vor dem kleinen Anwesen Þingvallabær stand.

»Nein, nichts«, rief der Norweger zurück. Er war das Gelände ebenfalls abgegangen und hatte das feuchte Gras sorgfältig untersucht. Hier gab es nichts Auffälliges.

»Teufel noch mal!«, entfuhr es Sæmundur vor Wut. Sie waren keinen Schritt weitergekommen.

Als die beiden Männer zum Eingang der Kirche zurückkamen, fanden sie Ingunn, die auf den Stufen saß.

»Habt ihr was entdeckt?«, fragte sie mit spürbarem Desinteresse. Denn sie wollte nach Hause, an den Computer, und mit ihren Freundinnen chatten.

»Nein«, antwortete ihr Vater kurz angebunden, fischte einen Zigarillo aus der Tasche und zündete ihn an, um seine Nerven zu beruhigen.

»Und was wollen wir dann noch hier?«, fragte das Mädchen genervt.

»Warten, verdammt.« Sæmundurs barsche Antwort verriet seine wachsende Ungeduld. Er war ratlos, und die Zeit begann ihm davonzurennen. Er wusste weder, wo der Tempel gestanden hatte, noch wo das Opfer auszuführen war. Ein Blick auf seine Armbanduhr machte die Lage nicht besser. »Schon vier! Zur Hölle noch mal!«, fluchte er erneut. »Vor Sonnenuntergang müssen wir damit fertig sein.«

»Ich muss aber heim«, wagte Ingunn einzuwerfen.

»Nicht jetzt, verdammt«, fuhr er sie an.

Diesmal aber regte sich Widerspruch bei dem Mädchen, die mit demselben Temperament wie ihr Vater ausgestattet war. Jetzt reichte es ihr. »So kannst du mir nicht kommen. Fahr mich nach Hause und zwar jetzt!«, schrie sie ihn an und stand auf.

»Und du tust gefälligst, was ich sage«, stellte Sæmundur sich ihr entgegen. »Freu dich doch, andere Mädchen in deinem Alter kriegen so etwas nicht präsentiert.«

»Was denn überhaupt?«, schnappte Ingunn. »So einen Quatsch?« Doch sofort bereute sie diese Entgleisung.

Der Ton zwischen Vater und Tochter war mit einem Schlag eisig geworden. »Quatsch?«, wiederholte er mit unverhohlener Enttäuschung. »Ich dachte, du würdest mir zur Seite stehen. Ich dachte, wir wären uns darüber einig, wie wichtig das alles ist, auch wenn deine Mutter uns nicht versteht.«

»Pa, ich hab dich lieb, aber ich kann da nicht mehr mit.« Ingunn konnte die Wahrheit nicht mehr länger zurückhalten. Jetzt war der richtige Zeitpunkt, sie auszusprechen. »Hör endlich auf damit! Du bist verrückt. Mama und ich, wir machen uns Sorgen um dich.« Ihre Augen schwammen plötzlich in Tränen.

Sæmundur war entsetzt und fühlte sich betrogen. Trotz aller Widerstände, die er hatte aushalten müssen, hatte er Ingunn immer fest an seiner Seite geglaubt. Hatte angenommen, sie würde mit ihm durch dick und dünn gehen. Dass sie stolz darauf war, den Namen Ingunn nach Lachs-Ketills Frau zu tragen. Stolz auf ihre Herkunft aus dieser Familie, ja dass ihre Ahnenreihe über die Oddaverjar, Ketill, die Skjoldungen bis auf Óðinn höchstpersönlich zurückverfolgbar war.

Das Mädchen sah ihren Vater flehentlich an: »Können wir jetzt nicht einfach nach Hause fahren?«

»Nein, das können wir nicht«, antwortete Sæmundur tieftraurig.

»Mir tut das leid, Pa, wirklich.« Sie setzte sich wieder auf die Kirchentreppe, wischte sich die Tränen ab und starrte vor sich hin. Starrte auf die Felswand der Almannagjá, auf die friedlich in den See plätschernde Öxará. Hekla ließ sich mit heraushängender Zunge neben ihr nieder. Die beiden sahen Sæmundur und Tobias den nächsten Schritt beraten. Das Einzige, was jetzt in Ingunns Gedanken Platz hatte, war ihre Mutter. Sie wünschte sie sich sehnlichst herbei. »Warum kann nur der alte Papa nicht wieder zurückkommen?«, flüsterte Ingunn dem Hund ins Ohr. Und Hekla sah ihr tief in die Augen, mit weit heraushängender Zunge.

45. KAPITEL

»Du musst Sæmundur sofort anrufen«, sagte Embla zu Lovísa, sofort nachdem sie das Gespräch mit Grímur beendet hatte. Adam stand neben ihr. Noch hatte er die Plastiktüte nicht losgelassen. Wenigstens aber hatte er endlich seinen Krawattenknoten gelockert und den obersten Hemdknopf geöffnet.

»Warum?«, fragte Lovísa. Sie setzte sich auf die Gästeliege. Ihre Knie vermochten sie nicht mehr zu tragen. Der schreckliche Gedanke, dass in diesem Moment ein eiskalter Mörder mit ihrem Mann und ihrer Tochter unterwegs war, hatte ihr buchstäblich den Boden unter den Füßen weggezogen.

»Weil wir herausfinden müssen, wo Tobias ist. Die Polizei ist auf dem Weg hierher«, erklärte Embla.

»Ich verstehe.« Lovísa raffte alle Kraft zusammen und erhob sich wieder. »Wartet hier.« Sie eilte in den Gang hinaus, ins Zimmer ihrer Mutter und zum Fenster, das einen Blick auf die Ausgrabung von Lachs-Ketills Gehöft in der Ferne bot. Dort waren sie vor kurzem noch gewesen. Zu Lovísas großem Schrecken war der Geländewagen mittlerweile verschwunden. »O Gott«, flüsterte sie.

Ihre Mutter war von den Geräuschen geweckt worden. »Bist du das, Tochter?«

»Schlaf nur weiter«, bat Lovísa. Sie ging zu ihrer Mutter und zog ihr die Decke noch einmal besser zurecht.

»Was habe ich getan?«, stammelte Vilborg schlaftrunken. »Ich … ich bin ein schlechter Mensch.«

»Schon gut, Mutter. Du hast nur schlecht geträumt.«

Lovísa drapierte die Decke sorgfältig über Vilborgs Füße. »Hattest du wieder den gleichen Traum wie sonst auch?«

»Was habe ich getan?«, fuhr Vilborg fort, immer noch auf der Schwelle zwischen Wachen und Traum. »Mein Geist findet keinen Frieden. Ich werde direkt zur Hölle fahren, nicht wahr?«

»Schlaf gut«, sagte Lovísa und küsste ihre Mutter auf die Stirn, bevor sie wieder in das Gästezimmer zurückkehrte. Sie kannte dieses schlaftrunkene Gestammel und Vilborgs Alpträume nur zu gut.

»Und?«, erkundigte sich Adam.

»Sie sind da nicht mehr, wo sie vorhin waren«, antwortete Lovísa ängstlich. »Dieser mordwütige Kerl läuft irgendwo mit meiner Familie herum … mit meiner Tochter.« Das Weinen saß ihr in der Kehle, und ihre Schultern bebten.

»Ruf deinen Mann an.« Embla reichte Lovísa ihr Handy, legte ihr die Hand auf die zitternde Schulter und versuchte, ihr Mut zu machen. »Das ist im Augenblick das Einzige, was wir tun können.«

»Ja.« Lovísa schluckte und wählte Sæmundurs Nummer. Es verging eine Weile, bis er sich meldete.

»Sæmundur, Lovísa hier.«

»Lovísa? Von was für einem Telefon rufst du an?«, fragte Sæmundur.

Sie hörte im Hintergrund Wind und plätscherndes Wasser: »Das spielt keine Rolle. Wo bist du?«

»Wir sind nach Þingvellir raus.«

»Warum das denn jetzt wieder?«

»Weil wir in Baldurs Hütte einen Hinweis entdeckt

haben, der uns hierher zur Kirche geführt hat.« Sæmundur wurde lebhaft. »Lovísa, Ketills Tempel stand nicht in der Nähe seines Anwesens, sondern hier«, erklärte er in einer Mischung aus Selbstzufriedenheit und glühendem Eifer.

Diese Neuigkeit ließ Lovísa völlig ungerührt. Etwas anderes war ihr weitaus wichtiger – die Sicherheit ihrer Tochter. »Seid ihr da noch länger?«, fragte sie.

»Ja, wahrscheinlich. Wieso? Ist was passiert?« Irgendetwas belastete seine Frau, das hörte Sæmundur deutlich heraus.

»Nein, nein«, log sie. »Versprich mir nur, noch ein wenig dort zu bleiben und Ingunn nicht aus den Augen zu lassen, okay? Ganz egal, was passiert.«

»Was ist los mit dir, Lovísa?«

»Gar nichts. Versprich mir nur das«, wiederholte sie mit Nachdruck. »Das ist das Einzige, worum ich dich bitte.«

»Jaja, ich versprech's dir. Ingunn steht hier direkt vor mir.«

»Gut. Ich liebe dich, Sæmundur«, sagte Lovísa, bevor sie das Gespräch beendete.

»Ich … ich liebe dich auch«, entgegnete er merkwürdig berührt. Die letzten Liebesworte, die sie ausgetauscht hatten, lagen lange zurück.

Lovísa gab Embla das Telefon zurück.

»Sie sind auf Þingvellir, an der Kirche. Sæmundur sagt, dass er in Baldurs Hütte einen Hinweis auf die richtige Position von Ketills Tempel gefunden hat und deswegen dorthin ist.«

»Wie?« Embla lief um Augen und Wangen rot an.

Selbst am Hals bekam sie Flecken vor Aufregung: »Was für ein Tempel? Was für ein Sommerhaus?«

»Baldur hat hier vor ein paar Jahren ein kleines Sommerhaus bauen lassen, gleich in der Nähe. Wegen seiner Forschungen zu diesem Sonnenkreuz«, erklärte Lovísa mit unbewegter Miene.

Embla brach der Schweiß aus. Was immer Sæmundur dort gefunden hatte, es war für die weiteren Untersuchungen möglicherweise wegweisend. Nicht für die des Mordfalls, der schien aufgeklärt, nein, für Baldurs archäologische Forschungen. Was immer sie in dem Sommerhaus entdeckt hatten, es konnte das fehlende Glied in der Kette der Theorien sein. Das Motiv auch für den grauenvollen Mord am Morgen. »Wo ist dieses Sommerhaus?«, fuhr sie Lovísa an.

»Ungefähr ein Kilometer von hier weg.«

»Gut, dann lass uns hinfahren.« Embla wandte sich Adam zu, der während des Gesprächs der beiden Frauen stumm dabeigestanden hatte. Er sah sie forschend an. »Was denn?«, fragte Embla.

»Warum müssen *wir* denn nun zu Baldurs Sommerhaus? Weshalb rufst du nicht einfach die Polizei an, sagst ihnen, wo dieser Tobias steckt, und damit hat es sich?«

»Ich *habe* die Polizei doch angerufen«, verteidigte sich Embla.

»Aber was hat dann Baldurs Arbeitsschuppen noch damit zu tun?«, fuhr Adam fort, obwohl ihn ein unabweisbarer Verdacht beschlichen hatte, wie die Antwort lauten würde – Embla wollte den verschollenen Tempel finden.

»Darin liegt die Antwort für alles, was heute geschehen ist. Das Motiv für dieses Verbrechen«, erklärte sie. »Siehst du das nicht?«

»Das heißt also, wir denken mal wieder überhaupt nicht an uns selbst?« Das kam etwas von oben herab.

»Ach weißt du was, halt einfach die Klappe«, fauchte Embla, die sehr wohl wusste, dass Adam durchaus auch recht hatte. Sie rauschte die Treppe hinunter, Lovísa hinterher. Im Laufen zog sie ihr Handy aus der Tasche, überging geflissentlich alle vergeblichen Anrufe und suchte nach Grímurs Nummer. Dann hielt sie das kleine Gerät ans Ohr und wartete auf das Freizeichen.

46. KAPITEL

Das flache Mosfellssveit vor den Toren Reykjavíks flog an den beiden Polizisten vorbei. Der hochbeinige Polizeijeep schoss im Höchsttempo über die Landstraße. Grímur hatte diesen Weg gewählt, da hier so gut wie kein Verkehr zu erwarten war. Die reguläre Ausfallstraße ins Südland war dagegen zu dieser Tageszeit regelmäßig zugestaut. Besonders die schweren Lastwagen hätten sie aufgehalten.

Es ging um jede Minute. Jede Minute konnte über den Ausgang dieses Falls entscheiden.

Hörður auf dem Beifahrersitz versuchte ein gelassenes Gesicht zu machen, obwohl ihm das Herz heftig in der Brust pochte. Er schielte auf den Tacho. »Shit«, entfuhr es ihm. Die rote Nadel zitterte zwischen 140 und 145. Er räusperte sich. »Muss das sein?«

»Was?«, fragte sein Vorgesetzter, ohne von der Straße aufzublicken. Die Fahrt erforderte seine volle Konzentration.

»Du weißt schon … die Geschwindigkeit«, stammelte Hörður.

Bis dahin hatte Grímur dem Tacho noch nicht einmal Beachtung geschenkt. Er streifte ihn mit einem flüchtigen Blick. Doch er ging deswegen nicht vom Gas runter. Ganz im Gegenteil. Jetzt drückte er erst recht auf die Tube. »Wir haben keine Zeit zu verlieren«, erklärte er äußerlich so ruhig wie möglich, auch wenn sich seine Gedanken in Aufruhr befanden.

Der Jeep durchquerte die Landschaft wie im Sturzflug. Zuerst lag die majestätische Esja linker Hand und die Mosfellsheiði zur Rechten, aber sie ließen sie schnell hinter sich. Dann kamen Skálafell und die Abzweigung Richtung Kjós und in den Hvalfjörður. Eben hatten sie die Kreuzung hinter sich gelassen, als Grímurs Handy piepsend vibrierte. Trotz der Geschwindigkeit nahm er eine Hand vom Steuer, holte das Telefon aus der Tasche und hielt es sich ans Ohr. »Ja?«, brummte er.

»Grímur, sie sind nicht mehr hier auf Stóra-Hof«, erklärte Embla ohne Umschweife.

»Wo denn dann?«, fragte Grímur.

Währenddessen konnte man in Hörðurs Gesicht ob der waghalsigen Fahrt jetzt das blanke Entsetzen sehen. Er verspürte einen unbezwingbaren Fluchtimpuls. Auf der Stelle raus aus dem Wagen. Am besten gleich aus dem ganzen Polizeidienst. Runter mit der schwarzen Uniform.

»Sie sind an der Kirche von Þingvellir«, sagte Embla.

»In Þingvellir also«, entgegnete Grímur erleichtert. »Wir sind hier gerade in Mosfellssveit.«

»Beeilt euch, ich weiß nicht, wie lange sie dort bleiben werden. Euer Mann ist Norweger, er heißt Tobias. Schwarze Hose, helle Jacke, mit langem Haar und sonderbaren Augen. Stierer Blick, sagte mir Sæmundurs Frau.«

»Wer ist Sæmundur?«, fragte Grímur, die eine verbliebene Hand um das wegen der rasenden Geschwindigkeit vibrierende Lenkrad gekrallt.

»Der Ehemann der Frau, die mir alles erzählt hat. Lovísas Mann. Bäuerin auf Stóra-Hof. Tobias ist Sæmundurs Gast. Er steckt sicher auch bis über beide Ohren in diesen altnordischen Dingen«, erklärte Embla. »Lovísa steht Todesängste um ihren Mann aus und auch um ihre Tochter, die mit den beiden unterwegs ist.«

»Verstanden. Wir sind gleich da. Richte ihr das aus.«

»Ja, aber gib mir so bald wie möglich Bescheid, wie die Sache ausgegangen ist«, sagte Embla und beendete das Gespräch.

Grímur ließ das Telefon in die Jackentasche rutschen, was Hörður ein wenig beruhigte. »Und?«, fragte er.

»Gut, dass wir diesen Weg genommen haben«, sagte Grímur.

»Warum?«

»Weil der, hinter dem wir her sind, sich nur ein kurzes Stück von hier aufhält.«

»Kannst du dann nicht ein bisschen langsamer machen«, fragte Hörður mit einem neuen Funken Hoffnung, lebend aus diesem Wagen zu steigen.

»Klar«, murmelte Grímur in Gedanken, wie schon so

oft heute, und gab noch mehr Gas. Der Tacho blieb jetzt konstant oberhalb der 145 Stundenkilometer, und der Jeep schoss weiter auf den Þingvallavatn zu.

»Herrje«, ächzte Hörður. Seine Todesangst gaukelte ihm äußerst glaubwürdig vor, dass der Wagen gleich ohne Vorwarnung abheben und direkt in den See vor ihnen stürzen würde.

47. KAPITEL

Adam, Embla und Lovísa verließen Stóra-Hof und rumpelten die Piste entlang zu den Resten des Gehöfts von Lachs-Ketill. In ihrer Aufregung entging ihnen die Kühlerhaube eines *Stöð 2*-Wagens, der sich hinter dem Pferdestall von Stóra-Hof verbarg.

»Entschuldige bitte das Gerümpel hier«, sagte Adam am Steuer und deutete auf die halbgeleerten Flaschen im Fußraum des Beifahrersitzes. Neben ihm saß Lovísa. Sie wirkte viel ruhiger jetzt, nachdem sie erfahren hatte, dass die Polizei auf dem Weg nach Þingvellir war.

»Macht nichts«, meinte sie.

»Hast du eine Ahnung, warum Tobias so was tut?«, fragte Embla vom Rücksitz.

»Nein«, antwortete Lovísa, »aber er steht zweifellos unter starkem Einfluss von Sæmundur und seinem Sonnenkreuzorden. Darüber haben sich Sæmundur und Baldur am meisten gestritten.«

Embla schob den Kopf zwischen die Vordersitze. »Wie meinst du das?«

Lovísa ordnete rasch ihre Gedanken. »Ich sagte ja vorhin schon mal, dass Sæmundur und Baldur heftige Auseinandersetzungen über den Sonnenkreuzorden hatten, den Sæmundur wieder zum Leben erweckt hat. Baldur hat nachgewiesen, dass er in der Wikingerzeit existiert haben muss. Aber er wollte damit nichts zu tun haben. Ganz zu schweigen davon, dass er ihn nicht mit ausländerfeindlichen Umtrieben in Verbindung gebracht wissen wollte oder irgendwelchen nordischen Spinnereien.« Trauer lag in Lovísas Augen. »Kann schon sein, dass ein Geisteskranker wie dieser Tobias Hass auf Baldur wegen seines Standpunkts entwickelt und …« Sie stockte. »Und dann tut, was er getan hat.«

Embla nickte zustimmend. Endlich schien sich der Mordfall aufzuklären. Tobias war so etwas wie ein Schüler von Sæmundur und glühender Anhänger von dessen Ideen. Er hatte Baldur wegen seiner Ablehnung des Sonnenkreuzordens ermordet. Das würde auch die heidnisch-nordische Inszenierung am Tatort erklären. Die Ursache des Verbrechens brauchte gar keine anderen Gründe zu haben als den Geisteszustand eines Mannes, der den Bezug zur Wirklichkeit verloren hatte.

Adams Rostlaube näherte sich dem Ziel. Hinter einer kleinen Erhebung war der Dachfirst des Sommerhauses zu sehen, das Baldur direkt auf dem Ausgrabungsgelände hatte errichten lassen.

»Da.« Lovísa deutete in die Richtung. »Das ist das Haus.«

Adam legte den ersten Gang ein und überquerte langsam die Straße Nr. 264 und ließ den Wagen über die Wiese bis vor das Gittertor rollen.

»Ich geh schon.« Lovísa sprang heraus und öffnete

das Tor. Der weiße Polo fuhr langsam hindurch und blieb dann am Abhang stehen. Adam stellte den Motor ab, zog die Handbremse und blickte Embla im Spiegel an. »Bereit?«

»Ja.« Sie gähnte. Die Autofahrt hatte sie wieder heruntergebracht, sie sogar schläfrig gemacht. Seit dem Vormittag war sie hochtourig unterwegs gewesen. Der ganze Tag bis hierher kam ihr wie ein wunderlicher Traum vor.

»Vielleicht hätten wir unsere Nasen doch da raushalten sollen«, meinte Adam. Die erschöpften Augen seiner Freundin sagten alles, was es zu sagen gab. Sie befanden sich auf dünnem Eis, gingen ungewohnte Pfade, und das forderte bereits seinen Tribut.

»Es kostet schon was, Held zu sein«, lächelte Embla schwach.

Adam streckte seine Hand nach hinten, und Embla ergriff sie. »Du warst heute schon ziemlich heldenhaft«, meinte er.

»Was soll denn das jetzt? Ich dachte, du warst dagegen, dass ich mich in den Fall einmische?«

»Das war ich auch«, gestand Adam, »aber es sieht ganz danach aus, als hättest du die Sache aufklären können, und das ganz auf eigene Faust.«

Als Embla das hörte, schien die Müdigkeit ihren Körper zu verlassen. Adam hatte recht. Wären sie nicht schnellstens nach Stóra-Hof rausgefahren, allen Befehlen zum Trotz, wäre der Fall noch komplett offen. »Danke.« Sie beugte sich vor und küsste Adam auf die Wange. Trotz der Schwierigkeiten in ihrer Beziehung und der andauernden, unnötig vielen Reibereien wegen diesem und jenem liebte sie ihn heiß und innig. Und es waren genau diese Augenblicke, die sie daran erinnerten. Er war immer da und sagte genau das, was sie hören musste, damit sich ihre Batterien wieder aufluden. »Bist du denn noch sauer wegen der Grasflecken auf deiner Jacke?«, fragte sie und ließ ein warmes Lächeln aufstrahlen.

Adam lächelte zurück: »Das war meine Lieblingsjacke.«

»Wir kaufen eine neue, wenn das hier vorbei ist.«

Lovísa klopfte gegen die Scheibe. »Kommt ihr?« Ihr war offenbar kalt, sie hatte die Arme eng um sich geschlungen.

»Na dann mal los«, wandte sich Embla an Adam, drückte ihm einen weiteren Kuss auf die Wange und stieg aus, mit Baldurs Manuskript in der Hand.

48. KAPITEL

Lovísas Anruf hatte Sæmundur aus dem Gleichgewicht gebracht. Die Stimme seiner Frau hatte einen völlig fremden Tonfall gehabt. Er konnte sich nicht erinnern, Lovísa jemals so reden gehört zu haben. Obwohl… Der Tag, an dem ihr Vater gestorben war. Vor fünfzehn Jahren. Da hatte sie ähnlich geklungen. Genauso fern, genauso verängstigt. Aber was war eigentlich passiert? Sie weiß doch wohl nicht, was ich vorhabe?, dachte er.

»Was machen wir jetzt?« Tobias trat an ihn heran und riss ihn aus seiner Grübelei.

»Ich weiß es nicht genau«, gab Sæmundur zu. Er legte die Hand auf *Hávamál*, das noch in der Jackentasche steckte. Schon bald würde er den schmalen Band aufschlagen und die machtvollen Verse aus *Rúnatal* als Begleitgebet zu seinem Opfer rezitieren. Aber dazu musste er erst den Standort des Tempels finden.

»Was hat Mama gesagt?« Seit sie mit ihrem Vater so offen gesprochen hatte, war Ingunn verärgert auf der Treppe zur Kirche sitzen geblieben. Es hatte den befürchteten Streit gegeben. Aber sie war trotzdem froh, endlich den Mut gefunden zu haben, ihm ihre Meinung zu sagen.

»Nichts«, lautete Sæmundurs knappe Erwiderung. Er hatte die Enttäuschung über seine Tochter noch nicht verwunden. Er war sich so sicher gewesen, dass sie ihm folgen würde und es als Ehre betrachtete, mit ihm an dem Opfer teilzunehmen. Den Ahnen zur Ehre. Viel zu spät war ihm klar geworden, dass dem nicht so war. Das würde das Opfer nur noch erschweren.

Motorengeräusch zerstörte die Stille und zog die Aufmerksamkeit der drei auf sich. Sie sahen einen Polizeijeep an der Lavaspalte entlangfahren und auf sie zukommen.

»Was ist denn heute los?«, fragte Sæmundur verwundert über die Aufdringlichkeit der Polizei. Zuerst auf Stóra-Hof, jetzt hier bei Þingvellir.

Tobias aber reagierte weniger gelassen. Er griff nach der Kirchentür und versuchte, sie zu öffnen.

»Die ist im Winter zugesperrt«, erklärte Sæmundur.

»Verdammt«, flüsterte der Norweger und sah sich hektisch um. Der Geländewagen kam rasch näher. Tobias sah keine bessere Zuflucht als das kleine Anwesen in einigen Metern Entfernung.

Der Polizeijeep raste auf die Kirche zu und blieb mit quietschenden Reifen stehen. Grímurs und Hörðurs Aufmerksamkeit richtete sich sofort auf den Flüchtenden. Emblas Beschreibung passte haargenau auf ihn.

Mit einem gewaltigen Satz sprang Hörður aus dem Wagen. »Stop!«, brüllte er und rannte dem Norweger nach.

49. KAPITEL

Lovísa eilte über das sorgfältig mit Pflöcken abgegrenzte Ausgrabungsgebiet, und Embla folgte ihr. In aller Eile studierte sie das Gelände und den von Baldur abgesteckten Standort der Siedlung. Sie war gespannt auf das, was in seinem Sommerhaus verborgen lag. Adam folgte ihnen in einigen Metern Abstand.

Die Tür zum Sommerhaus stand halb offen. Erwartungsvoll und zugleich vorsichtig spähten die Frauen hinein.

Lovísa trat als Erste ein, Embla und Adam direkt dahinter. Kühle schlug ihnen entgegen, und der Fußboden knarrte. Von draußen hörte man den Wind ums Haus fegen.

»Und?«, fragte Lovísa.

»Irgendetwas hier muss Sæmundur und Tobias dazu gebracht haben, den Tempel auf Þingvellir zu suchen«, mutmaßte Embla, »und dieses *Etwas* könnte auch den Mord aufklären.« Sie ließ den Blick über Baldurs Einrichtung wandern. In einer Arbeitsecke lehnten lehmverkrustete Schaufeln, Hämmer und anderes Werkzeug, das ihm zweifellos für seine archäologische Ausgrabungen gedient hatte. Auch ein Bett stand da, ein kleiner Fernseher, und es gab eine kleine Küche.

Das Grüppchen teilte sich auf, und jeder nahm eine andere Ecke genauestens unter die Lupe. Auf dem Tisch lagen Bücher. Noch mehr stapelten sich in der Küche. Am Bett dasselbe Bild. Lovísa schritt ziellos durch den Raum, während Embla die Sache genauer anging. Adam folgte einem Gang zur offenen Tür von Baldurs Arbeitszimmer. Der Schreibtisch darin quoll über vor hastig bekritzelten Blättern, Landkarten und historischen Fachartikeln. Denselben Anblick bot auch der Bücherschrank. Baldur hatte seine Aufgabe äußerst ernst genommen. Die Literatur, die der detaillierten Ausarbeitung seiner Theorien anscheinend zugrunde lag, hätte eine ganze Bibliothek füllen können.

Eine weitere offenstehende Tür erregte Adams Aufmerksamkeit. Ein roter Schimmer verbarg sich dahinter. Langsam näherte er sich dem hypnotisierenden Licht. Es war eine kleine Dunkelkammer.

Sie war so vollgestopft, dass sie bestens isoliert war und das Heulen des Windes fernhielt. Adam sah zahllose Fotografien von ein und demselben Objekt auf einer Leine über der Entwicklungsvorrichtung hängen. Nicht nur wegen des Bildmotivs vermutete Adam, dass dies der gesuchte Hinweis sein könnte, sondern auch der Umstände wegen, wie er die Dunkelkammer vorgefunden hatte: Wer auch immer die Bilder vor ihm entdeckt hatte, er hatte sich nicht lange damit aufgehalten, das rote Licht zu löschen oder die Tür hinter sich zu schließen. Aufgeregt rief Adam nach Embla.

Nur Sekunden später waren sie und Lovísa zur Stelle.

»Du meine Güte«, wisperte die junge Museumspädagogin verblüfft und streckte den Arm nach einer der Fotografien aus.

Das Schwarzweißfoto zeigte einen aufgerichteten Stein mit eingeritzter Runeninschrift, und im Hintergrund waren Hekla und Tindfjöll zu erkennen. Embla las die Runeninschrift und wurde blass:

»Dasselbe steht auf dem Türblatt zu Baldurs Arbeitszimmer.« Sie musste wieder an den heutigen Morgen denken, als sie die Runen zum ersten Mal gelesen hatte und Grímur sie kurzerhand als Fälschung seines Bruders abgetan hatte. Jetzt aber war sie sicher, dass die Lachs-Ketill zugeschriebenen Runen echt waren, und sie waren in Island entdeckt worden. »In Island sind bis heute keine Gedenksteine gefunden worden.« Sie atmete tief ein und spürte ihre Erregung. »Und die isländischen Runeninschriften, die bekannt sind, stammen alle aus einer Zeit nach der Wikingerepoche.«

»Du, entschuldige, aber ich bin nicht so firm in Sachen Runenalphabet. Was steht denn da?«, fragte Adam wesentlich unbewegter als seine Liebste.

»Grob zusammengefasst, dass die Söhne von Lachs-Ketill und Ingunn, die auf Stóra-Hof gelebt haben, diesen Gedenkstein gemacht haben und dass er bei einer Wegkreuzung aufgestellt wurde«, erklärte Embla, »wobei die Gedenksteine der Wikinger häufig an allgemeinen Wegen aufgestellt wurden.« Sie blickte Lovísa an. »Erkennst du die Umgebung?«

»Ja, ich glaub schon.«

»Lass mich raten, das ist bei Steinkross, oder?«, sagte Embla.

»Ja, wie hast du das erraten?«

»Da kreuzen sich die beiden Linien in Ketills Sonnenrad.« Sie blickte wieder auf das Foto. Die Farbtöne spielten wegen des Lichtscheins in der Dunkelkammer ins Rötliche. »Baldur hat den Gedenkstein durch seine Forschungen am Sonnenrad genau in dessen Mitte gefunden«, sagte sie leise.

»Meinst du damit, dass dieser Stein Baldurs Theorien bestätigt?«, fragte Adam.

»Ich würde das Wort ›bestätigt‹ nicht direkt verwenden. Steinkross war möglicherweise eine Kreuzung öffentlicher Wege, und zwar unabhängig von Baldurs Theorien«, erklärte Embla, fügte aber rasch hinzu: »Dieser Gedenkstein untergräbt andererseits aber auch die Begründungen für die Theorien nicht.«

»Und was ist jetzt mit Sæmundur und meiner Tochter?«, fragte Lovísa. Die beiden lagen ihr entschieden mehr am Herzen als so ein Felsblock aus grauer Vorzeit. »Und Tobias?«, ergänzte sie. »Liefert das irgendeine Erklärung?«

»Gute Frage«, erwiderte Embla. »Diese Entdeckung hat sie aus irgendeinem Grund davon überzeugt, dass Ketills Tempel auf Þingvellir stand und nicht hier.« Sie betrachtete die Runen eingehender. Um die Inschrift wand sich links oben auf dem Stein derselbe Drache Fáfnir, der auch in die Tür zu Baldurs Arbeitszimmer geschnitzt war. Er krümmte sich zu einem Kreis und biss sich in den eigenen Schwanz. Genau an dieser Stelle waren drei Runen und ein einäugiger Mann mit Armreif zu sehen. Óðinn mit Draupnir. Embla konzentrierte sich auf die drei Runen. »Ufk«, murmelte sie leise.

»Verstehst du das?«, erkundigte sich Adam.

»Nein, aber ich weiß, wie wir das Problem lösen können.« Sie hob Baldurs Manuskript hoch. »Ich verwette meinen Kopf darauf, dass hier drin die Lösung zu finden ist.«

Embla schlug das Manuskript auf und blätterte es rasch durch. Im hinteren Teil des Buches hatte Baldur auf der linken Seite eine Skizze des Gedenksteins angefertigt und um die drei Runen einen Kreis gezogen. Auf der rechten Seite hatte er eine Deutung der Runen angegeben. Ufk fasste er als die Zahl 216 auf. »Kann das sein?«, fragte Embla leise.

»Was?«, kam es von Adam.

»Baldur fasst Runen auch als Zahlzeichen auf. Demnach stünde ufk für die 216.«

Sie zeigte Adam und Lovísa die Seite im Manuskript. Dann blätterte sie um. Auf der nächsten Seite hatte Baldur das Sonnenrad in der Rangárvallasýsla skizziert, die wichtigen Orte und Entfernungen vermerkt. Von Steinkross nach Nordwesten lag in einer Entfernung von 216 000 Fuß nach Maßstab der Wikinger Þingvellir. Dieselbe Länge hatten jeweils auch die Verbindungslinien von Skálholt bis Goðasteinn sowie von Stöng nach Bergþórshvoll, die das Kreuz im Sonnenrad vervollständigten.

Adam meldete sich wieder: »Und?«

»Warte mal.« Embla beugte sich über die Buchstaben. Das Gekritzel war schwierig zu entziffern, aber sie versuchte es dennoch. Auf der nächsten Seite hatte Baldur seine Überlegungen zu dem verschollenen Tempel notiert, zu Ketills Gedenkstein und noch einige andere Stichpunkte, die nur skizzenhaft ausgeführt waren. Am unteren Rand stand kurz und bündig sein Ergebnis:

Óðinns Tempel = Nordwesten des Sonnenrades

Embla schwindelte. Die Einfachkeit dieser Feststellung war wesentlich komplexer als das schwierigste Gedankengebäude es je hätte sein können. Das Ergebnis seiner Gedankengänge war so einleuchtend. Der Archäologe hatte sein ganzes Leben den Sonnenrädern und heidnischen Tempeln gewidmet. Denn letztlich konnte nur unermüdliche Arbeit einen so schlichten Satz zustandebringen, dem gleichzeitig eine solche Bedeutungsschwere innewohnte.

Embla blätterte weiter und fand zwei Kirchenfundamente mitsamt der Antwort, der eigentlichen Position des Tempels. Sie sah auf. »Baldur hat das Rätsel gelöst!«, rief sie überglücklich.

»Also weißt du, was Tobias vorhat?«, fragte Lovísa.

»Ja, das darf ich wohl behaupten. Er ist auf Þingvellir, da er und Sæmundur glauben, dass dort in früheren Jahrhunderten Óðinns Tempel gestanden ist.«

»Aber das wussten wir doch schon, oder nicht?«, wandte Lovísa ein.

»Ja, aber wir haben weder gewusst, weswegen, noch kannten wir ein viel wesentlicheres Detail.«

»Nämlich?«, fragte Adam.

»Dass sie am falschen Ort sind!«, antwortete Embla schneidend. Sie zeigte ihnen noch einmal die entsprechenden Seiten in Baldurs Manuskript. Lovísa und

Adam bemerkten, dass ihre Hand ein wenig zitterte. »Der Tempel stand nicht auf Þingvellir, sondern … sondern in Skálholt«, erklärte sie atemlos.

50. KAPITEL

Tobias rannte an Þingvallabær vorbei geradewegs in das angrenzende Wäldchen. Hörður blieb ihm dicht auf den Fersen. Vier bis fünf Meter hohe Fichten machten das Wäldchen schwer zugänglich. Ohne zu zögern sprang der Norweger zwischen zwei Bäumen hindurch, versuchte die stachligen Fichtenzweige zu ignorieren, die ihm ins Gesicht peitschten und Hals und Hände aufrissen.

»Verflucht!«, grummelte Hörður, als er den Mann in das dichtgewachsene Gehölz verschwinden sah. Er zögerte und blieb kurz vor den ersten Bäumen stehen. Doch die Geräusche des Flüchtenden aus dem Inneren des Wäldchens trieben Hörður wieder an. Er biss die Zähne zusammen und sprang ebenfalls zwischen die Fichten. Sehen konnte er in dem düsteren Wäldchen kaum etwas. Der Norweger war nirgends auszumachen. Wäre da nicht das wischende Geräusch eines Daunenanoraks gewesen, das der Fliehende zwischen den dichten Ästen erzeugte, es hätte ausgesehen, als sei er spurlos verschwunden. Hörður folgte nur noch seinem Gehör.

Die Zweige ließen ihn nur langsam vorwärtskommen. Doch er gab nicht auf, bis es vor ihm wieder lichter wurde. Sonnenstrahlen brachen durch das Nadelgehölz.

Die wilde Jagd hatte sie ans Ufer der Öxará geführt. Mit einigem Vorsprung rannte der Norweger den Trampelpfad zwischen Gehölz und Fluss entlang. Er hielt direkt auf die Brücke zu. Seine Schritte hallten durch die stille Landschaft. Aber Hörður holte stetig auf, es fehlte nicht mehr viel. Anstatt am Ende der Brücke zum Hótel Valhöll weiterzulaufen, schlug der Norweger einen Haken nach rechts, den niedrigen Abhang zum Flussufer hinunter. Hörður aber ahnte das Manöver und warf sich mit einem Schrei auf den Mann: »Bleib stehen!«

Er erwischte Tobias an den Füßen. Der ging in die Knie, kippte der Länge nach in den Fluss und riss Hörður mit sich. Das Wasser war flach, aber eiskalt und brannte den beiden in den Wunden, die sie sich im Fichtenwäldchen zugezogen hatten. Tobias wehrte sich heftig. Noch war es nicht vorbei.

»Gib auf!«, schrie Hörður. Umsonst. Tobias drosch auf Hörðurs Gesicht und Brust ein, was dessen Wut nur weiter anstachelte. Hörður versetzte ihm einen so heftigen Hieb in den Magen, dass dem Norweger für einen Augenblick der Atem aussetzte und er sogleich ruhig wurde.

»Na endlich«, knurrte Hörður grimmig und erschöpft. Er stemmte sich hoch und zog den Flüchtigen mit hinauf. Das Wasser troff an ihnen herunter. Der beißend kalte Märzwind, der durch die schweren Kleider pfiff, verstärkte die Kälte noch. Hörður sah zur Kirche von Þingvellir. Dort standen Grímur, Sæmundur und dessen Tochter und hatten alles beobachtet. Der junge Beamte hob lächelnd den Daumen, siegestrunken nach dem Kampf. »Komm«, sagte er dann auf Englisch, packte mit stählernem Griff den Kragen des Norwegers und zerrte ihn aus dem Fluss. »Du hast eine ganze Menge zu erklären.«

51. KAPITEL

»Was ist denn eigentlich los?«, fragte Sæmundur mit einem Blick in Grímurs finsteres Gesicht.

Der Kommissar beobachtete den noch etwas entfernten Norweger. »Heißt dieser Mann Tobias Petersen?«

»Woher weißt du das?«, fragte Sæmundur verblüfft.

Grímur wandte sich zu ihm um. »Wir stehen in Kontakt mit deiner Frau.«

»Was bitte?« Sæmundur erschrak.

»Sie sagte uns, dass du mit ihm hier bist.«

»Wovon redest du?« Sæmundur runzelte die Brauen. »Wieso zum Donner hast du sie danach gefragt?«

»Sag mir doch einfach, woher du den Mann kennst.« Grímur deutete mit dem Kopf in Richtung Tobias und Hörður, die näher kamen.

»Ich muss das nicht beantworten«, schnauzte Sæmundur. »Sag du mir erst, was überhaupt los ist.«

»Antworte du auf meine Frage!« schrie Grímur ihn jetzt an. Er versuchte gar nicht erst, seine Wut zu zügeln. Diesem altmodisch wirkenden Sturkopf nachzugeben, dazu hatte er jetzt am allerwenigsten Lust. Seine Heftigkeit erwischte Sæmundur unvorbereitet.

»Tobias ist mein Gast. Aus Norwegen«, antwortete er deshalb sofort.

»Wann ist er eingereist?«

»Er ist gestern Abend gelandet, ich hab ihn heute Mittag in Reykjavík abgeholt.«

»Und woher kennt ihr euch?«

»Übers Internet, unser gemeinsames Interesse an den isländischen Landnehmern.« Sæmundur ließ sich jedoch nicht weiter in die Karten schauen. Jetzt, wo sie unmittelbar davor standen, den heidnischen Opferplatz zu finden.

Die Antwort überraschte Grímur nicht. Der ganze Fall hatte diesen altnordischen Beigeschmack.

»Und was weißt du über Tobias?«, fragte Grímur.

Sein Gegenüber dachte nach. »Er ist ein feiner Kerl, entschlossen und engagiert.« Er holte tief Luft und dachte an die vielen Unterhaltungen mit dem Norweger. »Einige würden ihn vielleicht als einen Sonderling bezeichnen, vielleicht sogar als leicht durchgeknallt, aber ich halte ihn für einen feinen Kerl.«

Ingunn hatte schweigend danebengestanden. Jetzt mischte sie sich plötzlich ein: »Leicht durchgeknallt, Pa? Er wollte Mutti schlagen.«

Sæmundur zuckte sichtlich zusammen. »Wovon redest du?«

»Ich hab's vorhin gesehen, in der Küche. Du warst gerade draußen«, erzählte seine Tochter aufgeregt. Der Vorfall in der Küche stand ihr wieder höchst lebendig vor Augen.

»Davon wusstest du nichts?«, fragte Grímur im Verhörton und blickte Sæmundur forschend an.

»Nein, natürlich nicht«, gab der zurück. Er schaute seine Tochter wieder an. »Warum hast du mir das nicht gesagt?«

Ingunn kam aber nicht mehr zu einer Antwort, da Grímur ihr das Wort abschnitt: »Da gibt's noch mehr, was du von deinem Gast nicht weißt.«

»Was?« Sæmundur gefiel die Sache überhaupt nicht mehr. Zuerst interessierte sich die Polizei für Tobias, dann das mit den Drohungen gegen Lovísa. Möglicherweise war das der Grund für ihr seltsames Verhalten am Telefon vorhin gewesen.

»Es geht um Baldur Skarphéðinsson. Du kannt... kennst ihn, nicht wahr?« Grímur versuchte kühl und neutral zu wirken.

»Baldur? Ja doch, natürlich«, antwortete Sæmundur. »Wir waren bis vor kurzem die besten Freunde. Er hat ein Sommerhaus in der Nähe von Stóra-Hof.« Er legte den Arm um seine Tochter. »Und ich war von seinen Theorien fasziniert.« Seine hellen Augenbrauen hoben sich. »Aber was hat Baldur damit zu tun?«

»Ich fürchte, Tobias hat ein abscheuliches Verbrechen auf dem Gewissen, begangen, bevor du ihn heute Mittag abgeholt hast.« Grímur behielt seinen unbewegten Gesichtsausdruck bei.

Sæmundur verschlug es fast die Sprache. »Was ... ein Verbrechen?«, presste er hervor.

»Tobias ist heute Morgen bei Baldur eingebrochen, hat sein Dienstmädchen ermordet und ... und Baldur ist verschwunden«, gab der Kriminalkommissar zur Antwort.

»Verschwunden? Wie das? Meinst du, auch er ist tot?«

Die Frage berührte Grímur unangenehm. Bis jetzt hatte er sie für sich verneint, aber im Laufe des Tages war er immer pessimistischer geworden – oder realistischer. »Möglich«, flüsterte er. Seine Miene versteinerte. Er biss die Zähne zusammen, ballte die Faust in ohnmächtiger Wut.

»Und weshalb verdächtigt ihr Tobias?«

»Acht tote Katzen sind am Tatort gefunden worden. Ihre Schwänze waren abgeschnitten, und wir haben sie in Tobias' Tasche auf Stóra-Hof gefunden. Lovísa und ...« Grímur zögerte, da er nicht wusste, wie er Embla bezeichnen sollte, »... die Frau, die uns bei den Ermittlungen unterstützt, haben sie entdeckt und uns verständigt.«

»Ver... Verstehe«, stammelte Sæmundur, der kaum einen Gedanken zu Ende bringen konnte. Dann aber wurde ihm klar, worum es der Polizei ging. Warum die beiden Polizisten hier waren, und warum der eine Tobias bis in den Fluss gejagt hatte. Sæmundur hatte immer noch den Arm um seine Tochter gelegt. Er zog sie enger an sich. Ingunn erwiderte es. Jetzt war die Wahrheit über den ausländischen Gast offenbar geworden.

Endlich kamen Hörður und Tobias an der Kirche an, blutiggekratzt und triefnass. Die beiden zitterten wie Birkenlaub in ihren durchnässten Kleidern, in die der kalte Wind fuhr. »Wir müssen uns sofort ins Auto setzen und die Heizung aufdrehen.«

Sæmundur trat an Tobias heran und verhielt sich weit weniger rücksichtsvoll. »Was hast du getan, verdammt noch mal?«, brüllte er und packte den Norweger am Kragen.

Hörður schritt ein: »Nicht!« Er versuchte, den Klammergriff des Landwirts zu lösen.

Sæmundur schäumte vor Wut. »Hast du Baldur umgebracht? Und sein Dienstmädchen? Und wie kannst du es wagen, Lovísa zu verprügeln?« Der letzten Frage ließ Sæmundur einen gewaltigen Hieb in den Bauch des Norwegers folgen, den zweiten innerhalb kurzer Zeit. Tobias ging sofort zu Boden und wand sich vor Schmerz. Doch das genügte Sæmundurs Rachedurst noch nicht. Er riss sein Messer heraus, richtete die schwarze Klinge gegen den Mann.

»Hast du nicht gehört? Du sollst damit aufhören!«, befahl Grímur und starrte Sæmundur durchdringend und angriffslustig an. Hörður kniete bereits am Boden und kümmerte sich um Tobias. Trotz des auf dem Norweger lastenden Mordverdachts gab es keinen Grund, ihm Gewalt anzutun. Sie lebten nicht mehr im Mittelalter, sondern in modernen Zeiten, wo Recht und Gesetz galten.

»Was hast du getan?!«, brüllte Sæmundur und schob das Messer in die Hülle zurück. Er durchbohrte Tobias mit seinem Blick. Den Mann, den er für einen Gleichgesinnten gehalten hatte. Eines der engagiertesten Mitglieder im Sonnenkreuzorden. »Warum nur?«, wiederholte Sæmundur seine Frage und verlangte eine Antwort. Der ganze Tag schien völlig aus dem Ruder gelaufen.

52. KAPITEL

»Schaut mal da. Baldur behauptet, der Tempel habe in Skálholt gestanden«, wiederholte Embla mit einem Blick auf das Manuskript.

»Und warum sind Sæmundur und Tobias dann auf Þingvellir?«, fragte Lovísa.

»Die scheinen sich wohl etwas vertan zu haben«, mutmaßte Embla, »obwohl sie schon in der richtigen Richtung gesucht haben. Im Nordwesten.« Wieder einmal sprach sie für die anderen in Rätseln und bemerkte nicht, dass weder Adam noch Lovísa ihr folgen konnten.

Adam versuchte sie wieder in die Wirklichkeit zurückzuholen: »Liebe Embla, verlier nicht die Hauptsache aus den Augen.«

»Die da wäre?« Sie fuhr vom Manuskript auf und meinte, plötzlich eine gewisse Ablehnung in der Stimme ihres Freundes herauszuhören.

»Tobias festzunehmen und für Sæmundurs und Ingunns Sicherheit zu sorgen, aber nicht nach obskuren Altertümern zu suchen à la Indiana Jones.« Die Ungeduld malte Adam kleine Fältchen um die Augen.

»Ach, und du meinst, das weiß ich nicht?«, giftete Embla zurück. »Ich versuche nur nachzuvollziehen, weswegen Tobias heute Morgen solche Schandtaten begangen hat. Ist daran etwas falsch?«

»Nein, das habe ich ja auch nicht gemeint. Ich meinte nur …«, setzte Adam an.

Doch Lovísa ging dazwischen und schrie fast: »Hört auf zu streiten!« Sie hatte keine Lust, dieses Gezänk länger mit anzuhören.

»Entschuldigung«, sagte Embla sofort. Sie schämte sich sehr, sich einmal mehr diesen lächerlichen Auseinandersetzungen mit Adam hingegeben zu haben. Wo Lovísa – im Gegensatz zu ihnen beiden – ein doch wirklich ernstes Problem zu lösen hatte.

»Ja, entschuldige«, pflichtete Adam seiner Freundin erschrocken bei.

Lovísa schoss einen scharfen Blick auf ihn ab: »Und Embla lassen wir ausreden. Das ist wichtig.«

»Nein, im Ernst. Das kann warten«, versetzte Embla reumütig.

»Nein, ich will das wissen. Ich will wissen, was Männer wie Sæmundur antreibt. Ich will es verstehen. Was meinst du damit, dass sie sich vertan haben?«, fragte Lovísa und versuchte, sich zusammenzunehmen. Ingunn brauchte sie. Sie musste stark sein.

»Tja, also.« Embla überschlug rasch ihre Argumentationskette im Kopf und hoffte, dass es ihr gelang, sie in verständlicher Alltagssprache darzulegen. »Angenommen, das ufk auf dem Gedenkstein bedeutet die Zahl 216. Das hieße dann, dass der Durchmesser des Sonnenrades 216 000 Fuß beträgt, nach dem Maß der Wikinger. Dann gäbe es möglicherweise eine Begründung dafür, dass der Tempel auf Þingvellir gestanden hat, so wie Sæmundur und Tobias offenbar annehmen. Denn es sind genau 216 000 Fuß von Steinkross nach Þingvellir«, erläuterte sie. »Aber nach Baldur ist das ein kleines Stück zu weit. Schaut euch mal den Drachen auf dem Gedenkstein an.« Sie fuhr mit dem Finger den Kreis nach, den das Wesen bildete, und verharrte links oben, wo der Wurm sich selbst in den Schwanz biss.

»Ja?«, fragte Lovísa.

»Nach Baldur verweist der zu einem Kreis gebogene Drache auf das Sonnenrad. Sein Maul und Schwanz aber, plus Óðinn und dem Silberreif Draupnir, die an derselben Stelle eingeritzt sind, verweisen auf exakt den nordwestlichen Kardinalpunkt.«

»Skálholt«, schloss Lovísa leise.

»Genau. Und das nicht aus Zufall.« Embla lächelte halb. Jetzt schienen die Puzzleteile auf einmal zusammenzupassen. »Im Sonnenrad ist der Nordwesten Óðinns Richtung, da der Punkt die Frühjahrs-Tagundnachtgleiche markiert, den 21. März. Óðinns Tag, an dem ihm zu Ehren Opfer dargebracht wurden.«

»Am 21. März?«, wiederholte Lovísa verwirrt. »Aber das ist doch heute. Oder?«

Embla wurde besorgter als zuvor: »Ja, ich weiß. Der Mord war sorgfältig geplant. Tobias hat darauf geachtet, dass er am heutigen Tag geschah. Er hat den Mord zweifellos als eine Art Opfer zu Óðinns Ehren betrachtet.« Sie schauderte.

»Verfluchter Schwachkopf«, sagte Adam leise.

»Wo bleibt denn die Polizei?«, fragte Lovísa nervös. Sie befürchtete, gleich von ihren Gefühlen überwältigt zu werden. »Wollten sie dich nicht benachrichtigen, wenn sie Tobias geschnappt haben?«

»Doch, die Polizei ist sicher gleich da, wenn sie ihn nicht schon haben. Keine Sorge.« Embla legte einen Arm um Lovísa und versuchte sie zu beruhigen.

»Wir müssen nach Þingvellir rüber«, stellte Lovísa mit wachsender Unruhe fest, »und zwar auf der Stelle. Ich kann hier nicht herumsitzen und warten.« Lovísa atmete heftig, ihr Gesicht war ernst.

»Warte, ich werde Kommissar Grímur anrufen. Sicher hat er Tobias schon festgenommen. Und alles ist in bester Ordnung.« Embla zog ihr Handy aus der Tasche und suchte Grímurs Nummer, während sie den Arm um Lovísa gelegt hielt.

53. KAPITEL

Sæmundur hatte einfach keine Antwort auf die Frage parat, warum der Norweger am Morgen einen Mord begangen hatte. Der Verdächtige gab keine Antwort, er lag vor ihm im Gras, das Gesicht gegen die Erde gedrückt. Die Schmerzen im Bauch quälten ihn sichtlich.

»Los, sag schon, du Scheißkerl?« Sæmundur machte Anstalten, ihm einen Tritt zu verpassen. Hörður konnte ihn gerade noch zurückhalten.

Grímur beschloss, die beiden Männer zu trennen. Er zog Sæmundur mit sich weg: »Komm!« Wenn die beiden Männer sich stritten, war keinem gedient. Ihre persönlichen Angelegenheiten mussten sie anderswo austragen. An diesem Ort, auf der Richtstätte des ehemaligen Thingplatzes, war in früheren Jahrhunderten schon genug Blut geflossen.

»Und was jetzt?«, fragte Sæmundur, als sie mit Ingunn im Schlepptau von der Kirche weggingen. Auch Hekla folgte ihnen auf Schritt und Tritt. Sein Zorn war verraucht.

»Ich würde vorschlagen, du fährst erst mal heim zu deiner Frau und überlässt uns Tobias«, antwortete Grímur und blickte abwechselnd auf Vater und Tochter. »Sie hat sicher große Ängste ausgestanden, da sie euch in Begleitung eines Mörders wusste.« Die drei näherten sich Sæmundurs Geländewagen. »Aber du musst damit rechnen, dass wir uns noch mal melden, sogar heute noch. Du wirst uns detaillierte Auskunft über deine Verbindung mit Tobias geben müssen, was du über ihn weißt und so weiter, nachdem wir ihn verhört haben.«

»Aber selbstverständlich«, sagte Sæmundur bereitwillig. »Du musst mein Benehmen von vorhin entschuldigen.«

»Was das angeht: Nichts für ungut«, sagte Grímur, der das Befinden des Landwirts sehr gut nachvollziehen konnte. Sie überquerten eine tiefe, wassergefüllte Spalte in der Lavaebene. Der Volksmund nannte sie Peningagjá – *Geldspalte*. Von ihrem Grund schimmerten zahllose Münzen herauf.

Sæmundur ging nachdenklich über die Betonbrücke. »Ich begreif das alles einfach nicht. Tobias hat auf mich so einen guten Eindruck gemacht. Zu denken, dass er heute Morgen jemanden ermordet hat …«

»Das ahnt man fast nie vorher.« Grímur blieb bei dem Geländewagen auf dem Parkplatz stehen. »Jeder ist zu einem Mord fähig, das lehrt mich meine Erfahrung. Es kommt immer auf die Umstände an.«

»Aber warum?«, fragte Sæmundur. Er wandte den Kopf in Richtung des Streifenwagens, der neben der Kirche von Þingvellir stand. Tobias und Hörður saßen darin.

»Hoffen wir, dass das Verhör darauf eine Antwort bringt«, antwortete Grímur und sah in dieselbe Richtung. Dann streckte er die Hand aus. »Danke für die Hilfe. Ich lass dich wissen, was dabei rausgekommen ist.«

»Ja.« Sæmundur ergriff Grímurs Pranke und drückte sie.

»Ich kann dich doch heute erreichen, oder? Auf Stóra-Hof oder übers Handy?«, wollte Grímur wissen.

»Natürlich.«

»Gut. Dann auf Wiedersehen.« Grímur grüßte und ging zurück zur Kirche, während sich Sæmundur und Ingunn in den Landrover setzten. Hekla folgte ihnen schwanzwedelnd.

Grímur blieb schließlich vor dem Polizeijeep stehen. Auf dem Vordersitz saß Hörður, der sich in die Hände blies und sie rieb. Tobias kauerte auf dem Rücksitz. Die Heizung des Wagens lief auf vollen Touren.

»Ich friere von oben bis unten.« Hörður brachte vor Zähneklappern kaum ein Wort heraus. Dem Norweger ging es nicht anders.

»Zieh dich aus«, forderte Grímur Hörður auf. Er warf einen Blick nach hinten. »Du auch, runter mit dem Zeug«, wandte er sich in Englisch an Tobias. Dann ging er zum Heck und holte zwei dicke Decken, die genau für solche Anlässe gedacht waren: Leute aufzuwärmen, die das isländische Wetter unterschätzt hatten. Grímur kletterte in den Wagen, warf Tobias eine Decke zu, die andere seinem Kollegen.

»Danke«, sagte Tobias. Er hatte seine nassen Sachen bis auf die Unterwäsche ausgezogen und wickelte sich in die Decke.

»Hast Glück, dass wir dich nicht rausschmeißen und zurücklassen«, knurrte Grímur. Dem Norweger sollte gleich klar sein, dass ihm die Decke nicht aus Mitleid, sondern lediglich der Pflicht gemäß zugeteilt worden war.

Hörður schlang ebenfalls die Decke um den halbnackten Körper. Er fühlte sich sogleich wohler, nachdem er die triefnassen Sachen auf den Boden abgelegt hatte und ihm der heiße Luftstrom aus der Heizung direkt ins Gesicht blies. »Genial«, murmelte er mit geschlossenen Augen. »Was ist mit dem anderen Kerl? Diesem Sæmundur?«, erkundigte er sich.

Grímur sah zu Sæmundurs Landrover hinüber. »Ich hab ihn laufen lassen. Wir brauchen ihn nicht. Nicht im Moment jedenfalls. Aber ich hab ihm gesagt, dass ich ihn später noch mal anrufe.«

Im selben Moment erschien ein weiterer Streifenwagen. Die Verstärkung, um die Grímur kurz zuvor gebeten hatte, war eingetroffen. Langsam fuhr das Auto die Zufahrt zur Kirche entlang und bog schließlich auf den Platz davor ein. Dort blieb es neben dem Polizeijeep stehen. Grímur ließ das Fenster herunter. Die Polizistin auf dem Beifahrersitz des anderen Wagens tat es ihm gleich.

»Wir haben den Verdächtigen«, verkündete Grímur der Frau und ihrem Kollegen auf dem Fahrersitz daneben. Beide warfen einen Blick ins Heck des Jeeps auf Tobias.

»Wollt ihr ihn nach Reykjavík bringen?«, erkundigte sich die Frau.

»Nein, nicht sofort«, antwortete Grímur. Er stellte den Rückspiegel so, dass er Tobias sehen konnte. »Ich glaube, wir reden hier in der friedlichen Natur mal ein bisschen mit ihm, wo wir ungestört sind und ein paar Antworten aus ihm herauskitzeln können.«

»Verstehe.« Die Frau warf einen Blick auf ihren Kollegen zur Linken. Ihr war natürlich bekannt, dass der heutige Mordfall Grímurs Bruder betraf und dass er deswegen in ziemlich schlechter Verfassung war. »Sollen wir dich dabei irgendwie unterstützen?«, fragte sie.

»Nicht nötig«, beschied Grímur. »Wir kriegen das schon hin.«

Erneut blickte die Frau auf ihren Kollegen. Es gefiel ihr ganz und gar nicht, dass der Bruder des Verschwundenen, möglicherweise sogar Ermordeten, das Verhör ohne einen Dritten durchführte. »Aber wir bleiben zumindest mal hier«, verkündete sie Grímur.

»Wie ihr wollt, bleibt ruhig da«, meinte der Kriminalkommissar und ließ das Fenster wieder hochfahren. Sein Blick suchte den Rückspiegel, suchte Tobias, der es für seinen Geschmack ein wenig zu behaglich hatte. Am liebsten hätte er ihm die Decke weggerissen, aber er beherrschte sich. Hörður neben ihm ließ sich den warmen Heizungswind ins Gesicht blasen. »Also dann«, begann Grímur auf Englisch, »wo ist Baldur?«

»Bei sich zu Hause? Woher zum Teufel sollte ich das wissen?«

»Du sollst auf meine Frage antworten, verflucht noch mal!«

»Ich hab nicht die geringste Ahnung, Mann.«

Grímur ballte die Faust: »Du willst uns also weismachen, dass du ihm heute Morgen nichts angetan hast? Oder seinem Dienstmädchen?«

»Natürlich nicht«, antwortete Tobias. »Ich habe kein Wort von dem verstanden, was Sæmundur mir da ins Gesicht geschrien hat. Ist Baldur etwas zugestoßen?«

»Ich stelle hier die Fragen«, bellte Grímur. »Und hör verflucht noch mal auf, dich zu verstellen. In deiner Tasche auf Stóra-Hof sind acht Katzenschwänze gefunden worden.«

»Katzenschwänze?«, wiederholte Tobias verständnislos. »Was meinst du mit Katzenschwänzen?« Er beugte sich unwillkürlich vor.

»Du willst auch nichts von den toten Katzen in Baldurs Arbeitszimmer wissen, die du heute Morgen dort aufgehängt hast?«, bohrte Grímur weiter. »Für das Óðinnsopfer?«

»Nein, natürlich nicht. So was tu ich nicht.« Tobias hielt fassungslos inne. »Und etwas Derartiges käme mir auch nie in den Sinn.«

»Wie erklärst du uns dann die Katzenschwänze?«, mischte Hörður sich jetzt ein, der lange schweigend in seine Decke gewickelt zugehört hatte.

»Das weiß ich doch nicht. Von was für Katzenschwänzen redet ihr denn dauernd?« Tobias verstand ganz augenscheinlich überhaupt nichts mehr.

»Schluss mit dem Quatsch!«, brüllte Grímur. Der Geländewagen schwankte.

Tobias lehnte sich zurück. Das Gebrüll war mit solcher Wucht gekommen, als hätte es eine Böe begleitet.

»Im Ernst, ihr müsst mir das glauben«, meinte er nach einem Augenblick des Schweigens, viel zurückhaltender als zuvor. Als käme ihm der Ernst der Sache erst jetzt zu Bewusstsein. »Ich gebe bereitwillig zu, dass ich nicht gerade ein Chorknabe bin, aber bei Mord hört es ganz klar auf. Ich würde niemals jemanden umbringen«, beteuerte der Norweger hastig und sah die beiden Beamten abwechselnd an.

Wenn er gehofft hatte, dass dieses offene »Geständnis« ihm aus der Klemme helfen würde, hatte er sich jedoch getäuscht. Grímur war weder so leichtgläubig noch so blauäugig, um darauf etwas zu geben.

»Warum verrätst du uns nicht schlicht und einfach, was passiert ist?« Grímur zögerte. »Lebt mein Bruder noch oder … oder ist er tot?«, fragte er, ohne dass ihm die Stimme versagte. Er wirkte stark wie immer, obwohl ihm tief im Inneren das Herz zersprungen war.

54. KAPITEL

Neben dem Wohnhaus von Stóra-Hof stand ein bescheidener Pferdestall. Dort betrieben Sæmundur und Lovísa ihre Zucht. Pferde aus dem Gestüt hatten auf den *Landsmót*-Treffen der letzten Jahre immer erstklassige Beurteilungen erhalten und genossen einen guten Ruf. So konnten die beiden für ihre Tiere stolze Preise erzielen.

Der Stall selbst war jedoch etwas in die Jahre gekommen. Je tiefer Sæmundur sich in den Sonnenkreuzorden vergraben und mit archäologischen Fragen befasst hatte, desto mehr hatte er auch alles Nötige für die Pferdezucht vernachlässigt. Es war also nur mehr eine Frage der Zeit, wann sich dieser Zustand auf die Qualität der Pferde auswirken würde. Ihre Tochter war leider auch nicht besonders erpicht darauf, mitzuhelfen. Ingunn wurde nicht müde zu erklären, dass sie kaum Lust darauf hatte, »Bäuerin« zu werden. Es klang, als ob sie sich kaum etwas Armseligeres vorstellen konnte. Ihr sehnlichster Wunsch war, nach Reykjavík zu ziehen, das Gymnasium von Hamrahlíð zu besuchen und für immer in der Hauptstadt zu bleiben.

Sæmundur und Lovísa hatten zur Zeit vier Stuten.

Komet, wie sie Ingunn vor ein paar Jahren getauft hatte, war der Stolz von Stóra-Hof. Braun, mit breiter Blesse und von außergewöhnlicher Gemütsruhe. Sie hatte eine lange und schöne Mähne und war besonders ausgeglichen. Zumindest unter normalen Umständen. Jetzt aber begann Komet unvermittelt laut zu wiehern und in ihrer Box zu steigen. Aus der leeren Box neben ihr stieg Rauch auf.

Kurz zuvor war aus dem leeren Pferch ein seltsamer Laut gedrungen. Ein leises Stöhnen wie gespenstisches Seufzen oder das Heulen des Windes draußen war durch den Raum gegangen. Dann gab es einen Knall, als würde Eisen gegen Beton schlagen. Gleich darauf stieg Rauch auf. Auch die anderen Stuten in den nebeneinanderliegenden Boxen gerieten in Panik, wieherten und sprangen in Todesangst hin und her. Schnell füllte beißender Rauch den kleinen Stall, der ihnen sofort in Augen und Lungen drang. Feuer loderte auf, und die sich ausbreitende Hitze brachte die Tiere noch mehr in Panik. Komet scheute immer und immer wieder, trat gegen die Boxentür. Sie tobte im verzweifelten Versuch zu entkommen. Wenn nicht sofort jemand kam und sie rettete, würde sie binnen kürzester Zeit in Rauch und Flammen ersticken.

55. KAPITEL

Die beiden Fernsehjournalisten waren im Auto geblieben und hatten gewartet, seit Embla, Adam und Lovísa vor noch nicht allzu langer Zeit an ihnen vorbeigefahren waren. Sie sprachen nicht miteinander, jeder saß versunken in seiner eigenen Welt. Valgarð hatte sich seinen iPod in die Ohren gestopft und hörte *U2* bei voller Lautstärke. Er malte sich ein Leben in Ruhm und Erfolg aus und wie er an den Schlangen vor dem *Olíver* in Downtown Reykjavík cool vorbeiziehen würde, im schickesten Outfit und frisch vom Friseur. Orri dagegen war mit viel bodenständigeren Dingen beschäftigt. Seit frühmorgens quälte ihn der Hunger. Jetzt war es schon so weit, dass seine Gedanken um nichts anderes mehr kreisten als: Essen. Visionen von Pizza mit Peperoni und Hamburgern mit Pommes lösten einander in seinem Kopf ab.

Orri brach das Schweigen: »Hast du keinen Hunger?« Aber Valgarð hörte ihn nicht. Orri stieß ihn an.

»Was?«, fragte der andere und nahm den Kopfhörer ab.

»Hast du keinen Hunger?«, wiederholte Orri.

»Du denkst immer nur ans Essen, oder?«, konterte Valgarð sofort, der noch halb von Fans umringt im *Olíver* stand. »Meine Fresse, ehrlich«, schob er hinterher und rutschte in dem kalten Auto in eine bessere Sitzposition.

»Was denn, ich hab heut den ganzen Tag noch nix gegessen.«

»Ach nein, gar nicht. Ich hab dich vorhin drei Würstchen verschlingen sehen, kurz bevor wir in die Bárugata runter sind.«

»Das war heute Morgen«, verteidigte sich Orri.

»Und jetzt ist es erst halb fünf«, stichelte Valgarð.

»Und du isst wohl nie was?«

»Na logo, aber so wie normale Leute«, antwortete Valgarð.

»Normale Leute. Genau das. Willst du vielleicht behaupten, dass ich irgendwie unnormal bin, weil ich alle sechs Stunden was zu essen brauche?«

»Kannst du vielleicht einfach das Heulen lassen? Please.« Valgarð stopfte sich die Ohrhörer wieder in die Ohren. Erneut breitete sich Schweigen zwischen den beiden Männern aus. Valgarð überlegte ernsthaft, das nächste Mal einen anderen Kameramann anzufordern. Obwohl – manchmal profitierte er durchaus davon, mit Orri im Schlepptau unterwegs zu sein, besonders wo es attraktive Frauen gab. Von Orri war in der Beziehung keine nennenswerte Konkurrenz zu erwarten. Stattdessen scharten sie sich um ihn, Valgarð, und verfielen seinem topmodernen Look und dem Mikro in seiner Hand. Prominenz zog die Weiber eben magnetisch an.

Orri seinerseits hatte auch so seine Probleme mit Valgarð. Er wusste nicht genau, wie viele dieser verletzenden Kommentare er noch ertragen würde. Diese ewigen Schmähungen. Andererseits fand er es zuweilen auch ganz lustig, mit Valgarð herumzuhängen. Er blickte zu ihm auf. Fand ihn einfach cool. In Wirklichkeit war er sein einziger Freund. Gelegentlich kamen sie gut miteinander aus. Lachten. Alberten herum wie die dicksten Freunde. Ein kleines Lächeln schlich über Orris dickliches Gesicht. Gleichzeitig fand ein Finger unversehens seinen Weg direkt in die Nase und im Anschluss dann direkt in den Mund.

»Aber sonst bist du noch völlig knusper, ja?«, brüllte Valgarð. Er hielt den einen Ohrhörer zwischen den

Fingern und sah ihn mit fassungslosem Abscheu an. »Schmeckt's gut?«

Orri schoss das Blut in den Kopf. Er hatte nicht damit gerechnet, dass Valgarð ihn beobachtete.

»Nein. Hab nur Nägel gekaut«, log Orri.

»Genau. Wunderbar. Ich hab echt keinen Bock mehr darauf. Ich hau ab.« Valgarð öffnete die Autotür und stieg aus.

»Wohin?«, fragte Orri ängstlich. Als hätte er eben endgültig einen Korb bekommen.

»Ich will endlich diese Scheißnachricht kriegen!«, blaffte Valgarð und warf die Autotür zu. Er stand neben dem Pferdestall, hinter dem sie den Wagen verborgen hatten. Da hörte er lautes Wiehern. »Was ist denn da los?«, murmelte er und ging vorsichtig zur Stalltür. Mit jedem Schritt wurde das Wiehern lauter und klang panischer. Dann sah er Rauch aus Tür und Dach quellen. »Fuck!«, brüllte er und riß die Tür weit auf. Dichter Rauch schlug ihm entgegen. Vier Pferde versuchten in höchster Panik aus ihren Boxen zu entkommen und traten wie wild um sich. Aus der gegenüberliegenden Ecke schlugen Flammen hoch. »Fucking fuck!«, brüllte Valgarð noch einmal und sah hastig um sich. Am Stalleingang hing ein Feuerlöscher an der Wand. Ohne zu überlegen, wuchtete er ihn hektisch herunter und schwankte damit an den panischen Pferden vorbei.

Valgarð trat die Tür zur leeren Box auf und richtete den Schlauch des Feuerlöschers auf den Brandherd. Zum Glück war das Feuer weniger groß, als der Rauch vermuten ließ. Er drückte auf den schwarzen Handgriff des Feuerlöschers, der ein weißes schaumartiges Pulver über das brennende Heu versprühte. Die Hitze war enorm. Valgarð musste husten. Die Augen brannten, seine empfindliche Haut war gereizt und das nervtötende Rumgetrampel der Viecher hinter ihm erschwerte ihm die Löscharbeit noch mehr. Zum Glück war das Feuer in einem kleinen, losen Heubündel ausgebrochen, nicht in dem großen Heuhaufen gleich daneben in derselben Box. Es ließ sich schnell und problemlos bekämpfen. Nach kurzer Zeit war der Brand gelöscht. Nun stieg nur mehr Rauch auf. Die Stuten reagierten allerdings noch höchst nervös.

Valgarð atmete heftig durch die Nase aus, hustete ein paar Mal und stellte den bleischweren Feuerlöscher ab. Schweiß rann ihm von der Stirn. In der Aufregung hatte er Rauchgase eingeatmet. Davon war ihm jetzt auch noch schlecht. Als er eben aus dem Stall hinauswollte, um die Besitzer zu verständigen, spürte er etwas an den Knöcheln. Als ob etwas nach ihm griff. Im ersten Moment konnte er sich keinen Reim darauf machen. War er irgendwo mit dem Fuß angestoßen? Er sah an sich hinab und erschrak. Er war nirgends angestoßen. Eine Hand ragte aus dem großen Heuhaufen, vom Brand noch unversehrt. Es schien als hielte sie seinen mageren Knöchel fest. Valgarð Herz blieb fast stehen. Er stieß einen Schrei aus, kickte die Hand weg, als wäre es der Satan selbst, und rannte, so schnell er konnte und mit vorgestreckten Händen, aus dem Stall.

56. KAPITEL

Eben hatte Embla Grímurs Nummer gewählt und das Handy ans Ohr gehoben, den Arm noch um Lovísa gelegt, als der gellende Schrei in der Ferne zu hören war.

Adam fuhr zusammen.

»Mein Gott, was war das jetzt?«

Er lief aus der Dunkelkammer.

»Da hat irgendwo ein kleines Mädchen geschrien«, rief ihm Embla nach.

»Ingunn!«, sagte Lovísa und folgte Adam auf dem Fuß. Dann stürzte auch Embla aus der Kammer.

Sie liefen quer durch Baldurs Sommerhaus zur Tür. Dort sahen sie die Rauchsäule drüben aus dem Pferdestall von Stóra-Hof aufsteigen. Eine Gestalt, die ganz deutlich nicht Ingunn war, hüpfte mit hocherhobenen Händen über den Zaun am Stall. »Was ist da los?«, fragte Adam erschrocken. »Wer ist das?«

»Die Pferde!«, schrie Lovísa und rannte zum Polo hinüber. »Schnell, der Stall brennt!« Erst durch ihr Schreien kapierten Adam und Embla, dass es auf jede Sekunde ankam, wenn das da drüben nicht böse ausgehen sollte. Die beiden sprinteten hinter Lovísa her zum Auto, Adam sprang auf den Fahrersitz, Embla neben ihn. Lovísa öffnete das Gatter und bedeutete ihnen mit heftigen Armbewegungen durchzufahren. Adam ließ den Wagen an und fuhr mit durchdrehenden Rädern los. Jenseits des offenen Gatters warf sich Lovísa auf den Rücksitz, dann jagte der Wagen rüber nach Stóra-Hof.

Der Motor des Polos jaulte auf. Die Piste war mehr Feldweg als Straße, und der Wagen lag dazu noch verhältnismäßig tief. Die Schlaglöcher und Unebenheiten setzten den betagten Stoßdämpfern bedenklich zu. Doch Adam ließ sich davon nicht aufhalten. Er trat das Gaspedal bis zum Anschlag durch.

Kurz darauf erreichte der Wagen mit heulendem Motor den Stall. Lovísa riss die Wagentür auf, doch bevor sie ausstieg, packte sie noch eine halbvolle Wasserflasche aus dem Fußraum.

»Ärmel naßmachen, das erleichtert das Atmen«, erklärte sie, schraubte die Flasche auf und goss Wasser auf den Ärmel ihres Wollpullovers. Dann lief sie mit vorgehaltener Armbeuge zum Tor des Pferdestalls. Rauchwolken umhüllten sie, als sie eintrat, aber das schien sie nicht zu kümmern. Es ging um das Leben ihrer Stuten. Die Lebensgrundlage ihrer Familie war in Gefahr.

»Hilf ihr mit den Pferden«, forderte Embla Adam auf und goss sich ebenfalls Wasser auf den Jackenärmel, bevor sie die Wagentür öffnete.

Adam tat dasselbe und stieg eilig aus: »Was hast du vor?«

»Mich mit diesem Journalistenbürschchen unterhalten, bevor er stiften geht«, erklärte sie und wandte sich Valgarð zu, der jenseits des Zauns auf dem Boden lag. Ein zweiter Mann saß neben ihm. »Sagt mal, was sucht ihr denn hier?« Embla sprang über die Umzäunung.

»Die Hand … diese schreckliche Hand … Sie hat mich angefasst«, brabbelte Valgarð hysterisch.

»Hast du mich nicht verstanden? Was sucht ihr hier?«, wiederholte Embla. »Habt ihr uns etwa von Reykjavík bis hierher verfolgt? Habt ihr den Stall angezündet?«

»Eine … eine Hand … ist im Stall«, stammelte der Mann.

»Wovon sprichst du?« Embla wandte sich an den anderen. »Was meint er?«

»Ich weiß es nicht«, antwortete Orri. »Ich hab ihn schreien hören und ihn dann hier auf dem Boden gefunden. Ich bin nur dazugekommen.«

»Habt ihr den Schuppen in Brand gesetzt?«, fragte Embla und deutete auf den Stall.

»Nein, natürlich nicht. Ich war das nicht«, beteuerte Orri. »Und Valgarð auch nicht, soweit ich weiß.«

»Was ist dann passiert? Warum seid ihr überhaupt hier?« Embla wollte eine klare Antwort.

Orri schluckte. »Wir sind euch von der Wache aus nachgefahren, in der Hoffnung auf eine Story.« Er deutete auf seinen Kollegen. »War seine Idee.«

»Mir völlig schnuppe, wer die Idee hatte«, rief Embla. »Ihr steckt in großen Schwierigkeiten. Und kommt ja nicht auf die Idee, wegzulaufen. Ihr wartet hier, verstanden?« Embla sprang wieder über den Zaun und rannte zum Stalltor.

»Die Hand!«, rief ihr Valgarð immer noch völlig kopflos hinterher. »Die Hand ist in der leeren Box, ganz hinten in der Ecke.«

Embla beachtete ihn kaum. Der Rauch war dicht, sie hielt sich den feuchten Ärmel vor Mund und Nase. Weiter hinten im Stall sah sie Lovísa sich mühen, den verschreckten Stuten Zaumzeug anzulegen und sie zu beruhigen. Adam stand etwas abseits und versuchte zu helfen, obwohl er Todesängste vor den aufgeregten Tieren haben musste.

»Ruhig, ruhig«, sagte Lovísa und streichelte einer Stute über die Nüstern. Sie stand in der Box, die dem Eingang am nächsten lag. »Alles wird gut.« Das Pferd wieherte laut. »Ruhig, ruhig.« Dann öffnete Lovísa die Box und reichte Adam die Riemen. »Bring sie raus, bind den Halfter am Zaun fest und komm wieder«, wies sie Adam zwischen zwei kräftigen Hustern an.

Obwohl Adam im Umgang mit Pferden völlig unerfahren war, zog er die Stute aus dem verräucherten Stall, wobei er den nassen Ärmel des freien Arms vor Mund und Nase presste.

»Schnell«, sagte Lovísa zu Embla, ging zur nächsten Box, öffnete sie und legte der Stute in Windeseile das Zaumzeug an. »Hier, mach das Gleiche«, forderte sie Embla auf und reichte ihr die Zügel.

Embla gehorchte sofort, doch das Pferd verweigerte sich und bockte.

»Skjóna! Sei brav!«, schrie Lovísa die Stute an, schlug sie leicht auf den Schenkel, und da gab das Tier nach und folgte Embla aus dem Stall. Einen Augenblick später kam Adam zurück. Lóvisa war inzwischen eine Box weiter, hatte sie geöffnet und hielt Adam sogleich die Zügel entgegen. »Hier«, brachte sie zwischen Hustenanfällen hervor.

Er nahm sie und führte die Stute hinaus. Sie war wesentlich ruhiger als Skjóna. Dann kam Embla zurück. Sie war erleichtert, als sie sah, dass nur mehr ein Pferd übrig war.

»Ruhig, sei ruhig, Halastjarna«, beruhigte Lovísa das Tier und streichelte ihm den Kopf. »Alles wird gut. Komm, lass uns rausgehen.« Lovísa öffnete die Box und behielt den Zügel selbst in der Hand. »Ich kümmere mich um sie«, erklärte sie Embla.

Die blickte Lovísa nach, bis sie den Stall mit dem Pferd verlassen hatte. Jetzt war alles ruhig, die Pferde waren außer Gefahr, und der Rauch hatte sich merklich verzogen. Embla nahm sich einen Augenblick Zeit, den Ort des Geschehens näher zu inspizieren. Es war klar erkennbar, was sich hier abgespielt hatte. Der Feuerlöscher lag auf dem Boden vor der fünften Box, in dem kein Pferd gestanden hatte. Der Boden war teilweise von weißem Schaum bedeckt, darunter ragten schwarze Halme bizarr in alle Richtungen hervor. Dort war das Feuer ausgebrochen. Aber wer hat es gelöscht?, überlegte Embla. Sie hielt den Ärmel noch immer vor das Gesicht gepresst. Die Journalisten mussten es tatsächlich gewesen sein, eine andere Möglichkeit gab es nicht. Und dann sah sie es!

Das Grauen, das sie jetzt ergriff, war kaum anders als das, das sie am Morgen in Baldurs Arbeitszimmer überfallen hatte. Fassungslos starrte sie auf den Boden, auf das nicht verkohlte Heu. Das konnte nicht sein. Das musste ein kranker Scherz sein. Ein Scherzartikel aus irgend so einer Boutique. Sie konnte es nicht begreifen, dass das, was sie da sah, wirklich existierte. Eine echte Hand ragte dort aus dem Heu.

57. KAPITEL

Jetzt wurde es brenzlig, das war Tobias klar. Die beiden Polizisten, die vor ihm saßen, hielten ihn des Mordes für schuldig. Eines Doppelmordes sogar. Er musste seine Unschuld beweisen. Dazu musste er mit allem herausrücken, das ging nun nicht mehr anders. Er konnte seine Tarnung nicht länger aufrechterhalten.

»Glaubt mir, bitte«, fing er seine Verteidigungsrede an, »ich weiß weder was von Katzenschwänzen noch von einem Mord, geschweige denn irgendwas von einem Óðinnsopfer.« Er atmete tief durch. »Wie soll ich das nur erklären?«, murmelte er.

»Ist mir völlig schnuppe. Hauptsache, du gestehst endlich, was du getan hast.« Grímur hatte weder Geduld noch Zeit für dieses Herumgeeiere.

»Ich weiß nicht, was ihr von den Theorien Baldur Skarphéðinssons wisst«, begann Tobias und band sich sein nasses Haar zu einem Knoten.

»Genug«, beschied Grímur, verschwieg aber, weswegen.

»Gut«, sagte der Norweger. »Dann weißt du wahrscheinlich auch von dem Sonnenrad im Südland, dem Orden, der danach benannt ist, und kennst auch alles andere, was damit zusammenhängt.«

Grímur nickte. »Weiter.«

»Nun, Sæmundur Loftsson, der Mann, den ich besuchen kam, ist glühender Anhänger dieser Ideen und glaubt, ich sei das auch«, erklärte Tobias.

»Was meinst du mit ›er glaubt das‹?«, fragte Hörður, der so in die Decke eingemummelt war, dass nur sein

Kopf herausragte. Er hatte aufgehört zu zittern. Es war mittlerweile schön warm im Auto geworden.

»Ich meine damit, dass ich das letzte Jahr so getan habe, als hätte ich großes Interesse an seinem Sonnenkreuzorden, obwohl Sæmundur ihn mit seinen rassistischen Vorurteilen verbindet und mit seiner Vision von einem weißen Island. Ich habe das einzig und allein deshalb getan, um hierherzukommen und von ihm zu dem Sonnenrad geführt zu werden.«

»Komm endlich auf den Punkt!«, herrschte ihn Grímur an, ohne sich umzusehen. Er hielt den Blick eisern nach vorn auf Sæmundurs Geländewagen geheftet, der in der Nähe der Münzenspalte gerade so zu erkennen war.

»Deswegen bin ich nach Island gekommen. Ich wollte mir hier das Sonnenrad ansehen, aber nicht, weil ich an Óðinn oder irgend so einen Quatsch glaube.«

»Das Sonnenrad ansehen?«, hakte Hörður nach. Er blieb wie immer viel ruhiger als sein Chef.

Erneut atmete Tobias tief durch. »Ich war auf Sæmundurs Unterstützung angewiesen, um bestimmte Punkte auf dem Sonnenrad zu finden. Bestimmte geheime Stellen«, sagte er in der Hoffnung, seine Lage zu verbessern.

Grímur verlor jetzt die Geduld. »Von was redest du, verflucht noch mal?«, brüllte er. Dieser verdammte Norweger glaubte doch allen Ernstes, sich da herausquatschen zu können. Er wusste wohl nicht, mit wem er es zu tun hatte. Grímur riss Baldurs Pfeife aus der Jackentasche und hielt sie Tobias hin.

»Diese Pfeife gehört Baldur, weißt du das?«

»Hast du sie etwa vom Tatort mitgenommen?«, murmelte Hörður bestürzt über das Vorgehen seines Chefs.

»Ist dir das klar?«, wiederholte Grímur, die Frage seines Untergebenen ignorierend.

Tobias schaute betreten drein, gab jedoch keine Antwort.

»Wo steckt Baldur, verdammt? Was hast du mit ihm gemacht, du Scheusal?!«, schrie Grímur wieder. Die beiden Polizisten im benachbarten Wagen warfen einen Blick auf den Hauptkommissar, blieben aber ruhig sitzen. Sinnlos, ihn jetzt zu stören. Jeder Beamte hatte nun mal seinen eigenen Verhörstil.

»Ich schwöre, ich bin nicht mal in die Nähe von Baldur gekommen«, gab Tobias kleinlaut zurück.

»Und was ist mit den Katzenschwänzen in deiner Reisetasche?«, wollte Hörður wissen.

»Das weiß ich nicht. Ich … ich …«, stotterte Tobias.

»Was?«, bohrte Grímur sofort nach. »Spuck's schon aus.«

»Ich bin nur ein Schatzjäger«, gestand Tobias endlich und blickte die Beamten betrübt an. Sie antworteten nichts darauf. »Ich suche Schätze«, fügte Tobias mit gesenktem Kopf hinzu.

»Du suchst Schätze?« Grímur war baff.

»Ja.« Tobias schluckte. »Ich reise in Nordeuropa herum und suche verschollene Schätze der Wikinger.« Auch jetzt blieb Schweigen die einzige Erwiderung darauf. Tobias wusste, dass er sich näher erklären musste. »Die Wikinger haben auf ihren Raubzügen die unterschiedlichsten Wertgegenstände gestohlen, aber nur ein kleiner Bruchteil davon konnte bisher aufgefunden werden. Der Grund dafür ist, dass sie diese Kostbarkeiten in ihren heimatlichen Gefilden vergruben. Und hier komme ich ins Spiel.«

Diese Erklärung war so weit hergeholt und klang so unwahrscheinlich, dass es Grímur die Sprache verschlug. Er wusste mittlerweile überhaupt nicht mehr, was dieser Ausländer wollte. Ob Tobias es wirklich und wahrhaftig darauf anlegte, dass er nach hinten käme und die Wahrheit buchstäblich aus ihm herausprügelte?

»Man hat viele bedeutende Wikingerschätze gefunden«, fügte Tobias als Erläuterung hinzu, da er bemerkte, dass die Beamten ihm immer noch nicht folgen konnten. »Einen unter dem Kreml und einen weiteren erst kürzlich in Nordengland, wobei sich die Schatzsucher – Vater und Sohn – an eine alte Volkserzählung gehalten hatten, in der es hieß, dass der größte Schatz der Britischen Inseln in der Nähe eines bestimmten Hügels begraben sei, und bingo – da war der Schatz.« Tobias lächelte breit. Er unterschätzte wohl immer noch, in welcher Klemme er steckte.

»Warum bist du dann vor uns weggelaufen, wenn du Schatzsucher bist und nichts zu verbergen hast?«, fragte Hörður ebenso verwundert wie Grímur.

»Wie ich vorhin schon sagte: Ich habe zwar niemanden umgebracht, bin aber auch kein unbescholtener Chorknabe«, entgegnete Tobias.

»Erklär das«, knurrte Grímur.

»In Norwegen bin ich vorbestraft, dasselbe gilt auch für Großbritannien, Dänemark und Schweden. Ich habe dort nach Wikingerschätzen gesucht und manchmal ein paar Stücke gefunden und einfach mitgenommen, ohne die Behörden zu informieren«, sagte Tobias. »Nicht dass diese Stücke gefunden worden wären, wenn ich mir nicht die Mühe gemacht hätte«, ergänzte er leise, als wollte er damit sein Tun rechtfertigen.

»Das erklärt aber noch nicht deine Flucht«, meinte Hörður. »Hier in Island stehst du doch nicht unter Anklage?«

»Nein, aber Sæmundur darf das nicht erfahren. Er glaubt, ich sei Anhänger seiner blödsinnigen Sonnenkreuzsekte. Aber die Wahrheit ist: Ich suche nur nach Schätzen. Nichts anderes.«

Hörður blickte Grímur an, der schweigend dasaß und den nächsten Schritt überdachte. »Und was hat das Sonnenkreuz hier in Island damit zu tun?«, fragte Hörður und kratzte sich am Kopf.

»Jeder, der das Sonnenrad und die Kardinalpunkte darauf kennt, hat einen Wegweiser zu unglaublichen Reichtümern in der Hand«, antwortete Tobias aufgeregt. Jetzt kam die Sprache auf den Schatz, dem er so leidenschaftlich nachjagte.

Hörður brachte der Sache offensichtlich größeres Interesse entgegen als sein Chef. »Meinst du so was wie eine Schatzkarte?«

»Ganz genau, wie ein riesiges X, in die Landschaft gemalt, das auf den Schatz verweist.«

»Hör mal gut zu«, mischte Grímur sich ein. »Wenn du jetzt nicht augenblicklich aufhörst mit deinen närrischen Piratenphantasien, werde ich böse.« Grímur atmete tief ein. »Und böse willst du mich bestimmt nicht erleben.«

»Nenn es, wie du willst, aber es ist und bleibt die

Wahrheit«, entgegnete Tobias. »Leute wie ich spüren alte Schätze auf, indem sie sich auf Geschichte, Volkserzählungen und Überlieferungen stützen. Und auf Kenntnisse von Siedlungsgebieten früherer Jahrhunderte. Wo die Leute ihre Tempel errichtet haben und mitsamt ihren Kostbarkeiten begraben wurden.«

Grímur schwieg wieder, ratlos, aber Hörður räusperte sich. Er wagte es in Anwesenheit seines Chefs zunächst nicht, eine weitere Frage zu stellen. Dann tat er es schließlich doch: »Über was für Kostbarkeiten reden wir da eigentlich?«

»Das ist der Clou.« Tobias lächelte strahlend. »Über einen der größten Schätze der Welt.« Bei dieser Antwort funkelten seine Augen wie Edelsteine.

58. KAPITEL

Es hätte ein Trugbild sein können – oder eine absichtlich so arrangierte Szenerie. Abgesehen davon sah der Pferdestall aus, wie man sich so einen Stall gemeinhin vorstellt: in Boxen eingeteilt, mit Futterraufen und Mistrinnen. Nur diese Hand mit ihren dick hervortretenden Adern, die da aus dem Heu hervorragte, die passte überhaupt nicht ins Bild.

Embla trat unwillkürlich einen Schritt zurück und aus der Box heraus, behielt die reglose Hand aber fest im Blick. Ihr Kopf war augenblicklich völlig leer. Alle Gedanken an den Tempel in Skálholt, Tobias oder Ingunns Sicherheit verschwanden wie Tau in der Sonne. Nur diese mysteriöse Hand blieb ihr im Bewusstsein.

»Embla!« Adam stand im Eingang. »Kommst du, oder willst du da drin versauern?«

Sie nahm seinen Ruf nicht wahr. Er rauschte an ihr vorbei wie fernes Gemurmel. Um sie aus ihrer Schreckensstarre zu wecken, brauchte es mehr.

»Embla!« Adam lief zu seiner Freundin, die wie angewurzelt dastand, und legte ihr die Hand auf die Schulter: »Ist etwas passiert, Schatz?«

Sie fuhr zusammen, denn sie hatte ihn nicht kommen hören. Dafür sank sie ihm jetzt in die Arme und drückte ihn fest an sich.

Adam erschrak. »Was ist los? Du musst raus hier, sonst kriegst du eine Rauchvergiftung.«

Embla drückte das Gesicht an seinen Halsausschnitt. »Adam, schau mal in die Box da.«

»Warum? Du, wir müssen hier raus. Hier drin ist es noch immer viel zu gefährlich.«

»Bitte schau mal rein«, bat sie ihn noch einmal.

»Los, kommt da raus!«, rief Lovísa jetzt von der Stalltür her. »Es ist nicht besonders gesund, weiter da drin zu stehen.«

»Sofort«, rief Adam. Er löste sich aus Emblas Umarmung, küsste sie auf die Stirn und spähte in die Box. »Was um alles in der …?«

Er trat hinein, kniete neben der Hand in dem Heuhaufen nieder und befühlte sie. Sie war warm, aber völlig schlaff, wie leblos. Er schob das Heu beiseite. Ein ganzer Arm kam zum Vorschein, dann eine Schulter und schließlich ein Kopf.

»Sieh mal hier!«, rief er und beeilte sich, das restliche Heu zu entfernen. Ein älterer Mann lag darunter verborgen. Er war zusammengekauert, trug ein dunkelbraunes, fleckiges Jackett und hatte ein Taschentuch vor dem Gesicht.

Embla stand regungslos und stumm am Eingang der Box. Für den Bruchteil einer Sekunde merkte sie nicht mehr, ob sie überhaupt noch atmete.

Adam drehte den Mann behutsam um, und sie sahen sein Gesicht. Obwohl der Mann die Augen geschlossen hatte, sehr blass war, fast blau angelaufen, und Blut aus einer Halswunde über sein Gesicht geronnen war, gab es keinen Zweifel daran, wer es war.

»Baldur!«, schrie Embla gellend und machte einen Satz in die Box. »Grundgütiger Himmel, das ist Baldur.«

Adam fühlte sofort, ob er noch am Leben war. Er presste Zeige- und Ringfinger gegen die Schlagader an Baldurs blutverschmiertem Hals und fühlte nach dem Puls.

»Lebt er noch?«, fragte Embla leise.

»Warte.« Zuerst spürte Adam nichts, weil er vor Aufregung nur seinen eigenen Herzschlag vernahm. Dann aber konnte er einen schwachen Puls ertasten. »Ja«, verkündete er.

»Ich glaub's einfach nicht.« Mehr brachte Embla nicht heraus.

»Rasch, wir müssen die Wunde verbinden und ihn hier rausschaffen«, drängte Adam.

Embla streckte den Kopf aus der Box und sah Lovísa draußen die Stuten versorgen.

»Lovísa! Komm schnell her!«, schrie sie. Dann schaute sie wieder auf den alten Archäologen, der bewusstlos vor ihr lag. Sein graues, schütteres Haar war schweißverklebt und zerwühlt. Seine Stirn zierte eine blutverkrustete Schramme, offenbar aber nicht sehr tief. Auch die Halswunde war schon von einer Kruste überzogen und sah bei näherem Hinsehen nicht mehr ganz so bedrohlich aus. Baldurs Lippen waren aufgesprungen und geschwollen, unter einem Auge blühte ein Veilchen. Offenbar hatte er heftige Schläge über sich ergehen lassen müssen.

Embla blickte von Baldur auf das verbrannte Heu und den weißen Schaum. Irgendetwas stimmte hier nicht.

»Embla! Was treibst du denn? Wir müssen Baldur zu einem Arzt bringen«, rief Adam mit Nachdruck. »Er hat viel Blut verloren.«

»Glaubst du vielleicht, ich weiß das nicht?«, keifte sie zurück. »Lovísa wird gleich kommen. Ohne sie kriegen wir Baldur hier sowieso nicht raus, das würde alles nur noch schlimmer machen.« Sie wandte sich wieder dem verkohlten Heu zu und wühlte in dem Mischmasch aus Heu und Löschschaum. Schließlich fand sie einen länglichen, silberfarbenen Gegenstand auf dem Boden. Er war etwa drei Zentimeter lang. Embla bückte sich danach und erkannte sofort, was es war: ein Metallzylinder mit Docht an einem Ende. Eine Art Dauerfeuerzeug. »Baldur hat das Feuer *selbst* gelegt«, schlussfolgerte sie und besah sich den Zylinder eingehender.

»Was hast du gesagt?«, fragte Adam, der Baldur mit einem Arm stützte. Mit dem anderen hielt er sich jetzt wieder den nassen Ärmel der Sommerjacke vors Gesicht.

»Baldur ist vorhin bei Bewusstsein gewesen und hat das Feuer selbst gelegt. Schau mal in seiner Hand nach.«

In Baldurs linker Hand fand er tatsächlich eine kleine Metallhülse, die an ein gewöhnliches Zippofeuerzeug erinnerte. Sie hatte oben eine Öffnung für den Metallzylinder mit dem Docht. Auf die Seite des Feuerzeugs hatte Baldur ein Zitat aus der Brennu-Njáls saga eingravieren lassen: *Ber er hver að baki nema sér bróður eigi*: Ungeschützt ist der Rücken eines jeden, es sei denn, er hat einen Bruder. – Er reichte Embla seinen Fund.

Sie wog Zylinder und Metallhülse in der Hand: »Baldur raucht Pfeife und braucht das Ding zum Anzünden.« Sie dachte an den Tabakgeruch in seinem Arbeitszimmer. »Er hat sich selbst in Lebensgefahr gebracht und den Brand gelegt, um auf sich aufmerksam zu machen. Hier im Pferdestall.«

Endlich kam Lovísa. Am Eingang zur Box blieb sie stehen: »Was ist los?« Als sie Baldur mitten im Heu sah, zuckte sie heftig zusammen und starrte ihn an, als sei er ein Gespenst.

»Wir haben Baldur hier im Heu gefunden, er lebt«, erklärte Embla ernst. »Er hat den Brand im Stall selbst gelegt, nicht die zwei Reporter.«

»Aber … aber … aber das verstehe ich nicht.« Lovísa rang sichtlich um Fassung. »Wie kommt denn Baldur hierher?«

Adam wischte die Frage beiseite. »Spielt jetzt keine Rolle. Wir müssen ihn endlich hier rausschaffen.« Er hob Baldurs Füße an. »Schnell, packt seine Arme an. Aber vorsichtig.«

Die Frauen griffen nach seinen Armen und hoben den schweren Mann hoch. Dabei fiel sein Kopf hintenüber.

»Aufpassen, stützt ihm Kopf und Rücken«, mahnte

Adam besorgt. »Nicht dass seine Atemwege in dieser Haltung noch blockiert werden.«

Embla und Lovísa griffen unter Baldurs Oberkörper und Kopf. Trotz seines Gewichts schafften sie ihn Schritt für Schritt aus dem Stall und unter freien Himmel. Dort legten sie ihn vorsichtig auf dem Kies nahe bei den Stuten ab. Sie bogen ihm den Kopf leicht zurück, damit er atmen konnte.

»Embla, ruf einen Krankenwagen!«, sagte Adam und wandte sich dann an Lovísa: »Hast du hier irgendwo einen Verbandskasten?«

»Ja«, gab sie zur Antwort, rührte sich aber vor lauter Verwirrung nicht vom Fleck.

»Schnell, hol ihn!«, setzte er nach.

Lovísa nickte und stürzte wieder zurück in den Pferdestall und kam kurz darauf mit Verbandszeug zurück. Embla war etwas beiseite getreten und sprach mit dem ärztlichen Notdienst. Die beiden Fernsehleute beobachteten das Geschehen mit höchster Aufmerksamkeit. »Das Verbandszeug ist eigentlich für Pferde gedacht«, bemerkte Lovísa und kniete neben Baldur nieder. »Aber es sollte gehen.« Sie öffnete den Kasten, sah einen Moment auf die blutige Wunde an Baldurs Hals und zog sich zitternd Handschuhe über. Dann riss sie eine Packung Mullkompressen auf, öffnete eine Flasche Kochsalzlösung, feuchtete eine Kompresse an und entfernte den Großteil der Blutkruste. Die Wunde wurde jetzt deutlich sichtbar. Sie war tatsächlich nicht tief, die Blutung hatte von selbst fast völlig aufgehört. Lóvisa legte trockene Kompressen darauf, befestigte sie mit Pflaster und umwickelte zur Sicherheit alles mit einer elastischen Binde, die sie um den Hals führte. Trotz des Zitterns zeugten ihre Handgriffe von Übung und fachmännischem Können. Sie war offenbar diejenige, die sich um die Stuten kümmerte, wenn sie sich verletzt hatten.

Neben Adam standen Orri und Valgarð und schauten zu, wie Lovísa Baldur versorgte. Embla hatte ihren Anruf mittlerweile beendet. »Ein Krankenwagen ist unterwegs«, sagte sie mit Blick auf Baldur und die versorgte Wunde, aber das Handy hielt sie noch am Ohr.

»Was jetzt?«, ließ sich der Kameramann Orri vernehmen. Der verletzte alte Mann beunruhigte ihn. »Wird er wieder?«

»Das wollen wir hoffen. Aber müssen wir ihn nicht in die stabile Seitenlage bringen?«, fragte Valgarð wesentlich gelassener. Er überlegte ernsthaft, ob er nicht die Kamera herausholen sollte, um alles aufzunehmen. Das waren die *Breaking News* für heute Abend! Es schien ihm aber angeraten, noch ein Momentchen zu warten, bis sich die Situation etwas entspannt hatte.

Lovísa beugte sich vor und legte ihr Ohr an Baldurs Mund. Zum Glück war seine Atmung nicht beeinträchtigt, aber wegen der Halsverletzungen hielt sie es für das Beste, ihn bis zum Eintreffen des Arztes so wenig wie möglich zu bewegen. »Nein, lassen wir das besser. Wir warten auf den Arzt. Nur warten«, sagte sie dicht über Baldur gebeugt, während die vier anderen um sie herumstanden. »Im Augenblick ist das das Einzige. Warten.« Sie schien nicht ganz bei klarem Verstand zu sein. Die letzte halbe Stunde war wie ein Alptraum gewesen. Zuerst die Nachricht, dass sich Ingunn in Begleitung eines Mörders befand. Dann der Brand im Pferdestall. Schließlich Baldur in einer der Boxen, mehr tot als lebendig.

»Aber … aber ihr wisst, was das bedeutet«, sagte Adam und schaute auf den bewusstlos auf dem Kies liegenden Baldur. Alle schwiegen plötzlich. Nur der Wind fegte hörbar über sie hinweg, während sich die Stuten allmählich von der überstandenen Gefahr erholten.

»Was?«, fragte Embla.

Anstatt einer Antwort fixierte er die jungen Reporter und deutete mit dem Zeigefinger auf sie: »Ihr seid jetzt nicht mehr im Dienst, kapiert? Was ich sage, bleibt unter uns.«

»Natürlich«, stimmte Orri zu.

»Klar Mann, kannst uns vertrauen«, sagte Valgarð, der fast selbst daran glaubte.

Adam atmete auf. »Tobias muss unschuldig sein«, erklärte er ihnen. Wieder Schweigen.

»Wieso das?«, fragte Embla.

Adam warf einen Blick auf Lovísa. »Wie du selbst sagst, hat Sæmundur Tobias heute Mittag geholt und ihn hierher gebracht. Tobias hätte Baldur also niemals selbst herbringen können, so ganz allein. Er hatte dazu einfach keine Zeit.«

»Was meinst du? Und wer hat es dann getan?« Embla rang die Hände, unfähig, einen klaren Gedanken zu fassen. Das schien alles immer noch kein Ende nehmen zu wollen. Embla kannte sich gar nicht mehr aus.

Adam zögerte. Die Antwort lag auf der Hand. Aber sie würde auch jemandem sehr wehtun. Er schaute seine Embla aufmerksam an. So als suchte er Stärkung in ihrem schönen Gesicht. Dann wandte er sich der Hausfrau auf Stóra-Hof zu und sah ihr tief in die Augen. »Das hier hat Sæmundur getan«, erklärte er Lovísa leise. So als hätte er ein schlechtes Gewissen, weil er ihr sagen musste, dass ihr Ehemann ein Mörder war.

59. KAPITEL

»Gut«, sagte Sæmundur auf Dänisch ins Handy und spielte am Lenkrad herum. »Doch, hier verläuft alles nach Plan«, fügte er nach einer kurzen Pause hinzu, obwohl ein gewisser bedrückter Ton nicht zu überhören war. Tobias' Verrat machte ihm zu schaffen. »Alle Angehörigen des Ordens außer Lena aus Deutschland haben sich gemeldet und ihre Sache durchgezogen, aber ich denke, dass ich auch von ihr noch hören werde.« Wieder Schweigen. »Ja, der Tag ist ganz nach Plan verlaufen, und ich werde jetzt mein Opfer ausführen. Erst dann wird sich Óðinns Macht offenbaren.« Der Landwirt lachte laut wiehernd ins Handy. »Ja, farewell.« Er legte auf. Noch immer lag ein Rest des plötzlichen Heiterkeitsausbruches auf seinem Gesicht. Aber das Lächeln verging ihm sofort, als er über den nächsten Schritt nachdachte.

»Wer war das?«, fragte Ingunn, die neben ihrem Vater saß. Hekla hatte den Kopf wieder auf ihrem Schoß abgelegt.

»Mein Mitstreiter aus Schweden«, gab Sæmundur zur Antwort und sprach absichtlich jedes Wort klar und betont aus.

»Ist der auch in deinem Orden?« Ingunn streichelte den Hund und kraulte ihm das Fell. Hekla zu beruhigen wirkte sich ebenso beruhigend auf sie selbst aus.

Sæmundur antwortete nicht. Er blickte auf die beiden Polizeiautos in der Nähe der Kirche.

Ingunn versuchte sich wieder in Erinnerung zu bringen: »Pa?!«

Der Mann schrak aus seinen Gedanken auf. »Ja, meine Liebe?«

»War der auch von deinen Sonnenkreuzlern?«

»Ja, der auch. Warum fragst du?« Sæmundur griff sich einen Zigarillo, steckte ihn an und öffnete das Fenster.

»Weiß auch nicht«, antwortete Ingunn desinteressiert. »Ist da irgendwas los?«

»Was meinst du?«

»Ich meine nur, zuerst dieser norwegische Typ, dann einer aus Schweden. Gibt's da heut was Besonderes in dem Orden?«

»Ja, das hab ich dir doch schon Anfang der Woche erklärt«, sagte Sæmundur. »Heute ist Frühjahrs-Tagundnachtgleiche und dazu auch noch Mittwoch, Óðinns Tag.« Er zog am Zigarillo und blies den Rauch durch den Fensterspalt hinaus. Dann sah er seine Tochter an, aber sein Blick wirkte abwesend, wie von weit her. »Deshalb ist das heute auch ein ganz besonderer Tag, Ingunn. Ein ganz besonderer.«

»Was soll daran so besonderes sein?«, maulte das Mädchen. »Ich habe Sigrún verpasst. Ich wollte mit ihr chatten.«

»Das wird sich schon sehr bald zeigen.«

»Fahren wir denn nicht heim?«

»Nicht gleich, Ingunn.«

»Aber hat dir der Polizist nicht gesagt, du sollst heimfahren? Weil Mama Angst hat?«

»Doch, das hat er«, antwortete ihr Vater. »Aber er hat keine Ahnung, was auf dem Spiel steht.« Er nahm einen tiefen Zug. »Unsere heutige Aufgabe ist noch lange nicht vollendet, selbst wenn sich Tobias als verräterisches Schwein entpuppt hat. Noch steht die Sonne am Himmel. Noch ist also Zeit.«

»Zeit? Wofür? Wo fahren wir denn noch hin?«, fragte sie verwundert und hörte auf, Hekla zu streicheln. Die Hündin öffnete unter leisem Murren ein Auge. Ingunn sollte sie gefälligst weiter verwöhnen.

»Das weiß ich noch nicht so genau«, gestand Sæmundur. Der nächste Schritt war ihm immer noch nicht klar und das beunruhigte ihn zutiefst. Baldur hatte den Tempel nicht hier auf Þingvellir gesucht, so viel stand auf alle Fälle fest. Die Suche bei Lachs-Ketills Siedlungsplatz hatte Baldur auch eingestellt. Sæmundur beugte sich über das Steuerrad, legte beide Hände auf die Stirn und massierte sie ausgiebig.

»Wo ist er bloß? Wo kann der Tempel nur gestanden haben?«, fragte er sich immer und immer wieder.

»Pa, was ist los?« Ingunn schwankte zwischen Angst und Sorge um ihren Vater. Den ganzen Tag lang hatte er sich schon höchst merkwürdig benommen und jetzt schien er auf einen psychischen Zusammenbruch zuzusteuern. Sie versuchte, an seinen gesunden Menschenverstand zu appellieren: »Sollen wir nicht besser heimfahren, wie die Bullen uns gesagt haben?«

»Nein, dort haben wir nichts zu suchen«, entgegnete

Sæmundur. Er zermarterte sich den Kopf über die vertrackte Angelegenheit. Er rief sich die Fotografien des Gedenksteins wieder ins Gedächtnis. Er musste doch eindeutig auf den Nordwestsektor des Sonnenkreuzes verweisen. »Ufk 216«, murmelte er mit dem Zigarillo zwischen den Lippen. »Was bedeutet das?« Er zog *Hávamál* aus der Jackentasche hervor und umklammerte den braunen Lederumschlag, als könnte ihm das den Weg weisen.

Ingunn beobachtete ihn dabei, ließ sich aber nichts anmerken. Am liebsten wäre sie aus dem Auto gesprungen und zu den Polizisten hinübergelaufen, aber das wagte sie nicht. Später würde sie es nur wieder bereuen. Also blieb sie ruhig sitzen und begann, Hekla wieder zu streicheln.

»216 000 Fuß nach Nordwesten?«, sprach Sæmundur die Frage laut aus. Er fühlte, dass Gereiztheit und Ärger wieder aufflammten und seinen Verstand überlagerten. Das behinderte ihn bei der Lösung des Rätsels. »Aber von wo? Von hier? Von Þingvellir aus?« Er brauchte keine Landkarte um zu wissen, welcher Ort 64 Kilometer nordwestlich von Þingvellir lag. Hier war der südwestliche Punkt des Sonnenkreuzes von Mýri. »Kann der Tempel vielleicht bei Álftarós gestanden haben?«

Ingunn schwieg. Ihr Vater brabbelte Unverständliches vor sich hin. Sie schaute wieder auf die zwei Streifenwagen in der Ferne.

»Baldur, wo war er?« Ärgerlich warf Sæmundur den Zigarillostummel aus dem Fenster.

»Papa.« Ingunn legte ihm die Hand auf den Oberschenkel und rüttelte ihn, um ihn zur Vernunft zu bringen. Als sei das ausreichend, um ihren alten Vater zurückzubekommen. »Sollten wir nicht wirklich besser heimfahren?«

»Ingunn, Liebes, bitte stör mich nicht. Ich denke nach«, wehrte er jedoch ab.

»Aber ich will heim.«

»Hilf mir lieber, anstatt mir mit deinem Gequake auf die Nerven zu gehen.«

»Aber das tue ich doch«, entgegnete sie. »Lass uns zu Mama heimfahren. Das ist das Beste!«

»Deine Mutter kann mir bei der Suche nicht helfen«, platzte es aus Sæmundur barsch hervor. Er versuchte die Konzentration nicht zu verlieren.

»Wir suchen also immer noch danach? Und warum?«

»Weil ich ihn finden muss. Und zwar heute noch. Jetzt auf der Stelle!« Seine Stimme wurde hart. »Bevor es zu spät ist.«

»Wofür denn?«, fragte Ingunn. »Warum fahren wir nicht endlich heim und du suchst den Tempel morgen?«

»Es gibt kein ›morgen‹, begreifst du das nicht?«, fuhr er sie an. »Entweder jetzt – oder nie mehr.« Und wieder fing er an, alles zu rekapitulieren. »216 000 Fuß. Nordwesten. Óðinns Tempel.« Murmelnd ging er alle möglichen Kombinationen durch, versuchte das Puzzle zusammenzubekommen. Er schlug sein Bändchen mit den nordisch-heidnischen Texten auf und blätterte zu der Stelle, die davon berichtete, wie Óðinn an die Runen kam. Die von geheimnisvoller Kraft durchdrungene Weisheit auf diesen Seiten konnte ihm zweifellos beistehen.

Schließlich riss Ingunn der Geduldsfaden. »Jetzt oder

nie? Wenn du schon unbedingt so verdammt dringend beten willst, warum gehst du dann nicht in die Kirche?«, höhnte sie mit einem Blick auf das Buch. Sie versuchte, ein Grinsen nicht zu sichtbar werden zu lassen. »Es stehen ja genug davon rum«, schloss sie und lehnte sich wieder zurück. Hekla erwachte und richtete sich auf.

Ganz gegen Ingunns Absicht brach Sæmundur in brüllendes Gelächter aus. »Aber natürlich!«, rief er zwischen zwei dröhnenden Lachsalven. »Kirchen!« Er drosch heftig auf das Steuerrad ein. »Ingunn, du hast die Lösung gefunden!« Er beugte sich zu ihr hinüber und drückte ihr einen Kuss auf die Stirn. »Wie konnte ich nur so blind sein?«

Für einen Moment glaubte Ingunn, ihr alter Vater sei wieder da. »Ich hab doch nur einen Scherz gemacht«, sagte sie und lächelte. Sein theatralischer Auftritt sollte wohl auch nur ein Scherz sein.

»Das muss die Lösung sein.« Sæmundur packte das Steuer. »Es geht gar nicht anders!«

Jetzt war Ingunn wirklich verblüfft. »Wie jetzt? Willst du tatsächlich in die Kirche?«

»Ja, warum denn nicht?«, entgegnete er und lachte durchdringend. Er steckte den Schlüssel ins Zündschloss. »Warum denn nicht?« Er ließ den Landrover an und gab ordentlich Gas.

»Zum … Beten?« Ingunn konnte überhaupt nicht mehr folgen, und die ganze Sache war ihr jetzt noch viel weniger geheuer. Ihr wurde schlagartig klar, dass ihr Vater tatsächlich keinen Spaß gemacht hatte.

Sæmundur gab ihr keine Antwort. Er fuhr einfach los und ließ dabei den Kies unter den Reifen hervorspritzen. »216 000 Fuß ab Goðasteinn, Óðinns Stein, nach Nordwesten, in Óðinns Richtung«, sagte er wie von einer Erleuchtung beflügelt, »und nach … nach Skálholt. Dort stand sein Tempel. Es muss so sein, das muss es ganz einfach.«

Ingunn wandte sich schnell um. Die beiden Streifenwagen an der Kirche verschwanden hinter einem Lavafelsen. In dem Moment wurde ihr klar, dass sie einen verhängnisvollen Fehler begangen hatte.

60. KAPITEL

Tobias lächelte vor sich hin, obwohl er auf dem Rücksitz eines Streifenwagens saß und unter Mordverdacht stand.

»Was soll denn der Quatsch, den du da ständig ablässt?«, fragte Grímur. »Wenn du dich jetzt nicht kooperativer zeigst, geht's ab aufs Präsidium. Das wird dann richtig lustig für dich, so viel kann ich dir versprechen. Mit der Wahrheit kommst du glimpflicher davon.«

Doch der Norweger gab keinen Millimeter nach: »Ich sage die Wahrheit. Schaut doch mal in meinen Rucksack!« Er deutete auf das schwarze Bündel zu Hörðurs Füßen.

Der Beamte nahm es hoch und öffnete den Reißverschluss. Zuoberst lagen ein Schal und Handschuhe, eine kleine Handschaufel und ein auseinandergenommenes Gerät aus Kunststoff, das er nicht zuordnen konnte. Hörður hob es hoch: »Was ist das für ein Teil?«

»Mein Unschuldsbeweis. Das ist ein Metalldetektor.

Ich habe es euch doch gesagt. Ich reise in der Welt herum und suche nach Schätzen.« Tobias nahm das Gerät an sich und zog die Stange aus. Grímur und Hörður schauten ihn an, als hätten sie so ein Ding noch nie gesehen. Es war pechschwarz und verfügte über einen eingebauten Computer, der alles analysierte, was dem Suchenden vor den Sensor kam. »Ein sündhaft teures Gerät, obwohl es sich schon längst amortisiert hat«, erklärte der Norweger.

»Dir ist bekannt, dass du eine besondere Erlaubnis brauchst, um hierzulande einen Metalldetektor zu benutzen?«, bemerkte Hörður.

Tobias lächelte. »Ja. Deswegen hab ich ihn ja durch den Zoll geschmuggelt.«

»Lass das dämliche Grinsen!«, raunzte Grímur. Er war kurz davor, über diesen seltsamen Verlauf des Verhörs vollends die Fassung zu verlieren. Tobias schien das Ganze für eine Witzveranstaltung zu halten. »Glaub ja nicht, dass du so einfach davonkommst, nur weil du irgend so ein Plastikgelumpe mitschleppst.«

»Prüft es halt nach. Ich bin in Oslo wegen illegaler Schatzsuche angeklagt und dürfte das Land eigentlich nicht verlassen. Aber, wie ich schon sagte, das ist es dann auch. Ich bin aber nie wegen etwas anderem angeklagt worden. Und wegen Mordes schon gar nicht.«

Hörður brach das folgende Schweigen als Erster. »Was machen wir jetzt?«, erkundigte er sich bei seinem Kollegen auf Isländisch.

Grímur öffnete unvermittelt die Autotür und stieg aus: »Du wartest hier.«

»Was hast du vor?«

Grímur deutete mit einer Kopfbewegung auf die Beamten im anderen Wagen. »Die sollen mir mal die Behörden in Oslo kontaktieren und sich nach ihm erkundigen. Im Augenblick gibt's nichts anderes.«

»Und wenn er die Wahrheit sagt?«

»Dann hat er sich diesmal sein eigenes Grab geschaufelt«, antwortete Grímur. »Seine früheren Vergehen in Oslo entlasten ihn nicht von dem Mordverdacht. Ganz im Gegenteil. Sie bestätigen wohl eher, dass seine Gier keine Grenzen kennt.« Grímur rückte die Brille zurecht und schlug die Wagentür zu.

Die beiden anderen Männer blieben im Auto zurück, halbnackt und eingemummelt in dicke Decken, während die Heizung immer noch Wärme ins Wageninnere blies. Hörður beobachtete Grímur bei seinem Gespräch mit den Kollegen. Wahrscheinlich versuchte er ihnen zu erklären, was sie bislang aus dem Verdächtigen rausbekommen hatten. Eine ganz bestimmte Frage schwirrte ihm im Kopf herum. Eine Frage, die er weder verscheuchen noch ignorieren konnte. Schließlich räusperte er sich und rutschte ein wenig in seinem Sitz umher. »Was für ein Schatz ist das eigentlich?«, fragte er schließlich gedämpft. Es klang, als steckte mehr hinter der Frage.

Tobias grinste in den Rückspiegel. »Du bist neugierig, oder?«

»Lass das Anbiedern und antworte auf meine Frage«, konterte Hörður. Auch er konnte ja wohl hart sein.

Der Norweger schaute auf Grímur, der noch bei dem anderen Streifenwagen stand, beugte sich dann aber vor. »Der Schatz von Lachs-Ketill«, flüsterte er dann und dehnte seine Worte mit Genuss.

»Noch nie was von dem gehört«, versetzte Hörður, als bewiese das dessen Nichtexistenz.

»Du hast dich damit aber auch noch nicht wirklich beschäftigt, Kumpel«, gab Tobias zurück.

Diese absichtlich geheimnisvoll gehaltene Bemerkung saß. In Hörður loderte es jetzt, er hatte Feuer gefangen. Er warf einen raschen Blick auf seinen Chef, der noch immer am Auto der Kollegen lehnte. Dann wandte er sich wieder dem Norweger zu: »Red schon weiter.«

»Schau, ich bin schon lange in der Branche, und bei mir zu Hause interessierte man sich eben sehr früh für den berühmtesten Wikinger.« Er machte eine Kunstpause, aber er wartete umsonst. Hörður zuckte lediglich mit den Achseln und wusste nicht, von wem er sprach. »Haraldur Schönhaar, der erste König der Norweger«, klärte ihn Tobias mit leichtem Vorwurf in der Stimme auf. Das war ungefähr so, als hätte ein Mitteleuropäer noch nie was von Napoleon gehört. Immerhin war jener Haraldur schuld daran gewesen, dass sich um 874 n. Chr. Siedler aus Norwegen zu der damals noch fast unbewohnten Insel aufmachten, die kurz zuvor entdeckt worden war und die man Island getauft hatte. Die Siedler wollten dem ehrgeizigen König keine Steuern bezahlen. Streng genommen verdankte also auch Hörður dem König sein Dasein als Isländer.

»Ja, von dem hab ich schon mal gehört.« Hörður beugte sich vor und nestelte eine Packung Kaugummi aus seiner nassen Hosentasche, holte ein Kaugummi heraus und warf ihn sich ein. Die Abwesenheit seines Chefs flößte ihm ein Gefühl der Entspannung ein.

»Freut mich.« Tobias räusperte sich. »Eine Zeit lang

habe ich vor allem Gegenstände und Schmuck aufgespürt, die eine Verbindung zu Haraldur haben. Es ist bekannt, dass er auf seinen Reisen durch Norwegen eine Menge Sachen zusammenraffte, als er die kleinen Königreiche vereinigte.«

»Schön, Haraldur Schönhaar war also reich«, sagte Hörður, der zum Punkt kommen wollte, bevor Grímur zurückkehrte. »Aber was hat das mit Lachs-Ketill oder Island zu tun?«

»Ja eben, was hat das mit Lachs-Ketill zu tun«, wiederholte Tobias. »Die wenigsten haben die beiden bisher in Verbindung gebracht.«

»Lass mich raten, du schon?«, fragte Hörður schmatzend.

»Ganz genau.« Tobias wickelte die Decke fester um sich. »In der Egils-Saga steht der Grund dafür, weshalb Ketill aus Norwegen fliehen musste. Er war mit Þórólfur Kveld-Úlfsson verwandt, dem Bruder von Skallagrímur Kveld-Úlfsson, der wiederum Egill Skallagrímssons Vater war.«

»Ja und?« Hörður sagte das nichts. Er wollte handfeste Fakten hören.

»Und in der Saga wie auch im Landnahmebuch wird davon berichtet, wie Ketill Þórólfur rächt, indem er die Söhne Hildiríðurs umbringt. Sie waren nicht nur die Steuereintreiber von Haraldur Schönhaar in Hálogaland gewesen, sondern sie betrogen ihn auch nach Strich und Faden, um sich alles unter den Nagel zu reißen, was sie in die Finger bekamen. Und das taten sie regelmäßig.« Tobias zögerte, schloss die Augen und versuchte sich die Ereignisse wie einen Kinofilm im Kopf vorzustellen.

»Nach Kampf und Mordbrennerei stahl Ketill ihr gesamtes Vermögen, nahm sein eigenes, füllte damit zwei Wikingerboote bis zum Rand und floh vor Haraldurs Rache über den Ozean und kam hierher. Nach Island.«

»Du meinst also, dass Ketill über Hildiríðurs Söhne an Besitztümer von Haraldur Schönhaar gekommen ist?«, schlussfolgerte der Polizist.

»Ja, ganz sicher. Die gerissenen Brüder schreckten vor nichts zurück, um sich auf Kosten ihres Königs zu bereichern. Lies mal die Egils-Saga, da steht es schwarz auf weiß«, antwortete Tobias begeistert. Er hatte die Abschnitte über Hildiríðurs Söhne und Lachs-Ketill unzählige Male gelesen, war sie immer und immer wieder durchgegangen. Es musste stimmen.

»Ich glaub dir das jetzt mal so«, entgegnete Hörður, der nie viel gelesen hatte. Die Isländersagas schon gar nicht. »Warum hast du dann nicht einfach Egills Silber gesucht?«, fragte er und kaute hingebungsvoll seinen Kaugummi. »Wenn du schon ständig in der Egils-Saga liest?«

»Egills Silber?«, empörte sich Tobias. »Zwei besch…eidene Kisten Silbermünzen? Nein danke. Ich halte mich lieber an den Hauptgewinn. Ketill hat sich eins der größten Landnahmegebiete gesichert, besaß ein riesenhaftes Gut, stammte aus einer wohlhabenden Familie und riss sich dazu noch das gesamte Vermögen und alle Schätze der Söhne Hildiríðurs unter den Nagel«, erklärte er überzeugend. »Schon ein bisschen aufregender als bloß zwei Kisten mit Silber, oder etwa nicht?«

Hörðurs Interesse an Lachs-Ketill wuchs schlagartig. Obwohl er sich im Dienst befand – und er war immerhin gerade dabei, einen des Mordes Verdächtigen zu verhören –, erschien ihm der Gedanke, einen Millionenschatz zu finden, doch unglaublich verlockend. Besonders wenn Tobias hinter Schloss und Riegel landete und dann keiner mehr da war, der dieses Schätzchen suchen könnte. Keiner außer mir, ging es Hörður durch den Kopf und er vergaß darüber sogar seinen Kaugummi. Im Bruchteil einer Sekunde ploppten unzählige Bilder vor seinem inneren Auge auf. Er mit Schaufel, wie er den Schatz findet. Wie er zu seiner Familie fährt. Seine Schulden abbezahlt. Den Job im schwarzen Trachtenverein hinschmeißt und sich draußen im Nobelviertel Arnarnes ein Haus kauft und sich zur Ruhe setzt. Er räusperte sich. »Und woraus soll der Schatz bestehen?«, fragte er. Er schämte sich, weil er seiner Phantasie so die Zügel hatte schießen lassen.

»Das ist natürlich die große Frage«, raunte Tobias geheimnisvoll. Er machte eine Kunstpause, um Hörður noch etwas auf die Folter zu spannen. »Zum Beispiel aus etwas von Haraldur Schönhaar, das er seinen Steuereintreibern anvertraute. Eines seiner Schwerter oder Schilde möglicherweise.« Tobias überlegte. »Ketill war aus dem Geschlecht der Hrafnistu-Leute, angebliche Halbtrolle oder so, von denen die wildesten Dinge erzählt werden. In den Isländersagas wimmelt es außerdem nur so von zauberkräftigen Schwertern. Eines davon ist das berühmte Schwert Dragvendill. Es gehörte einst Egill Skallagrímsson. Von daher ist es gut möglich, dass es letztlich auch bei Ketill landete.« Tobias lächelte. »Eigentlich gibt es da unendlich viele Möglichkeiten. Du musst wissen, ich rechne da noch nicht mal all das Silber mit hinein, das Ketill den Hildiríður-Söhnen abnahm. Oder die Schätze, die er hier als Landbesitzer und Tempelgode anhäufte.«

»Wo soll er denn liegen, dieser Riesenschatz?« Hörður tat möglichst harmlos. Dahinter steckte ja nichts weiter als sein Interesse als Polizeibeamter.

»Tja, hier kommen eben Sæmundur und sein sogenannter Sonnenkreuzorden ins Spiel. In der Regel gab es zwei Möglichkeiten, wo die wertvollen Besitztümer der Wikinger endeten. Im Grabhügel desjenigen, dem sie gehörten, oder in den Tempeln. Die Überlieferung sagt, dass sie reichlich mit Silber und anderen Kostbarkeiten ausgestattet waren. Da gab es den Zeremonialreif des Tempelgoden und die Nägel der Götter – das waren Schmucknägel an Götterstelen oder Statuen – und die mit reichen Schnitzereien versehenen Hochsitzpfähle, die zu beiden Seiten des erhöhten Sitzes eines Wikingerhäuptlings standen. All das wäre tatsächlich wertvoll genug, um sich zum Beispiel eine kleine Insel in der Karibik zu kaufen und den Rest des Lebens sorgenfrei verbringen zu können.«

»Du meinst also, das Sonnenkreuz gibt einen Hinweis auf alte Wikingertempel oder das Grab von Lachs-Ketill?«, wollte Hörður jetzt genauer wissen.

»Das glaube ich nicht nur, das tut das Sonnenrad definitiv. Es ist nur eine Frage der Zeit, wann ich den Tempel oder den Grabhügel finde«, versicherte ihm Tobias absolut überzeugt. »Bisher weist alles darauf hin, dass man Ketill mit seinen wertvollen Grabbeigaben in Steinkross bestattete.« Er dachte an die Fotos des Gedenksteins in Baldurs Arbeitsschuppen.

»In Steinkross«, wiederholte Hörður kaum vernehmbar. Seine Pupillen weiteten sich ein wenig. Wieder fluteten Bilder durch seinen Geist. Bilder von ihm und seiner Familie im Nobelviertel. Blicke in eine mögliche Zukunft, in der Geld keine Rolle mehr spielte.

Die Tür wurde aufgerissen.

»Worüber redet ihr da?«, fragte Grímur misstrauisch. Sein Untergebener ging ihm, so zurückgelehnt und die Füße auf das Armaturenbrett gelegt, doch ein wenig zu vertraulich mit dem Gefangenen um.

»Über gar nichts weiter.« Hörður setzte sich augenblicklich wieder aufrechter hin, den Rücken durchgestreckt, und zog die Decke enger um sich. »Und, ist was dabei rausgekommen?«, fragte er sogleich, um das Gesprächsthema von dem Schatz wieder auf den Mordfall zu lenken.

»Kann man so sagen«, knurrte Grímur mit undeutbarem Blick. Er ließ sich schwer in den Fahrersitz fallen. »You were right«, sagte er. »Du bist in Norwegen tatsächlich vorbestraft. Glückwunsch!«

»Na, was habe ich euch gesagt.« Tobias schien stolz. »Also hast du die norwegische Polizei erreicht?«

»Ja, nach ein wenig Hin und Her haben wir endlich die richtigen Leute ans Telefon gekriegt, und sie haben deine Aussage bestätigt.« Er sah zu Hörður, dann in den Rückspiegel. »Du bist nicht nur vorbestraft, sondern auch wegen Diebstahls auf Bewährung und hast also das Gesetz gebrochen, indem du hierher nach Island gekommen bist. Der Beamte in Oslo hat mich gebeten, dich festzunehmen und dich direkt nach Norwegen zu überstellen.«

»Ausgezeichnet!«, sagte Tobias, als sei das eine gute Nachricht. »Das heißt, ich bin hier von dem Verdacht frei, nicht wahr?«

»Wie kommst du denn darauf?«, verwunderte sich Grímur.

»Du hast es ja selbst gesagt. Ich bin ein Dieb, kein Mörder. Und ich werde in Oslo erwartet, nicht hier. Du musst mich also laufen lassen.« Tobias klang aufgeregt. Er war überzeugt, sich jetzt ohne weiteres von den Beamten verabschieden zu können.

»Ganz so einfach ist das nicht«, meinte Grímur gedehnt. »Weißt du, wie ich die Sache sehe?«

»Nein, wie denn?«

»Die letzten Jahre bist du durch Nordeuropa gezogen, hast verschollene Schätze gesucht und meinetwegen auch die eine oder andere Kleinigkeit gefunden«, erklärte Grímur sanft, aber ungerührt. »Dann aber hast du endlich den ganz großen Schatz aufgespürt, hier in Island. Und der Einzige, der dir dabei im Wege stand, war Baldur. Und deswegen hast du getan, was du tun musstest.«

»Was ist das jetzt für ein Quatsch?!«, schrie Tobias. »Das stimmt doch hinten und vorne nicht!«

Grímur wurde jetzt wirklich böse. »Aha, es stimmt also nicht. Und was ist mit den Drohungen gegenüber Lovísa? Oder mit den Katzenschwänzen in der Reisetasche? Du hast Glück, dass wir nicht im Mittelalter leben. Hier gleich um die Ecke gibt es einen netten kleinen Teich, in dem man früher die Hexen ersäuft hat. Verstehst du, was ich meine?«

»Meine Rolle als angebliches Mitglied des Sonnenkreuzordens ist mit mir durchgegangen, als ich Lovísa drohte. Sie sollte glauben, ich sei ein glühender Gefolgsmann ihres Mannes. Sonst wär ich doch aufgeflogen«, erklärte Tobias hastig. »Und ich sagte vorhin schon, dass ich keine Ahnung habe, wie die Katzenschwänze in meiner Tasche gelandet sind. Irgendwer muss mir die da reingesteckt haben.«

»Na klar«, spottete Grímur. »Und wer bitteschön? Unsichtbare Geistwesen? Oder die guten alten isländischen Elfen? Wäre doch eine Ia-Erklärung, meinst du nicht?«

»Das weiß ich doch nicht. Was ist mit Sæmundur?«

»Wie, was soll mit dem sein?«

»Der sollte hier viel eher sitzen als ich.«

»Wie kommst du darauf?« Jetzt schaltete sich Hörður wieder ein.

»Weil der völlig durchgeknallt ist. Leidet nicht nur an Realitätsverlust, sondern er ist auch noch dazu gefährlich. Er muss das getan haben … und … und … natürlich!« Tobias' Miene blieb unbewegt. »Der hat mir diese verdammten Schwänze in die Tasche geschmuggelt. Verfluchter Mörder!«

»Versuch es erst gar nicht.« Grímur glaubte keine Silbe von dem, was Tobias da erzählte.

»Hört mir mal zu«, entgegnete der Norweger. Es war ihm vollkommen ernst mit seiner Vermutung. »Sæmundur ist geisteskrank. Er glaubt, Óðinn sei sein Urahn, und will mit dessen Hilfe und Kraft die ihm unwillkommenen Zuwanderer von der Nordhalbkugel vertreiben. Er lässt heute jede Menge Opfer zu Óðinns Ehren durchführen.«

»Von was redest du jetzt schon wieder, Mann?«, fragte Hörður.

»Ich weiß, dass sich das anhört wie der letzte Käse, aber Sæmundur glaubt fest daran, und deswegen hat er Opfer für die Mitglieder seines Ordens in vielen Ländern organisiert. In Dänemark und England, weil heute …«

»… Frühjahrs-Tagundnachtgleiche an Óðinns Tag ist«, ergänzte Hörður den Satz. Er dachte plötzlich daran, was Embla ihm und Grímur in Baldurs Arbeitszimmer erklärt hatte.

»Exakt«, bestätigte Tobias. »Deswegen haben diese Verrückten heute den ganzen Tag ihre Haustiere geschlachtet, und deswegen hat mich Sæmundur auch hergebeten, um ihm bei seinem Opfer zu assistieren, das nämlich das allerwichtigste werden soll. Er hält sich für eine Art Tempelgoden. Als ich mich nach dem Opfertier erkundigte, wich er mir aus. Er meinte nur, er müsste es auf Stóra-Hof holen.«

Grímur stöhnte hörbar über den Quatsch, den Tobias ihnen da auftischte.

Hörður dagegen fragte nach: »Worauf willst du hinaus?«

»Wie laut muss ich denn noch werden?«, fragte Tobias und geriet tatsächlich fast ins Schreien. »Sæmundur *muss* für all das verantwortlich sein. Sowohl für die Katzenschwänze in meiner Tasche, als auch für die Morde und Gott weiß was noch alles.« Er blickte sich nach dem dunkelroten Jeep um, der auf dem Parkplatz bis eben noch gestanden hatte. Aber der Wagen war weg.

»Ihr müsst ihn aufhalten. Er hat seine Tochter bei sich. Bei ihm ist sie nicht sicher«, sagte er besorgt.

Grímur ließ noch ein lautes Stöhnen hören. Er glaubte weiterhin kein Wort davon. Das war lediglich der verzweifelte Versuch eines Mannes, der sich schuldig wusste. Der nach dem letzten Strohhalm griff. Die Verzweiflung eines Ertrinkenden. Unzählige Male hatte sich Grímur so etwas schon anhören müssen. »Na schön. Wenn nicht so, dann anders.« Er steckte den Schlüssel ins Zündschloss und schaute Hörður an. »Wir bringen ihn jetzt nach Reykjavík und gehen alles noch mal ganz von vorn durch«, sagte er auf Isländisch und ließ den Wagen an. Das Schnurren des Dieselmotors klang wie eine Katze. Grímur löste die Handbremse: »Vielleicht vergeht ihm das Lügen bis dahin doch noch.«

61. KAPITEL

»Was hast du gesagt?«, fragte Lovísa und erhob sich. Sie durchbohrte Adam mit zornfunkelndem Blick. »Wiederhol das – diese Ungeheuerlichkeit!«

»Es tut mir ja leid«, beteuerte Adam aufrichtig. Er verschränkte verunsichert die Arme. »Sæmundur muss dahinterstecken.« Sein Blick glitt von Lovísa ab, streifte Embla und traf schließlich Baldur, der immer noch mit geschlossenen Augen auf der Erde lag.

»Was willst du damit andeuten?«, fragte Lovísa. Sie schien nicht in der Lage, die Bedeutung von Adams Behauptung zu begreifen, obwohl sie sie klar und deutlich hörte. Sie schaute Embla an. »Was meint er damit?«

»Ich … ich weiß es nicht sicher.« Embla legte ihren

Arm um Lovísa und schoss einen finsteren Blick auf Adam ab, als sei er der Verbrecher. »Wie kommst du denn auf so etwas?«

»Es tut mir wirklich leid«, wiederholte Adam, »aber es kann gar nicht anders sein.«

»Und wie kommst du darauf?«, bohrte Embla.

»Weil Baldur heute Morgen aus seiner Wohnung verschwand und irgendwie hier in den Pferdestall auf Stóra-Hof gekommen sein muss. Wobei Tobias ja weder die Zeit noch die Möglichkeiten hatte, ihn hierherzuschaffen. Wie hätte er das ungesehen fertigbringen sollen? Mit welchem Auto wäre er denn gefahren? Wie hätte er das Anwesen finden sollen?« Obwohl es Adam selbst wehtat, Sæmundurs Frau das so direkt ins Gesicht sagen zu müssen, war es doch wichtiger, dass die Wahrheit ans Licht kam. Ihr Mann war ein Mörder. Und er lief weiterhin frei herum.

»Du weißt, dass ich darauf keine Antwort weiß«, entgegnete Embla.

»Von Reykjavík hierher fährt man gut und gerne anderthalb Stunden – so man sich auskennt. Aber bestimmt nicht, wenn man wie Tobias zum ersten Mal überhaupt den Fuß ins Land setzt.« Adam vermied Lovísas Blick. Das alles Embla zu erklären oder den beiden Journalisten, die etwas verloren dabeistanden und zuhörten, war ihm weit weniger unangenehm. »Und es dauert dann noch einmal anderthalb Stunden in die Hauptstadt zurück. Tobias hätte das nie geschafft. Sæmundur hat ihn ja schon gegen Mittag dort abgeholt.«

»Du behauptest also in vollstem Ernst, dass Sæmundur das getan hat?«, fragte Lovísa und deutete dabei auf

Baldur. »Behauptest du das wirklich, he?« Zorn gewitterte in ihren Augen.

»Leider kommt niemand anderes in Frage«, antwortete Adam ziemlich kleinlaut.

»Und was ist mit mir?«, fragte Lovísa. Diese Möglichkeit erschien doch ebenso realitätsfern. »Hätte ich das nicht ebenso gut tun können?«

»Natürlich, wieso nicht?«, erwiderte Adam. »Nur dass das nicht ins Bild passen würde, nicht wahr. So wie du Sæmundur vorhin beschrieben hast, ist er psychisch nicht ganz gesund …«

»Du hast kein Recht, so von meinem Mann zu sprechen«, schnitt ihm Lovísa herrisch das Wort ab. »Wie kannst du es wagen?«

»Entschuldige«, lenkte Adam sofort beschämt ein. »Ich dachte nur, du hättest vorhin gesagt …«

»Ja, ich weiß sehr gut, was ich vorhin gesagt habe.« Wieder unterbrach sie ihn. »Das bedeutet aber nicht, dass *du* so über ihn sprechen darfst. Ja, es stimmt, mein armer Sæmundur hat nicht alle Tassen im Schrank, aber …« Die Hausherrin auf Stóra-Hof verstummte und schloss die Augen, um in der Verwirrung ihrer Gedanken die nächsten Worte zu finden. Ihre Kopfschmerzen hatten sich von Minute zu Minute verschlimmert. Im Augenblick fühlte es sich so an, als wollte ihr Schädel in zwei Hälften zerplatzen. Um das zu verhindern, legte sie die Hand an die Stirn. Sie fühlte die Beine unter sich weich und taub werden, sie vermochten sie nicht länger zu tragen, verhielten sich wie zwei Zahnstocher unter schwerer Last.

»Vorsicht!« Embla realisierte rasch, was sich da anbahnte und hielt Lovísa fest, bevor sie umkippte. Bevor sie unter der Last des Tages nachgab.

»… aber das macht ihn nicht zum Vieh«, stammelte Lovísa in Emblas Armen.

»Das habe ich ja auch nicht gemeint«, sagte Adam. »Ich meinte nur, dass du dich nicht in derselben Sphäre befindest wie Sæmundur, psychisch gesehen, und dass du außerdem auch kein Motiv hättest.« Adam zögerte, bevor er ergänzte: »Anders als Sæmundur.«

Es war, als träfe diese Behauptung Lovísa pfeilscharf ins Herz. »Seine Ansichten über den Orden und Baldur wurden immer verrückter«, murmelte sie. »Ich wusste nicht mehr, was ich tun sollte.«

»Das ist nicht deine Schuld.« Embla half ihr wieder auf die Füße.

»Ich habe so Angst gekriegt, besonders als er immer mehr über Zuwanderer zu reden begann und dass Baldur die Sache verraten hätte und Óðinn und die Sonnenkreuze«, sagte sie erschöpft und traurig. »Für Sæmundur war schließlich alles ein einziger Mischmasch geworden.« Sie ließ den Kopf hängen, schloss die Augen.

»Glaubst du denn, dass er zu so etwas fähig wäre?«, fragte Embla behutsam.

»Ich hab nie gewusst, zu was Sæmundur fähig ist. Und jetzt weiß ich es erst recht nicht mehr«, antwortete Lovísa. »Er ist wie völlig ausgewechselt. Manchmal glaube ich, ihn nicht mehr wiederzuerkennen. Ein schwerkranker Mann, der sich von seinem fehlgeleiteten Idealismus hat blenden lassen.« Jähzorn flammte in Lovísa auf, da sie die Erinnerungen jetzt zu überwältigen drohten.

Endlich gab sie nach und holte das Tablettenröhrchen hervor. Sie schraubte den Verschluss ab, ließ zwei Tabletten auf die Handfläche gleiten und schluckte sie.

Adam warf aus dem Augenwinkel einen Blick auf Embla, ließ sich aber nichts anmerken. Lovísa hatte in letzter Zeit viel ertragen müssen. Dennoch überraschte es ihn, dass sie eine Packung Prozac in der Tasche hatte. »Wann ist das passiert, weißt du das noch?«, fragte Adam und versuchte, sich an die Abfolge der Ereignisse zu erinnern. »Wann kam Sæmundur hier mit Tobias an?«

»Um eins, soweit ich mich erinnere«, antwortete Lovísa.

»Und wann ist er heute Morgen losgefahren?«

»Sehr früh. Er steht immer vor mir auf. Außerdem hatte er in Reykjavík noch einige Dinge zu erledigen, wie er mir sagte.«

»Das bedeutet wohl, dass Baldur im Auto war, als Sæmundur mit Tobias hierherkam, nicht wahr?« Adam blickte Embla an.

»Schau mich nicht an.« Seine Freundin wich der Antwort aus. Sie hatte den Faden schon längst verloren.

»Also hat Tobias in der Sache letztlich doch irgendwie seine Finger im Spiel«, schloss Adam mit einem Anflug von Erleichterung in der Stimme. »Vielleicht steckt er in Wirklichkeit doch hinter allem, hat aber Sæmundur dazu benutzt, um Baldur hierher zu bringen.«

Lovísa schüttelte plötzlich den Kopf. »Nein«, flüsterte sie. »Es war Sæmundur, und er hat es allein getan.«

»Und weshalb?« Embla horchte auf.

»Weil er mich sofort nach seiner Ankunft mit Tobias

in der Küche allein ließ«, wisperte sie, »während er irgendwohin ging.«

»Weißt du wohin?«, fragte Adam.

»Ja, er verließ das Haus und ging … und ging hierher zum Pferdestall«, sagte Lovísa mit Tränen in den Augen. »Er hat Baldur da drin versteckt.« Sie warf einen Blick in den Stall, wischte sich die Tränen aus den Augenwinkeln und schluckte. »Tobias hat damit nichts zu tun. Er war in der Zeit bei mir.« Doch mit einem Mal war sie wieder wie umgewandelt, zu einer ganz anderen, entschlossenen Person geworden: »Wir müssen Sæmundur sofort finden. Ich muss Ingunn bei mir haben, bevor er ihr etwas antut. Nichts anderes zählt jetzt.«

»Ja, ich werde Grímur anrufen.« Embla zog ihr Handy hervor, dessen Display wieder eine Menge vergeblicher Anrufe anzeigte, stellte es laut und scrollte nach der Nummer. »Wir sollten ihm auch mal die Neuigkeit über seinen Bruder mitteilen.«

62. KAPITEL

Grímur ließ das Wagenfenster herunter. »Wir bringen den Mann auf die Wache«, erklärte er den Kollegen im anderen Wagen. Er hörte sich niedergeschlagen und pessimistisch an. Mit jeder Minute schwand die Möglichkeit dahin, Baldur lebend zu finden. »Er will nicht singen«, fügte er mit einem Blick auf Tobias im Rückspiegel hinzu.

»In Ordnung. Viel Glück«, entgegnete die Beamtin auf dem Beifahrersitz.

Grímur winkte müde und gab langsam Gas, der Wagen rollte über den Parkplatz der Kirche auf die Ausfahrt zu. Er wollte eben nach links abbiegen, als sein Handy in der Tasche vibrierte. »Was gibt es denn nun schon wieder?«, grummelte er und holte, ohne anzuhalten, das Telefon hervor. Er erkannte die Anruferin sofort: »Tag, Embla.«

»Grímur, das glaubst du nicht …« Sie stotterte vor Aufregung.

»Was denn?«

»Wir haben … Baldur gefunden«, stotterte sie. Die Tatsache laut auszusprechen, noch dazu vor Grímur, brachte ihr erst zu Bewusstsein, wie unglaublich das alles war. Bis zu diesem Moment waren sie auf Stóra-Hof wie in ihrer eigenen Raumzeit gewesen. Sie jetzt aber mit anderen zu teilen, sie mit der Wirklichkeit da draußen in Berührung zu bringen, das hatte für Embla fast etwas Surreales.

Ein Ruck ging durch Grímur. Er bremste abrupt, mitten auf der Straße. Wie konnte er darauf reagieren? Sollte er weinen oder lachen, sollte er es glauben oder bezweifeln, wortlos auflegen oder Embla danken? Den ganzen Tag hatten seine Nerven vibriert wie eine Hochspannungsleitung. Er hatte sich nur auf das Wesentliche konzentriert, seinen Bruder zu finden. Alles andere hatte er einfach ausgeblendet. Und nun war die Suche wohl beendet. Einzig über Baldurs Zustand war er noch im Unklaren. »Ist er …?«, stammelte Grímur. Sein Bass klang aufgeweicht.

»Grímur, er lebt.« Embla war glücklich, dass gerade sie ihm diese Nachricht überbringen durfte.

»Ich hab's doch gewusst«, stöhnte er. Es klang, als hätte er diesen Satz seit heute früh zurückgehalten. »Ich habs gewusst«, wiederholte er erleichtert und fuhr sich mit den Fingern durch das schüttere Haar. Trotz des Gegenwinds und obwohl alle anderen Baldur schon abgeschrieben hatten: Grímur hatte sich eisern geweigert, das zu glauben. Wie ein wütender Stier war er losgestürmt, um Baldur zu suchen und zu retten.

Embla musste ihn dennoch ein wenig bremsen: »Aber er ist schwer verletzt.« Ein schwieriger Kampf stand bevor. Jetzt ging es um Baldur und seinen Lebenswillen.

»Wo ist er?«

»Hier auf Stóra-Hof. Ein Krankenwagen ist schon unterwegs.«

»Und in was für einem Zustand ist er?«

»Im Moment ohne Bewusstsein, aber er atmet, und wir konnten seine Halswunde verbinden.«

»Also ist sein Zustand stabil?«

»Ja, das kann man so sagen«, antwortete Embla, obwohl sie kaum die geeignete Ansprechpartnerin dafür war. »Zumindest im Augenblick.«

»Gut. Das ist die Hauptsache. Wie lange dauert es noch, bis der Krankenwagen da ist?«

»Er sollte eigentlich jeden Moment kommen.«

»Ich fahr sofort los. Ruf mich an, sobald du weißt, wohin sie Baldur bringen, okay?«

»Warte noch«, sagte Embla, als Grímur das Gespräch beenden wollte. Sie musste ihm noch von den anderen Neuigkeiten berichten, die ebenso dringend waren. »Wo bist du gerade?«

»Auf Þingvellir. Ich bin im Handumdrehen da, egal ob sie ihn nach Hvolsvöllur, Hella oder Selfoss bringen.«

»Und hast du Tobias und die anderen angetroffen?«

»Ja, wir haben Tobias gefunden«, antwortete Grímur eilig. »Ich habe aber keine Zeit mehr. Wir sehen uns in Kürze.« Wieder wollte er das Gespräch beenden.

»Warte!«, befahl Embla scharf. »Hör mir zu. Wo sind Sæmundur und Ingunn?«

Grímur zuckte unter dem Befehlston zusammen. Widerspruch war zwecklos, das spürte er, also gab er nach. Er setzte einige Meter zurück, um den Parkplatz einsehen zu können. Sæmundurs Landrover war weg.

»Wahrscheinlich auf dem Weg zu euch. Ich habe Sæmundur gesagt, er soll mit seiner Tochter wieder nach Stóra-Hof fahren, weil seine Frau Todesängste um die beiden aussteht.«

»Hast du ihn etwa entkommen lassen?«, rutschte es Embla heraus.

»Wieso?«, wiederholte Grímur höchst erstaunt. »Was soll das? Ich hab ihm *erlaubt*, nach Hause zu fahren. Hast du nicht selbst gesagt, dass sich Lovísa fürchterliche Sorgen macht?«

Embla seufzte schwer ins Telefon. »Du verstehst nicht. Tobias ist unschuldig.«

Jetzt hatte Grímur den Faden verloren. »Bitte was?«

»Tobias war es nicht.«

»Wer dann?«

»Sæmundur«, antwortete Embla.

Grímur entglitten die Gesichtszüge. »Wie zum Donner kommst du jetzt auf diese Idee?« Er schoss gleichzeitig einen Blick auf den Norweger im Rückspiegel ab.

»Die Tatsache, dass Baldur hier auf Stóra-Hof ist, beweist Tobias' Unschuld und Sæmundurs Schuld«, antwortete Embla. »Tobias hatte überhaupt keine Gelegenheit dazu, Baldur hierher zu schaffen. Sæmundur muss es getan haben.«

»Und was ist mit den Katzenschwänzen in Tobias' Tasche?« So einfach wollte Grímur das nicht schlucken. Er war es nicht gewohnt, an ein und demselben Tag zwischen drei Verdächtigen hin und her zu wechseln. Von Ægir zu Tobias und jetzt noch zu Sæmundur. Das hörte sich nicht vernünftig an. Das Beste war doch immer noch, auf das erste Bauchgefühl zu vertrauen, sich an seinen ursprünglichen Verdacht zu halten, bevor man die Angelegenheit zerdachte und ins Phantastische hinausspekulierte.

»Ich weiß zwar nicht, wie die Schwänze da wirklich hineingekommen sind, aber es kann für Sæmundur kaum ein großes Problem gewesen sein, sie in der Tasche zu verstecken, oder?«, hielt ihm Embla entgegen.

»Wir sollten nicht spekulieren, bevor wir einen handfesten Grund dazu haben«, erwiderte Grímur. Dennoch überraschte es ihn ziemlich, dass nun auch Embla haargenau dasselbe behauptete wie Tobias kurz zuvor. Aber er ließ sich nicht irremachen. Beweisstücke waren Beweisstücke, daran kam niemand vorbei.

»Tobias ist unschuldig«, beharrte Embla.

»Der Mann, von dem du vor ungefähr einer Stunde noch behauptet hast, er sei schuldig, ist nun plötzlich unschuldig. Du musst dich mal entscheiden.«

»Mensch Grímur, hör doch mal zu!« Embla war verärgert über diesen Sturkopf. »Tobias kann schlicht und einfach nicht in Baldurs Arbeitszimmer eingebrochen und dann hier nach Stóra-Hof rausgefahren sein, um Baldur im Stall zu verstecken und dann nach Reykjavík zurückzukehren, damit Sæmundur ihn mittags dort abholte. Das muss dir doch einleuchten, oder? Das geht schon rein zeitlich nicht.«

Grímur sträubte sich mit aller Macht dagegen. Er klammerte sich an die Katzenschwänze: Sie bewiesen eindeutig die Schuld des Norwegers. Trotzdem musste er einsehen, dass Emblas Argumente stichhaltig waren. Kurz vor zehn Uhr morgens war eine Meldung bei der Polizei eingegangen. Eine Briefträgerin meinte, Baldurs Dienstmädchen im Gang liegen gesehen zu haben. Nachdem die Polizisten den Tatort aufgenommen und die Leiche der jungen Vietnamesin genauestens untersucht hatten, datierten sie den Zeitpunkt des Mordes auf etwa eine Stunde vor, also auf ungefähr neun Uhr. Aus Reykjavík-West nach Stóra-Hof rauszufahren dauerte selbst für einen ortskundigen Fahrer seine Zeit, geschweige denn raus und wieder in die Stadt zurück.

»Außerdem hatte Sæmundur weit mehr Grund als Tobias, Baldur etwas anzutun. Sæmundur betrachtete Baldur nach ihrer Auseinandersetzung über den Sonnenkreuzorden als seinen Intimfeind. Das erklärt auch den Mord an dem Dienstmädchen. Sie war eine Neuisländerin von einer Nationalität, die Sæmundur verachtet, und darum geht es an diesem heutigen Óðinnstag. Es passt alles zusammen«, fügte sie eifrig hinzu.

»Nein, nicht alles«, berichtigte Grímur. »Wie ist Baldur nach Stóra-Hof rausgekommen, wenn ihn Tobias nicht rausgeschafft hat?«

»Wir vermuten, Sæmundur hatte ihn im Kofferraum seines Geländewagens versteckt, als er Tobias nach Stóra-Hof rausbrachte. Lovísa sagte, Sæmundur sei gleich nach seiner Rückkehr kurz verschwunden und habe sie und den Norweger allein gelassen.«

»Um Baldur zu verstecken?«

»Ja, Sæmundur hat ihn im Pferdestall in einem Heuhaufen abgelegt.«

Grímur überlegte laut und ließ Embla mithören: »Das heißt, er hat vorhin geschauspielert.« Allmählich war er von der Schuld des Landwirts ebenso überzeugt wie von der Unschuld des Norwegers.

»Wann?«

»Er hat sich vorhin tierisch über Tobias aufgeregt und ihn der Verbrechen und des Mordes beschuldigt. Das wirkte alles äußerst überzeugend, das kann ich dir sagen.«

»Wir müssen ihn sofort finden«, drängte Embla.

»Glaubst du, er ist gar nicht auf dem Weg nach Stóra-Hof?«

»Das bezweifle ich sehr«, gestand Embla. »Aus seiner Sicht ist der heutige Tag noch nicht vorbei. Er hat ihn ganz früh morgens mit dem Óðinns-*blót* begonnen, und er scheint ihn noch nicht abgeschlossen zu haben, da er zuerst zu den archäologischen Überresten von Ketills Gehöft und dann nach Þingvellir rausfuhr. Ich vermute sehr stark, Sæmundur sucht nach einem alten Wikingertempel. Aber wozu, das weiß ich nicht.«

»Tobias könnte uns dabei von Nutzen sein«, bemerkte Grímur. Es fiel ihm schwer, das gewohnte innere Gleichgewicht nach den rasanten Umstürzen seiner

Gedankenkonstrukte wiederzuerlangen. Der Typ auf dem Rücksitz war ebensowenig der Schuldige wie Ægir, der noch immer im Polizeipräsidium in Reykjavík auf sie wartete. Er war keine Mordfälle gewohnt, die mehr mit einer Schnitzeljagd zu tun hatten als mit der althergebrachten Identifizierung eines Straftäters. »Beim Verhör hat er das eine oder andere Interessante von sich gegeben. Dass er beispielsweise einem verschollenen Wikingerschatz auf der Spur ist. Ich habe das zuerst nicht geglaubt. Aber jetzt sehe ich, dass er womöglich doch die Wahrheit gesagt hat.«

»Tobias ist ein Schatzjäger?«, staunte Embla. Sie hatte schon viel über diese Leute gelesen, die auf der Suche nach verborgenen Schätzen um die Welt zogen. Unter anderem suchten sie eben auch die Schätze der Wikinger. Einige hatten Glück, fanden die Kostbarkeiten und wurden steinreich. Anderen dagegen verweigerte Fortuna ihr Lächeln, und sie fanden trotz unermüdlicher Suche nie etwas. Und wiederum andere fanden zwar den Schatz, mussten ihn aber abgeben, da die historischen Objekte als Staatseigentum angesehen wurden.

Grímur brummte leise zustimmend. »Tobias hat auch gesagt, Sæmundur habe allen Ordensmitgliedern befohlen, Óðinn zu Ehren ihre Haustiere zu opfern. Sæmundur selbst will ihm das Teuerste opfern, als Ordensmeister und Tempelgode«, erklärte Grímur.

»Grundgütiger«, flüsterte Embla entsetzt über diese Nachricht. Schlagartig stand ihr Sæmundurs Motiv für die Suche nach dem Tempel klar vor Augen.

»Meinst du, das könnte den Zustand von Baldurs Arbeitszimmer erklären?«, fragte Grímur. »War der Mordversuch auf Baldur nicht dieses ›teure Opfer‹, von dem Sæmundur gesprochen hat?«

»Nein«, antwortete Embla und senkte die Stimme. Sie wollte nicht, dass die neben ihr stehende Lovísa mithörte. »Ich glaub nicht.« Sie entfernte sich ein Stück von der Frau.

»Warum nicht?«, hakte Grímur nach.

»Weil Baldur weder das ›Teuerste‹ ist, das Sæmundur besitzt, noch erklärt es seine Suche nach dem Tempel. Wenn er sein *blót* heute schon ausgeführt hätte, würde er nicht danach suchen.«

»Du meinst, dass …?«

»Dass er heute ein anderes Opfer vorhat«, ergänzte Embla.

»Ein anderes Opfer?«

»Ich gehe davon aus, dass Ingunn in Gefahr ist.«

»Sæmundurs Tochter?« Grímur fiel fast das Telefon aus der Hand. »Dasselbe hat Tobias auch behauptet. Sæmundur hat wohl davon gesprochen, dass er sein Opfer von Stóra-Hof mitnehmen müsse. Aber auch das habe ich nicht geglaubt.«

»Wir müssen uns beeilen und sie finden.«

»Ich … ich dachte, Tobias würde nur lügen, um …«, versuchte Grímur sich zu verteidigen.

»Grímur, das spielt jetzt keine Rolle mehr«, unterbrach Embla, um ihm die Gefahr vor Augen zu führen, in der Ingunn sich befand. »Wir müssen sie unverzüglich finden.«

»Ja, ich lasse sofort nach seinem Geländewagen auf der Ringstraße fahnden.«

»Das bringt nichts«, versicherte Embla. »Sæmundur ist nicht auf dem Weg hierher.«

»Aber wissen kannst du das doch nicht. Vielleicht ist er ja doch auf dem Weg oder aus sonst irgendeinem Grund auf der Ringstraße.«

»Nein, er sucht den Tempel. Das ist das Einzige, das in seinem Kopf momentan Platz hat«, hielt Embla dagegen.

»Wo befindet sich denn dann dieser Teufelstempel?!« Plötzlich packte Grímur eine wilde Wut. Immerhin hatte er an all den Irrtümern eine gewisse Mitschuld. Er hatte Sæmundur fahren lassen. Hätte er ihn doch nur noch etwas länger in Gewahrsam gehalten.

»In Skálholt«, antwortete Embla. »Der Tempel war in Skálholt.«

»Was wollte Sæmundur dann hier auf Þingvellir?«

»Es war ein Denkfehler, er ist zu weit nach Nordwesten gekommen«, erklärte sie. Der Gedenkstein fiel ihr ein, die Runen, das geheimnisvolle »ufk« und die Zahl 216, das Sonnenrad und einiges mehr. All das stob plötzlich wie wild in ihrem Kopf durcheinander. Die Argumente für den Standort des Tempels. Erinnerungsfetzen vom heutigen Tag. Erinnerungen an die Vorlesungen bei Baldur. Wie ein Wirbelwind kreiselte es durch ihren Geist.

»Zu weit nach Nordwesten raus? Was meinst du? Weißt du, wo Sæmundur ist?«

Embla überlegte, sprach stockend: »Er muss sich über seinen Irrtum klargeworden sein, als er auf dem Platz nichts fand. Ihm muss klargeworden sein, dass er an der falschen Stelle suchte.«

»Embla! Weißt du, wo er ist?« Grímur konnte seine Ungeduld kaum noch beherrschen.

»In Skálholt. Ganz sicher. Sæmundur muss aufgefallen sein, dass der Tempel vom Goðasteinn aus vermessen wurde, nicht von Steinkross.«

»In Skálholt?«, hakte Grímur nach, ohne ihrer Erklärung folgen zu können. »Bist du dir sicher?«

»Es muss so sein. Etwas anderes kommt nicht in Frage.«

Grímur sprach jetzt laut und mit Nachdruck. »Embla, es geht um das Leben eines jungen Mädchens. Bist du dir wirklich ganz sicher?«

Sie hätte sich ein paar Minuten Zeit nehmen können, um das Ganze noch einmal zu durchdenken und alle Möglichkeiten noch einmal durchzugehen. Eigentlich hätte sie es tun sollen. Aber sie tat es nicht.

»Ja, ganz sicher.«

63. KAPITEL

Embla telefonierte. Lovísa und Adam kümmerten sich um Baldur. Und Orri schaute zu.

Valgarð hingegen schlug sich mit einer Frage herum, die ihn immer heftiger bedrängte: Wie konnte er all das in die Abendnachrichten bringen? Kein Zweifel, was immer er unternahm, er musste es unter äußerster Geheimhaltung machen. Adam hatte ihm und Orri das Versprechen abgenommen, nichts weiterzutragen. Sie waren nicht länger bei der Arbeit. Klar hatte Valgarð zugestimmt. Aber was bedeutete das schon? Er hatte sogar die Finger hinter seinem Rücken gekreuzt gehalten. In Orris Augen war so ein Versprechen vielleicht so etwas wie eine von Gott unterschriebene Kaskoversicherung. Nein ehrlich, besser man zog den braven Kameramann nicht in die Sache mit rein.

Valgarð schlich auf Zehenspitzen von dem Grüppchen zu dem silberfarbenen Wagen, auf dem das Logo des Privatsenders *Stöð 2* prangte. Viel Zeit war nicht mehr, es war schon fast fünf. Die Sendung ging in einer knappen Stunde über den Äther, und er hatte noch nichts Konkretes in den Händen. Aber das verursachte Valgarð keine Bauchschmerzen. Die Lösung war ja buchstäblich in Sichtweite. Auf dem Beifahrersitz wartete Orris Kamera, auf der anderen Seite des Pkw lag Baldur bewusstlos auf der Erde. Die Aufgabe war an sich babyleicht. Ein paar Shots von Baldur und der hysterischen Lovísa, dann von Adam und Embla, die nach dem Brand ganz schön fertig aussahen. Dann noch die Ereignisabfolge nachzeichnen, beginnend mit dem Morgen in der Bárugata bis hierher nach Stóra-Hof, über alle wichtigen Ereignisse kurz drübergehen und für die Zuschauer in den Wohnzimmern zu Hause zusammensetzen. Valgarð wusste, dass er darin ein Genie war. Er sprach die Sprache, die der kleine Mann verstand und der er zuhörte. Wenn er die Bildaufnahmen und das Tonmaterial erst einmal hatte, ging es im Prinzip nur mehr darum, alles in die Sendezentrale zu schaffen. Wenn er sich recht erinnerte und ihn die Erinnerung an den Geographieunterricht in der 8. Klasse nicht trog, lag hier in der Nähe die brauchbar große Ortschaft Hvolsvöllur. Dort gab es sicherlich einen Anschluss ans Hochgeschwindigkeitsnetz, anders als in den Torfgehöften in dieser Einöde hier. Von dort ginge sein Material wie eine Rakete in die Redaktion ab. Sie würden von den bekanntesten Anchormen der Abendnachrichten präsentiert werden. Es würden nicht nur die *Top News* des Abends sein. Man würde auch die folgenden Tage oder Wochen nur darüber reden. Ein brandheißer Mordfall mit allem Drum und Dran: Dramatik, Trauer, Spannung, Gefahr. Man könnte daraus sogar einen Film machen. Und ihm darin eine Hauptrolle anbieten. Er war kameratauglich, gutaussehend. Der Starreporter würde eine glanzvolle Schauspielerkarriere anhängen …

Valgarð tauchte aus seinen Träumereien auf. Wie so oft war seine Phantasie mit ihm durchgegangen. Tatsache war im Augenblick, dass er nichts weiter als ein Journalist von *Stöð 2* war, den keine Sau kannte, zuständig für Südisland, also auf gut Isländisch für den Arsch der Welt. Weit weg von dort, wo das Leben tobte. Hier tobte ihm lediglich eiskalter Wind durch die teure Frisur und blies ihm Kuhstallgestank in die Nasenlöcher.

»Aber das hört jetzt bald auf«, flüsterte er. Er öffnete die Wagentür und nahm die Kamera hoch. Ohne zu zögern, richtete er sie auf Baldur. Allerdings aus dem Wagen heraus, damit ihn keiner sah. Er begann die Aufnahme. »Guten Abend, hier ist Valgarð Gíslason.« Mit diesen Worten formulierte er die Einleitung. Seine Stimme bebte vor Stolz und betont zur Schau gestellter Überlegtheit. »Ich befinde mich in Südisland, auf Stóra-Hof genauer gesagt, und die Szenen sind vollkommen ungestellt. Der geheimnisvolle Fall, über den sich die Polizei nicht äußern wollte, begann heute Morgen in der Bárugata in Reykjavík-West und hat sich bis hierher ausgeweitet. Der ehemalige Professor Baldur Skarphéðinsson liegt ein paar Meter von hier, bewusstlos, und einige Zeit lang hatte man ihn schon abgeschrieben«, spann Valgarð seinen Bericht weiter. Plötzlich war er woanders. Er fühlte sich wie die Berichterstatter in Bagdad oder Kabul. »Aber nach unermüdlicher Anstrengung und Suche habe ich, Valgarð Gíslason, Reporter von Stöð 2, Baldur gefunden und den Fall aufgeklärt, dessen Fakten man der isländischen Allgemeinheit nicht zutraute.«

»Was tust du denn da?!« Ein höchst erstaunter Orri baute sich hinter Valgarð auf.

Valgarð lag flach auf dem Bauch über beiden Sitzen und spähte mit der Kamera über das Wagenfenster. Als er Orri hörte, versuchte er hastig, die Kamera zu verdecken. »Gar nichts, ehrlich.«

»Nimmst du das hier etwa auf?«, fragte Orri.

»Ja und? Was dagegen?«, entgegnete Valgarð. Ging das seinen Gehilfen etwa was an?

Orri blieb ruhig: »Hast du eigentlich noch so etwas wie Anstand im Leib?«

»Mach hier nicht auf Gutmensch und taper wieder zu den anderen zurück, ja? Du machst sie nur noch auf uns aufmerksam.«

»Nein«, rief Orri laut. Jetzt reichte es. Bis jetzt hatte er es Valgarð durchgehen lassen, dass er monatelang auf ihm herumgetrampelt hatte. Das war auch soweit in Ordnung, weil es nur gegen ihn gegangen war. Aber jetzt betraf es auch andere. Unter anderem einen schwerverletzten alten Mann.

»Nicht so laut«, zischte Valgarð, der weiter über die Vordersitze gestreckt dalag. »Sollen die uns sehen?« Er deutete auf Embla, die noch immer telefonierte, und auf Adam und Lovísa, die bei Baldur standen.

»Ach weißt du, das ist mir scheißegal«, stellte Orri fest.

»Ja, aber mir nicht. Hier geht's um meine Zukunft. Könntest du also bitte gefälligst die Klappe halten und mich die Nachricht fertig aufnehmen lassen.« Valgarð wandte seinem Kollegen wieder den Rücken zu und hob vorsichtig die Kamera ans Fenster.

»Gib die Kamera her!«, befahl Orri.

»Ich hab gesagt, du sollst die Klappe halten«, zischte Valgarð.

»Gib sie mir!«, wiederholte Orri.

»Schnauze, Fettsack!«, blaffte Valgarð und wandte sich um. »Sonst meld ich dich, ehrlich.«

Orri rührte sich nicht. Er atmete heftig durch die Nase, und unter einem Auge zuckte es.

»Wie jetzt, willst vielleicht anfangen zu heulen? Kleines Sahnehäubchen du!«, grinste Valgarð höhnisch. »Stör mich nicht.« Er wandte dem Kameramann die kalte Schulter zu.

»Ich hasse dich!« Orri konnte sich jetzt nicht mehr bremsen. Er sprang erstaunlich behende in den Wagen. Er hatte von Valgarðs Arroganz und Überheblichkeit die Schnauze mehr als gestrichen voll. Seine Nerven flatterten. Genau die richtige Voraussetzung, mal so richtig abzurechnen und Valgarð die ständigen Demütigungen heimzuzahlen. Er packte ihn mit beiden Händen am Hals und ging zum Angriff über.

Valgarð war so überrumpelt, dass er nicht wusste, ob er darüber lachen sollte oder es ihm mit gleicher Münze heimzahlen. »Was willst du? Riskieren, dass wir uns in die Haare kriegen?«, tat er empört und versuchte Orris Hände abzuschütteln.

»Ja. Ich will dir deine blöde Frisur zerstören, du Arschloch«, gab Orri für seine Verhältnisse schlagfertig zurück und landete mit seinem ganzen Gewicht auf Valgarð.

»Ich geh nun mal mit der Mode, anders als du.« Valgarð arbeitete wie ein Wilder, um den schweren Leib des Kollegen von sich zu wälzen. »Kleider von der Stange von Hagkaup und Schuhe vom Billigheimer *Bónus*. Bäh!«

»Halt dein dummes Maul!«, schrie Orri. Der aufgestaute Zorn brach sich Bahn mit vulkanischer Gewalt. »Halt wenigstens ein einziges Mal dein dummes Maul!«

»Was hast du denn vor? Willst mich plattmachen?«, spottete Valgarð weiter.

»Maul halten, habe ich gesagt«, brüllte Orri und schüttelte Valgarð wie einen Sack hin und her. Und schließlich versetzte der Kameramann ihm einen saftigen Hieb ins Gesicht, der Valgarð umgehend ins Land der Träume schickte. »Idiot, verdammter«, keuchte Orri und blies die Hitze von sich.

64. KAPITEL

Sæmundur brauchte eine knappe halbe Stunde von Þingvellir nach Skálholt. Er hatte den kürzesten Weg gewählt: den Schotterweg von der Ostseite von Þingvellir nach Laugarvatn und von dort nach Süden am Apavatn vorbei. Er hielt sich an keine Geschwindigkeitsbegrenzung, und an den Stellen, wo die Reifen nur auf losen Kies oder Schotter trafen, schlingerte der Wagen bedenklich. Jedes Schlagloch machte seinem Namen alle Ehre. Ingunn stand Todesängste aus.

Was ihre Angst jedoch noch mehr anfachte, war das bedenkliche Gemurmel ihres Vaters: »Die Kontinuität der heiligen Geometrie ist ungebrochen. Die Gedanken der Vorfahren manifestieren sich in ihren Gotteshäusern. Die Symbolik der frühen Kirchen richtet sich ebenfalls nach dem Gang der Sonne. Wie konnte ich nur so blind sein?«

Alles Mögliche schwirrte Sæmundur durch den Kopf. Endlich glaubte er, die Wahrheit zu verstehen, die göttliche Erhabenheit zu durchschauen und das Rätsel, das ihm seine Vorväter aufgegeben hatten. Es passte für ihn alles zusammen. Jedes Puzzlestück war da, wo es hingehörte. So wie es sein sollte und wie es bis ans Ende der Welt bleiben würde. Bis zu *Ragnarök*, dem Göttergericht selbst.

Er bog auf den Weg nach Skálholt ab und hielt auf eine Kirche zu. Sie überblickte von ihrem Hügel aus das Land. Stolz, schneeweiß und mit grauen Dachplatten gedeckt. Der außerordentlich bedeutsame und weihevolle Ort hatte schon vor der Übernahme des Christentums in den Herzen der Isländer einen besonderen Platz innegehabt. Hier hatten sich bedeutende geschichtliche Ereignisse zugetragen. Siebeneinhalb Jahrhunderte lang hatte hier die Hauptkirche des Landes gestanden, die »geistige Mutter aller anderen geweihten Häuser in Island«. Der erste Bischof des Landes, Ísleifur Gissurarson, hatte dort nach seiner Weihe im Jahre 1056 den Amtssitz. Auch die erste Schule des Landes hatte man dort gegründet. Deshalb war Skálholt sehr bald ein Mittelpunkt des geistigen Lebens geworden und entwickelte sich zu einem wahren Schmelztiegel von geistigen und kulturellen Einflüssen aus dem Ausland und isländischer Gelehrsamkeit.

»Nicht aus Zufall wurde ihr genau dieser Platz zugewiesen«, murmelte Sæmundur, während er auf den Parkplatz vor der Kirche rollte. »Das größte Heiligtum des Landes, einfach irgendwo hingestellt? Ganz gewiss nicht. Viele der europäischen Kathedralen wurden über heidnischen Tempeln errichtet. Also auch Skálholt. Es muss so sein. An Orten, die im Gedächtnis des Volkes bereits als heilige Orte verankert waren«, brabbelte er wie in Trance und stellte den Motor ab.

Ingunn saß starr auf dem Beifahrersitz und versuchte erst gar nicht hinzuhören. Sie bemühte sich, hoffnungsvoll zu sein. Dass alles gut ausginge. Dass ihre Mutter in den nächsten Minuten käme und sie rettete.

»Schau mal, Liebes.« Sæmundur tippte Ingunn an und zeigte auf die Kirche. »Die Antwort war die ganze Zeit hier.« Er lachte laut. »Die Kathedralen und die Tempel. Die Zahl 216 und die Position der Sonne. Und ich habe das alles dir zu verdanken.« Er warf seiner Tochter einen Blick zu, während ein krankes Lächeln seine Lippen umspielte. »Die Kathedrale auf Orkney, die von Chartres und Mailand, der Vatikan. Die Pyramiden, die Steinkreise, die Sonnenkreuze. Alles auf die Haupthimmelsrichtungen ausgelegt und erbaut nach den heiligen Proportionen. Darin liegt der Schlüssel verborgen.«

»Papa, darf ich Mama anrufen?«, fragte Ingunn, der vor Angst vor ihrem Vater ganz schwach zumute war.

»Gefällt dir das nicht?« Sæmundur legte seiner Tochter den Arm um die Schultern und streichelte Hekla den Kopf. »Komm, wir dürfen nicht zu spät kommen.«

Sæmundur stieg aus dem Landrover aus. Ingunn und Hekla folgten ihm. Der kleine Kiosk am Parkplatz, der Souvenirs verkaufte und Informationen erteilte, war geschlossen. Sæmundur sprang die Treppe zur Kirche hinauf.

Über der Eingangstür sahen sie ein kreisrundes Fenster mit einem zentralen Kreuz: das Sonnenkreuz selbst, angebracht an der heiligsten Kirche Islands. Außer diesem Fenster gab es noch zwei weitere mit dem Symbol. Das eine wies genau nach Norden, das andere gen Süden.

»Natürlich«, flüsterte Sæmundur. Verzückt blickte er auf das Sonnenkreuz, die Fensterrose auf der Frontseite. Alles passte zusammen. Sogar der Architekt hatte die Bedeutsamkeit dieses Symboles anerkannt und es dem Gotteshaus als Kennzeichen mitgegeben. »Wie konnte ich nur so blind sein?«, seufzte er schwer. Doch es klang eher wie ein Fauchen.

Ingunn berührte ihn am Arm. »Pa, sollen wir nicht lieber nach Hause fahren?«

»Aber Liebes, wir sind zu Hause«, kam es von Sæmundur, dessen Blick wie an einer überirdischen Vision am Sonnenkreuzfenster klebte. An Óðinns Spur hier am Nordwestpunkt des Sonnenkreuzes. »Wir sind doch schon zu Hause«, wiederholte er und nahm die Hand seiner Tochter. »Komm mit.«

Er zog Ingunn zur Schule von Skálholt, die links von der Kirche in ein paar Dutzend Metern Entfernung stand. Dabei rannte er so schnell, dass seine fünfzehnjährige Tochter ihm kaum zu folgen vermochte.

Ohne innezuhalten, stürmte er in die Cafeteria, die sich links vom Eingangsbereich befand. Dort stand eine freundlich aussehende Frau mit einem Tuch und trocknete Tassen ab. In der Cafeteria saßen ein paar Touristen und auch Einheimische. Jetzt war die Stunde der Wahrheit gekommen. Er wandte sich direkt an die Bedienung. »Kennst du einen Mann namens Baldur Skarphéðinsson?«, fragte er barsch. Er sah bedrohlich verwirrt aus. Schweiß stand ihm auf der Stirn, das Haar war zerzaust und seine Augen flackerten unruhig.

Die Frau erschrak vor der sonderbaren Erscheinung des Unbekannten. Dennoch antwortete sie ihm: »Baldur? Selbstverständlich.« Dann wurde sie lebhaft und stellte Tasse samt Tuch auf der Theke ab. »Wegen mir ist er überhaupt noch am Leben.«

Scherze konnte Sæmundur im Augenblick am allerwenigsten vertragen. »Was meinst du damit?«, knurrte er.

»Ich koche für ihn«, lachte sie. »Er war nämlich hier so etwas wie ein verlorener Sohn, nachdem er sich in den Kopf gesetzt hatte, dass in Skálholt irgendetwas sehr Wertvolles zu finden sein könnte.«

»Ein alter Tempel?«, fragte Sæmundur. Er versuchte sich ruhiger zu geben, als ihm in Wirklichkeit zumute war.

»Ganz genau!«, bestätigte sie.

»Ich hab's gewusst!« Sæmundur schlug so heftig auf den Tisch, dass die Frau erschrocken zusammenfuhr und eine Tellerablage einen Sprung zur Seite machte.

»Bist du auch in der Archäologie?«, erkundigte sie sich vorsichtig.

»Seit wann?«, fragte Sæmundur.

»Seit wann was?« Sie konnte ihm nicht folgen. Allmählich hatte sie Angst vor dem hünenhaften Mann bekommen. Auch andere Gäste in der Cafeteria waren auf Sæmundur aufmerksam geworden.

»Seit wann kam er regelmäßig hierher?«

»Weiß ich nicht genau. Seit ein paar Monaten vielleicht.« Sie rückte das Kaffeegeschirr auf dem Tisch zurecht. »Und wir hier in Skálholt haben davor nie so viel über die isländischen Landnahmeleute gewusst, über die ägyptischen Götter und solche Sachen. Baldur ist wirklich ein wandelndes Lexikon. Er hat mir unter anderem gesagt, dass das große A in Wirklichkeit ein umgedrehter Stierkopf sein soll. Aber frag mich um Himmels willen nicht warum.« Sie lächelte den grobschlächtigen Kerl freundlich an.

»Hat Baldur hier irgendein Zimmer? Ein Arbeitszimmer oder eine Übernachtungsmöglichkeit?« Sæmundur ließ immer noch jede Freundlichkeit vermissen.

»Ja. Am Ende des Ostflügels hat er ein Zimmer gemietet.« Die Frau deutete nach links. »Dort ist er immer recht lange, wenn er nicht gerade mit einem Metallsuchgerät in der Gegend rumläuft. Na, oder mit Schaufel, ganz gegen die Auflagen des Rektors.«

»Warum das?«

»Tja, Baldur hat sich abends mit der Schaufel rausgeschlichen und hat hinter der Kirche Löcher gegraben, im alten Friedhof, was natürlich strengstens verboten ist. Kristinn, der Rektor, ist fuchsteufelswild geworden und hat Baldur gedroht, ihm die Forschungsgenehmigung zu entziehen, wenn er sich nicht benehmen könne.« Die Frau lachte. »Danach war Baldur brav.«

»Idioten!«, schrie Sæmundur die Frau an, die wieder zusammenzuckte. Er legte die Hand auf den Messergriff. »Kapiert ihr denn gar nichts?«

»Würdest du dich bitte beruhigen, sonst muss ich dich bitten zu gehen«, sagte sie. Bis jetzt hatte sie ihre Freundlichkeit beibehalten.

Sæmundur ignorierte das. »In welchem Zimmer hat er gewohnt?«

»Weswegen fragst du?«

»Wo er gewohnt hat, will ich wissen«, wiederholte er und beugte sich vor, zog die Brauen wie Gewitterwolken zusammen und mahlte mit dem Kiefer, so dass ein dicker Muskelstrang über beiden Wangen zu sehen war.

Unwillkürlich wich die Frau zurück. »Zimmer 12. Es heißt Valgerðarstofa«, gab sie ängstlich Auskunft.

Sæmundur wandte sich an seine Tochter: »Komm.«

Sie verließen die Cafeteria. Die Frau und die Gäste blickten dem trollhaften Mann nach, wie er mit Tochter und Hund um die Ecke verschwand. Sie hielt es für das Beste, den Hausmeister von Skálholt über den unbeherrschten Besucher zu informieren.

Vater und Tochter durchquerten die Schule, hasteten an verschiedenen Nummern und Namen vorbei, bis sie Zimmer 12 erreichten. Die Tür war abgeschlossen. Das hielt Sæmundur nicht auf. Er bedeutete Ingunn, etwas zurückzutreten. Dann warf er sich gegen die Tür. Sie gab nicht nach, schnappte unter dem Stoß nur kurz nach innen, blieb jedoch verschlossen.

»Pa! Was tust du?« Ingunn spähte hilfesuchend in beide Richtungen des Flures. War denn niemand in der Nähe?

Sæmundur antwortete nicht. Erneut sprang er gegen die Tür. Und diesmal sprang sie auf, wurde fast aus den Angeln gerissen. Ein gewaltiges Krachen hallte durch den Flur. Saemundur aber blieb davon unbeeindruckt. Seine Gedanken waren einzig und allein auf ein Ziel ausgerichtet – bevor die Sonne unterging. Bevor Óðinns Auge an seinem eigenen Tag das Himmelsgewölbe verließ.

Das Gästezimmer war klein und spärlich möbliert. Links stand ein unbezogenes Bett. An der Wand lehnte ein Metalldetektor. Der Raum hatte drei Fenster, die auf die Nordseite der Kirche von Skálholt hinausgingen. Rechts stand ein Stuhl vor einem Schreibtisch, auf dem verschiedene Bücher über die Geschichte von Skálholt und den Verwaltungsbezirk Árnessýsla lagen, zu dem Skálholt gehörte. Außerdem gab es Literatur über die Lokalnamen der Gegend, über die mittelalterliche Architektur und Kathedralen auf dem Kontinent. Das war wenig überraschend, da Skálholt die erste Kathedrale in Island war.

Sæmundur war sich sicher, dass die Antwort auf seine Frage irgendwo dort offen herumliegen musste. Er betrachtete einen Stapel handbeschriebener Zettel und studierte das Gekritzel eine Weile, aber er konnte nur vereinzelte Worte entziffern. Dann wühlte er wie von Sinnen in dem Haufen auf dem Tisch. »Wo ist es? Es muss hier irgendwo sein!«, lallte er.

Ingunn ließ sich stöhnend auf das Bett fallen. Hekla legte sich zu ihren Füßen auf den Teppich, wie immer in völligem Gleichmut.

65. KAPITEL

Adam und Lovísa beobachteten Emblas Telefongespräch mit Grímur stumm. Es nahm sie offensichtlich ziemlich mit, da Embla ab einem bestimmten Zeitpunkt blass und ihre Stimme leiser wurde. Dann entfernte sie sich einige Schritte von ihnen. Als sie das Gespräch beendete, kam sie wieder zu ihnen zurück.

»Und?«, beeilte sich Adam zu fragen.

»Grímur hat Tobias festgenommen und ist auf Þingvellir.«

»Was ist mit Sæmundur und Ingunn?«, erkundigte sich Lovísa.

»Grímur hielt Tobias für den Schuldigen und hat die beiden anderen deshalb laufenlassen.«

»Wie bitte?« Adam konnte die Frage nicht zurückhalten.

»Aufgrund dessen, was ich ihm gesagt hatte«, setzte Embla hinzu. »Dass Lovísa Todesängste um ihn und ihre Tochter aussteht.« Plötzlich schien es ihr, als trüge sie allein die Verantwortung für das Drama, das sich da anbahnte.

»Und wo sind sie jetzt?«, fragte Lovísa.

»Grímur dachte, dass sie sich auf dem Weg hierher befänden, und lässt auf der Ringstraße nach Sæmundurs Wagen fahnden. Ich vermute aber, Sæmundur hat sich gar nicht auf den Weg nach Stóra-Hof gemacht.«

»Wohin dann?«, forschte Lovísa.

»Nach Skálholt. Dort hat nach Baldur der ehemalige Tempel von Ketill gestanden.« Sie musste intensiv an die Bilder dazu in Baldurs Manuskript denken.

»Was hat der mit der ganzen Sache eigentlich zu tun?«, fragte Lovísa verständnislos.

Jetzt geriet Embla ins Schwitzen. Die Antwort darauf barg einen zu großen Schrecken. Größer noch als vorhin, als Adam Lovísa eröffnet hatte, dass ihr Mann ein Mörder sei. Jetzt ging es um ihre Tochter.

»Tobias sagt, Sæmundur betrachtet den heutigen Tag als einen ganz besonderen«, begann sie ihre Ausführungen.

»Ich weiß, heute ist Óðinns Ehrentag oder irgendwie so was«, ergänzte Lovísa. »Sæmundur hat die letzten Monate von nichts anderem geredet.«

»Aber er hat dir wohl kaum verraten, was er heute vorhat, nehme ich an, oder?«, tastete Embla sich vorsichtig voran.

»Nein, weswegen? Ich weiß, dass er wegen Ketills Tempel heute besonders aufgeregt war. Aus irgendeinem Grund.« Lovísa gefiel Emblas bedrückte Miene gar nicht.

»Tobias behauptet weiter, Sæmundur habe allen Mitgliedern des Sonnenkreuzordens befohlen, ein Haustier zu opfern.« Embla schluckte. »Er selbst wolle aber noch einen Schritt weitergehen und das opfern, was ihm am Allerteuersten sei.«

»Wovon sprichst du?« Was Embla da andeutete, war so abwegig, dass Lovísa die Schlussfolgerung nicht zustande brachte.

»Lovísa«, sagte Embla. »Sæmundur sucht den Tempel, um dort sein Opfer für Óðinn zu vollführen.«

»Willst du damit sagen, dass …« Lovísa führte ihre Frage nicht zu Ende.

»Ja«, bestätigte Embla. »Ingunn ist in großer Gefahr. Sie ist eure einzige Tochter. Sie ist das Wertvollste, was Sæmundur hat.«

Für einen Moment schien es, als würde Lovísa umkippen. »Allmächtiger! Mein Kind!«, schrie sie.

»Das wird alles gut ausgehen, du wirst schon sehen«, beschwichtigte Embla.

»Wie denn?!«, stieß Lovísa panisch hervor. »Gib mir dein Handy!« Sie streckte zitternd die Hand vor. Embla überließ es ihr sofort. Lovísa wählte Sæmundurs Nummer und hob es ans Ohr. Einige Sekunden verstrichen, dann gab Lovísa Embla das Telefon zurück. »Er antwortet nicht«, sagte sie tränenerstickt. Sie kreuzte die Arme über der Brust und schaukelte vor und zurück. »Was sollen wir tun? Um Gottes willen! Mein Kind! Mein Kind«, wiederholte sie immer wieder.

»Wir müssen sofort nach Skálholt rüber«, wandte sich Adam an Embla. »Das ist das Einzige, was wir tun können.«

»Wie denn?«, fragte Embla zurück. »Wir brauchen

bis dahin mindestens eine Stunde. Da könnte es schon zu …« Embla biss sich auf die Zunge.

»Nein!«, schrie Lovísa. Plötzlich gab es Hoffnung. »Ich weiß, was wir machen«, rief sie entschlossen. »Schnell!« Lovísa lief auf Adams Auto zu, das in der Nähe stand. Ohne Erklärung, was sie vorhatte.

»Ich glaube, der Wagen springt nicht wieder an«, meinte Adam. Nach der holperigen Fahrt zum Pferdestall war Dampf aus dem Motorraum aufgestiegen. Das konnte nur bedeuten, dass die Zylinderkopfdichtung hinüber oder zumindest der Kühler leergelaufen war.

»Dann nehmen wir das Auto von denen.« Lovísa deutete auf den Journalistenwagen, der hinter dem Pferdestall stand.

»Und wohin? Nach Skálholt?«, fragte Embla.

»Nein, nach Hella. Ich kenne dort jemand, der ein Privatflugzeug hat. Er kann uns nach Skálholt rüberfliegen.« Lovísa lief zu dem silberfarbenen Kombi.

Embla wollte Lovísa folgen, aber Adam hielt sie am Arm zurück. »Was ist mit Baldur? Und den Pferden?«

»Bleib du da«, entgegnete Embla. »Der Krankenwagen müsste jetzt jeden Augenblick hier sein.«

»Nein, ich flieg mit«, widersprach Adam. »Ich kann dich doch nicht allein zu diesem Wahnsinnigen lassen.«

»Adam, ich muss fliegen«, beharrte Embla. »Ich weiß alles über diesen Fall. Über Baldur, den Tempel und Óðinn. Ich kann Sæmundur vielleicht zur Vernunft bringen.«

»Glaubst du, den bringt irgendwer noch zur Vernunft?«

»Ich muss es zumindest versuchen.« Embla küsste ihn auf den Mund und lief zu Valgarðs und Orris Wagen.

»Sei vorsichtig!«, rief ihr Adam besorgt nach.

»Ja«, rief Embla im Laufen zurück.

»Ich liebe dich«, fügte er hinzu.

»Ich liebe dich auch«, rief sie zurück und spurtete das letzte Stück. Orri saß auf dem Fahrersitz, Lovísa auf dem Rücksitz mit dem Handy in der Hand. Auf dem Beifahrersitz hing Valgarð bewusstlos im Gurt. »Was ist denn mit dem passiert?«, fragte Embla, die hinten reinsprang und sich anschnallte.

»Ohnmächtig geworden«, antwortete Orri und ließ den Motor an. »So empfindlich, der arme Kerl.« Gegen ihn fühlte er sich jetzt richtig groß und stark, als er auf die Ausfahrt von Stóra-Hof zufuhr.

66. KAPITEL

Grímur brauchte einige Sekunden, um die Neuigkeiten einzuordnen. Sein Bruder war wieder aufgetaucht. Er lebte und befand sich auf dem Weg ins Krankenhaus. Der Mann auf dem Rücksitz war nicht der Schuldige, sondern der Landwirt, mit dem er sich zuvor noch friedlich unterhalten hatte. Fast überstieg die Rasanz der Ereignisse Grímurs Kräfte. Erst recht, wenn er berücksichtigte, dass er und Hörður so gut wie den ganzen Tag blind umhergeirrt waren. Die Indizien missdeutet und die Falschen verhaftet hatten. Am falschen Ort gewesen waren. Wäre Embla nicht gewesen, säßen sie immer noch in Reykjavík und verhörten Ægir, während sein

Bruder in einem Pferdestall irgendwo in Südisland krepiert wäre.

»Was ist los?«, fragte Hörður. Es war deutlich zu sehen, wie sehr das Telefongespräch seinen Chef aufgewühlt hatte. Er schloss es aus Grímurs Mienenspiel und Verhalten. Grímur saß reglos im Sitz, das Handy noch am Ohr.

»Baldur lebt«, flüsterte er. Eigentlich wollte er lächeln, aber es gelang ihm nicht. Nicht bevor sein Bruder außer Gefahr war und Sæmundur hinter Schloss und Riegel. Dann erst wollte er sich wieder freuen.

Hörður riss die Augen auf: »Was?!«

»Embla hat ihn auf Stóra-Hof gefunden«, fuhr Grímur wie im Traum fort. »Im Pferdestall. Er ist auf dem Weg ins Krankenhaus.«

»Das ist unglaublich!« Hörður richtete sich im Sitz auf. »Ich weiß gar nicht, was ich sagen soll. Glückwunsch«, stammelte der junge Beamte. Er wusste nicht so recht, ob das angebracht war.

»Ihr müsst aus dem Auto«, befahl Grímur. »Jetzt gleich.« Er wandte sich um und forderte Tobias auf Englisch auf zu verschwinden.

»Was ist denn jetzt los? Das verstehe ich nicht«, sagte Hörður und sah verwundert auf den Norweger. Der schaute ebenso verblüfft drein. »Willst du ihn laufenlassen?«

»Tobias hat nicht mehr getan, als seiner Gier am falschen Ort nachzulaufen. Raus jetzt! Ich habe keine Zeit zu verlieren.«

»Wo willst du hin?« Hörður fühlte sich überrumpelt. Er war barfuß, eigentlich sogar nackt, wenn man von der Decke absah. Trotzdem warf ihn sein Chef aus dem Auto, was ihn buchstäblich eiskalt erwischte.

»Nach Skálholt. Sæmundur ist dort«, sagte Grímur.

»Der Bauernlümmel?«

»Ja. Der hat alles angezettelt.«

»Aber soll ich nicht besser mitkommen?«, fragte Hörður.

»Nein. Find du heraus, wohin der Krankenwagen Baldur bringt, und kümmere dich um ihn«, ordnete Grímur an. »So kann ich dich nicht brauchen.« Grímur zeigte auf die spärliche Bekleidung seines Untergebenen.

»Okay.« Sein Chef hatte recht. Außer im Auto herumzuhocken konnte er in Skálholt wenig ausrichten. Also öffnete Hörður die Vordertür des Geländewagens. Die Kälte biss ihn sofort in die Waden. »Was ist mit den anderen Kollegen? Willst du keinen von denen dabeihaben?«

»Nein, hab keine Zeit rüberzulaufen und lang rumzuerklären«, sagte Grímur und schob ihn ungeduldig zur Seite. »Ich fahr allein, aber sie sollen einen Wagen nachschicken.«

»Hierher?«, fragte Hörður. Das ging ihm alles etwas zu schnell.

»Nein. Nach Skálholt rüber. Skálholt! Raus jetzt mit dir!« schnauzte Grímur.

»Jaja, ich geh ja schon«, moserte Hörður.

»Und du auch. Raus!« Grímur sprach isländisch mit Tobias, aber der Norweger verstand sofort und öffnete die Tür.

Grímur langte in seine Jackentasche und holte Baldurs Pfeife heraus. »Das Scheusal krieg ich«, flüsterte er der Pfeife zu und legte sie auf das Armaturenbrett.

»Viel Glück«, wünschte Hörður, was im Motorengeräusch unterging.

»Mach die verfluchte Tür zu!«, bellte Grímur. »Ich hab keine Zeit für so was jetzt!«

Hörður nickte und schlug die Tür zu. Im selben Moment machte der Wagen einen Satz nach vorne, und Rollsplitt spritzte in alle Himmelsrichtungen. Eine kleine Weile standen die beiden Männer einfach da und sahen dem rasch entschwindenden Wagen nach. Aber die Bodenkälte machte sich bald unangenehm an den bloßen Sohlen bemerkbar.

Hörður wies mit einem Blick auf den anderen Streifenwagen: »Komm mit.« Er beeilte sich nicht übermäßig, sondern setzte jeden Schritt mit Vorbedacht, wegen der spitzen Steinchen.

»Was ist passiert?«, erkundigte sich Tobias und folgte dem Beamten. Ihn störten die Steinchen kaum.

»Du bist aus der Sache raus«, versicherte ihm Hörður. »Sæmundur war es.«

»Ich hab es euch doch gesagt. Der hat mir diese verteufelten Schwänze in die Tasche geschmuggelt.«

»Und Baldur ist gefunden worden, lebendig. Im Pferdestall auf Stóra-Hof, wenn ich es richtig mitbekommen habe«, fuhr Hörður fort.

Tobias blieb mitten auf dem Parkplatz stehen. »Warte mal. Hat Sæmundur Baldur in den Pferdestall gebracht?«

»Ja, scheint so«, erwiderte Hörður, obwohl er den Hergang nicht genau genug kannte. Er blieb ebenfalls stehen, trotz der Kälte.

»Weißt du, wann er das getan hat?«

»Nein. Wohl sicherlich irgendwann heute Morgen.

Oder gegen Mittag«, riet Hörður anhand der ihm bekannten Zeiten.

»Aber Sæmundur hat mich in Reykjavík abgeholt. Das war lange vor Mittag«, wandte Tobias ein.

»Ja und? Lass uns weitergehen«, sagte Hörður und stakste über den Parkplatz. Das Rumstehen in der Kälte machte ihn unleidlich.

»Deswegen wollte er nicht, dass ich die Reisetasche in den Kofferraum lege. Baldur war da drin«, murmelte Tobias kopfschüttelnd. »Ich wusste, dass an der Sache irgendwas faul war.«

»Was zischelst du da?«, fragte Hörður über die Schulter aus einigen Metern Vorsprung. Er wollte so schnell wie möglich in den Streifenwagen. Nur in eine Decke gewickelt, setzte ihm die Kälte ziemlich zu.

»Spielt keine Rolle«, wehrte Tobias ab und folgte ihm. Er war nur froh, wieder ein freier Mann zu sein.

67. KAPITEL

Sæmundur fegte die Blätter von Baldurs Schreibtisch auf den Boden. Die Wut hatte ihm jegliche Selbstkontrolle geraubt. Keines von den Blättern war von Nutzen. Keines verwies auf den Tempel. Und dann meldete sich auch noch sein Handy in der Jackentasche. Er ignorierte es. Dafür war keine Zeit jetzt. Er wühlte weiter.

»Wo steckt's denn?!«, gurgelte er wie von Sinnen und schubste einen weiteren Blätterstapel zu Boden, was Hekla auf die Füße jagte. Dabei kam eine Mappe zum Vorschein, die unter Baldurs Notizzetteln verborgen war. Auf die vordere Umschlagseite hatte Baldur »Kirchengrundrisse« notiert.

Sæmundur öffnete die Mappe und erkannte auf einen Blick, dass es eine Sammlung von Darstellungen aller zehn Kirchen war, die es in Skálholt im Laufe der Jahrhunderte nacheinander auf demselben Fleck gegeben hatte. Immer wieder waren sie abgerissen, umgebaut und erweitert worden. Manche waren nach Blitzschlägen abgebrannt. Die Skizzensammlung begann mit dem Grundriss der heutigen Kirche und ging bis auf die erste zurück, die kurz nach der Christianisierung erbaut worden war und *Gissurarkirkja hvíta* hieß, die Kirche von Gissur dem Weißen. Für die meisten Grundrisse hatte Baldur Kopien aus Büchern verwendet. Nur den der ersten Kirche hatte er selbst skizziert. Neben die Grundrisse hatte Baldur verschiedene Überlegungen notiert. Zum Beispiel zu den geheim gehaltenen heiligen Proportionen und den Parallelen zu anderen europäischen Bauwerken, die man zu Gottes Ehre erbaut hatte. Baldurs Überlegungen bezogen zum Beispiel das Bauholz mit ein, das ein gewisser Klængur für seinen Neubau der Kathedrale von Skálholt aus Norwegen geholt hatte, oder die Größe des Altars, den Bischof Brynjólfur Sveinsson wiederum für seinen Kirchenneubau hatte entwerfen lassen.

Ausführlicher waren Baldurs Spekulationen zu der Kirche, die Bischof Gísli Jónsson im 16. Jahrhundert hatte errichten lassen. Sie hieß folgerichtig *Gíslakirkja*, Gíslis Kirche. Der Vergleich mit der heutigen Diözesankirche in Skálholt schien ihn besonders zu interessieren, da sich viele Blätter in der Mappe mit den beiden

Kirchenbauten befassten. Sæmundur setzte sich an den Schreibtisch und studierte den Inhalt der Mappe eingehend in der Hoffnung, darin die genaue Position des Tempels zu finden.

Baldur war der Ansicht, dass Gíslis Kathedrale die größte aller in Skálholt erbauten Gotteshäuser gewesen sein musste und ein gutes Stück auf die Ostseite des Hügels hinübergereicht hatte, der heute unbebaut war. Dort hatte es früher auch einen Friedhof gegeben. Der Grundriss des Fundaments zeigte die Form des Gotteshauses:

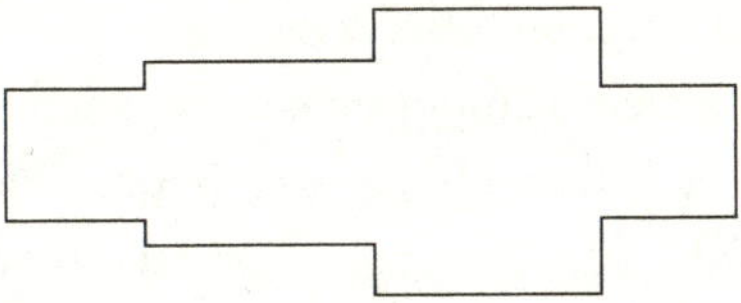

Gíslis Kirche 1567–1650

Auf der gegenüberliegenden Seite war zum Vergleich der Grundriss der heutigen Diözesankirche dargestellt. Es wurde deutlich, wie viel größer die Gíslakirkja gewesen war, oder besser gesagt, wie klein das heutige Kirchengebäude im Vergleich dazu war:

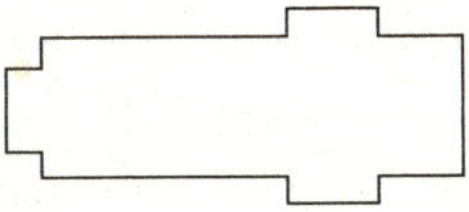

Heutige Kirche von Skálholt 1963

Dann machte sich Baldur weiterführende Gedanken zu diesen beiden Gebäuden, insbesondere aber zur ersten Kathedrale, die nach Gissur dem Weißen benannt war. Gissur war mit Hjalti Skeggjason vom Norwegerkönig Ólafur Tryggvason nach Island gesandt worden, um die Einwohner zu christianisieren. Ihre Mission war von Erfolg gekrönt, und nach Baldurs Einschätzung war die Kirche Gissurs des Weißen kurz nach der Übernahme des Christentums im Jahre 1000 entstanden. Ihr Fundament war jedoch bislang nicht entdeckt worden, anders als die meisten Fundamente der nachfolgenden Gebäude. Ihre Länge gab er mit 30 Ellen und die Breite mit 10 Ellen an. Dabei maß eine Elle vor dem Jahre 1200 wahrscheinlich um einen halben Meter.

Baldur war davon überzeugt, dass sie über einem Óðinn geweihten Tempel erbaut worden war. Lachs-Ketill hatte sich den Hügel, der heute Skálholt heißt, als Weiheplatz ausgesucht, da er auf dem nordwestlichen Kardinalpunkt des Sonnenrades lag. Der Nordwesten symbolisierte Óðinns Präsenz in dem Kreis. Der Archäologe ging davon aus, dass die heidnische Weihe schon kurz nach Ketills Landnahme um 874 n. Chr. stattgefunden haben musste und der Ort daher in der Wahrnehmung der Bevölkerung des Jahres 1000 bereits zu einer herausragend sakralen Stätte geworden war. Als Gissur der Weiße einen Ort für die erste Kathedrale von Skálholt suchte, wählte er also nicht ohne Grund genau diesen aus. So war es zu der Zeit in Europa üblich und nach Baldurs Auffassung auch in Island.

Sæmundur bekam Herzklopfen, und seine Handflächen wurden feucht. »Und wo stand nun Gissurs Kirche?«, fragte er, die Nase dabei fast auf das Papier gedrückt. Diese Kirche verwies allem Anschein nach auf Ketills Tempel. Baldur glaubte eine einfache Antwort auf diese Frage zu haben. Sie beruhte auf zwei bekannten Fakten: Zum einen wurde es als sicher angesehen, dass der Eingang des heutigen Kirchengebäudes am selben Ort wie der des Kirchengebäudes aus dem 16. Jahrhundert lag. Die Kirchen standen ja auf demselben Fundament. Zum anderen war der Altar von Anbeginn an das Allerheiligste in den Kirchen gewesen und in der Regel am östlichen Ende positioniert. So blickte die Gemeinde aus dem Sonnenuntergang im Westen, dem Sinnbild der Dunkelheit, in den Sonnenaufgang im Osten, ins kommende Licht. Analog dazu war der Altar auch das Herzstück des heidnischen Tempels gewesen. Dort hatte der Tempelgode gestanden. Und dort hatte ein Silberreif gelegen, auf den alle einen Eid hatten schwören müssen. Anhand dieser beiden Tatsachen glaubte Baldur ableiten zu können, wo der Altar der frühesten Kirche von Gissur dem Weißen gestanden hatte, und damit hatte er auch die Position des heidnischen Altars von Lachs-Ketill ermittelt.

Sæmundur war ans Ende der Seite gelangt und blätterte hastig das nächste Blatt auf. Dort hatte Baldur eine Karte gezeichnet, auf der die Grundrisse der heutigen Kirche und der Gíslakirkja aus dem 16. Jahrhundert übereinander lagen. Gemeinsam war ihnen die Stelle, an der nach den historischen Quellen die Schwellen der Eingangstüren gewesen war:

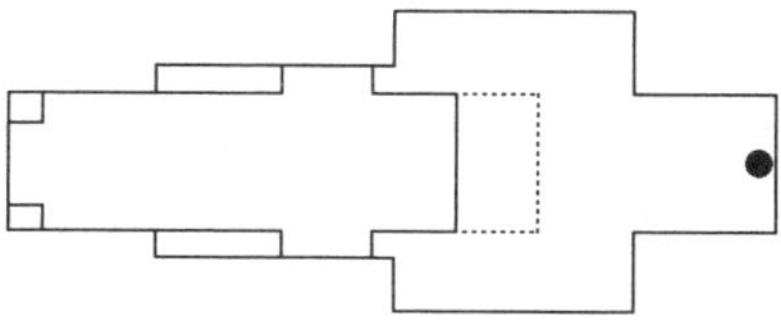

Keuchend las Sæmundur Baldurs Anmerkungen zu der Karte und murmelte dabei jedes Wort mit. Er erfuhr, dass die gestrichelte Linie das östliche Ende eines Kirchengebäudes aus dem 17. Jahrhundert bezeichnete. Heute noch war davon im grasbewachsenen Boden eine kleine Erhebung übriggeblieben. Wo einst die Ostwand der Gíslakirkja gestanden hatte, gab es jetzt einen Abhang, den eine Hecke begrenzte. Dort gab es auch Grabsteine und Gräber eines mittlerweile aufgegebenen Friedhofs. Und dann hatte Baldur endlich herausgefunden, dass der Altar der Gíslakirkja ungefähr dort gestanden haben musste, an der oberen Kante des Abhangs, wie bei mittelalterlichen Altären üblich. Diese Stelle hatte Baldur in der Karte mit einem Punkt markiert. Und er glaubte schlussfolgern zu können, dass dort auch der Altar der allerersten Kirche von Gissur dem Weißen gestanden haben musste und davor – der Altar des Óðinnstempels von Lachs-Ketill.

Sæmundur dachte an das, was ihm die Bedienung in der Cafeteria gesagt hatte. Deswegen hat er also hinter der Kirche gebuddelt – auf dem ehemaligen Friedhofsgelände, überlegte er. Dort liegt der Altarstein, den Ketill bei seinen Opfern benutzt hat. Sæmundur sah von der Mappe auf, die ihn in den letzten Minuten völlig in ihren Bann gezogen hatte. Er blickte aus den länglichen Fenstern auf die Nordseite der Kirche und den dahinterliegenden Friedhof. »Dort also war der Tempel«, hauchte er. Eine Gänsehaut überlief ihn. All die Jahre, die er mit Warten verbracht hatte, verdichteten sich in diesem Augenblick, zerstoben zu einem Nichts und waren verschwunden. Dort drüben würde also gleich sein *blót* stattfinden. Dort würde die Vereinigung des Ordens vom Sonnenkreuz beginnen.

Sæmundur blickte in den lichten Himmelsraum, den *Saal der Sonne*. Das Tageslicht hatte bereits merklich abgenommen. Bald würde sich Óðinns Auge schließen. »Ich muss mich beeilen«, sagte er leise und warf einen Blick auf seine Tochter, die auf dem Bett wartete und Hekla an dem bunten Ball schnuppern ließ, ihrem Lieblingsspielzeug. »Komm, schnell jetzt.« Er griff ihre Hand und wollte Ingunn aus dem Zimmer zerren.

Da stieß Ingunn schmerzhaft gegen etwas Hartes unter der Bettdecke. Als sie die Decke zurückschlug, fanden die beiden ein kleines Kästchen.

»Was zum …?« Sæmundur kniete sich vor das Bett und zog die Schatulle zu sich heran. Sie war mit Erde verkrustet und sah uralt aus. »Kann das …?« Plötzlich wurde ihm klar, was das war und was es bedeutete. Wilde Erregung packte ihn. »Baldur hat tatsächlich den Tempel gefunden!«, schrie er begeistert.

68. KAPITEL

»Páll wird mit seinem Flieger gleich auf die Rollbahn rauskommen«, sagte Lovísa und gab Orri, der am Steuer saß, das Handy zurück.

Der bog links ab auf die Kiespiste zur Hauptstraße. In dem Moment kam ihnen ein Wagen mit Blaulicht entgegen.

»Na endlich«, seufzte Embla und schaute dem Krankenwagen nach, der die Schlaglochpiste nach Stóra-Hof entlangrumpelte.

»Hoffen wir, dass sie Baldur helfen können«, sagte Orri und warf über den Rückspiegel einen Blick auf die beiden Frauen.

»Der kommt durch, da bin ich mir sicher«, versuchte sich Embla zu beruhigen.

Lovísa schien wesentlich nervöser: »Und was ist mit meiner Tochter?«

»Mach dir keine Sorgen, das wird alles gut ausgehen«, behauptete Embla.

»Verfluchter Wirrkopf«, murmelte Lovísa.

»Hast du Páll gefragt, wie lange es dauert nach Skálholt rüber?«

»Zehn Minuten«, antwortete Lovísa. Während der Pkw auf der Ringstraße zu der kleinen Ortschaft Hella fuhr, hatte sie den Blick auf Vörðufell im Nordwesten geheftet. Hinter diesem Berg lag Skálholt – und da war Ingunn.

»Wir sind in etwa fünf Minuten da. Und wir werden Ingunn schon bald finden. Mach dir keine Sorgen.« Embla hoffte, dass das ausreichte, ihr Mut einzuflößen.

»Verfluchter Wirrkopf«, wiederholte Lovísa. »Ich hätte dem Treiben schon viel früher Einhalt gebieten sollen. Ich hätte das alles niemals zulassen dürfen.«

»Du konntest ja nicht wissen, dass er so etwas planen würde«, sagte Embla teilnahmsvoll.

»Ich hätte dem wirklich ein Ende setzen, vielleicht einen Psychiater hinzuziehen müssen, der ihm hätte helfen können. Sæmundur tickt ja schon seit geraumer Zeit nicht mehr richtig.« Lovísa ballte die Hand zur Faust und schwieg. »Er hat mich an meinen Vater erinnert«, gestand sie dann nach einer Pause. »Deswegen bin ich ihm verfallen. Aber dann hat er sich in dieses … dieses Monster verwandelt.« Sie rutschte im Sitz herum, zog das Tablettenröhrchen hervor und betrachtete es aufmerksam.

Unsicher und zögernd legte Embla ihr eine Hand auf die Schulter. Wieder einmal war ihr klar geworden, wie wunderbar ihr Leben mit Adam war im Vergleich zu Lovísas Dasein. Sie konnten eigentlich nicht klagen. Die ewigen Zankereien übers Kinderkriegen waren im Grunde genommen eine Bagatelle gemessen an diesen Problemen.

»Ich hab diese verdammten Tabletten die letzten Monate geschluckt.« Lovísa hielt das Röhrchen fest zwischen den Fingern und versuchte, es zu öffnen.

Embla wusste nicht, ob sie sich einmischen sollte, ob sie überhaupt etwas sagen sollte. Eigentlich wäre es ihr am liebsten gewesen, dass Lovísa ein paar Pillen einnahm, wenn sie glaubte, dass ihr das half. Aber zu Emblas Verwunderung ließ sie das Wagenfenster herunter und kippte das jetzt offene Röhrchen einfach aus. Die Tabletten purzelten auf den Asphalt.

»Das Zeug macht einen nur dumpf. So will ich nicht mehr leben«, verkündete sie. »Ich muss einen klaren Kopf haben, wenn ich meine Tochter retten will. Nicht wahr?« Sie sah Embla an.

»Ja, das stimmt«, antwortete diese und drückte die Frau an sich.

So saßen die beiden da, während sich der silberfarbene

Pkw Hella näherte. Valgarð lehnte immer noch bewusstlos mit dem Kopf an der Autotür. Orri saß daneben und ließ die Frauen in Ruhe. Er wusste nicht genau, worum es ging. Zum Beispiel weswegen sie nach Hella fuhren. Aber aus Lovísas Äußerungen schloss er, dass ihr Mann und ihre Tochter damit zu tun hatten.

Der Wagen passierte die Häuser am Ortseingang von Hella, und Orri bremste etwas ab: »Wohin jetzt?«

»Da vorne nach rechts«, wies ihn Lovísa an und deutete auf die Abzweigung vor ihnen.

Orri bog scharf rechts ab, fuhr quer durch Hella bis zu einem kleinen Fluggelände am nördlichen Ortsrand. Dort gab es zwei grasbewachsene Rollbahnen und ein Blockhaus der Flugsicherung. Auf einem der Rollfelder stand ein Mann mit Schirmmütze und Sonnenbrille und inspizierte seine Cessna. Es war eine kleine einmotorige Maschine, schneeweiß mit königsblauen Streifen an Rumpf und Heck.

Lovísa deutete aufgeregt nach vorne: »Da ist Páll!«

Orri fuhr auf den Mann und das Flugzeug zu und parkte den Wagen nahe dem Rollfeld. Lovísa und Embla stiegen aus.

»Lovísa, was gibt's denn?«, fragte Páll und nahm die Sonnenbrille ab. Er hatte ihre Aufregung am Telefon gehört. »Ich bin so schnell hergekommen, wie es ging.«

»Sag ich dir später. Du musst uns nach Skálholt rüberfliegen«, entgegnete Lovísa. Sie schien im Augenblick nicht in der Verfassung, ihm alles haarklein auseinanderzusetzen.

»Ja schon, aber ist denn irgendwas passiert?«, erkundigte sich der Mann besorgt.

»Páll, Lieber, ich erzähl's dir später.« Lovísa legte ihm die Hand auf den Unterarm. »In Ordnung?«

»Okay, geht klar.« Der Pilot wandte sich zu Embla und streckte die Hand aus. »Kenne ich dich von irgendwoher?«

»Mich?«, erwiderte Embla. »Das bezweifle ich.«

»Warst du vielleicht mal in der Zeitung oder so? Ich bin sicher, dass ich dich irgendwo schon mal gesehen habe. Noch nicht so lange her.«

»Nein, über mich stand noch nie etwas in der Zeitung«, antwortete Embla sofort. Natürlich wusste sie genau, weswegen ihm ihr Gesicht bekannt vorkam. Die Meldung über sie war zweifellos eine der meistgelesenen des Tages, wenn sie ihre isländischen Landsleute richtig einschätzte. Aber dass sie auf einmal so bekannt war, selbst hier in Hella, das überraschte sie nun doch.

»Na schön«, sagte der Mann. »Komisch.«

»Ja, sehr komisch«, pflichtete Embla ihm bei, »aber wir müssen uns beeilen.«

»Natürlich. Springt rein.« Páll setzte sich die Sonnenbrille wieder auf. »Wir müssen drüben sein, solange noch Tageslicht ist. Der Flugplatz in Flúðir ist nicht beleuchtet.«

Lovísa, die gerade in die Cessna kletterte, griff den Ortsnamen entsetzt auf: »Flúðir?«

»Ja, das ist der nächstgelegene Flugplatz«, erklärte Páll.

»Aber das ist viel zu weit weg«, protestierte sie.

»Das tut mir leid, aber in Skálholt selbst gibt es keine Landemöglichkeit. Flúðir muss reichen.«

Lovísa schwieg und setzte sich auf den Rücksitz,

während Embla vorne Platz nahm. Vor ihr waren zwei seltsam geformte Steuervorrichtungen und ein Instrumentenboard. Da gab es unzählige runde Messanzeigen, Knöpfe, Kippschalter und anderes, von dem sie weder die geringste Ahnung hatte, was es war, noch wozu es diente. Ihr fiel nur auf, wie sehr einige dieser Messeinrichtungen dem Sonnenrad ähnelten, um das sich dieser ganze unheilvolle Tag bislang gedreht hatte. Das Symbol hielt ihre Gedanken komplett gefangen.

»Und ich fahre nach Stóra-Hof zurück«, rief Orri den beiden Frauen zu.

»Danke«, rief ihm Embla noch nach.

Páll kletterte als Letzter in das Flugzeug. Er winkte Orri und schloss die Tür mit einem leisen Knall. Embla war noch nie in einer so kleinen Maschine geflogen. Sie kannte nur Erzählungen von ihren Kollegen, die sich über den Lärm beschwert hatten. Einer von ihnen hatte es »Flug in einer Coladose« genannt. Sie nahm plötzlich sehr deutlich die Winzigkeit dieser Mücke wahr. So zerbrechlich wirkte sie. Die Windböen da oben konnten sie sicher mühelos zerfetzen.

»Fertig?«, fragte Páll.

»Flieg so schnell du kannst«, bat Lovísa von hinten.

»Dann schnallt euch mal an.« Er ließ den Motor an, und der Propeller setzte sich dröhnend in Bewegung. Das Flugzeug stand auf dem nördlichen Rollfeld. Die Sonne war schon weit gesunken, und dunkelblau stiegen die Schatten aus den Flanken der schlummernden Hekla. Die Cessna rollte über die grasbewachsene Ebene, Páll hob gekonnt ab und schlug sofort Kurs Nordwest ein.

Unweit des Rollfeldes stand Orri und sah dem Maschinchen noch lange nach, sah es die Wolken erklimmen und schließlich gelassen über den Himmel gleiten. Dann war alles still. Er machte einen tiefen Seufzer. Die letzte Stunde war fast einem Abenteuer gleichgekommen. Wie in einem der Actionfilme, die er so liebte.

Er setzte sich wieder in den Wagen. Valgarð hing noch immer bewusstlos in den Seilen. Der Hieb war vielleicht doch eine Spur zu fest gewesen. Aber das war nun auch nicht mehr zu ändern. Richtig friedlich sah sein Kollege aus, friedlich wie ein kleines Kind. Viel umgänglicher als im Wachzustand, wenn er glaubte, zu allem und jedem seinen Senf abgeben zu müssen.

Senf! Das war das Stichwort.

Er ließ den Wagen an und fuhr los. Gleich danach kam er an einem Kiosk vorbei. Der Hunger, den er den ganzen Tag so sträflich verdrängt hatte, meldete sich nun unüberhörbar. Orri parkte vor dem Kiosk. »Möchtest du etwas?«, fragte er Valgarð.

Der Möchtegernfernsehstar gab keine Antwort. Noch immer lehnte sein Kopf an der Beifahrertür. Seine Augen waren geschlossen.

»Ach ja, ich vergaß: Du isst ja nichts«, bemerkte Orri schnippisch.

Er stieg aus und ging schnurstracks zur Ladentheke.

»Kann ich helfen?«, fragte die Bedienung. Sie steckte in einem roten T-Shirt der Eismarke Kjörís.

»Drei Würstchen und zwei Kakao, bitte.«

»Mit allem?«

»Mal sehen …«, überlegte Orri. Für gewöhnlich nahm er die Würstchen »mit allem«: Senf, Ketchup und

Majo, dazu rohe gehackte Zwiebeln und besonders große Mengen an Röstzwiebeln. Jetzt aber lag Veränderung in der Luft. Ein neuer Mensch stand im Laden. Dieser schicksalhafte Tag hatte ihn etwas gelehrt, irgendeine Wahrheit, selbst wenn Orri noch nicht recht wusste, worin sie bestand.

»Also?«, fragte die Frau schon etwas genervt.

Orri grinste über beide Ohren: »Nein. Mit allem außer Röstzwiebeln und Majo. Diesmal soll es gesund sein.«

69. KAPITEL

Sæmundurs Pupillen waren so geweitet, dass sie fast die ganze Iris einnahmen. Ingunn erkannte ihren Vater nicht mehr. Er stierte auf die verdreckte Schatzkiste. Sie war klein, aus Holz und an den Rändern mit rostigem Eisen beschlagen. »Die Kiste bestätigt alles! Die Kiste bestätigt, dass Baldur den Tempel gefunden hat!«, rief er außer sich.

Sæmundur kratzte die Lehmkruste von der Kiste und versuchte sie zu öffnen. Sie war verschlossen. Er nahm sie vorsichtig hoch und schüttelte sie behutsam. Geräusche von kleinen Gegenständen waren durch das morsche Holz zu hören. Sæmundur ahnte, was sich darin verbarg. Irgendwelche Gegenstände aus dem alten Tempel. Die Götternägel, mit geschnitzten Runen versehene magische Amulette oder vielleicht sogar der Silberreif selbst, den Ketill bei seinen Zeremonien getragen hatte. »Baldurs Überlegungen zum Standort des Tempels haben sich alle bestätigt!«, jubelte er. Ein Speichelfaden hing von seinem Mundwinkel herab.

Ingunn stand gebückt dabei, drückte Hekla an sich und ließ ihren offenbar übergeschnappten Vater nicht aus den Augen. Mal murmelte er vor sich hin, dann wieder befühlte er die geheimnisvolle Kiste. Nur die Anwesenheit ihrer besten Freundin machte die Situation erträglich. Hekla ließ nicht erkennen, ob sie die ungewisse Bedrohung spürte, die in der Luft lag, oder Ingunns Angst.

»Wir brauchen den Schlüssel.« Sæmundur stellte das Kästchen ab und kratzte Erde aus dem Schlüsselloch. Er sah sich um, bevor er sein Messer herauszog und die Spitze nervös in das Loch drückte. »Kann ich euch bei irgendetwas behilflich sein?«, ließ sich unvermittelt eine Stimme von der Tür her vernehmen. Dort stand ein gutmütig aussehender grauhaariger Mann um die fünfzig.

Sæmundur erhob sich blitzschnell: »Wer bist du denn?«

Der Mann im Türrahmen erschrak vor dem Messer in Sæmundurs Hand, behielt jedoch äußerlich die Ruhe. Verunglückte Existenzen war er gewohnt, die Ruhe und Frieden in Skálholt suchten, um sich nach einem Schiffbruch auf ihrer Fahrt durchs Leben wieder neu zu orientieren. Der Mann betrachtete die Angel der Tür, die Sæmundur beschädigt hatte. »Ich bin hier nur der Hausmeister. Aber wäre es nicht viel interessanter zu erfahren, wer du bist?«, fragte er gelassen und fuhr mit dem Finger am Türrahmen entlang.

»Geht dich nichts an.« Sæmundur steckte das Messer zurück und bückte sich nach der Kiste. »Komm«, wandte er sich an Ingunn und wollte das Zimmer verlassen. Wichtigere Aufgaben warteten auf ihn, und in Kürze würde die Sonne untergehen.

»Bist du sicher, dass du gehen willst?«, fragte der Hausmeister. »Du bist bei uns willkommen. Nächste Woche ist Ostern. Das ist eine ausgezeichnete Zeit, um seine Probleme vor Gott zu bringen.«

Sæmundur brach in Gelächter aus. »Ostern?«, äffte er sein Gegenüber nach und eilte mit Ingunn im Schlepptau an ihm vorbei. »Ich halte mich an das Original-Sonnenfest. Nicht an eine billige Nachahmung«, höhnte er und ging mit der Kiste unter dem Arm den Flur hinunter.

»Wie du willst«, antwortete der Hausmeister ruhig und sah ihnen nach, wie sie um die Ecke verschwanden. Am besten informierte er die Polizei. Ganz augenscheinlich hatte dieser Fremde sein Gleichgewicht völlig eingebüßt. Noch dazu war er mit einem Messer bewaffnet. Der Hausmeister ging auf kürzestem Weg in die Cafeteria hinunter.

Sæmundur hatte unterdessen die Schule verlassen und lief zum alten Friedhof hinüber, an der Nordseite der Kirche und an einem großen Kreuz vorbei, das neben der Kirche aufragte. Gleich darauf stand er vor den Überresten einer alten Siedlung, die am Fuß des Kirchenhügels ausgegraben wurde. Hekla konnte mit Sæmundur Schritt halten, während Ingunn in einigem Abstand folgte. Sie tat es aus alter Gewohnheit. Außerdem wollte sie ihrem Vater in diesem Zustand nicht ungehorsam sein.

Hinter der Kirche gab es in der Grasfläche tatsächlich eine kleine Erhebung, genau so wie es die Karte in Baldurs Mappe zeigte. Dort waren auch die alten Grabsteine mit verwitterten Inschriften, wo die Gebeine der Bischöfe in geweihter Erde ruhten.

Sæmundur ging noch weiter nach Osten, an einem niedrigen Steinwall und Gräbern vorüber und erreichte einen Abhang, der zu einer kleinen Vertiefung und der Hecke führte. Dort blieb er stehen und atmete auf. Für einen Augenblick erlaubte er sich, den Moment zu genießen.

Seine Tochter folgte ihm lautlos. Sie wagte es nicht mehr, ihren Vater zu fragen, was jetzt geschehen sollte.

»Wir sind da«, verkündete Sæmundur und stellte die Kiste auf dem Boden ab. Die Dämmerung war hereingebrochen. Deswegen hatte er keine Zeit mehr, die Kiste zu öffnen. Óðinn forderte unverzügliches Handeln. Sæmundur wollte außerdem die Kiste nicht mit dem Messer zerstören. Das wäre ein unheilvolles Omen gewesen. Besonders wenn sie heilige Gegenstände enthalten sollte, die Lachs-Ketill selbst dort hineingelegt hatte.

Sæmundur blickte sich um. Er ließ den Blick über das vom Winter vergilbte Feuchtland und die Wiesen streifen. Das Land war von schmalen Schneeflecken übersät. Eine kalte Brise strich ihm über die Wangen. Nicht weit von Skálholt entfernt floss die Hvítá, der Weiße Fluss, am Fuß des Vörðufell entlang. »Wir sind da«, wiederholte Sæmundur. Er wandte den Blick nach Südosten zum Goðasteinn, der vom Eyjafjallajökull aus hoch über das Südland ragte. Dort oben war Óðinns Wohnstatt. In direkter Sichtachse zu seinem ehemaligen Tempel!

»Siehst du mich jetzt?«, rief Sæmundur.

»Pa, mit wem redest du da?«, fragte Ingunn besorgt.

Sæmundur deutete auf den Eispanzer des Eyjafjallajökull in der Ferne: »Mit Óðinn. Er beobachtet uns von dort oben. Von seinem Hochsitz *Hliðskjálf* aus. Siehst du ihn nicht?«

»Pa, ich will heim. Mir ist kalt«, bat Ingunn.

»Wie oft muss ich dir das noch sagen? Wir sind zu Hause!« schrie Sæmundur. »Du wirst nirgends ein Zuhause wie dieses hier finden, das garantiere ich dir.« Er blickte wieder zu dem mächtigen Gletscher hinüber: »Zürne ihr nicht! Richte über sie vielmehr nach ihren Werken.«

Mit diesen Worten langte Sæmundur nach dem knochenweißen Griff und zog das Messer heraus. Dies war der rechte Moment, um das Opfer zu vollbringen. Sæmundur wusste es. Die Schatten in den Bergflanken zeigten es an. Schon bald würde die Sonne ihre Fahrt über den Himmel der heutigen Frühjahrs-Tagundnachtgleiche beendet haben. Damit ging auch Óðinns Geduld zur Neige. Óðinn, der Rabengott mit seinen beiden Spähern in Rabengestalt, Huginn und Muninn. Zu seiner Linken und Rechten saßen sie auf seinen Schultern, bereit, jedem Wink zu gehorchen und nachzuforschen, was in der Welt vor sich ging, und es ihm haarklein zu berichten.

»Pa? Was tust du da?«, fragte Ingunn zu Tode verängstigt. Sie starrte auf die rasiermesserscharfe Klinge.

Der Messergriff war aus Walknochen gefertigt. In sein Ende war ein Sonnenkreuz aus vergoldetem Messing eingelassen. Das uralte Symbol bezeichnete nicht nur den Sonnenumlauf über das Firmament, sondern es umfing auch Sæmundurs gesamte Existenz. »Gehorchen«, antwortete er und ging langsam auf seine Tochter zu. Trotz des Schmerzes in seinem Herzen verspürte er Erleichterung. Seine kleine, unbedeutende Existenz hatte endlich einen Sinn bekommen. Hier auf dem Grund und Boden, wo einst der Tempel gestanden hatte, stand jetzt er. Das fügte die versprengten Einzelteile, die er bisher sein Leben genannt hatte, zu einer Einheit zusammen.

»Ich habe Angst«, stammelte Ingunn und klammerte sich an Hekla fest.

»Kein Grund, Angst zu haben«, entgegnete Sæmundur. »Ich tu das für dich.«

»Was tust du für mich?«, fragte Ingunn. Tränen liefen ihr über die Wangen.

»Dies ist die rechte Stunde. Nach dem heutigen Tag wird *Leuchtmähne* den Sieg über *Reifmähne* davontragen, und das Licht des Sommers wird die Finsternis der Nacht verschlingen«, brabbelte Sæmundur vom Wahn getrübt. »Es muss jetzt geschehen.«

»Ich versteh dich nicht, Pa«, schluchzte Ingunn.

»Du brauchst mich nicht zu verstehen, meine Tochter«, entgegnete Sæmundur. »Du musst mir nur vertrauen. Vertraust du mir denn nicht?«

Ingunn rührte sich nicht. Sie hielt die Arme fest um ihren Hund geschlungen.

»Vertraust du mir nicht, du, meine Tochter?«, wiederholte Sæmundur.

Ingunn konnte nur nicken. Etwas anderes wagte sie nicht. Sie wischte sich die Tränen fort.

Sæmundur trat dicht an sie und Hekla heran. »Braves Mädchen. Ganz braves Mädchen. Es wird alles gut. Wart's nur ab. Du stammst in direkter Linie von Óðinn ab. Er wird dich vor allem Übel bewahren.«

»Pa, leg das Messer weg«, flehte Ingunn unter Tränen.

»Später. Später werde ich das Messer weglegen. Dann wird alles gut sein.« Sæmundur hatte sich in seiner ganzen Grobschlächtigkeit mit gespreizten Beinen vor den beiden aufgebaut. »Jetzt muss ich aber unserem Ahnherrn gehorchen.« Er ergriff Heklas Leine und riss die Hündin von Ingunn weg. Hekla winselte leise, Ingunn fiel zu Boden.

»Nicht!«, kreischte Ingunn, als sie ihren Hund nicht mehr bei sich spürte.

Sæmundur schloss die Augen. Jetzt war es so weit. Nach all den Vorbereitungen. Nach all der Warterei. Dies war nun der heilige Augenblick. Hier, auf diesem heiligen Opferplatz, hatte Lachs-Ketill vor über tausend Jahren gestanden und hatte Óðinn zu Ehren Opfer dargebracht. Und jetzt stand er an genau der Stelle und würde sein Werk fortführen. Unter den dunklen Felsgipfeln, die das Sonnenkreuz abmaßen und die himmlische Ordnung der Götter auf Erden widerspiegelten. Sie wiesen ihm den rechten Weg auf dem schmalen Pfad des Lebens. Selbst wenn dieser Weg anderen als Sackgasse erschien. Das spielte keine Rolle. Sæmundurs Vertrauen auf Óðinn war bedingungslos. Er reckte das Messer gen Himmel. Er war bereit. Die sterbende Sonne blitzte auf der scharfen Schneide. Die Verse aus Óðinns Runenlied begannen in seinem Geist lebendig zu werden. In seiner groben Hand lag die Hundeleine, und Ingunn kauerte zu seinen Füßen.

»Nicht!«, schrie sie noch einmal und warf Heklas Ball so weit fort, wie sie nur konnte. Hekla richtete sich sofort auf, spitzte die Ohren. Sie sah höchst gespannt dem Ball hinterher, wie er über die Hecke flog, den Abhang hinunter, und auf der Wiese landete. Sie riss sich von Sæmundur los, flitzte über den Abhang durchs Gebüsch, verschwand hinter der Hecke.

Sæmundur geriet in Wut: »Warum hast du das getan?« Mit dem scharf geschliffenen Messer in der Hand sah er auf seine Tochter hinab.

»Nicht, Papa. Tu's nicht.« Ingunn lag immer noch im Gras und hatte wieder zu weinen begonnen.

»Warum freust du dich denn nicht darüber? Sträub dich doch nicht dagegen. Das ist eine Ehre. Willst du es nicht sehen?«

»Nicht, tu's bitte nicht«, schluchzte Ingunn. Dunkle Tränen malten ihr Wimperntuschestreifen auf die Wangen. »Bitte nicht, tu's nicht, bitte«, stöhnte sie zwischen den Schluchzern. Sie begann, langsam über die Grasfläche davonzukriechen in der Hoffnung, so ihrem irrsinnig gewordenen Vater zu entkommen.

70. KAPITEL

Das kleine Privatflugzeug schwebte über das Tiefland. Die Sonne stand schon sehr niedrig, in Kürze würde sie untergehen. Im Osten erhoben sich die schneeweißen Gipfel der Tindfjöll und der Hekla über das Land, unten auf der Erde sahen sie wind-erodierte Wüstenflächen, ausgedehnte Ebenen und die in Südisland weitverbreiteten rauen, kahlen Lavafelder. Das Gelände war von Schneeinseln übersät, die in Kürze schon vor der Sommersonne vergehen würden. Ein wenig voraus durchschnitt die reißende Þjórsá die Landschaft. Unmittelbar bevor das Flugzeug den Gletscherfluss überquerte, klingelte Emblas Telefon.

»Entschuldigt mich«, bat Embla verlegen und nahm es aus der Tasche. Es war ihre Schwester. Seitdem die Nachrichten, die sie mit dem Mordfall in Verbindung brachten, mittags zum ersten Mal ausgestrahlt worden waren, hatte sie den ganzen Tag über versucht, Embla zu erreichen. »Nanna, ich kann jetzt nicht reden«, wehrte Embla sofort ab.

»Embla? Was ist los? Wo steckst du denn gerade?«, wunderte sich Nanna wegen des Flugzeuglärms.

»In einem Flieger. Nach Skálholt.«

»Was willst du denn da? Was hast du ausgefressen?« Nanna klang unüberhörbar vorwurfsvoll.

»Nanna, ernsthaft, ich muss auflegen. Ich hab jetzt keine Zeit«, wiederholte Embla. Sie vertrug diesen Ton ihrer Schwester überhaupt nicht. Schon seit Kindertagen meinte Nanna, immer alles besser zu wissen. Sie glaubte, mehr Ahnung vom Leben zu haben, ja sogar dass sie irgendeinen blöden Leitfaden dafür parat hätte. Das sägte ganz fürchterlich an Emblas Nerven.

»Du legst überhaupt nicht auf, bevor du mir alles erklärt hast, Embla«, bestimmte Nanna, die offenbar eine längere Moralpredigt in petto hatte.

»Ach weißt du, Schwesterherz, ich hab gerade überhaupt keine Lust, mir deine Sabbelei anzuhören. Kannst du nicht einfach mal den Mund halten? Und sprich gefälligst nicht mit mir, als wäre ich ein kleines Kind. Das ist eine Unverschämtheit und steht dir auch nicht zu.« Wahrscheinlich war ihre innere Verwirrung daran schuld, dass sie den ganzen Stress des Tages mit einem Schlag auf ihrer Schwester ablud. Aber es fühlte sich prima an. Embla hatte es ihr allzu lange durchgehen lassen, auf ihr herumzutrampeln. Genau jetzt war der richtige Zeitpunkt gekommen, Stopp zu sagen.

Nanna schwieg. »Alles klar«, sagte sie dann, offenbar gekränkt. »Entschuldige.«

»Ich ruf dich später an«, fügte Embla noch an und legte auf.

Der nördliche Arm der Þjórsá glitt unter ihnen vorüber, und vor ihnen lag Flúðir mit den Bergketten, die die Wüsten des Hochlandes nach Süden begrenzten. Im Westen schlängelte sich die Hvítá durch das Land, und da war auch ihr Ziel – Skálholt.

»Weißt du, wo sie sind?«, fragte Lovísa und beugte sich vor, als sie das dunkle Dach der Kirche von Skálholt erkennen konnten.

»Ja, ich glaube schon.« Embla holte Baldurs Manuskript aus ihrer Jackentasche und blätterte zu der Stelle, wo sie zuvor aufgehört hatte: bei Baldurs Beweisen für die Lokalisierung des Óðinns-Tempels in Skálholt. Es waren dieselben Skizzen, die Sæmundur zuvor im Arbeitszimmer des Archäologen in der Schule von Skálholt studiert hatte. »Baldur, du Genie«, murmelte Embla. Dieses Buch war eine wahre Fundgrube, und schon beim ersten schnellen Darüberschauen schien Baldurs Argumentation hieb- und stichfest.

»Was? Hast du es gefunden?«, fragte Lovísa.

»Hier. Wenn Sæmundur an Baldurs Informationen gekommen ist, dann sind sie hier. Da bin ich mir sicher.« Embla deutete auf die handgezeichnete Karte in dem Buch. »Östlich der Kirche von Skálholt. Dort muss der Tempel gestanden haben.«

Lovísa beugte sich ans Fenster. Je näher sie Flúðir kamen, desto unruhiger wurde Lovísa. Sie deutete auf die Kirche: »Skálholt ist da.«

»Ja, ich weiß, aber wir müssen in Flúðir landen«, kam es von Páll. Er hielt mit beiden Händen das Steuer fest.

»Kannst du nicht an der Kirche vorbeifliegen? Sie ist doch gleich dort!«, widersprach Lovísa und deutete nach links.

»Lovísa, ich weiß, aber ich kann da nicht landen.«

Sie ließ nicht locker: »Gibt es keinen näheren Flugplatz?«

»Es gibt ein weiteres Rollfeld bei Vatnsnes, am Fuß des Hestfjall. Aber das ist genau so weit von Skálholt weg. Dort ist weniger Verkehr. Da würde es länger dauern, bis euch jemand aufgabelt und nach Skálholt mitnimmt. Flúðir ist eindeutig die beste Alternative.«

Je näher das Flugzeug Skálholt kam, desto aufgeregter wurde Lovísa. Sie blickte angestrengt auf die Kirche, die so nahe schien. Fast zum Greifen nah. Sie starrte die Straße an, die zu der Kirche hinaufführte. Lovísa folgte ihr mit dem Blick, den Hügel hinunter und zur benachbarten Ortschaft Laugarás. Und da erkannte sie eine viel bessere Möglichkeit. Auf einem längeren Abschnitt verlief die Straße schnurgerade. Sie deutete auf den Ortsrand von Laugarás: »Und was ist damit? Auf der Straße, die von Laugarás rausgeht. Da ist sie gerade und geteert.

Kannst du nicht da landen?« Ihre Stimme klang zum Zerreißen angespannt.

Páll warf einen prüfenden Blick auf die Straße, aber die Sache behagte ihm gar nicht. »Lovísa, du machst Scherze, oder?«

»Komm jetzt, bist du noch nie auf einer Straße runtergegangen?« Lovísa wusste nur zu gut, dass die isländischen Privatpiloten in wenig besiedeltem Gebiet gerne Landstraßen als Rollbahnen benutzten.

»Doch schon, aber nicht unter diesen Bedingungen. Das ist eine vielbefahrene Straße, und es ist bald sechs Uhr. Das ist lebensgefährlich.«

»Du musst aber!«, befahl Lovísa.

»Ich werde die Maschine in Flúðir runterbringen«, widersprach Páll.

»Nein, das ist viel zu weit ab vom Schuss. Du gehst hier runter!« Lovísa beugte sich vor und riss am Steuer. Das Flugzeug machte einen Satz.

»Lovísa!«, schrie Embla auf. Der Magen saß ihr in der Kehle.

»Lass das!« Páll schubste sie weg, und das Flugzeug bockte erneut. Kleine Gegenstände flogen umher.

»Entweder landest du hier, oder ich tu es«, beharrte Lovísa. Das waren die einzigen Alternativen, die sie Páll zur Auswahl bot.

»Lovísa, dort oben fährt ein Auto.« Páll deutete auf einen knallgelben Wagen in der Nähe der Kirche. Er betrachtete noch einmal eingehend die Straße, die sich den Hügel hinunterwand und schätzte den geraden Abschnitt bis nach Laugarás ab. »Außerdem bezweifle ich, dass es als Ausrollweg reicht. Es ist einfach unmöglich.«

»Páll, du musst!« Lovísa zögerte. Sie wusste nicht, wie weit sie ihren Bekannten in die Sache einweihen sollte. Dann aber entschied sie, dass in der augenblicklichen Situation kaum etwas anderes in Frage kam, als mit allem offen herauszurücken. Das Flugzeug musste so nahe wie möglich bei Skálholt landen. Sie sagte so ruhig es ihr möglich war: »Es geht um das Leben meiner Tochter.«

Páll schaute sie auf einmal erschrocken an: »Was sagst du?«

»Ingunn ist in Skálholt – und in Lebensgefahr«, erklärte Lovísa. »Wegen Sæmundur. Ich flehe dich an, geh da runter.«

Páll brauchte nicht mehr zu hören. Die Veränderung, die Sæmundur durchgemacht hatte, war keinem unbemerkt geblieben. Die letzte Zeit hatte er nur mehr über Migranten geredet und was für eine Pest sie seien. Er war mehrfach negativ aufgefallen, in Hella ebenso wie in Hvolsvöllur, wo viele Zuwanderer lebten. Er hatte sie bedroht und war sogar handgreiflich geworden. Dass er aber so weit ging und seiner eigenen Tochter ein Leid zufügen wollte, das überraschte Páll trotzdem. Sæmundur war offenbar zu allem fähig.

Er sagte: »Verstehe«, und atmete tief durch.

»Du wirst also hier landen?«, fragte Lovísa.

»Ich versuch's«, antwortete Páll. »Ich versuch's.« Er nahm die Sonnenbrille ab und rückte seine Schirmmütze zurecht. Die Straße nach Laugarás verlief zwar relativ gerade, aber allein damit war es nicht getan. Er hatte nicht die leiseste Ahnung von den Bedingungen da unten. Ob es über dem Boden einen plötzlichen Windsprung gab, Schlaglöcher im Belag, Verkehrsschilder als Hindernisse oder sogar Straßenschwellen. Auf einer Straße außerhalb der Ortschaften zu landen erforderte Vorbereitungen. Das war etwas, was Lovísa nicht verstand. Aber Páll wollte es zumindest versuchen – wobei er sie alle drei in Lebensgefahr brachte.

Er richtete die Flugzeugnase auf Laugarás aus. Es war brandgefährlich, das wusste er. Aber brandgefährliche Umstände riefen wohl nach entsprechenden Lösungen. Nicht genug, dass sich das gelbe Auto da unten auf der Straße gemächlich den Abhang hinunterbewegte und Richtung Laugarás fuhr. Páll musste seinen Landeanflug direkt über dem Ort beginnen und damit auch noch das Leben vieler anderer in Gefahr bringen.

Die Hängebrücke über die Hvítá schoss links unter ihnen vorbei. Unvermittelt spürte Páll die Fluggeschwindigkeit fast körperlich, da sie jetzt über kleine Häuser hinwegsausten. Das blaue Wasser des Flusses schäumte unter ihnen, und die Dämpfe der heißen Quelle Laugaráshver stiegen in den Himmel. Niedrige Gebäude, langgezogene Gewächshäuser und unzählige Nadelbäume kamen immer näher. Wenn Páll das hinkriegen wollte, musste die Landung millimetergenau passen. Seine Augen fixierten den Landepunkt jenseits der letzten Häuser und Bäume. Dort begann ein geradliniger Abschnitt, der gerade lang genug erschien, um die Maschine zum Stehen zu bringen. So hoffte er zumindest.

»Sei vorsichtig«, ließ sich Embla vernehmen, während die Ortschaft immer näher kam. Dächer, Baumwipfel und Straßenlampen flogen in rasender Geschwindigkeit vorüber und das ohrenbetäubende Dröhnen des Propellers fuhr durch die Kabine. Machte alles unerträglich. Embla schloss die Augen und erwog zum ersten Mal in ihrem Leben ernsthaft zu beten.

»Ja«, gab Páll hochkonzentriert zurück. Seine ganze Aufmerksamkeit galt jetzt der Landung. Das Auto voraus war noch weit genug weg, es würde daher keine Probleme machen. Die Unterseite des Flugzeugs streifte einige Wipfel von Nadelbäumen, und die letzten Häuser von Laugarás verschwanden hinter ihnen. »Haltet euch fest«, war das Letzte, was Páll sagte, bevor er mit den Hinterrädern des Flugzeugs auf der Straße Nr. 31 aufsetzte und kurz darauf das Vorderrad gekonnt nachfolgen ließ.

»Du hast es geschafft!«, schrie Embla vor Erleichterung, noch am Leben zu sein.

»Ist noch nicht überstanden«, rief Páll und umklammerte das Steuer. Das Flugzeug raste noch mit 200 Sachen über die Straße, und der gerade Abschnitt würde nicht nur bald enden, sondern auch ein Zusammenstoß mit dem Auto vor ihnen war unausweichlich, wenn es Páll nicht sofort gelang, die Geschwindigkeit erheblich zu drosseln. Er bremste vorsichtig, damit die Räder nicht blockierten, hielt das Heck niedrig und verhinderte dadurch ein seitliches Ausbrechen der Maschine. Mit jedem Meter wurde das Flugzeug langsamer. Gleichzeitig kam das Auto vor ihnen näher.

»Das schaffen wir nie«, kam es nun von Embla. Das flache Land raste an ihnen vorüber, ein Straßenleitpfosten nach dem anderen wie schwarzgelbe Blitze.

»Doch, das schaffen wir«, hielt Páll entschlossen dagegen. Der Abstand zwischen Flugzeug und Auto wurde immer geringer. Páll ließ sich nicht irremachen. Er trat mit Bedacht auf die Bremse und hielt das Steuer mit beiden Händen fest. Jetzt die Hoffnung sinken zu lassen führte zu überhaupt nichts. Durchhaltevermögen war angesagt. Immer langsamer wurden das Flugzeug und der entgegenkommende Wagen. »Das schaffen wir«, wiederholte Páll, und endlich blieb das Flugzeug stehen, nur wenige Meter vor dem knallgelben Pkw, der jetzt auch zum Halten kam. Darin saßen zwei Jungen mit vor Staunen offenem Mund, auf dem Rücksitz ein Mädchen im selben Alter. »Geschafft«, murmelte Páll und lächelte die Jugendlichen an.

»Ich hab's gewusst, dass du das hinkriegst.« Lovísa fühlte sich zum ersten Mal seit langer Zeit wieder froh, aber es war nur von kurzer Dauer. Ingunn brauchte sie, unverzüglich. »Beeilen wir uns«, wandte sie sich an Embla, die gerade erst wieder zu Atem gekommen war. »Unsere Mitfahrgelegenheit.« Sie deutete mit dem Kopf auf die Jugendlichen und den tiefergelegten Sportwagen. Auf der Motorhaube war ein schwarzer Vogel von der Art aufgesprayt, wie sie den Gipfel ihrer Beliebtheit bereits vor ungefähr zwanzig Jahren überschritten hatte.

Embla schnallte sich los und kletterte aus der Cessna. Lovísa folgte ihr. »Besten Dank«, sagte sie zu Páll.

»Soll ich dich nicht begleiten?«, kam es von dem Piloten.

»Nein, die Polizei ist schon unterwegs oder vielleicht sogar schon da«, erwiderte Lovísa. »Du musst sehen, dass das Flugzeug von der Straße kommt, bevor noch jemand dagegenknallt.«

»Viel Glück euch«, wünschte Páll.

»Danke.« Lovísa schloss die Tür. Sie sah, dass Embla bereits mit dem Fahrer des Sportwagens Verhandlungen aufgenommen hatte und ging zu ihnen.

»Das war voll obergeil, Alter!«, kiekste der picklige Jugendliche am Steuer, der völlig aus dem Häuschen war und dazu mitten im Stimmbruch. »Hab gerade zu deiner Freundin gesagt, das war echt voll obergeil!«, erzählte er Lovísa, die hinzukam.

Der andere Junge beugte sich näher ans Fenster. »Wir fahren da so lang«, berichtete er ebenso aufgeregt und deutete mit dem Daumen hinter sich, »und dann kommt da ein ganzes Flugzeug voll fett auf uns zu. Obercool, Alter. Echt obercool.«

»Cool?«, wiederholte der Junge am Steuer. »Ey Alter, das war voll fett. Kriegt ihr das noch mal hin? Genau so?«

»Nein, auf keinen Fall«, antwortete Lovísa, »aber ihr müsst uns einen Gefallen tun.«

»Klar doch, jeden!«, krähte der junge Fahrer.

»Fahrt uns nach Skálholt rüber, so fix wie es geht.«

»Hauptsache schnell, was? Is das euer Hobby? Habt ihr mal Fallschirmspringen oder so was ausprobiert?«, fragte der Beifahrer.

»Oder Bungee?«, fragte der Picklige.

»Nein. Aber kommt, es eilt«, drängte Lovísa.

»Okay, kein Ding, quetscht euch mal hinten bei Sigga rein«, sagte der Sportwagenlenker. »Ich fahr so schnell wie es geht. Aber das wird euch Adrenalinjunkies nur wie Schneckentempo vorkommen.« Er lachte dreckig und ließ sie einsteigen.

71. KAPITEL

Ingunn kroch weiter vor ihrem Vater davon. In ihren Augen lag blankes Entsetzen, Wimperntusche lief ihr in Streifen über die Wangen. »Nicht, Papa«, ächzte sie zwischen den Schluchzern.

»Wo willst du denn hin, Ingunn?« Sæmundur hielt immer noch sein Messer in der Hand und ging ihr nach. Er konnte ihre Angst gut verstehen. Aber er wollte auch, dass sie verstand, was auf dem Spiel stand. Wenn sie das erst begriffen hatte, würde sie alles mit denselben Augen betrachten wie er. Da war sich Sæmundur ganz sicher.

Ingunn erreichte einen Grabstein. Kalt berührte er sie am Rücken.

»Ich würde dir niemals wehtun wollen«, sagte Sæmundur. »Aber wir brauchen Óðinns Hilfe, oder nicht?« Er lächelte. »Und denk dran, *der Nachruhm stirbt nie dem, der sich zu Lebzeiten einen guten gewann*, sagt der Hohe selbst. Wir brauchen uns also keine Sorgen zu machen.«

»Bitte nicht.« Ingunn drückte sich an den Grabstein. Im selben Augenblick kam Hekla mit dem Ball im Maul auf sie zugerannt und legte ihn hechelnd vor ihr nieder.

»Hekla!«, rief Sæmundur erfreut. »Da ist ja unsere kleine Heldin. Ganz genau zur rechten Zeit, bevor die Sonne untergeht.« Sæmundur deutete mit der Messerspitze auf den Hund und auf Ingunn.

»Rühr sie nicht an!«, gellte unvermittelt ein Schrei ganz aus der Nähe. Sæmundur und Ingunn blickten sich um und sahen Lovísa mit einer jüngeren Frau auf sie zurennen. »Rühr sie nicht an!«, schrie Lovísa noch einmal.

»Mama!«, rief Ingunn aus voller Kehle. Sie stand auf und lief auf ihre Mutter zu, stürzte laut weinend in ihre Arme und vergrub das Gesicht in ihrem Pullover.

»Sag mal, bist du jetzt komplett verrückt geworden?!«, fuhr Lovísa ihren Mann an.

»Was ... was soll das?«, Sæmundur stand da, wie vom Donner gerührt. »Wie habt ihr uns gefunden?«

»Du hast vollkommen den Verstand verloren, Sæmundur!«, schrie Lovísa und stieß sich einige Male heftig mit dem Zeigefinger gegen den Kopf. »Jetzt ist es aus und vorbei mit dem Sonnenorden!«

»Jetzt reg dich mal ab, Frau!«, brüllte Sæmundur zurück, der schnell die Fassung wiederfand. »Lass mich das erklären.«

»Das erklären?«

»Ich hab dir doch gesagt, dass der Tag heute wichtig ist«, begann Sæmundur. »Heute ist eine einmalige Gelegenheit, uns von der Pest zu befreien, die diese Ausländer für uns bedeuten.«

»Willst du nicht vielleicht erstmal das Messer weglegen?«, ging Embla jetzt dazwischen, die neben Lovísa und Ingunn stand. Sie sah Sæmundur zum ersten Mal und wie allen fiel ihr als Erstes seine beeindruckende Körpergröße auf.

»Nein. Nicht bevor das Werk vollbracht ist«, antwortete er. Sein Blick flackerte. Seine Pupillen wirkten wie zwei ferne schwarze Löcher. »Hier und jetzt soll die Vereinigung der Nordeuropäer ihren Anfang nehmen.« Er wandte die Handflächen der Erde entgegen. »Auf dem heiligsten Flecken Erde des heiligsten Gebietes der Welt. Im Tempel des Sonnenkreuzes!«

»Vereinigung der Nordeuropäer? Was soll das sein?«, fragte Embla. Sie hatte beschlossen, Sæmundur in ein Gespräch zu verwickeln und auf diese Weise Zeit zu gewinnen. Grímur musste jeden Augenblick eintreffen. Er konnte hier vielleicht noch mehr Gegenwehr leisten, besonders da der Landwirt sich in einem bedenklichen Zustand befand. Es blieb ihnen im Augenblick nichts anderes übrig, als zu reden und Sæmundur von allem, was er vorhaben mochte, möglichst lange abzuhalten. »Wir Nordeuropäer haben uns niemals wegen irgendetwas vereinigt, sondern haben uns seit jeher ständig gegenseitig bekämpft.«

»Wir haben es aber bislang auch niemals mit einem solchen Feind zu tun gehabt, verstehst du das nicht? Versteht das denn keiner?!«, fauchte Sæmundur wütend und schaute gen Himmel. Es machte ihn zornig, wenn er immer und immer wieder dasselbe predigen musste. »Unsere Traditionen wurden tausend Jahre lang von niemandem bedrängt, aber jetzt kommt irgendwelches Volk daher und verunreinigt unser Blut und unsere Kultur. Wollt ihr das wirklich? Bedeutet euch unsere Sprache nichts? Oder unsere Kultur? Wollt ihr diese Kostbarkeiten denn nicht erhalten?«

Embla hielt entschlossen dagegen: »Du vergisst dabei aber, dass deine sogenannte ›isländische Kultur‹ in einem Schmelztiegel entstanden ist. Aus Versatzstücken der verschiedensten Kulturen oder Völker. Sie geht nicht nur auf ein einziges Volk zurück, und genau das ist der Grund dafür, dass sie so fruchtbar ist, wie sie ist.«

Sæmundur wurde immer ungehaltener. »Du missdeutest die Menschheitsgeschichte katastrophal, junge

Dame«, entgegnete er. »Es waren Weiße aus dem Norden. Nicht irgendwelche Moslems oder dieses Asiatenpack.«

»Du verfluchter Rassist!«, schrie jetzt wieder Lovísa ihren Mann an. Sie hielt Ingunn in den Armen.

»Ja genau, das muss man sich dann anhören, wenn man die Wahrheit sagt«, entgegnete Sæmundur. »Die Leute haben eine Scheißangst vor der Wahrheit. Ich bin weder Rassist noch Nazi, Lovísa, sondern Realist, und außerdem liebe ich mein Land. Ist das vielleicht neuerdings ein Verbrechen?«

»Ja, spätestens dann, wenn du deine Tochter mit einem Messer bedrohst!«, konterte Lovísa. Ein gedämpfter Schluchzer war von Ingunn zu hören.

»Meine Tochter bedroht? Sie war nie in Gefahr.«

»Das sah für mich aber ganz anders aus.«

»Weil du eben alles ständig missverstehst, Lovísa. Von Anfang an.« Zu Emblas großer Erleichterung steckte Sæmundur endlich das Messer in die Hülle zurück. »Du nennst mich ›Rassist‹. Aber die Wahrheit ist doch, dass ich mich getraue, das auszusprechen, was alle denken. Ich bin die wahre Stimme des kleinen Mannes.« Er sah Embla an. »Was haben wir denn mit diesem Gesindel gemein?«

»Missverstehst du nicht den eigentlichen Kern der Überzeugung jener Leute, zu denen du so aufblickst? Die der isländischen Landnehmer nämlich?«

Sæmundur blitzte Embla empört an: »Unverschämtheit!«

Unwillkürlich trat sie einen Schritt zurück. »Die Landnehmer waren Polytheisten und brachten anderen

Religionen und Einwanderern der damaligen Zeit Respekt entgegen. Damals war Island nicht von Grenzen umgeben. Es stand allen offen. Du arbeitest aber darauf hin, es dichtzumachen«, erwiderte Embla. Sie wollte Sæmundur aber keinesfalls noch mehr reizen. »Die ersten Landnehmer bekämpften genau diese Engstirnigkeit und ließen kulturelles Leben in all seiner Vielfalt aufblühen.«

Sæmundur lachte laut auf. »Was bist du denn für eine?«, fragte er. »Aus was für einem Loch kommst du denn gekrochen? Scher dich doch zum Teufel.«

Embla antwortete nicht. Sie war nur froh, dass sie Sæmundur bis jetzt hatte aufhalten können. Hoffentlich ließ sich Grímur bald blicken. Aber Lovísa schnitt ihrem Mann das Wort ab: »Das ist Embla, und ihr ist es zu verdanken, dass Baldur am Leben ist.«

Sæmundurs Verblüffung war nicht zu übersehen. »Baldur ist am Leben? Na Gott sei Dank.«

»Wie war das?«, fragte Lovísa.

»Man hat mir gesagt, dass Baldur verschwunden ist, möglicherweise sogar tot. Jetzt höre ich, dass er unversehrt ist«, antwortete Sæmundur.

»Bist du denn wirklich so krank, du Scheusal?«, fragte Lovísa. »Weißt du denn nicht mal mehr, was du getan hast?«

»Ich?« Sæmundur stand starr vor Staunen.

»Du warst es, der versucht hat, Baldur umzubringen«, erklärte Lovísa.

»So ein kompletter Unsinn«, erwiderte Sæmundur und zog finster die Brauen zusammen. »Wie kommst du denn auf einen solchen Quatsch, Frau?«

»Ich hoffe ja, dass du tatsächlich so krank bist und dich nicht mehr daran erinnerst. Vielleicht wird das deine Gefängnisstrafe abmildern«, meinte Lovísa. »Vielleicht hat der Richter ja Mitleid mit dir wegen deiner Krankheit.«

»Hör auf, mich krank zu nennen!«, schrie Sæmundur. »Ich bin das ja wohl nicht, der tagein, tagaus Pillen frisst.«

»Nein. Solltest du aber. Dann hättest du wenigstens nicht versucht, Baldur umzubringen«, rief Lovísa.

Embla stand dabei und verfolgte den Streit. Als Sæmundur alle Schuld von sich wies, stutzte sie. Das hatte sie nicht erwartet. »Die Polizei ist auf dem Weg hierher«, erklärte sie ihm.

»Warum das denn, zum Donner?«, fragte Sæmundur.

»Um dich abzuholen.«

»Mich?« Sæmundur verstand nicht.

»Du hast wohl einen völligen Aussetzer!« Lovísa rang die Hände. »Erinnerst du dich an gar nichts? Willst du vielleicht noch behaupten, dass du deine Tochter nicht bedroht hast?«

Sæmundur schien völlig entgeistert: »Sag mal, Lovísa, was ist denn in dich gefahren? Ich würde Ingunn doch niemals auch nur ein Härchen krümmen. Das weißt du doch. Ich liebe sie mehr als mein eigenes Leben.«

»Aber nicht mehr als Óðinn, deinen Freund, oder wie?« entgegnete Lovísa. »Hat nicht er dir befohlen, sie zu opfern? Für deinen verfluchten Sonnenkreuzorden?«

»Pass auf, oder ich vergesse mich!«, drohte er. »Ingunn ist das einzige, was mir in dieser Welt etwas bedeutet.« Er blickte auf seine Tochter, die ihm den Rücken zuwandte, immer noch das Gesicht an der Brust ihrer Mutter verborgen.

»Ingunn, du weißt es, oder nicht? Ich liebe dich über alles und würde dir nie wehtun.«

Aber seine Tochter gab ihm keine Antwort. Das, was sie eben erlebt hatte, hatte sie zu sehr verängstigt.

»Ingunn?«, sagte Sæmundur. »Sag's ihnen!«

Endlich fand das Mädchen den Mut, sich ihrem Vater zuzuwenden. Sie hielt sich dabei weiterhin krampfhaft an ihrer Mutter fest.

»Liebes, sag's ihnen«, bat Sæmundur und schaute seiner Tochter in die verweinten Augen. Ihr Blick war weich. Er war überzeugt, dass sie ihm zustimmen würde. Er wusste sicher, dass sie das alles so sah wie er. Dass sie nicht in Gefahr gewesen war. Sondern dass sie ihn hier nach Skálholt begleitet hatte, um die Aufgabe dieses Tages zu vollenden.

»Pa«, kam es leise von Ingunn. Ihre Stimme zitterte. »Du bist … gefährlich und du … du brauchst Hilfe«, stammelte sie. Da sah sie, wie der Blick ihres Vaters zu Eis erstarrte.

72. KAPITEL

Vereinzelte Wölkchen standen malerisch am dämmerblauen Himmel über Skálholt. Sie schimmerten rötlichgelb, und an der Unterseite waren sie von der untergehenden Sonne rosa eingefärbt. Das rotgoldene Abendlicht flutete die Treppe zur Kirche und rötete ihre

Westseite und den Turm. Diese Farbenpracht begrüßte Grímurs Polizeijeep. Er parkte neben dem roten Landrover und sprang aus dem Wagen. Der Hausmeister der Schule kam ihm sogleich entgegen.

»Ganz schön fix«, begrüßte er Grímur in seinem gutmütigen Tonfall. Kaum zehn Minuten waren vergangen, seit er die Polizei verständigt hatte.

»Hast du mich erwartet?«, verwunderte sich Grímur.

»Ja, ich habe die Polizei gerufen. Wegen des Mannes, der sich hier auf dem Gelände aufhält.«

Grímur verschwendete keine Zeit darauf, das Missverständnis aufzuklären. Er fragte stattdessen: »Großgewachsen, blondes Haar und Bart? Hat seine Tochter dabei?«

»Ganz genau«, bestätigte der Hausmeister. »Woher weißt du das? Hat er heute schon mal wo Probleme gemacht?«

»Kann man so sagen.« Grímur behielt es für sich, dass Sæmundur an diesem Tag schon weit mehr als nur »Probleme« verursacht hatte. »Wo ist er?«

»Komm mit. Da sind jetzt ein paar Frauen bei ihm.« Der Hausmeister ging Grímur voraus und an der Nordseite der Kirche entlang. »Auf dem alten Friedhof ist er«, sagte er, bevor sie um die Ecke bogen und die vier sehen konnten: Embla, Lovísa und Ingunn standen in einer Gruppe beisammen. Sæmundur stand etwas abseits.

Als Sæmundur den Hausmeister und Grímur erkannte, packte er die Kiste und floh auf die Südseite der Kirche.

»Halt ihn auf!«, rief Embla Grímur zu. »Er hat ein

Messer und hat Ingunn bedroht. Wir konnten ihn gerade noch aufhalten.«

Grímur folgte Sæmundur auf dem Fuße. »Stehenbleiben!«, brüllte er, doch der Mann war schon um die Ecke. Grímur lief an Sitzbänken an der Kirchenmauer vorbei. Sæmundur war wie vom Erdboden verschluckt. Er konnte nur in die Kirche geflohen sein. Grímur sah zum Eingang, der ein paar Schritte entfernt war. Mit grimmiger Genugtuung fand er die Tür weit offen.

»Wo willst du denn hin?«, murmelte er und betrat vorsichtig den Kirchenraum. Sæmundur saß in der Falle. Gedämpftes Sonnenlicht fiel durch die farbigen Fenster auf die leeren Stühle und Stützpfeiler. An der östlichen Wand war das Altarbild, ein buntes Mosaik, das Jesus mit ausgebreiteten Armen und einem Strahlenkranz um das Haupt zeigte. Darunter standen der Altar und der Predigtstuhl mit der aufgeschlagenen Bibel.

Schritte hallten durch den Raum. Für einen Augenblick glaubte Grímur, dass sie von der Treppe kämen, die in die Bibliothek im Turm hinaufführte. Er hörte genauer hin. Das Geräusch drang aus der Krypta herauf. Er kehrte in den Vorraum bei der Eingangstür zurück und stieg vorsichtig die enge Wendeltreppe in die Gruft hinab. Die Holzstufen waren ausgetreten und knarrten. Grímur machte sich auf alles gefasst. Sæmundur war in die Enge getrieben und versuchte unter allen Umständen zu entkommen. Er war ein gefährliches Raubtier in einem Käfig, das sich mit Zähnen und Klauen verteidigen würde.

73. KAPITEL

Der Hausmeister, die drei Frauen und Hekla standen schweigend am Kirchenportal. Sie warteten. Kein Zweifel, was als Nächstes passieren würde. Sæmundur saß in der Falle, und Grímur würde ihn mit weiteren Polizisten, die bereits unterwegs waren, festnehmen. Lovísas Mann und Ingunns Vater würde wegen Mordes und Mordversuchs die nächsten Jahrzehnte einsitzen. Nichts schien das noch verhindern zu können.

Da tauchte urplötzlich Sæmundur auf. Rechts vom Kircheneingang war am Fuß des Hügels, auf dem die Kirche stand, eine umfangreiche archäologische Ausgrabung angelegt worden. Dort erschien zuerst Sæmundurs Kopf, dann sein ganzer Oberkörper. Er richtete sich auf und kletterte aus der lehmigen Grube. Das Kästchen hielt er noch immer unter dem Arm.

»Wie …?«, begann Lovísa erschrocken. Plötzlich kam sie sich schutzlos vor und legte die Arme um Ingunn.

»Schert euch ins Auto, wird's bald!«, schrie Sæmundur die Frauen an. Die Rennerei hatte ihn atemlos gemacht. Er riss sein Messer heraus und hielt es ihnen drohend entgegen. »Los, macht schon!«

Embla, Lovísa und Ingunn wagten nicht, sich zu widersetzen und rannten mit ihm zum Parkplatz. Sæmundur lief ihnen nach. Der Hausmeister stand oben auf dem Vorplatz vor der Kirche und verfolgte die Szene.

Sæmundur befahl ihnen einzusteigen. Sie gehorchten sofort und drängten sich auf dem Rücksitz zusammen. Sæmundur blieb neben dem Polizeijeep stehen und stieß das scharfe Messer mit aller Kraft in einen Vorderreifen, aus dem die Luft mit scharfem Fauchen entwich. Dasselbe tat er sogleich mit dem anderen Vorderreifen. Dann sprang er in seinen Wagen und fingerte hektisch nach dem Autoschlüssel.

74. KAPITEL

Am Ende der Wendeltreppe betrat Grímur vorsichtig den Vorraum zur Krypta. Rechts hing eine große Informationstafel zur Geschichte der Kirche. Gegenüber trug jemand auf einem Bildschirm Erläuterungen zu den archäologischen Ausgrabungen vor. Links lag neben einem Bücherregal der Eingang zur Gruft. Grabsteine waren dort unten und ein steinerner Sarkophag in einem Glaskasten.

»Es ist aus, Sæmundur«, rief Grímur in die Gruft. »Wenn du dich stellst, wird dir das positiv angerechnet.« Er trat langsam an die Steinmauer neben dem Eingang und atmete tief ein. Seit dem Morgen hatte sich Sæmundur auf gefährliche Abwege begeben und sich dabei in seiner Raserei nur immer weiter verstiegen. Jetzt, hier in der Gruft der Kirche von Skálholt konnte er nicht mehr entkommen. Vorsichtig spähte Grímur durch den Eingang. Er traute seinen Augen nicht. Der Raum war leer. Dann bemerkte er eine Tür in einer Ecke. Sie stand halb offen.

»Verflucht und zugesch…, was ist das denn jetzt wieder?«, schimpfte er leise vor sich hin, lief an Glaskasten und Sarkophag vorbei zu der Tür. Vor ihm lag ein niedriger unterirdischer Gang, zu beiden Seiten von Grassoden eingefasst. Er führte vom Kellerraum in eine gedämpfte Tageshelligkeit hinauf. Da ging Grímur buchstäblich ein Licht auf: Dieser von Torf und Steinplatten überdachte Gang hatte zu früheren Zeiten die damaligen Kirchengebäude mit den Wohnhäusern des Bischofs und des Gesindes verbunden.

»Teufelsbraten«, fluchte Grímur laut. Er bückte sich und eilte durch den Gang. Am anderen Ende sah er die Ausgrabungsstätte. Die lehmige Wiese war abgegrenzt und mit Steinen und Pflöcken in Raster unterteilt. Im selben Augenblick hörte Grímur das Geräusch durchdrehender Reifen. Ein Wagen jagte davon. Als er zum Parkplatz sah, konnte er nur noch Sæmundurs Rücklichtern nachblicken.

»Nein!«, brüllte Grímur und rannte zum Parkplatz.

Auf den Kirchenstufen stand der Hausmeister. Er war völlig eingeschüchtert. »Er … er hat mich mit dem Messer bedroht!«, hauchte er und deutete auf den Landrover.

»Warum hast du mir nichts von dem Gang da unten gesagt?«, blaffte ihn Grímur im Vorbeilaufen an. Wut über den Hausmeister und über sich selbst kochte in ihm hoch. Wie hatte er nur nicht an so etwas denken können. Grímur erreichte seinen Jeep und fischte hastig die Autoschlüssel aus der Jackentasche. Da bemerkte er es. Der hochbeinige Polizeijeep stand schräg. Er schaute nach den Vorderreifen und sah Sæmundurs letzte Tat hier in Skálholt.

»Dreimal verfluchter Satansbraten!«, knirschte Grímur und versetzte dem platten Reifen einen Tritt.

75. KAPITEL

»Was ist denn los, verdammt nochmal?«, schrie Sæmundur und drosch auf das Lenkrad ein. Der Landrover raste den Abhang hinunter Richtung Laugarás. Er wusste nicht, wohin er fahren und was er überhaupt tun sollte.

Embla, Lovísa und Ingunn kauerten schweigend auf der Rückbank. Hekla lag zu Ingunns Füßen. Sie standen Todesängste aus. Sæmundur war eigentlich nicht in verkehrstüchtigem Zustand. Bei jedem Wort riss er das Lenkrad herum. Der Landrover jagte wild über die Straße. Lovísa hoffte inständig, dass Páll und sein Flugzeug noch auf der Straße waren. Das würde Sæmundur aufhalten. Doch zu ihrem großen Entsetzen war Pálls Maschine verschwunden, er hatte den Vogel offensichtlich wieder in die Luft bekommen. Sæmundur raste wie irrsinnig auf Laugarás zu.

»Was soll ich denn jetzt tun? Was geht da vor?«, rief Sæmundur immer wieder völlig außer sich. Er verdrehte den Rückspiegel und sah die Frauen auf der Rückbank an. »Blickst du da durch, Lovísa? Verstehst du, was vorhin los war?« Ein flehender Blick trat für einen Moment in seine Augen wie bei einem kleinen Kind, das hoffte, seine Mutter möge die Probleme mit einer Handbewegung verschwinden lassen.

»Sæmundur, halt an«, bat Lovísa. »Du weißt doch, dass du nicht weit kommst.«

»Aber warum sind die Bullen hinter mir her? Ich hab doch nichts getan!«, brüllte er und hieb wieder auf das Lenkrad.

»Sæmundur, versuch dich zu erinnern«, beschwor ihn

Lovísa. »Du hast heute Morgen ein Verbrechen begangen, erinnerst du dich denn nicht? Und wir sind vorhin dazugekommen, als du das Messer eine Haaresbreite von Ingunn entfernt gehalten hast. Weißt du auch das nicht mehr?«, zählte Lovísa ruhig auf. »Bist du in der Lage, dich daran zu erinnern?«

Sæmundur gab keine Antwort, sondern versuchte die Ereignisse des Tages Revue passieren zu lassen. Insofern hatte seine Frau recht. Er war nicht in der Verfassung, sich an irgendetwas zu erinnern. Ihm schwirrte der Kopf. »Ich … kann mich nicht erinnern …«, flüsterte er.

»Es ist gut, Sæmundur. Halt jetzt mal an und wir können das mit der Polizei besprechen«, fuhr Lovísa fort.

»Aber ich verstehe das alles nicht.« Der Landrover flog förmlich durch Laugarás über eine Allee mit hohen Nadelbäumen. Abzweiger nach links und rechts schossen vorüber, bis Sæmundur endlich gefährlich schlingernd nach rechts in einen mit roter Vulkanschlacke markierten Weg abbog, der unmittelbar vor der Brücke über die Hvítá abging.

»Was tust du?«, fragte Lovísa erschrocken.

»Ich brauch Ruhe, damit ich klar denken kann. Ich kann nicht klar denken. Ich muss aber klar denken können.« Er folgte der rostroten Lavapiste. An ihrem Ende lag das Hotel Hvítá. Dort bog er nach links ab, auf den Zeltplatz am Ufer der Hvítá hinunter. Auf der Wiese hielt er und schloss die Augen. Er versuchte, in dem tobenden Orkan in seinem Kopf den Zipfel eines klaren Gedankens zu erhaschen. Dann nahm er die Kiste vom Beifahrersitz und sprang aus dem Wagen. Der Motor lief, die Scheinwerfer strahlten auf den Fluss und beleuchteten das jenseitige Ufer.

»Was tun wir jetzt?«, ließ sich plötzlich Embla hören. Sie blickte Sæmundur nach, der zum Ufer hinunterstapfte. Das klickende Geräusch des Schotters unter seinen Lederschuhen drang bis zu ihnen herauf.

»Ruf den Kommissar an und sag ihm, dass wir hier sind«, antwortete Lovísa. »Ich gehe raus und rede mit Sæmundur.« Sie wandte sich ihrer Tochter zu. »Du bleibst hier, verstanden?«

Ingunn nickte.

»Warte.« Embla hielt Lovísa am Arm fest, bevor sie den Wagen verließ. »Ich komm mit dir. Ich lass dich da nicht allein raus.«

»Schon gut«, stimmte Lovísa zu. »Aber ruf trotzdem Grímur an.«

Die beiden Frauen stiegen aus. Ingunn blieb mit Hekla in den Armen zurück und starrte vor sich hin.

Seltsam ruhig glitten die blauen Wasser der Hvítá vorüber. Hoch über ihnen ragte der Vörðufell auf, moosbedeckt und von bootskielartiger Form. Ein wenig weiter im Landesinneren gab es eine weißgestrichene Brücke über den Fluss. Die Abenddämmerung war gekommen. Zwielicht hüllte alles ringsumher ein, doch die Scheinwerfer des Landrovers warfen ihren grellen Schein auf das felsige Flussufer. Sæmundur hatte die Kiste auf die Erde gestellt, stand daneben und glotzte sie an, so als enthielte sie ein magisches Mittel, das die Sache noch retten konnte. Er griff mit seiner ungeschlachten Hand nach dem knochenfahlen Messergriff und zog es heraus. Jetzt war die Zeit gekommen, die Kiste zu öffnen. Ihre magischen Kräfte und die Macht des Silberreifs, den er darin vermutete, konnten ihn retten. Das war der Schutz gegen die bösen Pfeile, die man jetzt auf ihn abschoss.

Lovísa kam ans Ufer herunter: »Sæmundur, leg das Messer weg.« Embla telefonierte im Hintergrund heimlich mit Grímur. Nachdem sie ihm ihren Standort mitgeteilt hatte, schob sie das Handy wieder in die Jackentasche zurück.

»Warte einen Augenblick«, antwortete Sæmundur konzentriert. Er wandte den Blick nicht von der Kiste. Er hatte die Messerspitze tief in das Schloss geschoben. Er hoffte, sie öffnen zu können, ohne die Scharniere zu beschädigen.

»Sæmundur, die Polizei wird dich aufspüren und festnehmen«, fuhr Lovísa fort. »Nichts kann das jetzt noch verhindern.«

»Warte. Ich muss die Kiste aufmachen. Sie kann das wohl verhindern.«

»Sæmundur, hör auf damit«, rief Lovísa bestürzt.

»Aber ich hab nichts getan«, fuhr er fort, »und Ketills Reif wird das beweisen. Er wird's schon richten, er wird es schon in Ordnung bringen.«

Sæmundur fuhrwerkte am Schloss der Kiste herum. Er wusste ganz genau, dass heilige Gegenstände darin waren, die ihm den Weg aus dieser Falle weisen würden. Runen vielleicht oder heilige Nägel aus Óðinns Stele, die ihm den nächsten Schritt verraten konnten.

»Wenn du so unschuldig bist, wieso hast du dann mit dem Messer herumgefuchtelt, als wir dich in Skálholt fanden?«, stellte ihn Lovísa zur Rede.

»Ich hab es dir gesagt, ich muss das Werk vollenden.

Der heutige Tag ist ein ganz besonderer und wird seinesgleichen viele Jahre lang nicht mehr haben«, gab Sæmundur zurück.

»Sæmundur, hör mir jetzt mal gut zu!«, schrie Lovísa. »Was wolltest du tun? Wie wolltest du das Werk vollenden?«

Es war, als würde sich Sæmundur seiner Schuld mit einem Schlag bewusst, da ihn seine Ehefrau mit dieser Frage so aggressiv konfrontierte. Er zeigte sich zutiefst beschämt. »Etwas, was du mir nie vergeben hättest«, murmelte er.

»Dir niemals vergeben?!« Lovísa brachte die Worte kaum hervor. »Du … du wolltest unsere Tochter ermorden? Wie kannst du es wagen, so daherzureden?!«

»Fängst du wieder mit diesem Unsinn an, Frau. Ich wollte Ingunn kein Haar krümmen.« Sæmundur atmete heftig ein und aus. Er hatte aufgehört, an der Kiste herumzubohren. »Ich will mein Verhalten nicht rechtfertigen … aber es war notwendig.«

Embla mischte sich ein. »Was meinst du damit?« Sie hatte seine mehrdeutigen Antworten so satt.

»Ich bin nicht stolz auf das, was ich tun wollte, aber ich hatte keine andere Wahl. Island ist bedroht, und ich wollte darauf reagieren.« Sæmundur zog die Brauen zusammen. »Mit allen Mitteln, die mir zur Verfügung standen.«

»Mit dem Leben deiner Tochter?«, fragte Embla.

»Nein. Natürlich nicht.« Sæmundur stand auf und ließ den Kopf hängen. Er entschloss sich, ihnen alles zu erzählen. Ihnen einzugestehen, was er vorgehabt hatte.

»Mit Heklas Leben.«

»Mit dem Leben eures Hundes?«, vergewisserte sich Embla.

»Nur das kam in Frage. Für Óðinn und den Orden«, sagte Sæmundur.

»Du bist nicht nur total verrückt, du bist ein Lügner obendrein!«, fuhr ihn Lovísa an.

»Es tut mir leid. Ich weiß, dass du mich für einen Verbrecher hältst. Aber das war das Einzige, was mir übrigblieb. Bis du mich davon abgehalten hast. Hekla hätte ihr Leben für uns gegeben. Ihr Tod wäre ein Geschenk geworden.« Sæmundur lächelte, und es war ein Lächeln des Wahns. »Gibt es etwas Schöneres?«

Embla begriff nicht, weswegen Sæmundur sein Verbrechen abstritt und jetzt den Hund ins Spiel zu bringen versuchte. »Und was ist mit deinem Gerede, das Allerkostbarste zu opfern?«, forschte sie. »Tobias hat uns alles berichtet, was heute passiert ist.«

»Hekla ist Ingunns Ein und Alles«, antwortete Sæmundur. »Durch Heklas Opferung hätte ich mein Allerkostbarstes auf ewig verloren – Ingunn.« Sæmundur schaute zum Landrover, auf seine Tochter, die ihn und ihre Mutter beobachtete. »Ingunn hätte es mir nie verziehen, obwohl ich hoffte, dass sie mich verstehen würde, wenn sie einmal älter würde. Vielleicht sogar dankbar, wenn ich mein Ziel erreicht hätte und Island wieder rein und unbefleckt würde.« Er riss die Augen weit auf. »Und alles hätten wir Hekla zu verdanken. Denkt euch nur.«

»Hör mit dem Quatsch auf, Sæmundur«, entgegnete Lovísa. »Baldur wurde mehr tot als lebendig in unserem Pferdestall aufgefunden, und sowohl ich als auch Tobias haben dich dorthin fahren hören, unmittelbar nachdem du auf Stóra-Hof angekommen warst.«

Ein schwaches Lächeln erschien auf Sæmundurs Gesicht. »Ich hab dort Ingunns Geschenk versteckt«, erklärte er den Frauen.

»Worüber redest du jetzt wieder?!« Lovísa schaute Embla an. »Wovon redet er?«

»Ich hab heute Morgen in Reykjavík einen Welpen für Ingunn gekauft und ihn im Pferdestall versteckt«, erklärte Sæmundur und schaute wieder zu seiner Tochter im Wagen hinüber. Das war die einzige Wiedergutmachung, die ihm eingefallen war. Wenn er schon so einen schrecklichen Weg wählen musste: Hekla, ihren Hund und gleichzeitig Ingunns treueste Kameradin, für die Zukunft des isländischen Volkes zu opfern. »Vielleicht versteht mich Ingunn eines Tages, versteht, was auf dem Spiel steht.«

»Was für einen Welpen?« Embla verstand keine Silbe. »Tobias hat von keinem Welpen geredet, den du Ingunn schenken wolltest.« Sie war sich sicher, dass das der Norweger erwähnt hätte. Irgendetwas stimmte hier nicht.

»Tobias wusste nichts davon, weil ich ihn in einem Käfig im Kofferraum des Landrovers versteckt hatte.« Sæmundur kniete wieder neben der uralten Kiste nieder. »Ich hoffe, dass Ingunn glücklich mit ihm wird, selbst wenn kein Welpe Hekla wirklich wird ersetzen können«, murmelte er und begann wieder an dem Schloss herumzufummeln. Doch es war schwierig. Die Kiste wollte sich nicht öffnen lassen, sosehr er sich auch abmühte.

Lovísa blickte Embla an. »Er ist geistig abwesend«, bemerkte sie. »Sie müssen sein Urteil abmildern. In einem Zustand wie diesem ist er wohl kaum schuldfähig.«

»Nenn mich nicht dauernd krank!«, bellte Sæmundur wütend. »Warum tust du nicht mal was Nützliches anstelle dieser ewigen Anschuldigungen?«

»Ich fürchte, dass dir nichts mehr nützlich sein wird, mein Liebling«, entgegnete Lovísa.

»Doch, ich brauche die magischen Dinge aus der Kiste. Sie können mir helfen, kapierst du das nicht?«, erwiderte Sæmundur.

Lovísa konnte sich ein leises höhnisches Auflachen nicht verkneifen. »Genau das, was ich gemeint habe«, sagte sie mit einem Blick auf Embla.

»Wenn ich diese verfluchte Kiste nicht aufkriege, ohne sie kaputtzumachen, dann gib mir wenigstens dein Ægishjálmur-Medaillon«, forderte Sæmundur. Er stand auf und streckte seine schaufelartige Handfläche vor.

Augenblicklich trat Stille ein, in der Sæmundurs Satz wie polternd zu Boden fiel. Einige Sekunden lang war nichts zu hören als das leise Rauschen des Flusses.

Lovísa erstarrte.

»Ich brauch deinen Ægishjálmur«, wiederholte Sæmundur und ließ das blasse Gesicht seiner Frau nicht aus den Augen. »Ich brauche dringend einen Schutz gegen alle Teufel, die mich bedrängen. Nur das kann uns retten.«

Embla spürte, wie ihr ohne Vorwarnung der Boden unter den Füßen weggezogen wurde. Sie schwankte ein wenig, und es schien ihr, als drehte sich das Gelände einige Male wie in rasender Fahrt um sie. Als stürze sie plötzlich ins Leere. Sie vergaß den Lidschlag. »Du?«, flüsterte sie fassungslos und verwirrt und starrte Lovísa an. »Das warst … das warst du«, flüsterte sie.

76. KAPITEL

Adam blickte von Stóra-Hof aus dem Krankenwagen nach. Der Arzt hatte entschieden, dass Baldur ins Krankenhaus von Selfoss gebracht werden sollte. Hier konnte man ihn am besten versorgen. Man hatte Adam versichert, dass sein Zustand stabil sei, wenn man das Alter und den erlittenen Blutverlust berücksichtigte. Aber der Arzt hätte Adam genauso gut irgendetwas anderes sagen können. Bei Licht betrachtet hatte auch er nicht die Spur einer Ahnung, wie es Baldur tatsächlich ging. Auch er sah nur die verbundene Halswunde, das totenbleiche Gesicht und hoffte, dass er sich wieder erholen würde.

Im Handumdrehen veränderte sich die Atmosphäre auf Stóra-Hof. Plötzlich stand Adam allein da, mit den vier angebundenen Stuten neben sich. Im Nordwesten sah er den Gipfel des Vörðufell. Wahrscheinlich schlug sich Embla in diesem Moment irgendwo dort drüben mit Sæmundur herum. Auch das goldene Abendlicht kam von dort, wo Himmel und Erde ineinanderflossen. Unter dem tiefblauen Firmament wirkte der Sonnenuntergang wie das Feuer eines gigantischen Scheiterhaufens. Oder als stünde eine Stadt in Flammen.

Adam musste an die Flammen aus dem Pferdestall denken. Noch hing der Rauchgeruch in der Luft, und er hatte keine Ahnung, was er mit den Tieren machen sollte. Er würde sie kaum wieder in die Stallung zurückbringen können. Er ging einige Schritte auf die Pferde zu. Das Knirschen des Kieses unter seinen Sohlen brachte ihm die tiefe Stille zu Bewusstsein, die jetzt um das landwirtschaftliche Anwesen lag. Adam war eine solche Stille nicht gewohnt. Er war ein Stadtkind durch und durch, aufgewachsen unter tausenderlei Arten von Geräuschen. Aber hier drückte nur die endlose Stille auf seine Trommelfelle.

Doch nicht ganz: Wenn er genau hinhörte, war ein gedämpftes Geräusch in der Ferne wahrzunehmen. Als spräche jemand jenseits einer Mauer oder mit einem Kissen vor dem Mund. Adam sah sich um, ließ den Blick über das flache Gelände schweifen und schaute schließlich auf das Wohnhaus.

Da erschrak er. Im oberen Stock des Hauses stand eine alte Frau hinter einem gehäkelten Vorhang und sah ihn an. Ihr schütteres graues Haar fiel über ihre Schultern, doch ihr Gesicht blieb Adam verborgen. Sekunden vergingen. Er wusste nicht, was es war, was er da sah: Lebte da noch jemand auf Stóra-Hof? Oder war das gar ein Geist? Endlich wandte sich das Wesen ab und entfernte sich vom Fenster. Die Vorhänge bewegten sich noch einen Moment und hingen schließlich reglos da. Nichts mehr deutete darauf hin, dass dort vor Sekunden noch jemand gestanden hatte.

»Teufel noch mal, was war das?«, flüsterte Adam. Ein Schaudern lief über seinen Rücken. Das war nichts für ihn, Alleinsein und Stille draußen auf dem Land, und dann saß ihm hier auch noch ein Gespenst im Nacken. Am liebsten wäre er so schnell wie möglich in die Stadt zurückgekehrt und hätte sich in ein Café gesetzt, um wieder ins normale Alltagsleben einzutauchen.

Wieder das Jammern in der Ferne. Adam war sich jetzt sicher, dass es von dem Geist kam. Bis jetzt hatte sich Adam zu denen gezählt, die den Kopf schüttelten, wenn jemand von Gespenstern oder den Schutzgeistern Islands sprach. Oder wenn er hörte, dass der »Verwandte eines Bekannten einen Geist gesehen« haben wollte. Vielleicht wollten sich die Schattenwesen des Landes jetzt an ihm rächen?

Und doch. Je genauer er hinhörte, desto deutlicher schien ihm das Geräusch doch nicht vom Wohnhaus zu kommen, sondern aus der Richtung des Pferdestalls.

»Was ist denn das?«, murmelte er und spähte auf das offene Tor. Gleichzeitig wunderte er sich, dass er laut mit sich selber sprach. Er beschloss, dem Geräusch nachzugehen. Er schlich an den Pferden vorbei und registrierte, dass sie seelenruhig dastanden. Das beruhigte Adam. In Kinofilmen waren Tiere nämlich immer die ersten Indikatoren dafür, dass sich etwas Übernatürliches anbahnte.

Vorsichtig stieg er über die Schwelle in den Stall. Und mit jedem Schritt wurde das Geräusch lauter. Es kam aus der ersten Box, wo eine der Stuten gestanden hatte. Die Tür stand offen. Ein Heuhaufen lag darin, und daneben war etwas unter einer Decke verborgen. Nun gab es keinen Zweifel mehr: Die Laute kamen von dort.

Langsam schlich sich Adam näher, das jammernde Fiepen wirkte jetzt überhaupt nicht mehr bedrohlich. Es wirkte eher ziemlich kläglich.

Er schluckte ein paar Mal und hob dann vorsichtig die

Decke an. Darunter stand ein Käfig mit einem kleinen schwarzen Welpen. Das Tier versuchte zu bellen, aber es war noch so winzig, dass es sich eher wie das Fiepen einer Maus oder eines kleinen Vogels anhörte.

»Ja guten Tag«, sagte Adam erleichtert und beugte sich zu dem Welpen hinunter. »Du bist aber kein Gespenst, oder?« Der kleine Hund kläffte und wedelte mit dem Schwänzchen. »Soll ich dich mal hochnehmen?« Adam öffnete den Käfig und nahm den kleinen Welpen heraus, der sich sofort an seinen Fingern rieb. »Hattest du aber ein Glück, dass die Decke über dir war«, sagte Adam und streichelte das Hündchen hinter den Ohren. »So bist du dem Rauch entkommen.«

Plötzlich kam Orri in den Stall gelaufen. »Wo ist Baldur? Mit wem redest du?«

»Mit dem da.« Adam zeigte ihm den Welpen.

»Wo kommt denn das kleine Kerlchen auf einmal her?« Orri lächelte und trat heran.

»Ich hab nicht den Schimmer einer Ahnung.«

77. KAPITEL

Es war totenstill an dem dunklen Flussufer. Embla starrte Lovísa ins Gesicht. »Du … du hast das alles inszeniert«, stammelte sie, obwohl sie es selbst kaum begriff. Dass die Frau, die sie getröstet hatte, der sie den ganzen Tag zur Seite gestanden hatte, in Wirklichkeit die war, nach der die Polizei fahndete. Lovísa plötzlich in völlig neuem Licht zu sehen stellte ihre eigene Existenz auf den Kopf.

»Was meinst du?« Lovísa lächelte ihr süßestes Lächeln.

»Du steckst hinter allem. Nicht Sæmundur«, wiederholte Embla.

»Sæmundur steht da, Embla«, sagte Lovísa und deutete auf ihren Mann. »Er hat seine Schuld gestanden. Er wollte meine Tochter töten. Du hast es selbst gesehen.«

»Nein, ich habe ihn mit einem Messer neben Ingunn und Hekla gesehen«, widersprach Embla aufs Heftigste. »Aber wie er selbst sagte, sollte der Hund sein Opfer werden.«

»Sag mal, hörst du dich eigentlich selber reden? Willst du ihn jetzt auch noch dafür verteidigen, dass er beinahe Hekla abgeschlachtet hätte?«, empörte sich Lovísa. »Du wirst ihm doch wohl nicht glauben.« Sie ließ ein kurzes Lachen hören. »Der läuft ohne Verstand herum.« Mit ausgestrecktem Arm deutete sie auf Sæmundur, als könne er sie nicht hören.

»Wo bleibt das Ægishjálmur-Medaillon?«, wiederholte Sæmundur seine Forderung. Er stand noch immer mit ausgestreckter Hand vor Lovísa. Nur das drang bis zu ihm durch. Worüber die Frauen sprachen, hatte für ihn keine Bedeutung.

»Ingunn war nie in Gefahr, und das wusstest du sehr wohl«, fuhr Embla fort. »Du hast nur so getan, als seist du in Sorge. Die ganze Szene im Flugzeug war Schauspielerei, oder etwa nicht?«

»Du spinnst ja«, gab Lovísa zurück.

»Lass das Geplappere und gib mir den Ægishjálmur!«, befahl Sæmundur. Er wurde langsam zornig. Ihm blieb kaum mehr Zeit für seinen Termin mit Óðinn.

Embla fixierte seine Frau: »Du hast ihn nicht, stimmt's?«

»Das geht dich gar nichts an«, zischte Lovísa durch ihre zusammengebissenen Zähne.

»Deswegen ist Sæmundur so verwirrt. Er weiß nicht mehr, was los ist, weil genau das die Wahrheit ist – er hat überhaupt nichts getan.«

»Embla, ich weiß nicht, was dir fehlt. Aber die Polizei ist auf dem Weg hierher, um Sæmundur festzunehmen, und nicht mich, wenn du das meinst. Er hat heute Morgen eine Frau umgebracht.«

»Was für ein Theater! Schon seit Stóra-Hof geht das wohl so, als du Adam und mich ins Haus gebeten hast«, antwortete Embla. Es klang fast so etwas wie Bewunderung in ihrer Stimme mit. »Deswegen hast du auch das Sonnenrad in Baldurs Arbeitszimmer hingemalt. Das hat mich heute schon den ganzen Tag über beschäftigt. Warum sollte ausgerechnet der Mörder einen Hinweis hinterlassen? Du wolltest, dass die Indizien auf Stóra-Hof und Tobias verweisen. Er war der perfekte Sündenbock, oder nicht? Er gehörte dem Sonnenkreuzorden an, hatte sich bis über beide Ohren in die altnordische Welt vergraben, und überdies war es geradezu ein Kinderspiel, ihm die Katzenschwänze in die Tasche zu schmuggeln. Nur blöd, dass du vergessen hast, seinen Hintergrund zu prüfen.« Embla lächelte siegessicher. »Tobias ist hier, um nach Wikingerschätzen zu suchen. Das ist auch der einzige Grund, weshalb er in den Orden eingetreten ist. Keine Ausländerfeindlichkeit.«

»Wikingerschätze?«, wiederholte Lovísa und verzog das Gesicht.

»Ja, er ist ein Schatzjäger. Reist auf der ganzen Welt umher, um nach verschollenen Schätzen zu graben, und glaubte, dass das Sonnenrad in der Rangárvallasýsla ihm dabei von Nutzen sein könnte«, erklärte Embla.

»Lovísa, was sagt die Frau da?«, fragte jetzt Sæmundur. »Stimmt das mit Tobias?«

»Sæmundur, alles wird wieder gut«, beruhigte ihn Embla. Da sie jetzt wusste, dass er nur eine Figur in Lovísas Schachspiel war, tat er ihr sogar leid. Trotz all des Hasses, den er in sich barg. Sæmundur hatte völlig die Orientierung verloren und brauchte Hilfe.

»Ich … ich verstehe nicht, wie …?«, stammelte er, immer noch mit ausgestrecktem Arm. »Gib mir deine Zauberrune, Lovísa. Jetzt sofort! Ich brauche sie dringend!«

Embla wollte es jetzt ganz genau wissen: »Sæmundur, kannst du mir sagen, wie sie aussieht?«

»Der Ægishjálmur?«, erwiderte er. »Er … er ist aus Treibholz geschnitzt. Von ihrem Vater, als sie jung war. Lovísa geht ohne ihn nirgendwohin.«

»Also haargenau wie der, den wir bei Baldurs Haus gefunden haben«, sagte Embla.

»Halt endlich dein elendes Maul«, schnappte Lovísa.

»Gib mir jetzt endlich die Zauberrune, ich brauche sie«, drängte Sæmundur noch einmal. Die Zauberrune war gegen alles Übel der beste Schutz. Sobald der Ægishjálmur um seinen Hals hing, würde alles wieder ins Reine kommen.

»Ich habe ihn nicht dabei«, stieß Lovísa erregt hervor.

»Du gehst aber doch nie ohne ihn aus dem Haus«, erwiderte ihr Mann enttäuscht. Wenn er Ægishjálmur jetzt nicht bekäme, wäre es aus mit ihm. »Du lässt doch sogar eher deinen Ehering liegen als das Medaillon.«

»Ich habe es aber verloren«, herrschte Lovísa ihn an und versuchte dazu ein möglichst trauriges Gesicht zu machen. Doch dann erkannte auch sie: Das Versteckspiel war aus. Der Ægishjálmur auf Baldurs Grundstück hatte sie verraten. Ein kleiner Fehler, aus dem sie sich nicht mehr herauslügen konnte. Soviel stand fest. Sie konnte höchstens versuchen, ihre Beweggründe zu erklären. »Bei Baldur zu Hause.«

»Wann?«, fragte Sæmundur. »Was hast du bei Baldur gemacht?«

»Als ich es auf dem Heimweg merkte, war es zu spät. Ich konnte nicht mehr umkehren und das Medaillon holen«, sagte sie ruhig.

»Warum nicht? Verstehe ich nicht.«

»Ich habe Baldurs Dienstmädchen umgebracht!«, gab Lovísa schließlich ungerührt zu. »Verstehst du nicht? Versteht das dein kranker Geist nicht? Und ich habe auch versucht, ihn umzubringen.« Lovísas Atem ging plötzlich sehr viel hektischer. Sie sah Embla an. »Tobias war der perfekte Sündenbock, und heute der perfekte Tag. Es hätte nie so ausgehen sollen. Ihr hättet die Katzenschwänze finden sollen und damit sollte die Sache vorbei sein. Ende Punkt Aus.«

»Aber der Brand im Pferdestall hat deinen ganzen Plan zerstört«, schlussfolgerte Embla.

»Ich wusste nicht, dass Baldur noch am Leben war. Ich dachte, dass ich ihn in seinem Haus schon erledigt hätte, aber dann platzt diese dumme Putze ins Zimmer, und ich musste sie natürlich auch beseitigen.« Lovísa krempelte den Pulloverärmel auf und zeigte ihnen den blutigen Kratzer von Baldurs Fingernägeln. »Der alte Kauz hat es auch noch geschafft, mich zu kratzen. Deswegen musste ich ihn im Pferdestall verstecken.«

Sehr langsam dämmerte es Sæmundur, dass seine Ehefrau hinter all dem steckte. Dass die Polizei sie verhaften würde, nicht ihn. »Aber ... aber du würdest doch keiner Fliege etwas zuleide tun«, stotterte er.

Lovísa vergrub das Gesicht in den Händen.

Sæmundur legte ihr beide Hände auf die Schultern: »Was hast du getan, Lovísa? Warum nur?«

Sie schaute ihn an und fand den Mut zu antworten. »Baldur hat mich vergewaltigt«, flüsterte sie und vergrub ihr Gesicht wieder in den Händen.

»Was?!« Sæmundur glaubte, nicht richtig gehört zu haben.

»Einmal als du länger draußen warst, kam er zu Besuch und hat mir Gewalt angetan«, wiederholte Lovísa.

»Wann?« Sæmundur trat einen Schritt von seiner Frau zurück.

»Vor ein paar Monaten«, antwortete sie.

»Und du hast dich gerächt ...«, flüsterte Sæmundur.

»Ich wollte das nicht, aber ich bin heute Morgen zu ihm gefahren und da ist mir alles aus der Hand geglitten.«

»Ach, und dann hattest du zum Glück mal so eben acht Katzenschwänze zur Hand?«, ging Embla sarkastisch dazwischen. Sie gab nicht eine Krone auf Lovísas Beichte, allein schon, da sie Baldur gut kannte. Er war ein anständiger Mann, und dass er ihr etwas Derartiges angetan haben sollte, war eine völlig abwegige Lüge.

»Nachdem ich mir darüber klar wurde, was ich da tat, habe ich das Ganze inszeniert. Ganz so wie du gesagt hast.«

»Das spielt jetzt keine Rolle«, mischte Sæmundur sich ein. »Wir müssen jetzt einfach nur diese Kiste aufkriegen. Sie kann dich retten. Sie kann uns retten.« Er hockte sich wieder vor das Kästchen und schob die Messerklinge in das rostige Schloss. »Sie kann dich aus all dem Schlamassel retten, mein Liebling.«

Doch Lovísa reagierte völlig unerwartet: »Nein! Nicht! NICHT!«, rief sie aufgeregt. »Mach die Kiste nicht auf!«

»Aber versteh doch«, versuchte Sæmundur an ihre Vernunft zu appellieren. »Was da auch drin ist, es kann dich schützen. Du brauchst Schutz, gerade jetzt, wo du deinen Ægishjálmur nicht hast. Du kannst ohne ihn nicht sein. Deshalb ist das alles passiert.«

»Sæmundur, bitte, geh weg von der Kiste«, flehte Lovísa.

»Nein, da sind Zauberrunen drin, ich bin mir ganz sicher. Ich hab sie gehört.« Er mühte sich weiter an dem Schloss ab. »Oder Ketills Armreif. Wir legen ihn dir an, und dann kann dir keiner mehr ein Leid antun.«

»Lass die Kiste in Ruhe!«, kreischte Lovísa jetzt.

»Wo hast du diese Kiste her?«, wollte Embla wissen. Sie hatte plötzlich ein Gefühl beschlichen, dass das Kästchen eine wesentlich bedeutendere Rolle spielte, als es auf den ersten Blick ausgesehen hatte. Nicht nur wegen Lovísas Angst vor ihrem Inhalt, sondern auch wegen ihres Aussehens. Sæmundur schien die Kiste mit Lachs-Ketill und den isländischen Landnehmern in Verbindung zu bringen. Embla erkannte jedoch mit einem Blick, dass das Ding mitnichten so alt war, trotz des Rostes und der Lehmkruste.

»Ich habe sie in Baldurs Zimmer in Skálholt gefunden«, antwortete Sæmundur. Er bohrte weiter grob und ungeduldig mit der Messerspitze im Schloss herum.

»Aber was willst du denn mit diesem dreckigen Ding?! Baldur hat mich vergewaltigt«, wiederholte Lovísa hartnäckig.

»Baldur hat sie dort ausgegraben, wo Ketills Tempel stand. Sie bestätigt alles.«

»Sæmundur, ich muss dich leider enttäuschen«, meldete sich Embla wieder zu Wort, »die Kiste ist höchstens zwanzig bis dreißig Jahre alt.«

»Unsinn!«, fuhr er sie grob an. »Diese Kiste stammt aus Ketills Tempel. Sie bestätigt alles! Das Sonnenkreuz, Óðinns Tempel, die Theorie.«

»Nein, das tut sie nicht«, widersprach Embla. »Sie bestätigt etwas ganz anderes.« Embla blickte Lovísa an. »Was ist in der Kiste?«

»Woher soll sie das wissen?«, ereiferte sich Sæmundur. »Die Kiste ist fest verschlossen und viele hundert Jahre lang nicht geöffnet worden.«

»Was ist da drin?«, insistierte Embla.

»Ich weiß nicht, wovon du sprichst«, entgegnete Lovísa.

»Dann mach sie endlich auf«, wandte sich Embla an ihren Mann.

»Das kann ich nicht, ich brauche den Schlüssel«, antwortete er. »Ich will sie nicht zerstören. Sie ist ein heiliger Gegenstand.«

»An der Kiste ist überhaupt nichts heilig«, konterte Embla und griff jetzt selbst nach dem Kästchen.

»Rühr sie nicht an!«, fuhr Sæmundur sie an und stieß Embla zu Boden.

Doch sie hatte die Kiste zu fassen bekommen, und im Sturz riss Embla den Holzkasten mit, so dass er in hohem Bogen auf das steinige Flussufer fiel, wo er aufsprang.

»Schau, was du angerichtet hast!« Sæmundur sprang auf die kaputte Kiste zu. Ihr Inhalt lag über den Schotter verstreut. Und zu seiner großen Verwunderung waren da kein Silberreif und keine heiligen Nägel aus Óðinns Götterstele. Bloß Papierblätter lagen da, Fotorahmen, vergilbte Zeitungsartikel und Kinderschmuck. »Was zum Teufel soll denn das hier? Was hast du mit dem Schatz gemacht?«

»Nicht näher kommen, Sæmundur!«, hörte er Lovísa in seinem Rücken rufen. Er ignorierte sie und trat auf den Haufen zu. »Nicht!«, rief sie noch einmal.

»Was hast du mit dem Reif gemacht, Donnerschlag noch eins?«, schrie Sæmundur. Er bückte sich nach den Fotorahmen. Sie zeigten Lovísa als kleines Mädchen neben ihrem Vater. »Was ist das? Wo kommt das her?«

»Rühr das nicht an«, flehte Lovísa. Tränen strömten ihr über die Wangen. »Bitte, rühr das nicht an, bitte!«

Neben ihr lag Embla noch immer auf dem Boden. Die Änderung in Lovísas Verhalten war erschreckend. Es war, als habe wieder eine ganz andere Persönlichkeit von ihr Besitz ergriffen. Ihre Stimme war verändert und ihre Verzweiflung vollkommen.

»Nicht … nicht«, weinte die Frau immer wieder.

Sæmundur ließ die Fotos fallen und bückte sich nach einem zusammengehefteten Blätterstapel. Die Dämmerung war schon weit fortgeschritten. Er musste das erste Blatt nah vor das Gesicht halten, um überhaupt etwas erkennen zu können. Das Abblendlicht des Landrovers strahlte noch immer auf das Flussufer. Also hielt er das Blatt ins Licht. Als Überschrift las er: »Antrag auf Blutuntersuchung (DNA-Analyse)«.

Lovísa wimmerte nur noch.

Das Papier trug das Zeichen des Justizministeriums. »Ich kapier überhaupt gar nichts mehr«, murmelte Sæmundur. Dann stieß er auf seinen eigenen Namen ganz unten auf dem Blatt. »Was ist das?« Jetzt wollte er es natürlich ganz genau wissen und begann zu lesen:

Anlässlich der Tatsache, daß (Name der Mutter) Lovísa Dagsdóttir, pers. Kennzahl 210172-4069 mich zum Vater ihres Sohnes/ihrer Tochter pers. Kennzahl 170692-7799 erklärt hat, ersuche ich den Landrat in Hvolsvöllur, sich für die Durchführung einer Blutuntersuchung bei Mutter und Tochter einzusetzen. Ferner erkläre ich, dass ich mich ebenfalls einer entsprechenden Blutuntersuchung unterziehen werde und dass ich og. Landrat jedwede Kosten erstatten werde, die bei dieser Untersuchung anfallen, im Falle dass ich die Vaterschaft anerkannt haben werde, sobald die Untersuchungsergebnisse vorliegen oder ich per Gerichtsbeschluss zum Kindsvater erklärt werde.

Das Schreiben war vom Landrat im Bezirk Rangárvallasýsla unterzeichnet. Das Datum lag sieben Jahre zurück. Neben der Unterschrift des Landrats standen noch die von Vilborg sowie die von Sæmundur nebst einigen Angaben zu ihm.

»Was bedeutet das?«, fragte Sæmundur ratlos und blickte Lovísa an. Er erkannte sofort, dass sie die linierten Freiflächen ausgefüllt hatte. »Ich hab diesen Zettel nie unterschrieben. Ich hab das auch nie an den Landrat geschickt. Wieso auch?«

»Bitte, lies nicht weiter«, flehte Lovísa ihn an.

Aber Sæmundur dachte nicht daran, es damit bewenden zu lassen. Er schlug das nächste angeheftete Blatt auf. Auch diese Seite trug das Signet des Justizministeriums sowie die Überschrift »Ergebnis der Blutuntersuchung (DNA-Analyse)«. Sæmundur betrachtete das Blatt eingehend – das Geheimnis, das Lovísa für immer und ewig vor ihm hatte verbergen wollen.

78. KAPITEL

Überscharf und tiefschwarz standen die Schreibmaschinenlettern im grellen Licht auf dem Papier. Sæmundurs Hand zitterte leicht, während er las:

Das Ergebnis der Blutuntersuchung (DNA-Analyse), die am Erbgut von Sæmundur Loftsson (160362-2759), Lovísa Dagsdóttir (210172-4069) und Ingunn Sæmundardóttir (170692-7799) durchgeführt wurde zur Feststellung der Tatsache, ob Ingunn Sæmundardóttir die leibliche Tochter von Sæmundur Loftsson ist, hat erbracht, dass die Wahrscheinlichkeit hierfür nach Ansicht der Gutachter mit weniger als 80% äußerst gering ist.

Das Blatt war ebenfalls vor sieben Jahren von irgendeiner Frau, einer Genetikerin, unterschrieben worden. Sæmundur schaute von dem Dokument auf und verzerrte das Gesicht.

»Was soll das denn?«, fragte er völlig verständnislos. Er wollte nicht begreifen, was er da las. Selbst wenn die Bedeutung der Worte kristallklar vor ihm stand.

»Sæmundur, ich flehe dich an. Leg das weg. Lass uns die ganze Geschichte vergessen«, jammerte Lovísa. Sie hatte sich ihm zu Füßen geworfen.

»Ich hab es aber schon gelesen!«, fuhr er sie an. »Was für ein verfluchter Mist soll das denn sein?!«

»Bitte Sæmundur, vergiss es. Tu so, als hättest du es nicht gesehen. Komm, lass uns einfach nach Hause fahren«, bettelte Lovísa weiter und hielt seinen Fuß umklammert.

»Was bedeutet das? Sag es mir!«, schrie Sæmundur und schüttelte sie ab.

Lovísa kroch von ihm weg. »Ich kann nicht …« Sie ließ den Satz unvollendet, überwältigt von ihren Gefühlen, dem würgenden Schluchzen in der Kehle.

»Antworte, verdammt!«, brüllte er sie an.

»Es tut mir so leid«, wisperte Lovísa tränenüberströmt.

»Was? Was tut dir leid?«

»Dass … Ingunn … sie … sie ist nicht … sie ist nicht deine Tochter.«

Der Satz traf Sæmundur mit größter Wucht. Er drang ihm tief ins Herz wie ein Giftpfeil. »Was soll das heißen?«

»Sie ist …«

»Was?!«

»Sæmundur, sie ist nicht deine Tochter«, wiederholte Lovísa.

»Was meinst du damit, nicht meine Tochter?« Er sah in Ingunns Richtung, die noch im Landrover saß.

»Sie ist nicht … Die Blutuntersuchung beweist es.«

»Was für eine verfluchte Blutuntersuchung?!« Sæmundur schwenkte wutentbrannt die Blätter. »Wo kommt dieser Unsinn her?«

»Die Blutuntersuchung habe ich machen lassen. Mit deinem, meinem und Ingunns Blut.«

»Und warum das, Donner und Hagelschlag?«

»Weil … weil ich es im Innersten gespürt habe.« Lovísa lag noch immer auf dem steinigen Flussufer, unfähig sich zu erheben. Die Übelkeit war zu überwältigend, und der Kopfschmerz wollte ihr den Schädel zerfetzen. Sie begann zu würgen. Das alles laut auszusprechen war unerträglich. Jetzt also war Sæmundur hinter das Geheimnis gekommen, das sie bis zu diesem Augenblick erfolgreich vor der Welt verborgen gehalten hatte. Von dem nur zwei andere wussten.

Sæmundur trat an seine Frau heran und schaute auf sie hinab. Auch ihm begannen jetzt die Tränen über die Wangen in seinen blonden Bart zu laufen.

»Von wem dann?«, fragte er und wischte sich unwillig über das Gesicht.

Lovísa gab keine Antwort. Stattdessen krümmte sie sich am Boden wie ein angestochenes Weichtier. Sie umklammerte die kalten Steine und wünschte, dass alles vorüberginge. Dass sie wieder zu Hause sei und nichts davon geschehen wäre.

»Raus jetzt mit der Sprache!« Sæmundur packte Lovísa am Kragen und riss sie so grob hoch, dass ihre Füße die Erde nicht mehr berührten.

»Nicht«, bat Embla. Während die beiden stritten, hatte sie stumm und starr dabeigestanden. Sie konnte nichts dazu sagen oder tun.

»Antworte!« Sæmundur ließ Lovísa wieder fallen. »Von wem ist sie? War es Páll?« Er hatte das Verhältnis der beiden schon früh argwöhnisch beäugt. Die gemeinsamen Ausflüge. Das ewige Geflirte. Die gegenseitigen Berührungen.

»Nein«, hauchte Lovísa. »Páll war es nicht.« Nun war es bis zu dem Punkt gekommen. Dem Punkt, an dem keine Umkehr mehr möglich war. Nun also hatte sie ihr Geheimnis endgültig eingeholt. Lovísa versuchte die Fassung zu finden. Atmete aus und ein. Starrte auf die Flusskiesel. Suchte im Dunkeln der Dämmerung. Suchte in der Dunkelheit, die in ihr herrschte.

»Wer?!«

Lovísa sah auf, ihm direkt in die Augen. Sie bereitete sich auf die Erklärung des Unsäglichen vor. Schließlich nahm sie ihren ganzen Mut zusammen, und gab die Antwort: »Es war Dagur.«

»Dagur? Was für ein Dagur?« Sæmundur hob die Hand und holte drohend zu einer Ohrfeige aus.

»Dagur … mein Vater …«

Sæmundurs Gesicht verkrampfte sich vor Abscheu. Er ließ den Arm sinken und trat einen Schritt zurück. »Du … was …?«

»Es fing an, als ich noch sehr jung war«, sagte Lovísa wie zu sich selbst. Der Strom ihrer Tränen war versiegt. Sie hatte sich völlig leer geweint. »Als er mit den Besuchen in meinem Zimmer anfing«, berichtete sie tonlos, »und das ging so die ganze Zeit, bis ich zwanzig war … als er endlich starb … als ich dem ein Ende gesetzt habe, ein für alle Mal.« Schlagartig veränderte sich ihr Gesichtsausdruck. »Er hatte es nicht anders verdient.«

»Du meinst … », stotterte Sæmundur.

»Ich habe dafür gesorgt, dass ihm der Unfall passierte.«

»Und … Ingunn?« Sæmundur spürte seine Knie weich werden.

»Mir kam sofort der Verdacht, dass sie von ihm war, obwohl wir beide schon miteinander gingen, aber ich war mir nicht sicher. Ein paar Jahre später entschloss ich mich, meinem Verdacht nachzugehen.« Lovísa senkte den Kopf. »Und er stellte sich als richtig raus.«

Mit einem Mal begann sich alles vor Sæmundurs Augen zu drehen. Dieses Geständnis überstieg seine Kräfte. Er taumelte über das Flussufer. Steinchen sprangen unter seinen Sohlen hoch. »Ich glaub es nicht«, stammelte er fassungslos.

»Aber es ändert doch nichts.« Lovísa machte den schwachen Versuch zu widersprechen. »Du bist Ingunns eigentlicher Vater, nicht er. Weißt du nicht mehr, wie sehr du dich gefreut hast, als du hörtest, dass ich schwanger war?«

Sæmundur hörte Lovísa nicht. Er war weit weg. In einer anderen Welt. Weit weg von allem um ihn herum. »Ich glaub es einfach nicht, es kann nicht sein«, wiederholte er in einem fort und wie von Sinnen. Er ließ sich in den eiskalten Fluss sinken. Das Wasser umspülte ihn, er ließ es geschehen. Jetzt war für ihn nichts mehr von Bedeutung. Er vergrub das Gesicht in den Händen, versuchte mit allen Kräften aus diesem Hier und Jetzt auszubrechen. Damit wurde er nicht mehr fertig. Nicht ohne Hilfe.

»Komm, Sæmundur, lass uns heimfahren«, bat ihn Lovísa weinend und erhob sich.

Doch ihre Worte erreichten nicht sein Bewusstsein. Er hatte sich gegen alles abgeschottet, was von außen kam. »Hilf mir«, flüsterte er in den Himmel und tastete nach seinem Messer. Die schwarze Klinge verschmolz mit der weit fortgeschrittenen Dämmerung und wurde fast unsichtbar.

»Nein, tu's nicht!«, rief Lovísa und sprang auf ihren Mann zu. »Leg das Messer weg!«

»Die Linie des Blutes endet mit mir«, flüsterte er in die Weite über sich. »Sie ist nicht meine Tochter. Die Linie endet mit mir. Hier stirbt dein Stammbaum aus«, ächzte Sæmundur. »Leider. Alles umsonst. Alles.« Er umklammerte die Textsammlung der Wikinger in seiner Tasche, dachte an das Rúnatal, das von Óðinn gesungene Runenlied, als er *hing am windigen Baum, speerverwundet, sich selbst geopfert, neun lange Nächte hindurch. Auf Runen sinnend, lernte er sie unter Seufzen, bis er endlich zur Erde fiel.* Und nun war es an Sæmundur, sich zu opfern. Das wusste er: »Mit mir endet die

Blutlinie. Sieh her.« Er schlitzte sich mit der blitzscharfen Klinge die Handfläche auf. »Durch diese Adern soll kein Blut mehr fließen.« Er begann aus dem Runenlied zu zitieren: »*Weißt du zu ritzen?*«

»Sæmundur, nicht!«, schrie Lovísa.

»*Weißt du zu raten? Weißt du zu empfangen?*«, betete er laut Óðinns geheimnisvolle Verse. In Selbstkasteiung hatte Óðinn gelernt, zauberkräftige Runen zu ritzen. Durch Aufopferung seiner selbst hatte er mystische Weisheit und Kraft zur Schicksalsstunde empfangen, übernatürliche Macht, die nur wenige sonst erlangen konnten.

Sæmundur wollte nun dasselbe tun. Nur übernatürliche Kräfte konnten ihm jetzt noch beistehen. Mit jedem Vers ritzte er sich eine weitere Linie in Handfläche und Arm. Dunkel rann das Blut in den Fluss, doch er verspürte nichts. Er spürte nichts mehr. »*Weißt du zu erforschen? Weißt du zu ersuchen?*«, raunte er und ließ das Messer immer tiefer in sein Fleisch eindringen. Das Blut quoll immer dicker und dunkler aus seinen Wunden.

»Nicht! Hör auf!«, kreischte Lovísa verzweifelt und trommelte auf seinen Rücken ein. Aber nichts vermochte Sæmundur aus seiner Trance zu reißen.

»*Weißt du zu opfern? Weißt du zu lassen?*« Er holte tief Luft, bevor er den letzten Vers rezitierte, der die magische Handlung vollenden sollte: »*Weißt du zu tilgen?*« Sæmundur heiligte das Gebet mit einem langen, tiefen Schnitt in sein Handgelenk. Das Blut spritzte im Takt seines sich verlangsamenden Herzschlags aus der Wunde hervor. Alles verschwamm im Nebel. Kaltes Wasser umspülte ihn, aber er nahm es nicht wahr. Nichts nahm er mehr wahr. Nur der Ort der Seligkeit wartete jetzt noch auf ihn. Ein besseres Leben. Anderswo.

Dann kippte Sæmundur rücklings ins schäumende Wasser. Fast schon bewusstlos zitierte er weiter: *»Erhebt sich also Huginn, Himmeln zustrebend«*. Neben ihm kauerte Lovísa im Wasser. Sie streichelte ihn, strich ihm das nasse Haar aus dem Gesicht, sprach zu ihm. Aber er hörte sie nicht mehr. »*... Unheil ahnen die Asen, sollt' er säumen ...*« Er flüsterte wie durch sie hindurch, hinauf in das Himmelsgewölbe.

»Sæmundur, verlass uns nicht! Hilfe!«, schrie Lovísa, aber es war niemand da, der helfen konnte. Nur Embla, die ratlos dabeistand, und Ingunn, die aus dem Auto gekommen war und schreckensstarr den Blick nicht von ihrem Vater im Fluss nehmen konnte.

»Dünkte Thráinns Wort drückender Traum ...«, seufzte er. Die Augenlider wurden ihm schwer. Er fühlte die Nähe des Himmels. Helgafell bei Stóra-Hof, der Heilige Berg, wo er als Kind gespielt hatte, würde seinen Leib aufnehmen. Im Himmel aber würde sein Geist in Valhöll einziehen, der Krone des Sonnenkreuzes. Schon bald würde er dort mit seinen Vorfahren beim Trinkgelage sitzen.

»Hilfe!«, flehte Lovísa tränenerstickt und drückte sich an ihren Mann. »So helfe doch jemand!« Sie blickte auf die Blutspur, die mit der Strömung enteilte und das Wasser dunkelrot färbte.

Aber diese Worte erreichten ihn schon nicht mehr. Nichts war an dem Ort zu hören, an dem er sich jetzt befand. Keine Gefühle. Weder Hass noch Wut. *»Dáinns* *dünkte dunkler Traum …*«, hauchte er kaum mehr hörbar und schwand dahin.

79. KAPITEL

Als ob die Zeit nicht mehr verginge. Als ob das Wasser nicht mehr flösse. Der Wind nicht mehr wehte. Schweigen. Nichts als Schweigen. Lovísa saß im Fluss neben ihrem toten Mann und streichelte ihm die kalte Stirn. Nicht ein Laut kam von ihr. Unweit davon entfernt war Embla in völligem Schrecken erstarrt. Hinter ihr stand Ingunn neben dem Landrover.

Dieser festgefrorene Augenblick gemahnte an eine Fotografie oder ein Gemälde. Als wartete jede der Beteiligten auf den nächsten Schritt. Dass irgendjemand dieses schreckliche Bild zerstörte. Doch keine von ihnen konnte ihn gehen. Keine von ihnen konnte wieder in die Wirklichkeit zurückkehren. Besser war es, still stehenzubleiben und so zu tun, als sei nichts geschehen.

Das Reifenknirschen von der Lavapiste her war der erste Laut, den Embla wahrnahm. Sie blickte auf. Zwei Autos kamen über die Grasfläche gefahren. In einem Streifenwagen saßen zwei Polizisten. Grímur und der Hausmeister von Skálholt folgten in einem weißen Volvo.

»Was ist passiert?«, rief Grímur schon von weitem, als er heranhastete. »Los, ruft einen Krankenwagen«, befahl er den Kollegen. Er wandte sich an Embla. »Was ist mit Sæmundur passiert?«

Embla rührte sich nicht, stand noch immer wortlos

da, unfähig, die eben vergangenen Minuten wiederzugeben. »Er … er war es nicht«, sagte sie nur leise.

»Was meinst du?«, fragte Grímur. »Kommt her, helft mir!«, forderte er seine Kollegen auf und stürzte zu Lovísa und Sæmundur. »Mach Platz«, sagte er zu Lovísa, doch sie weigerte sich. »Komm, lass mich ran«, wiederholte er mit mehr Nachdruck. Einem der Polizisten gelang es, ihre kalten Hände von dem Toten zu lösen. Grímur und der andere Polizist zogen Sæmundurs leblosen Körper ans Ufer. Beide Arme waren von tiefen Schnitten durchzogen, aus denen noch immer das Blut sickerte. »Was ist hier passiert?«, murmelte Grímur.

»Wird er wieder?«, fragte Lovísa vor Kälte zitternd.

»Rasch den Verbandskasten«, wandte sich Grímur an einen der Polizisten. »Du, fang an mit der Beatmung«, befahl er dem anderen. Er selbst suchte nach Lebenszeichen, fand aber keine. »Kein Puls«, stellte er fest und ließ sich neben Sæmundur nieder.

»Wird er denn wieder?«, fragte Lovísa noch einmal.

Grímur deutete auf sie: »Bring sie einer ins Warme!« Er schob Sæmundurs Pullover hoch, legte die Arme auf seinen kalten Brustkorb und drückte ihn mit aller Kraft nieder. Man hörte das Brustbein brechen. »Eins. Zwei. Drei. Vier«, zählte Grímur leise mit jedem Druck, bis er bis dreißig hochgezählt hatte. Dann blies der andere Polizist zwei Mal in Sæmundurs Mund. Der Brustkasten hob sich. Grímur fühlte nach dem Herzschlag, ohne ihn ertasten zu können.

»Noch mal«, sagte er und drückte auf das Brustbein.

Der dritte Polizist kam mit dem Verbandskasten angelaufen. Währenddessen führte Embla Lovísa weg zum

Landrover und zu Ingunn. Die Fünfzehnjährige hatte sich nicht mehr bewegt, seitdem ihr Vater im Fluss umgefallen und nicht mehr aufgestanden war.

»Wird er wieder?«, wiederholte Lovísa von Kälteschauern geschüttelt.

»Nur ruhig.« Embla setzte Mutter und Tochter wieder ins Auto. Es war noch warm im Inneren, und sie startete den Motor und stellte Temperatur und Gebläse auf höchste Stufe ein. Sie selbst stellte sich neben den Geländewagen und beobachtete die Polizisten mit dem bewegungslosen Körper von Sæmundur am Flussufer.

»Neunundzwanzig, dreißig«, zählte Grímur laut, und sein Kollege beatmete den Körper erneut zwei Mal. Der Brustkorb hob sich, und Grímur überprüfte den Puls. Alles umsonst. Immer noch kein Herzschlag.

»Noch mal«, befahl der Hauptkommissar und begann von neuem. Die Beamten wechselten sich die nächsten Minuten damit ab, während der dritte die Wunden an den Armen verband. Doch ohne Erfolg. Sie waren schlicht zu spät gekommen. Sæmundur hatte zu viel Blut verloren. Die Schnitte waren zu tief und zu zahlreich.

»Es ist vorbei«, murmelte Grímur schließlich und ließ von dem leblosen Körper ab.

Als endlich der Krankenwagen auf dem Zeltplatz eintraf, wussten alle, dass es zu spät war.

»Er ist tot«, verkündete Grímur dem Arzt und zeigte dann auf die Frauen. »Kümmert euch um seine Frau im Wagen dort. Sie hat eine ganze Weile im Fluss gehockt und sich dabei sicher unterkühlt.«

»In Ordnung«, antwortete der Arzt und wollte gerade zum Landrover gehen, als Grímur ihn fest am Arm packte.

»Das Mädchen neben ihr ist ihre Tochter«, sagte er leise, »sie scheint gerade den Tod ihres Vaters mit angesehen zu haben.«

Der Arzt nickte. »Ich gebe ihr was.«

»Wird Sæmundur wieder?«, war Lovísas erste Frage, als der Mediziner am Auto ankam.

»Kommst du bitte mal mit mir mit?«, forderte sie der Arzt mit ausgestreckter Hand auf. »Wir müssen dich von den nassen Kleidern befreien.«

»Bist du gekommen, um Sæmundur zu retten?«

»Komm mit mir.« Der Arzt sah Ingunns leere Augen. »Und du auch. Komm mit.«

»Wohin?«, fragte das Mädchen verwirrt.

»In den Krankenwagen. Mit deiner Mutter.«

»Und was ist mit Papa?« Ingunn sah Embla hilfesuchend an.

»Komm, wir tun erstmal, was der Arzt sagt«, entgegnete sie und streckte ihrerseits die Hand aus.

»Aber Papa?«, fragte Ingunn noch einmal mit ausdruckslosem Gesicht, als wäre sie nicht mehr sie selbst. »Was ist mit ihm?«

»Es tut mir ja so leid«, brachte Embla mit Tränen in den Augen hervor, »aber dein Vater weilt leider nicht mehr unter uns.«

80. KAPITEL

Embla schloss die hinteren Türen des Krankenwagens und warf durchs Fenster noch einen Blick auf Ingunn und Lovísa. Dann ging sie zu Grímur und den anderen Polizeibeamten, die das Gelände genauer untersuchten, um sich ein Bild von den Geschehnissen zu machen.

Die zerbrochene Kiste lag am Flussufer. Papiere und Fotorahmen lagen verstreut herum. Über Sæmundurs Leiche war eine Decke gebreitet, das Messer neben ihm hatte man noch nicht fortgenommen. Das Gedichtbändchen *Hávamál* schwamm nicht weit von ihm im Wasser.

»Also«, Grímur atmete tief durch und nahm seine Mütze ab, »kannst du mir sagen, was passiert ist?«

»Das war alles ein einziges Täuschungsmanöver«, begann Embla.

»Was war eine Täuschung?«

»Sæmundur war nicht der Mörder.«

»Nicht? Heißt das, du hast wieder einmal deine Meinung geändert?«

»Ja, wir – du und ich – sind den ganzen Tag an der Nase herumgeführt worden«, erklärte Embla.

»Du musst meine geistige Trägheit entschuldigen, aber was bitteschön meinst du?«

Embla schaute zum Krankenwagen: »Lovísa war es. Sie stand hinter allem. Zuerst hat sie versucht, den Verdacht auf Tobias zu lenken. Aber nachdem wir Baldur gefunden hatten, wählte sie eine neue Strategie und machte Sæmundur zum Sündenbock.«

Grímur wollte es nicht glauben. »Lovísa? Warum das denn?«

Statt einer Erklärung deutete Embla auf den zusammengehefteten Blätterstapel vor ihnen auf der Erde. Das oberste Blatt trug die Überschrift »Antrag auf Blutuntersuchung (DNA-Analyse)«. Grímur ging in die Hocke und überflog die erste Seite. »Verstehe«, sagte er düster, obwohl ihm noch viele Teile des Puzzles fehlten. »War das in der Kiste?« Er hob die Seiten auf.

Embla nickte.

Die nächste Frage kam sofort: »Wer ist der Vater?«

Es dauerte einige Sekunden, bis Embla in der Lage war, die Antwort laut auszusprechen.

»Ihr Vater«, sagte sie endlich und versuchte, ihre Gesichtszüge nicht entgleiten zu lassen. »Er hat ihr jahrelang Gewalt angetan, und Lovísa hat zugegeben, an seinem Tod schuld zu sein.«

Grímur stöhnt auf. »Himmel noch mal. Das nimmt ja wohl gar kein Ende mehr.« Er überlegte eine Weile.

»Nur dass ich es richtig verstehe«, sagte er dann mit gerunzelter Stirn. »Lovísa hat Sæmundur kreuz und quer Schnitte versetzt und dann erwartet, dass er das überlebt?«

»Nein, Lovísa war das nicht«, erklärte Embla sofort. »Die hat er sich selbst zugefügt.«

»Wie bitte?! Warum das denn?«

»Das ist ein uralter nordisch-heidnischer Brauch«, erklärte Embla niedergeschlagen. »Qual und Tod des Körpers zur Erlangung geheimnisvoller Kräfte, wie es in *Hávamál* beschrieben ist. Seine letzten Worte richtete Sæmundur an Óðinn und an dessen magische Kraft.« Embla blickte auf die Decke. Der Körper des Toten zeichnete sich deutlich darunter ab. »Er hat sich an seinen Gott gewandt, um mit der Nachricht fertigzuwerden.«

»Ja – vieles gibt es, das die menschliche Kraft übersteigt. Das wissen wir.« Grímur ließ den Blick über die Umgebung schweifen, über das felsige Flussufer und die Blutspur, die sich von der Leiche zum Fluss hinzog. »Noch nie war der Weiße Fluss so rot.« Er machte ein paar Schritte. »Also war das alles inszeniert? Der ganze Tag?«

»Ja, kann man so sagen«, bestätigte Embla. »Es ging im Grunde letztlich nicht um Óðinn oder den Sonnenkreuzorden, sondern um Lovísas Geheimnis.«

»Hinter das Baldur gekommen war«, ergänzte Grímur.

»Ja, er scheint ihre Kiste gefunden zu haben.«

»Ich hab es ja gewusst, dass ihm dieser archäologische Stuss eines Tages noch zum Verhängnis werden würde«, bemerkte Grímur, »aber nie hätte ich mir träumen lassen, dass das auf diese Weise passieren würde.«

»Wie geht es ihm denn, weißt du das?«, erkundigte sich Embla.

»Er ist wieder bei Bewusstsein. Hörður hat mich eben angerufen. Er ist bei Baldur im Krankenhaus von Selfoss. Wollte zu ihm fahren, sobald das hier abgeschlossen ist.«

»Ist es nicht schon so gut wie abgeschlossen?«, meinte Embla. Ihre Nasenspitze war rot vor Kälte, da sie nur eine dünne Cordjacke trug und einen knielangen Rock. Am Morgen, als sie die Bekleidung für den Tag aussuchte, hatte sie eine derartige Verfolgungsjagd natürlich nicht erwartet. Eigentlich war sie von einem ganz gewöhnlichen Tag im Nationalmuseum ausgegangen.

»Doch, gleich.« Grímur zog seine dicke Jacke aus und legte sie Embla um die Schultern. »Du sollst dich nicht auch noch unterkühlen.«

»Danke«, entgegnete Embla und spürte sofort die Wärme. »Ich hab auch noch was für dich.«

»Na?« Grímur staunte. »Hast du heute noch nicht genug für mich getan?«, fragte er lächelnd. Er wollte sich erst gar nicht vorstellen, was passiert wäre, wenn Embla nicht stur ihrer eigenen Überzeugung gefolgt wäre, anstatt auf seinen missgelaunten Quatsch zu hören. Sie war eine tüchtige, resolute Frau.

»Nicht ganz. Hier, das möchtest du vielleicht haben.« Embla zog Baldurs Feuerzeug hervor, das sie seit der Rettungsaktion im Pferdestall in der Tasche getragen hatte, und reichte es Grímur. »Das gehört Baldur.«

Grímur nahm den metallenen Gegenstand entgegen und las die Aufschrift auf der Seite: *Ungeschützt ist der Rücken jedes, es sei denn er hat einen Bruder.* Er las den Satz wieder und wieder, und ihm schien es, als würde die Bürde des Tages von seinen Schultern genommen. »Danke.«

»Gern geschehen«, erwiderte Embla.

»Für alles.« Grímur betrachtete nachdenklich das Feuerzeug. »Komm, lass uns nachsehen, wie es Baldur geht.« Er legte ihr die Hand auf die Schulter. »Oder nicht?«

»Doch, lass uns gehen.« Embla schenkte ihm ein Lächeln.

»Wir fahren nach Selfoss, um nach meinem Bruder

zu sehen«, erklärte Grímur den anderen Polizisten und folgte Embla zum Volvo. Der Hausmeister der Schule von Skálholt saß noch immer auf dem Fahrersitz.

Bevor sich Embla in den Wagen setzte, warf sie noch einen Blick auf den Krankenwagen. »Was wird mit den beiden Frauen?«, fragte sie Grímur.

»Sie bekommen Zeit, sich zu erholen, aber Lovísa wird so schnell nicht mehr bei sich zu Hause übernachten, soviel ist sicher.«

»Und Ingunn?« Embla machte sich über die Zukunft des jungen Mädchens mehr Sorgen.

Grímur setzte sich auf den Beifahrersitz: »Das wird sich zeigen müssen.«

»Sei stark«, flüsterte Embla in Richtung Krankenwagen, bevor sie hinten in den Volvo einstieg.

Noch erahnte man einen Rest Sonnenlicht am Himmel, und die allerletzten Minuten ihrer Reise über den Himmel verrannen. In Kürze ging das dämmernde Tiefblau in völligem Schwarz auf. Tausend Gedanken an den Feuerball, den die Völker früherer Jahrhunderte und Jahrtausende angebetet hatten, gingen Embla durch den Kopf. All das Gute und das Üble, das die Menschen im Namen der Sonne zu tun bereit waren und wegen der auf dem Sonnenlauf errichteten Vorstellungswelten. Jetzt ging sie einmal mehr unter, und morgen würde sie sich erneut zu ihrer Reise über das Erdenrund erheben, so als sei nichts geschehen. Fern von den Spleens und den Glaubensüberzeugungen der Menschheit auf der Erde, die bittend zu ihr aufblickten, auf der Suche nach Antworten auf die tiefsten Fragen des Lebens.

81. KAPITEL

Die Fahrt nach Selfoss dauerte nicht lange. Draußen war es jetzt ganz dunkel, und sie hatten wenig Lust auf eine Unterhaltung.

»Was für eine Ironie«, brach es plötzlich aus Embla hervor. Sie brach das Schweigen, das bisher über allen im Wagen gelegen hatte.

»Was?« Grímur sah nach hinten.

»Dass Lovísa die Wunde an Baldurs Hals verbunden hat, um zu vertuschen, dass sie die Schuldige war. Dieselbe Wunde, die sie ihm am Morgen zugefügt hat. Möglicherweise hat das Baldur gerettet.«

»Sie war bereit, alles dafür zu tun, um das Geheimnis um ihren Vater verborgen zu halten«, meinte Grímur.

Der Hausmeister warf einen kurzen Blick auf ihn, ohne zu wissen, von welchem Geheimnis er sprach. Er war auch der Meinung, dass es ihn nichts anginge. Er lenkte den Wagen in seiner gewohnten Gemütsruhe und hörte zu.

»Bekommt Lovísa ein milderes Urteil wegen ihrer Vergangenheit?«, fragte Embla.

»Das weiß ich nicht. Ihr Verfahren wird sicher lange andauern und schwierig werden und auch Ingunn betreffen. Ich persönlich glaube, dass zwei Morde und ein Mordversuch schwer wiegen werden, trotz der Gewalt, die sie in ihrer Jugend hat erdulden müssen.« Grímur sah in die Dunkelheit hinaus. »Ihr Vater ist vielleicht der Hauptschuldige in der ganzen Sache, wenn man es mal genau betrachtet.«

»Seinetwegen ist Sæmundur gestorben und auch Baldurs Dienstmädchen«, bemerkte Embla.

»Ist nicht eher das die böse Ironie? Dass Baldurs ausländische Haushaltshilfe in einem Mordfall ihr Leben hat lassen müssen, der nichts mit Ausländerfeindlichkeit zu tun hatte, auch wenn es zu Beginn noch so aussah.«

Wieder schwiegen sie. Der Hausmeister steuerte den Wagen über die Ringstraße. Die Abzweige nach Hella, Hvolsvöllur und Stóra-Hof zogen links an ihnen vorbei. Kurz darauf kamen sie in Selfoss an. Der Hausmeister bog vor dem eigentlichen Ortskern nach rechts ab, und nach kurzer Weile tauchte das Gesundheitszentrum auf.

»So, da wären wir.« Er stellte den Motor ab und zog die Handbremse.

Grímur schüttelte ihm die Hand: »Besten Dank und mach es gut, vielleicht sehen wir uns ja mal wieder.«

Zusammen mit Embla stieg er aus, winkte dem Volvo kurz hinterher, bevor sie das Gesundheitszentrum betraten. Grímur erkundigte sich nach Baldurs Zimmer. Es ging einen langen Gang hinunter und dann, endlich, standen sie davor. Behutsam öffnete Grímur die Tür. Baldur lag in einem erhöhten Bett. Neben ihm saß Hörður, der seine Decke mittlerweile mit einem schneeweißen Bademantel getauscht hatte. Grímur trat ans Bett heran und betrachtete seinen Bruder, der bei Bewusstsein war. Das schüttere graue Haar war zurückgekämmt, und die Tränensäcke unter den klugen Augen waren ausgeprägt. Seine Nase war ebenso groß wie die von Grímur. Zahllose Pflaster waren über sein Gesicht verteilt, und um den Hals wand sich ein dicker Verband.

»Tag, Baldur«, begrüßte ihn Grímur gewohnt kühl, obwohl seine eigentlichen Gefühle in eine ganz andere Richtung gingen.

»Na, wie gefalle ich dir?«, fragte Baldur schwach. Ein kurzes Lächeln brachte er zustande.

»Immerhin hast du es überstanden«, brummte Grímur. Noch stand er über seinem großen Bruder, äußerlich einem Eisklumpen ähnlich, aber unter seinen Lidern drängten die ersten dicken Tränen hervor. »Ich hab nicht gewusst, ob …« Er brachte den Satz nicht zu Ende. Es war ihm, als wollte ein ganz anderer Mensch aus ihm hervorbrechen.

Baldur erwiderte nichts, breitete nur die Arme aus.

Da fiel etwas von Grímur ab und gab ihn frei. Es war, als sprängen Klammern von seinem Herzen, die es so lange festgehalten hatten. Er beugte sich zu Baldur hinab und umarmte ihn vorsichtig, aber innig. »In was hast du dich da nur reingeritten?«, flüsterte er.

»Nicht so fest«, bat Baldur lächelnd.

»Entschuldige«, erwiderte Grímur und ließ ihn sofort los. Er sah ihn an. »Du hast ja keine Ahnung, was ich für eine Angst um dich hatte.«

»Das glaub ich dir aufs Wort », entgegnete Baldur. »Der ganze Tag kommt mir vor wie ein einziger traumloser Schlaf.«

»Erinnerst du dich an irgendwas?«, fragte Embla von der anderen Bettseite.

»Wer ist das?«, fragte Baldur. »Ich brauche meine Brille.«

»Probier die mal.« Grímur nahm seine Stahlrandsehhilfe ab.

»Nein danke. Ich will ja nicht wie ein Depp aussehen«, entgegnete der andere.

»Red keinen Quatsch.« Grímur schob seinem Bruder die Brille behutsam auf die Nase.

»Embla Þöll!«, sagte Baldur erfreut. »Ich hab dich gar nicht gesehen.«

»Ihr verdankst du dein Leben«, erklärte Grímur.

»Nein, er hat sich selbst gerettet«, widersprach Embla. »Erinnerst du dich daran? An den Pferdestall und das Feuer?«

»Nein, keine Ahnung. Was für ein Pferdestall?«

»Das erzählen wir dir später. Du brauchst jetzt Ruhe«, wiegelte Grímur ab.

»Dieser junge Polizist hier«, sagte Baldur und deutete mit einer verhaltenen Kopfbewegung auf Hörður, »hat mich darüber aufgeklärt, dass Sæmundur und Lovísa von Stóra-Hof in die Sache verwickelt waren.«

»Ja, und die Kiste, die Lovísa gehörte«, bestätigte Grímur.

Baldurs Gesichtsausdruck wurde ernst. »Ja, diese dumme Kiste«, brummte er.

»Wo hast du sie gefunden?« Embla versuchte, das wahre Ausmaß ihrer Neugierde zu verschleiern.

»Unterhalb eines Hügels vor Stóra-Hof. Wo früher einmal die alte Kirche stand. Ich dachte eine Zeitlang auch, dass dort Ketills Tempel zu finden wäre«, antwortete Baldur. »Manche behaupten, dass es dort spukt. Sæmundur zum Beispiel. Deswegen wagt er sich nie auf diesen Hügel.« Baldur legte die Hand auf den Halsverband.

»Nicht dran rumspielen«, bat Grímur.

»Lovísa hatte mir untersagt, mit dem Metallsuchgerät

auf den Hügel zu gehen und kam mir beim ersten Mal ziemlich unverschämt«, fuhr Baldur fort. »Erst als ich die Kiste gefunden und geöffnet hatte, verstand ich, warum.«

»Wie hast du sie aufgekriegt?«, fragte Embla.

»War kein großes Problem. Ich habe sofort gesehen, dass das keine alte Kiste war, sondern ein Massenprodukt. Deswegen habe ich nicht lange nach dem passenden Schlüssel suchen müssen.«

»Also weißt du, was drin war?«

»Ja, Embla, und ich wünschte, ich hätte es nicht gesehen. Mir war natürlich sofort klar, weswegen Lovísa für die Kiste eine Stelle am Fuß des Hügels gesucht hat. Am einzigen Ort auf Stóra-Hof, an dem Sæmundur sich nie aufhalten würde.« Er legte den Kopf wieder auf das federweiche Kissen zurück. »Aber ich wusste nicht, was ich tun sollte«, gestand er. »Ob ich die Kiste zurückgeben sollte oder Sæmundur die Wahrheit sagen. Ich war hin und her gerissen zwischen meinem Gerechtigkeitssinn und der Treue zu einem alten Freund.«

»Was hat dir dein Gerechtigkeitssinn dann geraten?«, erkundigte sich Embla teilnahmsvoll.

»Dass ich die Kiste wieder an Ort und Stelle vergraben soll und alles vergessen, was ich darüber wusste. Aber ich konnte mich nie so recht dazu aufraffen und habe sie deswegen bei mir behalten.«

Jemand klopfte leise an die Tür.

»Herein«, rief Grímur.

Die Tür ging auf, und Adam erschien.

»Du bist es, endlich«, rief Embla überglücklich, lief auf ihn zu und umarmte ihn heftig.

»Ich bin so schnell gekommen, wie ich konnte«, sagte er.

»Und ich bin so froh, dass du da bist«, entgegnete Embla.

»Ich habe Valgarð und Orri auf Stóra-Hof zurückgelassen«, ergänzte er.

»Das ist doch jetzt unwichtig.«

Adam sah seiner Lebensgefährtin über die Schulter. »Ist er …?«

»Es geht ihm den Umständen entsprechend, wie man so schön sagt«, antwortete sie. »Möchtest du ihn kennenlernen?«

»Ja, unbedingt.« Adam folgte Embla ans Krankenbett.

»Wer ist der junge Mann?«, erkundigte sich Baldur.

»Das ist Adam, mein Freund«, stellte Embla ihn vor.

»Adam und Embla«, lächelte Baldur. »Sieh mal einer an. Bin gespannt, wie eure Kinder mal heißen sollen. Das wird eine echte Herausforderung.«

Ein verlegener Ausdruck breitete sich über das Paar. »Ja, das wird schwierig«, meinte Embla und sah Adam in die Augen. »Oder, was meinst du?«

»Nein, nein«, antwortete der. »Wir besorgen uns einfach ein Vornamenbuch und nehmen den ersten, den wir finden.«

»Im Ernst?«, flüsterte Embla mit einem Lächeln und griff nach seiner Hand.

Adam erwiderte ihr Lächeln. »Warum Dinge aufschieben, die wirklich von Bedeutung sind?« Er drückte ihre Hand.

»Komm, lassen wir Baldur Ruhe zum Erholen«, flüsterte sie und zog ihn beiseite. »Wir warten draußen«, wandte sie sich an ihren ehemaligen Dozenten.

»Embla Þöll«, sagte Baldur, bevor sie das Krankenzimmer verließ.

»Ja?«

»Vergiss nie das Gedicht, das auf dich verfasst wurde.«

»Was?« Embla wusste nicht, was er meinte.

»Versprich's mir«, wiederholte Baldur.

»Also gut.« Embla hatte immer noch keinen Schimmer, worauf er hinauswollte. »Ich verspreche es dir.«

»Gut«, sagte Baldur. »Dann brauchst du dir keine Sorgen zu machen und fährst in ruhigem Fahrwasser durchs Leben.«

Embla blieb in der Tür stehen, lächelte und warf einen verlegenen Blick auf Grímur und Hörður. Dann verließ sie das Zimmer.

»Was war das jetzt eben?«, fragte Adam, als sie ein Stück den Flur hinuntergegangen waren.

»Ach der arme Kerl, er ist nach dem heutigen Tag noch nicht wieder ganz klar im Kopf. Verständlich, würde ich mal sagen.«

»Aber er wird doch wieder ganz auf die Beine kommen?«

»Ja, der Arzt meinte, dass er sich keine Sorgen zu machen braucht und dass er in ein paar Tagen nach Reykjavík zurück kann.«

»Was ist eigentlich geschehen?« Adam setzte sich auf eine Bank im Flur. »Habt ihr Sæmundur noch erwischt?«

»Sæmundur? Oje, wo soll ich anfangen?« Embla stöhnte.

»Mir egal, Hauptsache, du verrätst mir, was alles passiert ist.«

»Also schön, aber dann hör mir wirklich einmal zu und denk dabei nicht wieder an was anderes«, schickte Embla voraus. Dann erzählte sie ihm in aller Kürze, was vorgefallen war, seitdem sie sich auf Stóra-Hof getrennt hatten. All die Täuschungsmanöver, die Lovísa wegen des Geheimnisses um ihren Vater in Szene gesetzt hatte.

Adam saß schweigend da und hörte ihr Wort für Wort zu. Nur manchmal schüttelte er den Kopf über das Grauenhafte des Vorgefallenen. Als er alles gehört hatte und sein inneres Gleichgewicht wiedergefunden hatte, fragte er: »Also hat Lovísa das Dienstmädchen ermordet, versuchte dasselbe mit Baldur und hat die ganze Geschichte nur inszeniert mit dem Sonnenrad und den toten Katzen am Schreibtisch, um die Polizei in die Irre zu führen?«

»Ja, so dass wir annehmen mussten, dass es um nordische Götter ging. Ein *blót* oder so etwas Ähnliches und dass wir deshalb Tobias der Tat verdächtigten. Dabei ging es nur um ihr Geheimnis.«

»War denn an all dem etwas Wahres dran?«

»Was meinst du?«

»Na, der Tempel in Skálholt, der Schatz, hinter dem Tobias her war, Baldurs Theorien, und dann vor allem das Sonnenrad in Rangárvallasýsla?«, präzisierte Adam. »Ist da überhaupt ein Funken Wahrheit dran?«

Embla wurde nachdenklich. »Der Gedenkstein, den Baldur gefunden hat, gibt natürlich einen Hinweis auf ein Sonnenrad im Südland, aber es ist kein Beweis. Die Runen »ufk« könnten von einem längeren Wort stammen, oder simpel auf Wasser, Vieh und Licht verweisen – so wie jede Rune für sich eine solche Ganzwortbedeutung hat.« Sie lehnte sich zurück und seufzte.

»Was?«, fragte Adam.

»Die Archäologie hierzulande steht noch so sehr am Anfang«, bekannte Embla.

»Und seitdem du dich für das Fach eingeschrieben hast, ist es auch noch nicht besser geworden«, feixte er.

Embla ließ ein Kichern hören. »Die haben erst in den letzten Jahren begonnen, an so bedeutenden Orten wie Skálholt und Þingvellir überhaupt mal Ausgrabungen zu machen. Island ist für Archäologen eine ungemähte Wiese, könnte man fast sagen.«

»Und was ist mit Baldur und seinen Theorien?«

»Na, die könnten genau dafür von Nutzen sein. Nur indem die Archäologen die verborgenen Aussagen der Volkssagen genau unter die Lupe nehmen, die mündlichen Überlieferungen und die Isländersagas, können sie in Erfahrung bringen, *wo* sie graben und suchen müssen.«

»Wie zum Beispiel nach den Wikingertempeln.«

»Ja. Ich glaube, dass da noch vieles aus der Vergangenheit der Isländer verborgen ist, was im Laufe der Jahre ans Tageslicht kommen wird.« Sie lächelte. »Und dass Island in Zukunft zu einem wahrhaften Touristenparadies werden könnte.«

»So eine Art Wikinger-Erlebnispark?« Adam grinste. »Viking World?«

»Bleib bloß ernst, du.« Embla versetzte ihm einen Rippenstoß. »Island hat einzigartige Voraussetzungen, um die Hinterlassenschaften der Wikinger auszugraben.

Hier hat doch die Besiedelung nicht alles überdeckt. Außerdem haben wir die Sagas, die uns den Weg weisen.«

»Und warum hat Baldur das alles nicht veröffentlicht? Sein Wissen über den Gedenkstein beispielsweise, Ketills Siedlungsorte oder seine Suche nach dem Tempel?«

»Wer weiß? Vielleicht weil die Gelehrten an der Uni schon seit langem beschlossen haben, dass das alles nur blanker Unsinn ist. So wie es universitäre Zirkel gerne machen, wenn Wissenschaftler mit etwas ganz Neuem und zuerst fremdartig Anmutendem daherkommen. Baldur hat wohl vorgehabt, den Tempel in Skálholt erst selbst zu finden und dann seine Forschungsergebnisse zu enthüllen.«

»Also glaubst du, dass der Tempel tatsächlich in Skálholt war?«

»Zumindest sind seine Argumente dafür sehr überzeugend. Man muss sich jetzt einfach damit auseinandersetzen.«

»Und der Schatz, den Tobias gesucht hat? Liegt der irgendwo da draußen?« Adam deutete in eine zufällig gewählte Richtung.

»Warum, Schatz, willst auf Schatzsuche gehen?«, frotzelte Embla.

»Du weißt genau, was ich meine.«

»Na, ja! Ich hab das den Kindern im Nationalmuseum heute Morgen schon erzählt. Deswegen will ich auch dich mal lieber aufklären, da ihr ja vom selben Reifegrad seid«, spöttelte sie. »Zweifellos sind im ganzen Land Schätze vergraben. Wir müssen sie nur noch finden.«

»Also, alles in allem hat es sich dann doch gelohnt,

dass du in die Archäologie gegangen bist?«, stellte Adam fest. »Kannst du denn nicht einen klitzekleinen Schatz für uns entdecken?«

Embla küsste ihn auf die Wange. »Hab ich doch schon.«

»Das hast du jetzt schön gesagt«, erwiderte Adam zufrieden. »Kannst du ruhig öfter mal tun.«

»Was, dass du mein kleiner Schatz bist? Oder dass du so lieb und unterhaltsam bist?«

»Ja, genau so, nur nicht nachlassen.« Adam lehnte sich auf der Bank zurück, breitete die Arme aus und genoss ihre Worte.

»Ja und ich? Krieg ich nichts dergleichen?«, protestierte Embla.

»Du bist auch nicht so übel«, brummte Adam mit geschlossenen Augen.

Embla strahlte übers ganze Gesicht. Sie drückte Adam an sich. Dieser schicksalsträchtige Tag hatte sie gelehrt, ihn ganz neu zu sehen und ihre gemeinsame Basis nicht als selbstverständliche Gegebenheit zu nehmen. Es nicht als gegeben hinzunehmen, dass sie so einen wunderbaren Mann gefunden hatte, der sie mehr als sein eigenes Leben liebte und es mit ihr teilen wollte.

Dann wurde ihr plötzlich klar, was Baldur eben gemeint hatte: »Na klar!« Sie lehnte sich zurück.

»Was jetzt?«, fragte er. »Ist dir jetzt auch noch eingefallen, wie intelligent ich bin?«

»Das Gedicht. Das Gedicht, das Baldur eben erwähnte.«

»Aber hast du nicht eben gemeint, er hätte nur wirres Zeug gefaselt?«

»Nein, ganz im Gegenteil.«

»Was hat er dann gemeint?«

»*Hávamál* – Des Hohen Reden«, antwortete Embla. »Wenn ich bei Baldur in der Vorlesung saß, hat er mich immer Embla Þöll genannt. Mein zweiter Vorname Þöll verweist auf eine Kiefernart, von den Botanikern *Tsuga* genannt.«

»Spannend. Und?«

»*Hrörnar þöll sú er stendur þorpi á,*
hlýr-at henni börkur né barr.
Svo er maður sá er manngi ann.
Hvað skal hann lengi lífa?«*,
rezitierte Embla auswendig.

»Sehr schön«, sagte Adam trocken. »Du kannst *Hávamál* also auswendig. Und was heißt das jetzt?«

»Dass man nicht lange lebt, wenn man niemanden liebt«, erklärte sie. »So ungefähr jedenfalls.«

»Kluges Köpfchen«, sagte Adam und zog seine Freundin wieder fester an sich.

»Ja, kluges Köpfchen«, stimmte Embla zu und ließ sich erneut in seine Arme sinken.

* Welkt dort die Kiefer vor dem Dorfe,
wehrt sie weder Borke noch Blatt.
So ist der, der niemanden hat.
Wie lang wird er wohl leben?

(Hávamál – Des Hohen Reden, Vers 50)

EPILOG

Montag, 26. März 2007

Hugur einn það veit
er býr hjarta nær,
einn er hann sér um sefa.
Öng er sótt verri
hveim snotrum manni
en sér engu að una.

Der Geist alleine weiß
was dem Herzen nahe wohnt,
allein ist er mit seinem Sinnen.
Nichts sucht schlimmer heim
den edlen Mann
als mit nichts zufrieden zu sein.

(Hávamál – Des Hohen Reden, Vers 95)

Fünf Tage waren vergangen. Nach heidnisch-nordischem Glauben eine heilige Woche, obwohl an den Tagen zuvor nichts heilig gewesen war. Embla war nicht zur Arbeit gegangen. Sie brauchte Ruhe, um sich zu erholen. Unter anderem war sie in psychologischer Behandlung gewesen, so wie Adam auch. Ihr Trauma war jedoch nur geringfügig angesichts der tiefgehenden seelischen Verwundung, die Ingunn erlitten hatte. Der Vater tot, die Mutter im Gefängnis, und sie selbst stand plötzlich völlig allein da. Ihre Welt war mit einem Schlag in sich zusammengestürzt, aber sie selbst war nicht zerbrochen. Zumindest noch nicht. Der Tag von Sæmundurs Begräbnis war gekommen. Erst jetzt wurde ihre innere Stärke wirklich auf die Probe gestellt.

Adam und Embla saßen zu diesem traurigen Anlass angemessen gekleidet in der Wohnstube auf Stóra-Hof. Ingunn hatte eindringlich darum gebeten, dass Embla sie auf die Beerdigung begleitete und während der Zeremonie neben ihr saß. Zwischen den beiden hatte sich an jenem schicksalhaften Mittwoch ein besonderes Beziehungsband gesponnen. Ingunn spürte das ebenso wie Embla.

»Danke, dass ihr gekommen seid«, sagte Ingunn. Sie saß in dem grünen Sessel, in dem sich ihr Vater früher zu entspannen pflegte. In einem Bastkorb neben ihr schlief Hekla, und auf ihrem Schoß tobte der kleine Welpe, den Adam im Pferdestall gefunden hatte.

»Das machen wir doch gern«, antwortete Embla und schwieg wieder. Kaum ein Geräusch war zu hören außer von dem kleinen Hündchen, das eifrig an Ingunns Fingern nagte, und von Sæmundurs Schwester, die in der Küche mit dem Kaffeegeschirr klapperte. »Wie fühlst du dich?«, fragte Embla vorsichtig, obwohl sie sich nicht sicher war, ob die Frage angebracht war. Andererseits konnte sie nicht anders, sie musste sich nach ihrem Befinden erkundigen.

»Weiß ich nicht«, gab Ingunn zur Antwort. Embla hörte heraus, dass sie aus tiefstem Herzen kam. Ingunn versank in Nachdenken, schwieg, dann sprach sie wieder lauter: »Irgend so ’ne Psychologin war mal da.«

»Und, wie fandest du das?«

Das Mädchen wandte den Blick nicht von dem Hündchen: »Ging so. Wir haben hauptsächlich über Pa geredet.«

»Klar«, erwiderte Embla. »Hat sie dir erklärt, was passiert ist?«

»Ja. Tante Didda auch, seine Schwester. Sie ist da, seitdem das passiert ist.«

»Gut so.« Embla lächelte, um ihre wahren Gefühle dahinter zu verbergen. Ingunn von »ihrem Pa« reden zu hören, trieb ihr einen Pfahl durchs Herz. Nur sie, Baldur, Lovísa, Grímur und Adam wussten, wie es wirklich war. Und so sollte es auch bleiben. Die Wahrheit würde Ingunn schlichtweg völlig zerstören. Sie hatte die Möglichkeit zu einem normalen Leben, aber nur, wenn das Geheimnis ihrer Mutter weiterhin in der verschlossenen Kiste ihres Geistes verwahrt blieb.

Didda kam mit einem Tablett herein: »So, bitte sehr.« Darauf waren eine Kaffeekanne, Tassen, eine Dose Cola für Ingunn und verschiedenes Gebäck.

Adam schnappte sich eine Rosinenschnecke: »Danke.« Er hatte sich bis dahin schweigend im Hintergrund gehalten.

»Kommt Vilborg mit uns mit?«, erkundigte sich Embla.

»Nein. Sie ist dazu nicht fit genug. Eine Betreuerin wird während der Beerdigung bei ihr bleiben. Dann fahren wir zusammen mit ihr nach Reykjavík.«

»Zu dir nach Hause, Didda?«, fragte Embla.

»Nein, das geht leider nicht. Sie kommt in ein Altenheim.«

Didda legte die Hand auf Ingunns Schulter. »Aber du wirst mit mir kommen, nicht wahr?« Sie drückte Ingunn einen Kuss auf die Wange.

»Du kannst uns dann besuchen, wann immer du willst«, meinte Embla.

Ingunn erwiderte nichts, nickte nur schweigend und spielte weiter mit dem Hundebaby.

»Hat der Kleine schon einen Namen?«, fragte Adam.

»Nee«, murmelte Ingunn. »Mir fällt nichts ein. Pa hat Hekla getauft.«

»Und wenn du den Welpen nach ihm benennst?«, schlug Embla vor.

»Geht nicht. Es ist ein Weibchen wie Hekla.«

»Verstehe.« Embla überlegte einen Augenblick angestrengt. »Und wie wär's mit Katla? Das ist ein Vulkan hier in der Nähe wie Hekla.«

Ein dünnes Lächeln erschien auf Ingunns Lippen. »Katla.« Sie blickte auf den Welpen. »Das ist ein schöner Name.«

Emblas Handy meldete sich. »Entschuldigt mich«, bat sie und trat auf den Gang hinaus, als sie auf dem Display erkannte, dass es Grímur war. »Hallo, wie geht's?«

»Gut soweit«, brummte der Hauptkommissar. »Wo bist du?«

»Auf Stóra-Hof im Augenblick. Gleich ist Sæmundurs Beerdigung.«

»Ja, richtig. Hab ich in der Zeitung gelesen.«

»Wirst du kommen?«

»Nein, ich glaube, das erspare ich mir.«

»Was ist mit Lovísa? Sie darf nicht kommen, nehm ich mal an.«

»Nein, die Strafvollzugsbehörde hielt das für unangebracht.«

»Das macht es für Ingunn nur noch schwieriger.«

»Wie geht es ihr?« Grímurs Stimme hörte sich weicher an.

»Ich weiß es nicht. Sie ist recht schweigsam, aber sie war offenbar in psychologischer Betreuung.«

»Weißt du, was mit ihr werden soll?«

»Soweit ich das mitgekriegt habe, wird Sæmundurs Schwester Didda sie zu sich nehmen. Sie ist im Augenblick hier, schon seit Mittwoch.«

»Und die Oma?«

»Vilborg? Ich habe eben erfahren, dass sie in ein Altenheim in Reykjavík kommt. Die Arme hat ihr ganzes Leben hier auf dem Land verbracht, aber jetzt muss sie in die Hauptstadt umsiedeln«, seufzte Embla.

»Hab nur nicht zu viel Mitleid mit ihr.«

Embla stutzte. »Was meinst du damit?«

»Nach den Verhörergebnissen zu schließen, wusste Vilborg von der Gewalt, die Dagur Lovísa angetan hat.«

»Warte mal.« Embla verließ das Haus und schloss die Tür hinter sich. Sie wollte auf keinen Fall, dass Ingunn mitbekam, wie sie über dieses entsetzliche Verbrechen sprach. Vor dem Haus war es ruhig. Schwere Wolken lagen über dem Land. »Warum hat Vilborg nichts unternommen, wenn sie von der Gewalttat wusste?«, fragte Embla.

»Keine Ahnung.«

»Und was ist mit dem Mord an Dagur?«

»Lovísa zufolge wusste keiner davon, noch nicht mal Vilborg. Es wurde angenommen, dass er durch einen Unfall ums Leben gekommen war, nachdem er von einem Traktor einen heftigen Schlag gegen den Kopf abgekriegt hatte. Aber Lovísa hat gestanden, ihn umgebracht zu haben. Sie hat ihm einen Spaten über den Schädel gezogen.«

»Aber warum hat sie dann den Ægishjálmur all die Jahre am Hals getragen? Ihr Vater hat ihn ihr doch geschnitzt, als sie noch klein war«, überlegte Embla.

»Manchmal entwickelt sich so etwas.« Grímur seufzte. »Wenn ich auch mit der Psychologie dahinter nicht ganz vertraut bin. Das hängt irgendwie damit zusammen, dass die Tochter es – teilweise zumindest – nicht mehr als Gewalt empfindet und ihre Position innerhalb der Familie neu definiert, indem sie sich selbst als eine Art neuen Partner für den Vergewaltiger betrachtet. Eine Art von Stockholm-Syndrom oder so.«

»Deswegen hat sie die Sachen in der Kiste auch nie weggeworfen.«

»Möglich, ja«, stimmte Grímur zu. »Ein Teil von ihr hat ihn, trotz allem, geliebt, und das bis zum bitteren Ende.«

»Wie wahr«, bemerkte Embla.

»Dann aber schien es ihr angeraten, die Kiste verschwinden zu lassen, weil Baldur ständig mit seinem Metallsuchgerät in der Gegend rumlief. Lovísa wollte sie ausgraben, da war sie aber nicht mehr da, und ihr war sofort klar, dass Baldur sie gefunden hatte.«

»Und von da an hat sie ihre Vorbereitungen für den vergangenen Mittwoch begonnen«, ergänzte Embla.

»Kann man so sagen.«

»Was ist mit Baldurs Dienstmädchen? Hat Lovísa irgendetwas dazu gesagt?«

»Dass es leicht sei, wieder zu töten, wenn man es schon mal getan hat«, antwortete Grímur. »Mehr hat sie nicht dazu gesagt.«

Embla kniff die Augen zusammen. Sie versuchte, die konkreten Bilder jenes Mittwochs aus ihrem Kopf zu löschen, obwohl sie wusste, dass sie sie wohl bis an ihr Lebensende verfolgen würden. Sie wich auf ein weniger anstrengendes Thema aus: »Und Tobias? Was ist aus dem geworden? Und aus diesem Ægir?«

»Ægir nahm uns das Missverständnis nicht allzu übel. Tobias seinerseits ist nach Norwegen zurückgekehrt. Fürchterlich enttäuscht, dass er nicht nach seinem Schatz suchen durfte. Was man von meinem Untergebenen nicht gerade behaupten kann«, erzählte Grímur trocken. »Hast es fertiggebracht, ihn mit deinem Archäologievirus zu infizieren.«

»Wie kommst du denn darauf?« Embla musste lachen.

»Der kennt fast kein anderes Thema mehr als Steinkross, Vatnsdalsfjall und Lachs-Ketills Schatz. Er ist felsenfest davon überzeugt, dass er irgendwo in Südisland herumliegt.«

»Ich bitte um Vergebung«, sagte Embla todernst.

»Wollen mal hoffen, dass sich das nicht auf seine Arbeit auswirkt«, knurrte Grímur. »Na, wie dem auch sei. Ich muss dann mal wieder. Grüße an alle.«

»Richte ich aus«, sagte Embla und beendete das Gespräch. Ihr Blick fiel auf das flache Land. Nicht weit entfernt sah sie das Dach des Sommerhauses am ehemaligen

Wohnplatz von Lachs-Ketill. In der Ferne schimmerten Berggipfel. Sie waren von allen Seiten von dem Sonnenrad umfangen. Sie seufzte auf und ging ins Haus zurück.

In der Stube unterhielten sich Adam und Didda leise, während Ingunn mit dem Welpen spielte. »Katla«, flüsterte sie, streichelte ihn und ließ ihn an ihren Fingern nagen. Embla setzte sich wieder und hörte abwechselnd Adam und Didda zu oder beobachtete Ingunn und das Hundebaby. Nach einer Weile klopfte jemand kräftig an die Haustür. Didda ging öffnen und kam mit einer Frau um die fünfzig in die Stube zurück.

»Das ist Gunnur aus dem Altenheim ›Grund‹ in Reykjavík«, stellte Didda sie vor. »Sie wird hier bei Oma Vilborg bleiben, solange wir weg sind.« Adam und Embla begrüßten sie, nur Ingunn war in ihre eigene Welt versunken. »Braucht ihr noch irgendwas?«, fragte Didda.

»Nein«, sagte Adam und stand auf.

Auch Embla erhob sich und legte Ingunn die Hand auf die Schulter. »Sollen wir?«

Das Mädchen nickte und nahm Katla auf den Arm. Hekla folgte ihr und den anderen auf den Vorplatz des Wohnhauses.

»Vilborg ist oben, Gunnur. Du kannst nach ihr sehen, wenn du willst. Ich weiß nicht, ob sie schläft oder was sie tut«, sagte Didda. »Wir bleiben nicht lange weg.«

»Nehmt euch alle Zeit, die ihr braucht«, entgegnete Gunnur und winkte Adam, Embla und Ingunn zu, die neben dem Auto warteten. Dann schloss sie die Tür behutsam und ging sofort in den Oberstock des Hauses. Sie fand die alte Frau in ihrem Zimmer im Bett unter der Dachschräge. Gunnur setzte sich auf die Bettkante. »Vilborg«, sagte sie sanft und berührte sie an der Schulter.

»Lovísa?«, fragte die Alte und schrak auf.

»Nein, ich bin Gunnur, und ich bin gekommen, um dich abzuholen.«

»Abholen – wohin?«

»Du bist auf dem Weg nach Reykjavík«, erklärte Gunnur. »Dort bekommst du dein eigenes Zimmer.«

»Wo ist Lovísa?«

»Sie ist verhindert.«

»Behindert? Hatte sie einen Unfall?«

»Nein, verhindert. Das heißt, sie ist anderweitig beschäftigt«, wich Gunnur aus.

»Und Sæmundur?«

Gunnur zögerte. »Ich wollte dir eigentlich nur sagen, dass wir jetzt gleich losfahren«, erklärte sie. »Wenn du etwas mitnehmen möchtest. Alles andere wird später geholt.«

»Ich bin so müde«, klagte Vilborg.

»In deinem neuen Zimmer wirst du schlafen können«, sprach Gunnur beruhigend auf sie ein.

»Ich fühle mich elend. Mein Geist findet keine Ruhe.«

»Du musst dir keine Sorgen machen. In deinem neuen Zimmer wirst du wieder froh werden«, versuchte Gunnur sie zu trösten.

»Ich bin ein schlechter Mensch«, fuhr Vilborg fort.

»Komm, komm. Ich weiß, dass du das nicht bist.«

Die Alte schloss die Augen. »*Der Geist alleine weiß, was dem Herzen nahe wohnt*«, murmelte sie vor sich hin. »*Er ist allein mit seinem Sinnen.*«

»Ja natürlich, Vilborg. Willst du nicht schön langsam zusammenpacken, was du mitnehmen willst?«

»Nicht sofort«, bat Vilborg matt. »Ich bin so elendsmüde.«

»Also gut, aber dann etwas später. Ich bin solange unten.«

»Ja«, murmelte die alte Frau.

Gunnur verließ die altertümliche, kahle Stube und ließ sie in Frieden. Wieder stand die Totenstille über dem Haus. Dem weiten Land. Vilborg schloss die Augen und machte sich bereit für ihre Reise ins Land der Träume. Aber wie die letzten fünfzehn Jahre waren es keine gewöhnlichen Träume, die sie bedrängten. Es war ein und derselbe Alptraum, immer und immer wieder.

Die Bilder begannen vor ihrem geistigen Auge zu erstehen. Ihre Lider zitterten. Schönes Sommerwetter. Windstille. Vogelgesang. Ihr Ehemann Dagur beim Heumachen. Ihre Tochter Lovísa neben ihm. Erst zwanzig, aber ihr Bauch ein wenig vorgewölbt. Dagur, seine Melodie pfeifend. Dieselbe Melodie, wie wenn er zu Lovísa hinaufschlich. Er glaubte, dass sie nichts davon wüsste. Aber jedes Mal, wenn Vilborg das Pfeifen hörte, brach es ihr das Herz.

Vilborg erhob sich vom Blumenbeet und starrte ihren Mann an und ihre schwangere Tochter. Ihre Familie. Ihre verunstaltete Familie. Dagur hatte sie verunstaltet. Etwas Wunderbares zu etwas Hässlichem gemacht. Sie alle mit den Wurzeln ausgerissen. Vilborg bückte sich nach der Schaufel.

Dagurs Gelächter. Vilborg nahm die Schaufel fester. Kam näher. Die Sonne blinzelte über das gletscherweiße

Hausdach und beschien ihr abgemagertes Gesicht. Es war von Sorgen verhärmt. Von Sorgen verunstaltet. Verunstaltet von Hass. Vilborg hob die Schaufel hoch. Die Sonne blitzte an der Schneide auf, bevor der Hieb fiel.

(Reykjavík – Barcelona, 2007–2008)

NACHBEMERKUNG DES AUTORS

Mit dem altnordischen Wort *Hof* bezeichneten die Wikinger Gebäude bzw. Tempel für ihre heidnisch-religiösen Zeremonien. Bislang ist noch kein solcher heidnischer Tempel – weder in Island noch anderswo – gefunden worden. Im Zuge der Christianisierung wurden sie entweder zerstört oder durch Kirchen ersetzt.

Im Jahr 1938 kam eine Sonderabteilung der SS auf Veranlassung Heinrich Himmlers nach Island, um in Südwestisland nach heidnischen Tempeln oder Zeremonialstätten zu suchen. Sie sollten »Symbole der Vereinigung der germanischen Völker« sein.

Alle Theorien, die in diesem Buch erwähnt werden und die einen der folgenden Wissenschaftszweige betreffen: Archäologie, Geschichte, Geographie, Mythologie, Symbolik, Numerologie, Vermessungswesen und Ethnologie, sind fundiert und wurden in zahlreichen Schriften, Fachartikeln und Vorträgen vorgestellt.

NACHBEMERKUNG DES ÜBERSETZERS

In Island ist die Anrede mit »du« üblich. Sie ist in der Übersetzung beibehalten worden. Bei Orts- und Straßennamen wurde das grammatikalische Geschlecht des Wortes im Isländischen nicht immer übernommen, da das im Deutschen bisweilen merkwürdig wirken kann. Ebenso wurden die isländischen Namen nach den deutschen Trennungsregeln getrennt. Aus Gründen der Konsequenz wurden bei den Namen aus der nordischen Mythologie aber die isländischen Formen stets beibehalten:

Óðinn	Odin, Wotan
Þór	Thor, Donar
Njörður	Njörd
Valhöll	Walhall

Zur Aussprache des Isländischen

Die Regeln der isländischen Aussprache sind einigermaßen komplex. Deshalb werden hier nur die wichtigsten Hinweise gegeben, aber nicht mit letzter Genauigkeit. Wer tiefer einsteigen will, sei auf Sprachführer und Lehrbücher verwiesen.

Die Betonung liegt immer auf der ersten Silbe (fettgedruckt).

Ð, ð	stimmhaftes th wie this	Óðinn	**ou**ðin
þ	stimmloses th wie think	Þór	**þour**
æ	ai wie Kaiser	Sæmundur	**saim**ündür
ö	ö wie im Deutschen	Stöð 2	**stöð tvö**

Der Akzent verändert die Aussprache des Vokals.

á	wie au	Hávamál	**hau**vamaul
é	wie jä	Skarphéðin	skarp-chjäðin
í, ý	spitzes i wie in nie	Lovísa	**Lo**visa
ó	wie ou	Sólfar	**soul**far
ú	wie u in gut	Túngata	**tung**ata
o	wie o in dort	Stóra-Hof	**stour**a **hov** (weiches v)
u	ü wie in Mücke	Ingunn	**ing**-günn
ur	kaum betontes ür	Grímur	**grim**ür
au	öi	Laufás	löivaus
ll	ttl wie Vermittler	Páll	**pauttl**
hj	fast chj wie in Mädchen	Hjörður	**chjörð**ur

Aussprachehilfe zu sonstigen häufigen Namen:

Adam	adam
Baldur	**bald**ür
Bergþórshvoll	**bärg**-þours-kvottl
Dagur	**dag**ür (sehr weiches g)
Draupnir	**dröiHpnir** (mit deutlichem H)
Embla Þöll	**ämb**la þöttl
Eyjafjallajökull	**äi**ja-fjattla-jöküttl
Fáfnir	**faubb**nir
Flúðir	**fluð**ir

Goðasteinn	**goð**a-stäittn
Hekla	**häH**kla (mit deutlichem H)
Ketill	**kjät**ittl
Orri	**orr**i
Skálholt	**skaul**holt
Steinkross	**stäin**kross
Stöng	**stöing**
Valgarð	**val**garð
Vilborg	**vil**borg
Þjórsá	**þjours**-au
Ægishjálmur	**ai**jis-chjaulmür

DANKSAGUNG DES AUTORS

Einar Pálsson für die Schriftenreihe *Rætur íslenzkrar menningar* (Wurzeln der isländischen Kultur), da der überwiegende Teil der Theorien in diesem Buch daraus entnommen wurden, dem Archäologen Orri Vésteinsson dafür, dass er unzählige Fragen zur Wikingerzeit beantwortet hat. Sigurður Jónsson für erschütternde aber informative Darstellungen von Tieropfern, dem Rektor der Schule in Skálholt für die schnelle Hilfe zu allem, was die Schule betraf, ebenso dem Weihbischof Sigurður Sigurðarson von der Diözesankirche zu Skálholt. Der Archäologin Ágústa Edelwald für die Exkursion zum Siedlungsplatz von Lachs-Ketill bei Stóra-Hof und gleichermaßen den Leuten von Stóra-Hof für die Informationen zu dem Gebiet (besonders zu der Gespenstergeschichte am alten Kirchenstandort in der Nähe des Anwesens) und noch zahlreichen anderen.

Ich widme dieses Buch meinem Vater und besten Freund Sverrir Norðfjörð. Du hast als Erster meine Arbeiten mit dem Rotstift durchgelesen und meinen Stil verbessert, und du hast als Erster dieses Buch durchgelesen. Danke für alles.

Bei der deutschen Übersetzung haben unermüdlich und mit Rat und Tat geholfen: Caro, Gylfi, Martina, Michael, Sigga & Alex, Simone & Karsten. Euch allen besten

Dank. Für entscheidende Hilfe bei fachspezifischen Fragen besten Dank an Karl Broderix, Markus Enderichs und Dr. Arnold Muhl.